BASTEI
LÜBBE

ROBERT RANKIN IM TASCHENBUCH-PROGRAMM:

24 225 Der Garten unirdischer Gelüste
24 271 Das Kettenlädenmassaker
24 278 Armageddon – Das Musical
24 285 Armageddon – Das Menü
24 292 Armageddon – Das Remark

DER HUGO-RUNE-ZYKLUS
24 201 Band 1 Das Buch der allerletzten Wahrheiten
24 204 Band 2 Jäger des verlorenen Parkplatzes
24 210 Band 3 Die größte Show jenseits der Welt
24 216 Band 4 Der wundersamste Mann der jemals lebte

BRENTFORD-ZYKLUS
24 246 Band 1 Der Antipapst
24 247 Band 2 Die Akte Brentford
24 255 Band 3 Jenseits von Ealing
24 264 Band 4 Kohl des Zorns

ROBERT
RANKIN

ARMAGEDDON
DAS REMARK

Roman

Ins Deutsche übertragen
von Axel Merz

BASTEI
LÜBBE

BASTEI LÜBBE TASCHENBUCH
Band 24 292

1. Auflage: Oktober 2001

Vollständige Taschenbuchausgabe

Bastei Lübbe Taschenbücher
ist ein Imprint der
Verlagsgruppe Lübbe

Deutsche Erstveröffentlichung
Titel der englischen Originalausgabe:
They Came And Ate Us
Armageddon II: The B-Movie

published by arrangement with Autor
Lektorat: Stefan Bauer
Titelillustration: Ian Murray,
published by arrangemet with Transworld Publishers Ltd.
Umschlaggestaltung: QuadroGrafik, Bensberg
Satz: Fotosatz Steckstor, Rösrath
Druck und Verarbeitung:
Brodard & Taupin, La Flèche, Frankreich
Printed in France

ISBN 3-404-24292-0

Für
George Geoffrey Arthur Rankin

1

1. *Und so wurden Himmel und Erde fertig gestellt und all die Gestirne.*
2. *Und am siebten Tag beendete Gott seine Arbeit und ruhte sich aus von der ganzen Schufterei.*
3. *Und am achten Tag blickte Gott hinab auf Elvis und sagte zu ihm: »Besser für dich, wenn du einen verdammt guten Grund hast, dich hier blicken zu lassen.«*
4. *Und Elvis antwortete: »Kein Schweiß, Sir.«*

Das Sub-Urbane Buch der Toten

Man macht sich wenig Freunde, wenn man auf der nach Süden führenden Seite einer Autobahn nach Norden fährt.

Lazlo Woodbine

Auf einem Hügelkamm brach eine Baumreihe den Wind. Unter ihnen, im Tal, sah das Paradies einfach gut aus. Wohlgepflegte Gärten umgaben malerische Gebäude von rustikalem Aussehen. Würziger Pinienrauch wehte sich kräuselnd aus den Schornsteinen. Die Sonne schien wundervoll warm herab. Kinder spielten zwischen den kleinen Gärten, und in den Taubenschlägen nisteten Vögel. Es war der 27. Juli 2061, und es war der Garten Eden. Und es war ein schlechter Tag für Rex Mundi.

Rex war den Brötchen ausgewichen. Ebenso wie den Tonkrügen, und er hatte sich unter der Salatschüssel hindurch geduckt. Doch was ihm den Rest gab, das war der Wok.

Wäre es eins von diesen Hochzeitsgeschenkteilen aus Aluminium gewesen, die üblicherweise nur als Aufbewahrungsort für tote Insekten dienen, hätte er vielleicht überlebt. Doch dieser Wok war von einer eigenen Klasse. Ein echtes handgehämmertes Bronzeteil mit einem prachtvollen Kampfgewicht. Es war keine faire Angelegenheit. Rex kippte um, bereit zum Auszählen.

Er segelte rückwärts durch die offene Küchentür und hinaus in das Licht der wundervoll warm herabscheinenden Sommersonne. Wo er in einem Kohlbeet zum Liegen kam. Kleine durchscheinende Vögel umkreisten zwitschernd seinen Kopf. Die dazu passende Musik spielte KAA-WUMMM!

In einem Loch in der Hecke erschien das pelzige Gesicht eines kleinen Terriers, ein Ohr auf das Geräusch von zerbrechendem Porzellan und herabfallendem Was-weiß-ich-nicht-alles gerichtet, das aus dem Familienheim drang. Als es damit endlich vorbei war, kroch der Besitzer des pelzigen Gesichts, Fido, aus seinem Unterschlupf und spähte auf seinen gefallenen Meister hinunter.

»Wohl kaum ein passender Auftritt für den Helden«, war seine wohlerwogene Meinung. Rex hatte zum gegebenen Zeitpunkt keine diesbezügliche Meinung.

Fido musterte ihn entlang der horizontalen Ebene. Selbst in dieser würdelosen Pose war Rex noch ein attraktiver Bursche. Groß, muskulös und noch immer mit jener verblüffenden Ähnlichkeit zu dem jungen Harrison Ford, die er seit dem ersten Band besaß. Eine Schande, das mit der Wok-werfenden Ehefrau!

»Es ist meine Pflicht, diesem Mann in Zeiten der

Not beizustehen«, sagte Fido. »Und weil ich keinen Eimer Wasser zur Pfote habe, folgt die Erniedrigung. Bedauerlich, doch nicht zu umgehen.« Er hob sein linkes hinteres Bein und nahm sorgfältig Maß.

»Denk nicht mal dran!«, zischte Rex zwischen zusammengebissenen Zähnen hindurch. »Wenn du mir helfen willst, dann jaul ein wenig, und sieh besorgt drein.«

»Kapiert, Mann. Du machst einen auf die Mitleidstour, wie? Ziemlich gerissooooooooooohhhhh!« Der Inhalt des Toiletteneimers, aus dem Fenster im oberen Stockwerk geworfen, traf alle beide mit untrüglicher Akkuratesse.

Fido gab Fersengeld. Rex rappelte sich auf die Beine.

»Also hör mal, jetzt ist es aber gut ...«, begann er.

Der Spaten verfehlte ihn nur um Haaresbreite.

»Vergrab es tief, und vergrab es jetzt!«, lautete die finale Forderung seiner Ehefrau. Das Fenster wurde zugeschlagen, und Rex stand ziemlich alleine da.

Er blickte sich in seinem wundervollen Garten um. Die Arbeit seiner Hände und der Schweiß seines Angesichts hatten all das entstehen lassen. Er hatte jeden Palmkohl und jeden Pastinak, jeden Bergampfer und jeden Piment, jeden Pfirsich, jede Petersilie und jede Peperoni, jede Papaya, jeden Paradiesapfel und jede Pflaume selbst angebaut. Selbst die Puffbohnen, die Pflückererbsen und der Perllauch waren sein Werk. Es war ein Themengarten. Obwohl er sich beim besten Willen nicht zu erinnern vermochte, welches das Thema war. Oder warum er den Rosenkohl gepflanzt hatte.

Und das Haus selbst. Er hatte es von Grund auf entworfen. Mit hohem Giebel und Dauben und Flechtwerk. Eine wahre Tour de Force in wiederauferstandenem Kunsthandwerk. Alles nur für sie. Christeen, sein Weib. Christeen, Zwillingsschwester von Jesus Christus.

Und war es genug? Beileibe nicht.

War sie zufrieden? Nicht die Spur.

Dankbar? Von wegen.

Wunderschöner Garten, prachtvolle Lage, fabelhaftes Haus. Und was wollte sie? Eine Innentoilette! Ein einziges triviales Versäumnis von seiner Seite, und deswegen all dieser Ärger! Vielleicht, wenn er dabeigeblieben und den Bau des Hauses beaufsichtigt hätte, anstatt sich mit seinen Kumpels im örtlichen Schnapsladen herumzutreiben, wäre ihm das Versäumnis aufgefallen. Vielleicht, wenn er nicht auf die Dienste von Blutaxt und Todesklinge zurückgegriffen hätte, den Baumeistern der Aristokratie. Vielleicht, vielleicht. Aber so war es nun einmal.

Rex musterte das windschiefe Außenklo, das er hastig zusammengezimmert hatte. Es müffelte ein wenig, aber es war ohne Zweifel angemessen für ihre täglichen Bedürfnisse. Manchen Menschen konnte man jedoch einfach nichts recht machen. Frauen waren eigenartige, exotische Wesen, und kein Mann, nicht einmal einer, der so offensichtlich aufmerksam und sensibel war wie Rex, konnte jemals hoffen, sie wirklich zu verstehen. Die Lady wollte eine Innentoilette mit Wasserspülung, angeschlossen an eine Kanalisation oder einen Außentank, und damit basta. Sie würde keinen Kompromiss eingehen, und es würde keinen Frieden im ehelichen Heim geben, bevor die Grube nicht gegraben und der Tank installiert war. So lautete der Tagesbefehl, und so lautete er seit mehr Tagen, als Rex sich zu erinnern vermochte. Es gab kein Umhin. Die Tat würde getan werden müssen.

Rex betastete sein großes rotes Ohr, hob den Spaten auf und machte eine sehr ernste Miene, machte er.

Wie bei den meisten anderen Dingen auch ist es eine besondere Kunst, erfolgreich einen Außentank im Erdreich zu vergraben. Die richtige Stelle spielt eine außergewöhnlich große Rolle dabei. Der Tank muss an der richtigen Stelle platziert werden. Zu nahe beim Haus kann er bei heißem Wetter zu einer ernsten Gefahr für menschliche Nasenlöcher werden. Zu weit entfernt, und die Rohre frieren im Winter ein. Die Zusammensetzung des umgebenden Erdreichs ist von größter Bedeutung, genau wie die Tatsache, dass der Tank niedriger liegen muss als die Toilette, die in ihn entleert wird. Außerdem muss natürlich die Konstellation der Planeten berücksichtigt werden, das geltende Rechtssystem, und man muss sich verdammt in Acht nehmen, um keine Koboldhöhle auszugraben. Man kann einfach niemals vorsichtig genug sein. Die richtige Stelle ist *alles*.

»Das wird gehen«, sagte Rex zu sich und suchte nach der nächstbesten freien Stelle in seinem Garten. »Ideal.« Er stapfte hin, schleifte den Spaten am Griff hinter sich her und schielte hinunter auf die gute alte Mutter Erde. Die gute alte Mutter Erde schielte auf harte, kompromisslose Weise zurück. »Probier's nur«, sagte sie.

»Ich bin genaugenommen kein Mann des Spatens«,

vertraute Rex ihr an. »Eher ein Mann der Pflanzkelle und des Setzholzes. Das Graben und Spaten überlasse ich im Allgemeinen diesem netten kleinen Burschen in den Wellingtonstiefeln und mit der Schubkarre, der zweimal die Woche vorbei kommt. Jetzt, wo ich's mir genau überlege, überlass ich ihm auch das Pflanzen und Setzen. Tatsächlich ...«, Rex strich sich über das männliche Kinn, »tatsächlich komme ich so gut wie nie raus in diesen Garten! Ich hasse Gartenarbeit!«

»Verstehst du«, fuhr Rex fort, »ich bin im Grunde genommen eher ein Mann der Tat. Meine Stärke liegt in heroischen Dingen. Beispielsweise der Rettung ganzer Zivilisationen. Ich setze mein Leben für die Wahrheit aufs Spiel, für Gerechtigkeit und noch ein paar andere Dinge. Ich bin der Stoff, aus dem Legenden gemacht sind. Was ich nicht bin, ist ein Latrinengräber!«

Rex Mundi nahm den anstößigen Spaten zur Hand und machte Anstalten, das Gerät zu schwingen. Das Schlafzimmerfenster flog auf, und der Nachttopf zischte an seinem ungeröteten Ohr vorbei. Der Held senkte den Kopf und machte sich ans Graben.

Und er grub. Er grub und grub. Er wurde ganz schwitzig wie in einer richtigen Macho-Bier-Werbung. Aber er machte irgendwie keine Fortschritte. Löcher zu graben ist ein eigenartiges Geschäft. Entweder, man hat den Dreh raus, oder eben nicht. Ein Freund von mir, der einmal beim Londoner Marathon mitgelaufen ist, hatte den Dreh raus. Er hatte ein Lehrjahr als Totengräber mitgemacht, und er konnte ein Loch von zwei Fuß Breite und sechs Fuß Länge mit einer Präzision graben, die nicht mehr und nicht weniger als beeindruckend war. Aber bedenken Sie, er nahm dazu einen mechanischen Bagger, etwas, das unser Rex nicht gerade zur Hand hatte. Und der Bursche, von dem ich rede, bekam mächtiges Seitenstechen und hat den Londoner Marathon nicht wirklich beendet. Ich schätze, die Geschichte hat irgendwie eine Moral, wenn Sie sich die Mühe machen wollen, danach zu suchen.

Rex machte sich nicht die Mühe. Er dachte ans Mittagessen. Er dachte: Früh angefangen ist immer noch am besten, und jeder Marathonlauf fängt mit dem ersten Spatenstich an. Sozusagen. Außerdem war jetzt ein genauso guter Zeitpunkt wie jeder andere, um die Werkzeuge abzulegen und sich in eine Kneipe zurückzuziehen. Er würde nur noch eben den Boden glätten, dann war er weg. Nicht nötig, Christeen Bescheid zu sagen.

Klang!, machte Rex Mundis Spaten, als er an etwas sehr Hartes stieß. Rex drehte sein Werkzeug um und beäugte das stumpfe Blatt. »Aha«, sagte er. »Damit wäre die Sache erledigt.« Es wäre reine Dummheit, die Arbeit mit einem stumpfen Spaten fortzusetzen. Man konnte nicht erwarten, dass ein guter Handwerker wie er vernünftige Arbeit leistete, wenn die Werkzeuge stumpf waren. Undenkbar!

Rex legte das nutzlos Gerät zur Seite und bückte sich, um den gesegneten Stumpfmacher mit bloßen Händen auszugraben. Er tastete mit den Fingern umher und fand etwas Kaltes, Glattes. »Hmmm.« Er umschloss es mit den Fingern und zog daran. Es bewegte sich nicht, und Rex überprüfte sein Rückgrat auf ernste Verletzungen. Seine Tage als Lochgräber waren vorbei, sagte er sich und trat gereizt gegen das Objekt. Dann hüpfte er auf dem anderen Fuß umher und fragte sich, warum er das eben gerade getan hatte.

Rex nahm den stumpfen Spaten wieder auf, schwang ihn hoch über den Kopf und bereitete sich darauf vor, den vernichtenden Schlag anzubringen.

Doch dann hielt er inne. Was er dort unten vor sich sah, war ziemlich ungewöhnlich. Das Objekt war ein Kopf. Ein Marmorkopf. Kein Zweifel möglich. Rex konnte die Haare ausmachen und ein Stück der edlen Stirn. Ein Marmorkopf. Was sagt man dazu?

Rex bückte sich und schaufelte. Schaufelte und grub und tunnelte und scharrte. Bohrte und buddelte und schippte und schürfte und baggerte. Und als er fertig war, saß er auf dem Hintern und bewunderte seinen Fund und sagte Worte wie: »Ich werd verrückt!« oder »Das glaubt mir keiner!«

Denn dort unten zu seinen Füßen lag eine Marmorstatue in voller Lebensgröße, die selbst in ihrem beschmutzten Zustand ein wundervolles Ding war.

Es war die Statue eines jungen Mannes, gekleidet in einen Anzug mit breiten Schulterpolstern und ausgestellten Hosenbeinen. Erstarrt mitten im Spiel über einer gemeißelten Gitarre. Er hatte eine heftige Schmalzlocke und Killerkoteletten.

»Elvis!«, sagte Rex Mundi. »Du bist das!«

»Sieht jedenfalls ganz danach aus«, stimmte Fido seinem Herrn und Meister zu. Er hatte Rexens fiebrige Aktivitäten beobachtet. »Schmollmund und alles. Ein hübsches großes Loch hast du da übrigens gegraben.«

»Hilf mir mal, wir ziehen ihn raus.«

Der Hund betrachte Elvis mit *dem* Blick.

»Na gut, dann hol eben ein Seil oder so was. Ich improvisiere derweil einen Flaschenzug.«

»Zu hören heißt gehorchen, Meister.«

Rex spuckte in die Handflächen und rieb sie aneinander. »Bald hab ich dich draußen«, sagte er.

Es war recht spät am Nachmittag, als die Statue von Elvis endlich aufrecht zu stehen kam. Und der Garten, auf den sie nun hinabsah, war nicht mehr länger das schöne, malerische Objekt, das er noch kurze Zeit zuvor gewesen war. Es war nun ein Garten übersät mit gesplitterten Dielen und Kanthölzern, gerissenen Seilen und gebrochenen Flaschenzugscheiben. Ein Garten befleckt mit Worten der Ruchlosigkeit.

Der Besitzer des solcherart entweihten Gartens saß erschöpft auf dem Boden, die Beine im Loch seiner eigenen Schöpfung.

»So«, sagte er, als er endlich wieder Atem gefunden hatte. »War doch ganz einfach.«

Fido legte den Kopf zur Seite und blickte die Statue von unten herauf an.

»Ein Killer«, sagte er. »Das ist Elvis in Person.«

»Sicher«, ächzte Rex. »Wie er leibt und lebt.«

»Kosmisch, Mann. Totkosmisch.«

»Und direkt hier in meinem eigenen Garten!«

»Wie ich schon sagte, kosmisch.«

»Ich frage mich, wie er hergekommen ist.« Rex mühte sich auf die Beine und betrachtete seine Entdeckung.

»Wahrscheinlich ist sie im Nuklearen Holocaust untergegangen. Hey, Mann – weißt du, was das bedeutet?«

»Was denn?«

»Es bedeutet, dass du dein Haus wahrscheinlich auf

genau der Stelle gebaut hast, wo früher einmal Graceland stand.«

»Kein Scheiß?« Rex war ziemlich beeindruckt. »Was für ein Zufall, eh?«

»Hmmm.« Fido hatte nicht besonders viel Vertrauen in Zufälle. »Vielleicht.«

»Eine wunderschöne Statue jedenfalls. Ein hübsches Schmuckstück für den Garten.«

»Schade nur, dass du mit dem Spaten ein Stück von seiner Nase abgeschlagen hast.«

»Sie machen nie Nasen dran«, sagte Rex kenntnisreich. »Die Griechen und Römer und Was-weiß-ich-nicht-wer haben ihre Statuen immer ohne Nasen gemacht. Es war eine Tradition oder eine alte Bulle oder so etwas.«

»Diese Statue sieht aber gar nicht griechisch aus, wenn du mich fragst. Scheint eher aus der italienischen Schule zu kommen.«

»Geh, such einen Stock oder was.«

»Was dagegen, wenn ich erst ein Bein hebe? All die Aufregung . . .«

»Nicht in mein Loch, untersteh dich!«

»In Ordnung, Mann.« Fido hob das Bein und bespritzte die Statue.

»Verschwinde, Fido!«

»Tut mir Leid, Mann.«

»Nein, warte! Sieh mal! Du hast ein paar Buchstaben freigelegt. Mach's noch mal!«

Fido machte es noch mal.

»Was steht da?«, fragte Rex.

»Es ist ein Name und ein Datum. Michelangelo Buonarroti. 1504.«

»1504?«

»Steht jedenfalls da. Michelangelo. Mann, dieser Typ war berühmt! Er war die Nummer Eins! Michelangelo.«

»Der Name kommt mir bekannt vor.« Rex kratzte sich am Kopf. »Ja, natürlich! Er war einer von den Teenage Mutant Ninja Turtles, nicht wahr?«

Fido blickte zu seinem Herrn auf. Rex blickte zu seinem Hund hinab.

»Tut mir Leid«, sagte Rex. »Ist mir so rausgerutscht.«

»Spring ins Loch, Mann.«

»Was soll ich?«

»Ins Loch springen. Schnell!«

»Das werde ich nicht.«

»Dann tut es mir Leid, Mann.« Fido sprang Rex an, traf ihn an der Brust und riss ihn von den Beinen. Ein Mann mitsamt Hund verschwand im Loch.

Nicht einen Augenblick zu früh.

Plötzlich war ein heulender Motor zu hören, gefolgt von Bremsenkreischen, und etwas Großes und Metallisches krachte mit explosiver Gewalt durch die Hecke. Es pflügte durch die Pflanzung, demolierte den Taubenschlag, verstreute die Vögel und kam zu dem traditionellen zitternden Halt genau an der Stelle, wo Rex noch einen Augenblick zuvor gestanden hatte.

»Was zur ...« Rex zappelte in seinem Loch.

»Bleib unten, Mann! Und lass mein Ohr los!«

»Ich mach dich fertig, Fido!«

»Ich hab dir das Leben gerettet, Mann! Mein Ohr, lass mein Ohr los!«

Rex löste seinen Griff um den räudigen Hörlappen des Köters.

»Woher wusstest du, was passiert? Ich hab absolut nichts gehört!«

»Ich bin der Siebte von Sieben. Sei leise, ich rieche mächtigen Ärger.«

Rex spähte vorsichtig über den Rand seines wunderschönen selbstgebuddelten Lochs. Über ihm schwebte ein mächtiger Chromstoßfänger mitsamt einem Nummernschild daran. Auf dem Nummernschild stand DEE 1.

»Das ist Simon Dee«, flüsterte Rex. »Er ist zurückgekommen, um eine weitere Serie hinzulegen. Ich wusste immer, dass es soweit kommen würde.«

»Das glaube ich nicht, Mann.«

Rex hörte das Surren eines elektrischen Fensterhebers und ein geschmeidiges Klicken, als die Fahrertür geöffnet wurde. Er erspähte ein Paar polierter Budapester, darüber karierte Socken und zwei Hosenaufschläge aus Tweed.

»Jemand zu Hause?« Der Akzent war Rex unvertraut. »Hallooooo!«

Das gefällt mir nicht, dachte Rex. Während er zusah, öffnete sich die Beifahrertür ebenfalls, und ähnlich gekleidete untere Extremitäten senkten sich auf den Gartenboden herab. »Ausgeflogen, meinst du?«, sagte eine zweite Stimme.

»Ich will verdammt sein, wenn ich das wüsste. Du hast die Koordinaten richtig eingestellt, oder?«

»Sicher hab ich!«

»Dann muss er auch hier sein.«

Rex rückte in seinem Loch zur Seite. Er konnte den Rücken des Fahrers sehen. Eine Barbourjacke und eine Tweedmütze.

»Devianti!«, ächzte Rex. Dieser Mann trug das

Kostüm der kannibalisierenden Banden, die einst durch die zerstörten Straßen der post-NHE-Welt gewandert waren. Doch sie waren für immer verschwunden, oder nicht? Rambo Blutaxt und Eric Todesklinge waren die letzten aus ihrer Linie, und sie waren heute geläuterte Charaktere, wenngleich ihre Fähigkeiten als Baumeister ein wenig beschränkt waren.

Rex tastete nach einer Waffe. Sein Spaten war außer Reichweite.

»Fido!«, flüsterte er. »Fido!« Fido tat sein Bestes, um sich einzugraben. »Los, verscheuch sie, alter Junge!«

»Hey, Mann! Sei realistisch!«

»Du wirst sie auf der Stelle verjagen!« Rex packte den feigen Köter und wuchtete ihn aus dem Loch.

»Und was haben wir hier?« Der Fahrer wandte sich um.

Fido stieß seinen »Wolfsruf« aus. Kein Geräusch, das geeignet gewesen wäre, Furcht und Schrecken heraufzubeschwören.

»Los, verjag sie, Fido!«

»Nein, bitte!« Der Fahrer erblickte Rex. »Bitte, Sir, wir wollen Ihnen nichts tun! Rufen Sie diese furchtbare Bestie zurück!«

»Furchtbare Bestie, eh?« Fido brachte ein wenig überzeugendes Knurren zustande. Rex mühte sich mit soviel Würde, wie er aufzubringen imstande war, aus dem selbstgegrabenen Loch. »Passt auf eure Kehlen auf«, riet er den beiden.

»Oh, das werden wir, werden wir. Meine tiefste Entschuldigung, Sir. Wie es scheint, haben wir Ihre Hecke ruiniert.«

Rex warf einen bitteren Blick auf das große ausgefranste Loch. Christeen würde es bestimmt nicht gefallen. Er nahm den Fahrer sorgfältig in Augenschein. Er sah aus wie ein Wiesel, ein schmächtiger Bursche mit spitzer Nase, eng stehenden Augen und einem gemeinen kleinen Mund. Die niederträchtigen Gesichtszüge waren gegenwärtig zu einem Ausdruck tiefster Aufrichtigkeit verzerrt.

Rex musterte den Wagen. Lang, grün, teuer aussehend.

»Ein Volvo!« Fido bellte anerkennend. »XL 5. Benzineinspritzung. Das Allerneueste.«

»Du kennst dich aber gut aus, kleiner Wauwau.« Der Fahrer bückte sich, um den Köter zu tätscheln. Fido entblößte seine Fänge. Rex trat vor, um den Wagen genauer in Augenschein zu nehmen. Ein Ausdruck von Schrecken breitete sich auf dem Gesicht des Fahrers aus. Ein Ausdruck, der nichts mit Fidos dentaler Zurschaustellung zu tun hatte.

»Ich würde die Motorhaube nicht berühren, Sir! Sie ist ziemlich heiß; Sie würden sich die Finger verbrennen.«

»Lassen Sie meine Hand los!«, sagte Rex.

»Selbstverständlich, selbstverständlich. Ich wollte Ihnen nicht zu nahe treten. Selbstverständlich werden wir sämtliche Schäden ersetzen, die wir in Ihrem Garten angerichtet haben.«

»Selbstverständlich.« Der Begleiter des Fahrers tauchte hinter dem Wagen auf. Er war ein wenig kräftiger gebaut als sein Kollege. Rex schätzte sehr richtig ein, dass er der Gefährlichere der beiden war. »Wir haben uns noch gar nicht vorgestellt, bitte entschuldigen Sie. Ich bin Ed Kelley, und das hier ist Mr. Johnny Dee. Und Sie sind, Sir?«

»Wütend«, sagte Rex Mundi. »Stink Wütend. Verschwinden Sie von meinem Land.«

»Ich verstehe. Hallo, wen haben wir denn hier?« Mr. Kelley schob sich an Mr. Dee vorbei und näherte sich Rexens Statue. »Was ist das?«

»Ein Familienerbstück.« Rex verschränkte die Arme. »Äußerst wertvoll. Bitte nicht anfassen.«

»Wertvoll, sagen Sie?«

»Äußerst. Woher haben Sie diesen Wagen?«

»Diesen Wagen?«

»Diesen Wagen. Hier gibt es keine Autos. Das hier ist das neue Eden. Woher kommen Sie?«

»Wen stellt diese Statue dar?«, erkundigte sich Mr. Kelley.

»Meinen Großvater. Wegen dieses Wagens ...«

»Ein hübscher Bursche, Ihr Großvater«, sagte Mr. Dee. »Ich sehe die starke Familienähnlichkeit.«

»Schade nur um die Nase, John. So etwas senkt den Wert ganz beträchtlich, tut es.«

»Den Wert?«, fragte Rex verwirrt.

»Leider, ja«, sagte Johnny. »Und sie ist kein ausgesprochenes Meisterstück. Im Grunde genommen nur etwas ›Schulmäßiges‹. Was sagten Sie gleich, wie viel Sie dafür wollen?«

»Ich hab nichts gesagt.«

»Ich schätze, wir könnten bis zu fünf bieten. Aber das ist das höchste der Gefühle. Was meinst du, Ed?«

»Wovon reden Sie da? Fünf?«

»Millionen«, sagte Mr. Dee. »Sie dachten doch wohl nicht tausend, oder?« Er und Ed lachten fröhlich. »Was glauben Sie eigentlich, wer wir sind?«

»Ich weiß es nicht. Wer sind Sie?«

»Geschäftsleute. Händler, sozusagen.«

»Antiquitätenhändler«, murmelte Fido. »An ihren Volvos sollt ihr sie erkennen.« Mr. Dee warf Fido einen derart bösen Blick zu, dass der Hund ganz weiche Knie bekam, vorn und hinten.

»Also gut, Sir«, sagte Mr. Dee und strahlte übers ganze Gesicht. »Sie sind ein harter Verhandlungspartner. Sagen wir sechs.«

»Steigen Sie in Ihren Wagen, und fahren Sie weg, solange sie noch dazu imstande sind!«

»Meine Güte, meine Güte!«, seufzte Mr. Kelley. »Wir sind uns wirklich auf dem falschen Fuß begegnet. Bitte lassen Sie mich erklären. Wir kaufen alle zerbrochenen alten Statuen, genau wie diese hier.«

»Aus gemeinnützigen Beweggründen«, fügte Mr. Dee hinzu. »Zu verdienen gibt es damit wenig genug, wie Sie sich sicherlich denken können.«

»Ganz genau. Das ist wirklich ein glücklicher Zufall: Wir sind hier, diese Statue ist hier, und Sie sind begierig zu verkaufen.«

»Bin ich nicht.«

»Und noch besser: Wir sind in der Lage, Ihnen ein so überaus großzügiges Angebot zu machen.«

»Ich nenne sieben Millionen gar nicht so großzügig, wissen Sie?«

»*Sieben?* Oh, ich verstehe. Recht so, Sir. Siebeneinhalb also. Wollen wir in die Hände spucken und den Handel besiegeln?«

»Nein«, sagte Rex. »Wollen wir nicht. Die Statue ist nicht verkäuflich. Selbst wenn ich bereit wäre, mich von ihr zu trennen, was ich nicht bin, könnte kein Geld der Welt sie kaufen. Dies ist das neue Eden, und Geld hat hier keine Bedeutung. Ich weiß zwar nicht, woher Sie kommen, und es ist mir auch ziemlich egal, doch ich schlage vor, Sie kehren mit Höchstgeschwindigkeit dorthin zurück, bevor mein rasender Freund und ich mit gewalttätiger Absicht über Sie kommen. Habe ich mich absolut klar ausgedrückt?«

»Ich hab's gehört, Mann!«, bellte Fido. »Wie viel verbraucht dieser Schlitten eigentlich, Leute? Wie man so hört, sollen diese Dreifachvergaser eine ganze Menge schlucken.«

»Mittelmäßig bis viel«, sagte Johnny. »Ich hab einen der Vergaser stillgelegt und einen Bypass eingezogen. Wir schaffen fast vierzig Kilometer pro Gallone auf der Langstrecke.«

»Diesel?«, erkundigte sich Fido.

»Fido!« Rex machte würgende Handbewegungen.

»Tut mir Leid, Mann.«

»Ich glaube, ich könnte ein wenig Hilfe hierbei gebrauchen.« Ed wurde immer intimer mit der Statue. »Dieser zweitklassige Marmor wiegt ziemlich viel.«

Rex ballte die Fäuste. »Haben Sie nicht gehört, was ich gesagt habe?«

»Selbstverständlich haben wir Sie gehört, Sir.« Johnny Dee lächelte zuckersüß. »Sie haben gesagt, dass Sie kein Geld für diese Statue möchten. Eine noble Geste, Sir. Wir wissen es durchaus zu schätzen.«

»Das habe ich überhaupt nicht gesagt!«

»Wenn Sie lieber Tauschgüter mögen, kein Problem, Sir.« Johnnys Blick schweifte durch den Garten. »Vielleicht eine elektrische Schaufel? Wir könnten Ihnen auch ein solarbetriebenes Ausschachtwerkzeug anbieten. Und Dünger. Ihre Pflänzchen sehen ein wenig schmächtig und abgespannt aus.«

»Abgespannt, sagen Sie?« Jetzt hatte Rex definitiv die Nase voll. Genug war genug. »Warten Sie hier«, sagte er. »Bewegen Sie sich nicht von der Stelle, und fassen Sie diese Statue nicht an! Ich bin gleich wieder zurück.«

Er wandte sich ab und stapfte zum Haus. Beim Betreten der Küche wählte er ein mörderisch aussehendes Fleischerbeil aus dem Gestell über dem Aga, prüfte sein Gewicht und befand es als geeignet für die ihm zugedachte Aufgabe. Sodann kehrte er zu seinen beiden unwillkommenen Gästen zurück, die sich selbst jetzt noch an seiner Statue zu schaffen machten.

»Sehen Sie dies hier?«, fragte Rex. Johnny Dee nickte ernst.

»Dann hören Sie zu, was ich nun sage. Verlassen Sie meinen Grund und Boden augenblicklich, oder man wird Sie in nächster Zukunft mit dem Spitznahmen Johnny ›Kopflos‹ Dee betiteln.«

Johnny fand noch die Kraft für ein letztes Lächeln. Er bot es Rex an.

»Helfen Sie uns nur eben beim Einladen der Statue, und dann sind wir weg.«

Rex hob das Fleischerbeil. Der rote Nebel kam schon wieder auf, und das psychotische Glitzern in seinen Augen entging Mr. Dee keinesfalls; schließlich sah er es aus allernächster Nähe. »Also kein Geschäft?«

»Kein Geschäft.«

»Mein verehrter Sir, wenn ich doch nur ...«

»Fass!«, befahl Rex.

Ermutigt durch den furchterregenden Anblick seines Herrn, hatte Fido einen plötzlichen Adrenalinstoß und stürzte sich auf Johnny Dees Knöchel.

»Also schön, also schön! Wir gehen ja schon ...« Dee und Kelly saßen flugs wieder in ihrem Volvo, und flugs war der Volvo auf dem Weg aus dem Garten. Er krachte ein weiteres Mal durch die Hecke. Metall kreischte und knirschte, als die noch offene Beifahrertür aus den Angeln gerissen wurde und in den Dreck polterte. Rex und sein Hund spähten durch das brandneue Loch in der Hecke. Das nicht mehr allzu schicke Spitzenklassemodell wurde kleiner und verschwand ganz plötzlich ganz.

Sozusagen.

In Rex Mundis Garten breitete sich Stille aus.

Fido sah zu Rex auf, und Rex sah zu Fido hinunter.

Die Stille hielt an.

Schließlich kehrten die Tauben zurück und ließen sich in einer schweigenden Reihe auf dem Dach nieder.

Die Stille dauerte noch ein wenig länger, aber nicht mehr so lange wie bei den beiden ersten Gelegenheiten.

Und dann war es vorbei damit.

»Nun«, sagte Fido in seinem besten Jack Benny.

»Nun was?«

»Nun ja.«

»Nun ja? Das ist alles? Mehr nicht?«

»Mehr nicht, Mann.«

»Keine cleveren Wortspiele, keine geistreichen Einzeiler zum Abschluss des Kapitels, absolut nichts? Nichts außer ›Nun ja‹?«

»Nicht nach diesem Tag. Nein, Sir.«

»Nun ja«, sagte Rex. »Ich weiß das zu schätzen.«

»Das wenigste, das ich tun kann, Mann.« Fido machte auf den schmutzigen Hacken kehrt und trottete davon. Rex hörte sein befreites hündisches Kichern und die Worte »Simon Dee«. Er sprang vor und holte zu einem wütenden Tritt in Richtung Hundehinterteil aus, rutschte aus und verschwand einmal mehr in seiner selbst gegrabenen Grube.

2

1. *Und Elvis sagte zu Eva:*
»Leg den blöden Apfel hin, und geh weg von diesem Baum!«

Das Sub-Urbane Buch der Toten

Neu Eden rühmte sich einer ganzen Reihe wirklich atemberaubender Sonnenuntergänge. Sie waren rot und golden und strahlend. Menschen saßen auf den Hängen und beobachteten sie und seufzten aus tiefem Herzen. Aaaaaaaaaah, machten sie.

An diesem besonderen Abend machte Rex Mundi nicht Aaaaaaaaaah. Nicht, dass er es häufig gemacht hätte (den Sonnenuntergang beobachten), er zog die Freuden des Spielzimmers den Wundern des Firmaments vor. Doch an diesem Abend war er nicht im Spielzimmer. Er war in der Küche, bereitete sich sein eigenes Abendessen und bezog hinterher sein Bett im Gästezimmer.

Christeens Ohren waren taub gegenüber Geschichten von ausgegrabenen Statuen und geheimnisvollen Volvos. Septische Außentanks waren wie stets der Hauptbestandteil ihrer Konversation. Und da sie – für den Augenblick zumindest – aufgehört hatte, mit Dingen zu werfen, hielt Rex es lediglich für angemessen, die durchbohrte Ligusterhecke nicht zu erwähnen.

Nun lag er auf dem unbequemen Gäste-Einzelbett, das er schon immer hatte fertig bauen wollen, und starrte hinauf zur Decke, die er schon immer hatte tapezieren wollen. Seine Gedanken gehörten ihm, und da sie nicht sonderlich interessant waren, bleiben sie an dieser Stelle unerwähnt.

Rex rauchte einen dicken Joint, nahm sich vor, dass er wirklich irgendwann Scheiben in die Fenster setzen musste, und fiel zu guter Letzt in einen unruhigen Schlaf, seine Träume erfüllt von Löchern.

Eine Stunde vor Sonnenaufgang kehrte Fido nach Hause zurück. Er hatte die Nacht bei einem Hundegelage verbracht und war nun ein wenig unsicher auf den Pfoten.

Als er sich Mundi Towers näherte, hielt er inne, um über die Natur der merkwürdigen Lichter nachzusinnen, die sich vor ihm bewegten.

»Oho«, sagte Fido mit mehr als einer Spur von Lallen. »Wwwas haben wwwir denn da?« Er schlich näher und gab sich die größte Mühe, scharf zu sehen.

»Das dort«, sagte er zu sich, »das dort sieht aus wie Taschenlampen, geschwenkte Taschenlampen.« Und in der Tat, es waren geschwenkte Taschenlampen, und als Fido näher schlich, stellte er fest, dass er auch Stimmen hörte. Und diese Stimmen sagten Dinge wie: »Halt dein Ende hoch!« oder »In Ordnung, ich hab's, ein Stückchen zu mir jetzt« oder »Dieses Ding wiegt eine Tonne!«

Fido schlich noch näher heran, und dann sah er dunkle Gestalten, die sich durch die Nacht bewegten. Zwei dunkle Gestalten waren es, und sie mühten sich mit etwas ab und zerrten es auf ein Gebilde zu, das selbst im schwachen Licht unverwechselbar die klassischen Konturen eines … »Ein Volvo Kombi!« flüsterte Fido. »Diese Bastarde!«

»Schlag Alarm, pelziger Geselle!«, sagte sich Fido, und: »Wuff! Wau! Wau! Rex! Rex! Reeeeexxxx!«

»Das ist dieser verdammte Hund!«, ertönte die Stimme von Johnny Dee. »Schieß ihn tot!«

»O Shiva!« Fido gab Fersengeld. Er rannte zwischen Ed Kelleys Beinen hindurch und auf das Familienheim zu. Ein Blitz gelben Lichts zuckte über seinen Kopf hinweg und zerschmolz Rexens Petersilienbeet. »O Shiva, o Shiva!« Fido hastete zu seiner Hundeklappe. Er trappelte die Treppe hoch und in das Gästeschlafzimmer, von dem er ganz richtig annahm, dass Rex dort anzutreffen war. Rex war bereits auf den Beinen, aufgeschreckt vom Lärm draußen in seinem Garten.

»Was ist los?«

»Der Volvo! Dee und Kelley! Sie haben Waffen!«

»Komm, wir schnappen sie uns!«

»Nicht ich, Mann.« Fido ging unter dem Bett in Deckung.

»Dann eben ich allein.«

»Tapferer Bursche. Beeil dich besser, sie klauen deine Statue.«

»Diese Bastarde!«

»Genau das hab ich auch gesagt!«

Jetzt war Rex wütend. Genaugenommen war er sogar sehr wütend. Er schäumte, rauchte, raste vor Wut. Er schnappte sich den Spaten, den Christeen auf dem Weg ins Bett in sein Gästezimmer geworfen hatte, und rauschte die Treppe hinunter. Er war genau genommen nicht für einen Kampf angezogen, nur in Unterhosen, doch seine Muskeln spielten an den richtigen Stellen und glänzten im Mondlicht. Vielleicht nicht ganz Conan der Barbar, aber definitiv ein

Taschenherkules. Ed und Johnny beeilten sich mit dem Verfrachten ihrer Ladung, jetzt, nachdem der Alarm ausgelöst war.

»Ich krieg die Heckklappe nicht zu!«

»Dann lass sie offen! Los, wir verschwinden!«

Johnny sprang auf den Fahrersitz und drückte auf Knöpfe, und Ed warf sich neben ihn. Der Motor sprang gleich beim ersten Versuch an, wie es bei diesen teuren Kisten eben so ist. Und sie hatten die abgefahrene Tür ersetzt. Ersetzt und neu lackiert. Man sah nicht einmal mehr einen Unterschied. Diese Bastarde!

»Los geht's!« Johnny schob den Automatikhebel nach vorn, und als er dies tat, erhob sich eine wütende Gestalt vor der Motorhaube, den Spaten hoch über den Kopf erhoben wie den Hammer Thors.

»Es ist Conan!«, kreischte der fettere der beiden Schurken.

»Sei nicht albern!«

»Lass uns verschwinden!«

Thor schwang seinen Hammer. Die Windschutzscheibe des Volvo zerbröselte in tausend Splitter. Selbstverständlich schützte die innere Sicherheitshaut, die bei allen teureren Automobilen zum Serienumfang gehört, die Insassen vor möglichem Schaden. Und die Versicherungsgesellschaft würde die Scheibe zahlen, ohne mit der Wimper zu zucken. Diese Bastarde!

»Ich kann nichts sehen!«

»Dann eben rückwärts! Los, fahr endlich!«

Johnny kurbelte am Lenkrad. Der Volvo pulverisierte die Erbsen und krachte in eine weitere Sektion von Rexens wunderschöner Ligusterhecke. Er schoss über den Fischteich, erschreckte die edlen Koi-Karpfen und ließ die Gartenzwerge versteinern. Rex warf sich auf das wildgewordene Automobil. Sein Spaten kratzte funkenstiebend über das Dach und arbeitete sich durch drei Schichten Metalliclack, zwei Schichten Grundierung und eine Schicht eines rostbeständigen Additivs komplizierter chemischer Zusammensetzung.

»Der hyperboreanische Held!«, kreischte Ed, dessen wahrer Charakter nun zum Vorschein kam. »Erschieß ihn endlich!«

»Ich kann *ihn* nicht erschießen, das weißt du sehr genau!« Johnny schob den Wählhebel der Automatik in den »Fahr-wie-der-Teufel«-Gang. Rex ließ den Spaten fallen und warf sich gegen die offene Heckklappe. Seine Finger fanden Halt, und seine Füße verloren ihn.

Der Wagen schoss vor, die Maschine schnurrte wie ein Kätzchen, und das, obwohl die Drehzahl weit im roten Bereich war – und plötzlich herrschte Stille. Alle möglichen sehr eigenartigen Dinge passierten.

»Sie befinden sich nun im freien All«, verkündete eine körperlose Stimme. »Bitte beachten Sie die folgenden Sicherheitsvorkehrungen. Sichern Sie sämtliche Türen ...« Rex wurde bewusst, dass er schwerelos geworden war. Er wuchtete sich in den Volvo und riss an der Heckklappe, bis sie krachend ins Schloss fiel.

»Überzeugen Sie sich, ob Ihre Koordinaten richtig eingegeben wurden und korrekt sind. Verlassen Sie das Fahrzeug unter gar keinen wie auch immer gearteten Umständen. Werfen Sie keinen Abfall aus dem

Fenster, und fummeln Sie um Himmels willen nicht am Partikelstrom oder den ionisierten Betaphotonen herum!«

»Würd ich nicht mal im Traum«, sagte Rex.

»Wir danken Ihnen für Ihre Reise im Dienst der Ultimativen Wahrheit und wünschen Ihnen ein schönes Morgen.«

Ein schönes Morgen? Überraschend kehrte die Gravitation an Bord zurück, und Rex fiel mit der Nase auf den Boden. Er formulierte Worte der Bitterkeit und rappelte sich auf die Beine. Nun sollte man doch meinen, dass im Heck eines Volvo Kombi keinesfalls genügend Kopffreiheit herrscht, um sich auf die Beine zu rappeln, und genau dieser Gedanke kam auch Rex, als es ihm gelang, sich ohne jedes Problem gerade hinzustellen. Tatsächlich stellte er fest, dass er das Dach des Wagens nicht einmal berühren konnte, als er die Arme danach ausstreckte, und als er sich überrascht umsah, entwich seinen Lippen ein langgezogener, erstickter Laut des Staunens.

Obwohl er genau wusste, dass er den Volvo nicht verlassen hatte, fand sich Rex im Eingang einer Art gigantischen Frachtraums wieder. Er war monströs. Gewaltig. Das Heck des Volvos hatte offensichtlich mehr als nur ein wenig zum Inhalt der riesigen Halle beigetragen. Und obwohl die riesige Halle so riesig war, war sie vollgestopft. Bis unters Dach.

»Kunst«, flüsterte Rex. »Das ist Kunst!«

Und in der Tat, es war Kunst. Massen von Kunst. Reihe auf Reihe titanischer Gemälde, gerahmt in Gold, hing an stählernen Gestellen. Rex wanderte von Ehrfurcht geschlagen zwischen ihnen umher. Dort gab es Statuen und Büsten, Sektionen von Wandfresken, Gobelins und Mosaike. Hunderte von ihnen. Nein, Tausende. Rex zog seine Unterhose hoch. Er war in einem echten Museum gelandet, daran konnte kein Zweifel bestehen.

Seine eigene Statue lag auf der Seite in der Frachthalle, denn so erschien ihm das Heck des Volvo nun, und sie wirkte kein Stück fehl am Platz mitten unter all den Schätzen der Alten Welt, die ringsum versammelt waren. Und warum nicht?

Nun, ich verrate Ihnen, warum nicht.

Weil nämlich, wohin Rex auch wanderte, sein Blick von einem einzigen Detail wie magisch angezogen wurde. Jedes einzelne von all diesen Bildern, Wandgemälden, jede Statue, jede Büste, jede Ikone und was auch immer zeigte ein und das gleiche grinsende Gesicht. Hier grinste es Cäsar über die Schulter, während Brutus mit dem Messer zustieß. Dort stand es in der Nachtwache, perfekt ausgeleuchtet. Und dort, in Georges de la Tours »Anbetung der Schäfer« war es das dritte von rechts. Ja, kein Irrtum möglich.

Es war ein Gesicht, das Rex beinahe so gut kannte wie sein eigenes. Ein Gesicht, wie es noch niemals zuvor eines gegeben hatte und wie es bestimmt auch niemals wiederkommen würde. Das Gesicht von Elvis Aaron Presley. Der Mann, die Lippe, die Legende.

»Elvis!«, sagte Rex Mundi mit leiser, sorgenvoller Stimme. »Was in Gottes Namen hast du nun schon wieder angestellt?«

Mein Büro ist nicht gerade das, was man schick nennen könnte.

Es hat einen Schreibtisch, an dem ich sitze, und

einen Stuhl, auf dem ich am Schreibtisch sitze, wenn Sie verstehen. Es gibt einen Kühltank, der nicht allzu kühl ist, und einen Fan, der mir keine Briefe schreibt.[1] Ein Telephon, das nicht mit mir spricht, und einen Teppich, über den ich gar nicht reden will.

Ich hab einen Hutständer ohne Hut darauf und einen Aktenschrank voller Memos. O ja, und ich hab natürlich auch eine Tür.

Und durch diese Tür komme ich ins Spiel. Woodbine ist der Name, Lazlo Woodbine. Privatschnüffler. Und obwohl wir hier erst auf Seite XX sind und noch eine ganze Menge passiert, mit der ich nicht das Geringste zu schaffen hab, bin ich in diesem kleinen Epos der eigentliche Held. Zufällig. *Tempus Fugit(ives)* heißt es. Ein *Lazlo-Woodbine-Thriller*.

Also ich – ich bin kein enigmatischer Typ, deshalb erwarten Sie nicht allzu viel Kunst um der Kunst willen.

Ich bin nicht billig, aber ich bin gründlich, und ich erledige immer meinen Job. Bei mir können Sie mit einer Menge kostenlosem Sex rechnen, mit reichlich Gewalt, einer Spur aus Leichen und einem finalen Showdown irgendwo auf einem Häuserdach. So ist das nun einmal, und so war's schon immer. Und so fängt es immer an.

Es ist eine von diesen langen, heißen Nächten in Manhattan. Hemdsärmelwetter in der großen Stadt. Mein Büro war wie der Rücksitz von Guy Stravinos Chevy: Kein Ort, an dem man nach sechs Uhr abends noch sein sollte. Ich drehe den Verschluss von einer weiteren Flasche Bud und fächele mir mit *Wet Girls in*

[1] Fan: engl. für Ventilator. Schrill, wie? (Anm. d. Übers.)

the Raw frische Luft zu. Der Sommer hat die Stadt fest im Griff.

Die Kleinganoven und Taschendiebe sind getürmt, die Cops an den Straßenecken zerfließen zu Fett, und die Wagen kriechen vorbei wie Staub auf einer Grammophonnadel. Mein Kühltank dampft leise vor sich hin, und mein Deckenventilator schafft höchstens noch drei Umdrehungen pro Stunde. Es ist *heiß*.

Ich ziehe meinen Trenchcoat und meine Fäustlinge aus. »Verdammt«, sage ich zu mir, »wenn es noch heißer wird, ziehe ich meinen Pullover aus.«

Das Bier rinnt eisig durch meine Kehle und zischt im Hühnchenmadras, den ich zum Tee gegessen habe. Ich lehne mich in meinem Schreibtischsessel zurück und lausche dem Lärm der Stadt.

Durch das offene Fenster höre ich den Zeitungsjungen die letzten Schlagzeilen der Abendausgabe rufen, im Radio eines Nachbarn das aktuelle Spiel, das Knistern der Neonlichter, das Pupen der Pudel und die himmlischen Harmonien des Kosmos.

Was ich nicht zu hören erwarte ist das Läuten meines Telephons. Und so sicher wie sicher ist es genau das, was ich auch nicht höre.

Was ich aber höre, das ist das Klopf-klopf-klopf an meiner Trenntür. Ich gähne, strecke mich und verdränge jeden Gedanken daran, Esperanto zu lernen. Das könnte der ganz große Fall werden. »Herein«, sage ich.

Die Tür fliegt auf wie Wasser auf einem Hühnerarsch, und dort, eingerahmt im Durchgang, steht die verdammt wunderschönste Frau, die ich den lieben langen Tag gesehen habe. Sie steckt fast in einem weißen Angora-Abendteil. Schulterfrei und nicht von der Stange. Sie ist jene Sorte von Blondine, die man nicht mit einer Flasche herbeitrinken kann, und ihre Lippen sehen aus, als seien sie mehr um einen langen Martini herum zu Hause als um einen Zwergendongler. Diese Lady hat das Wort Klasse auf sich stehen wie die Felsen von Brighton.

»Hi Zuckerschnecke«, sage ich und lächele sie vom Bauch abwärts an. »Suchst du nach ein wenig Abwechslung?«

Sie bedenkt mich mit einem Blick, als würde sie eine schlechte Zigarre aushusten, und kommt mit einem strahlenden Veronica Lake auf mich zu. »Ist Ihr Name Woodbane?«, fragt sie. »Woodbane der Schnüffler?«

»Ich heiße Wood*bine,* Ma'am. Lazlo Woodbine. Manche nennen mich Laz.«

»Ich nenne Sie Mister Scheißkopf«, erwidert sie auf eine Weise, die ich als höchst gewinnend einstufe. »Ich brauche Ihre Hilfe.«

Nun, ich hab noch nie im australischen Busch Brei gefuttert, deswegen weiß ich auch nicht, wie man um selbigen herumstreicht, wenn er heiß ist. Und diese Lady sieht aus, als meint sie es geschäftlich. Und das Geschäft ist mein Geschäft, wenn Sie verstehen, was ich meine, und ich bin sicher, Sie verstehen das.

»Ich bin nicht billig«, sage ich. »Aber ich bin gründlich, und ich erledige meinen Job. Bei mir können Sie mit einer Menge kostenlosem Sex rechnen, mit reichlich Gewalt, einer Spur aus Leichen und einem finalen Showdown irgendwo auf einem Häuserdach.«

»Keine offenen Enden und keine Nebengeschichten?«

»Keine. Ich nehme fünfhunderttausend Dollar am

Tag, plus Spesen, und ich arbeite nur in der Ich-Perspektive und im Präsens.«

Sie zuckt träge mit einer Halsfalte und gleitet noch näher heran. »Ich denke, ich werde das Mister weglassen«, witzelt sie. Ich fange an mich zu verlieben. »Fünfhunderttausend pro Tag, und die Spesen zahlen Sie selbst.«

»Sie sind ein harter Verhandlungspartner, Ma'am«, entgegne ich und lasse den »harten« einsinken. »Wer soll sterben?«

Sie kramt in ihrer Tasche, bringt ein kleines Dingsda zum Vorschein und wirft es auf meinen Tisch. Ich mustere es flüchtig. Es ist hart, schwarz, hat Knöpfe und ist etwa so groß wie eine Packung Camel[1].

»Aha«, sage ich auf eine Weise, die eine fast mystische Expertise in alles andeutet, was mit Elektronik zu tun hat. »Was Sie da haben, Ma'am, ist ein Weißnichwiesheißt.«

Sie fährt sich mit samtener Zunge über die oberen Dentalarbeiten und lächelt mich bittersüß an. »Drücken Sie Knopf A.«

Ich tue, um was sie mich bittet. In einem Kubus über meinem Schreibtisch flammt Licht auf und zeigt eine Reihe von 3D-Bildern wahrhaft poetischer Dimension.

»Aha«, sage ich, einer meiner Lieblingsausdrücke, wenn mir nichts anderes einfallen will.

»Kunstwerke.« Die Dame deutet mit manikürtem Digitus manus auf das Wunder. »Religiöse Kunstwerke.«

[1] Zigaretten (kleine weiße Papierhülsen mit einer rein pflanzlichen Füllung, auch wenn der Name etwas anderes andeuten mag).

»Ich weiß nicht, was ich sagen soll. Aber ich kenne mich aus mit Kunst.«

»Und kennen Sie diese Männer?« Jetzt blicke ich in Gesichter. Ernste, unliebenswürdige Gesichter.

»Ob ich sie kenne?« Ich lehne mich in meinem Stuhl zurück und vermeide nur unter Mühe, rückwärts aus dem Fenster zu fallen. »Ma'am, diese beiden haben mich meine Frau gekostet, meinen Job im Department, einen Hund namens Blue und sechs Monate auf der Intensivstation. Und Sie möchten, dass ich die Burschen suche?«

Sie blickt mich von oben bis unten an, als wäre ich eine bunte Reklametafel auf dem Times Square, und den Letzten holen die Teufel. »Glauben Sie, Sie könnten das schaffen, Scheißkopf?«

Ich bedenke sie mit der Sorte Lächeln, die ich im Allgemeinen für Dienstag reserviert habe. »Lady«, sage ich mit mehr Schwung als ein Tölpel in einer maltesischen Frikadellenfabrik, »ist Ihnen eigentlich bewusst, dass jede Justizbehörde in der gesamten Galaxis nach diesen beiden sucht?«

Sie nickt.

»Und das die Zukunft der Zivilisation und aller Wahrscheinlichkeit nach die Existenz unseres gesamten Universums von der Festnahme dieser Männer und dem Auffinden dieser Kunstwerke abhängen?«

Sie nickt erneut.

»Und dann kommen Sie zu mir?«

Sie beugt sich in das Hologramm. Die Gesichter der beiden Übeltäter starren mich von ihren Brüsten an. »Was sagen Sie, Woodbone?«

»Ich sage, warum haben Sie so lange gebraucht, Lady? Ich habe Sie schon vor einer Woche erwartet!«

»Bitte stellen Sie das Rauchen ein, legen Sie die Sicherheitsgurte an und bereiten Sie sich auf die Landung vor.« Rex begab sich in Fötusposition.

»Bitte beachten Sie sämtliche Vorschriften für die Landung, und verlassen Sie die Maschine erst, wenn die grünen Lampen aufleuchten und die kleine Tröte tut-tut-tut macht. Wir danken Ihnen für Ihre Reise für die Sache der Ultimativen Wahrheit und hoffen, dass Sie den Trip genossen haben.«

Ein schreckliches Holtern und Poltern brach los, und grelles Licht ging durch das Heckfenster des Volvo. Der Wagen kam zu einem plötzlichen Halt, und Rex blieb schäumend vor der Vorderseite des Kunstlagers liegen.

»Ein Happen zu Essen wäre jetzt genau das Richtige«, sagte die Stimme von Ed Kelley. Einmal mehr rappelte sich Rex auf die Beine. Über ihm erstrahlte ein kleiner Diamant aus Licht. Rex betastete seine Knochen.

»Ein kleiner Imbiss, bevor wir unser Geschäft zu Ende bringen.«

Rex verrenkte den Kopf nach dem schimmernden Diamanten. Eine Glasluke oder so etwas. Vielleicht konnte er die beiden sprechenden Köpfe ausmachen.

»Okey dokey«, machte Ed Kelley.

»Tut-tut-tut«, machte die kleine Tröte.

»Euch krieg ich«, murmelte Rex Mundi.

Er hörte, wie die Türen geöffnet und geschlagen wurden, dann nichts mehr außer einem dumpfen Brummen. Er kehrte durch das künstlerische Zeugs zur Frachthalle zurück und spähte durch das Heckfenster.

»Shivas Schaf!«, ächzte Mr. Mundi.

Dort draußen war eine Stadt – aber was für eine Stadt. Rex hatte in den Neunzehnhundertneunzigern New York gesehen, und dort draußen war eine Menge davon. Eine ganze Menge mehr. Er sah hinaus auf eine breite Durchgangsstraße, und gewaltige Wagen, allesamt niedrige, schlanke Karossen mit hohen Heckflossen und mächtigen Chromleisten, glitten majestätisch wie Landjachten dahin. Auf den Bürgersteigen schlenderten wunderschöne Menschen in schicken Kleidern. Sie alle sahen jung, groß und stolz aus. Rex verschwendete keine Zeit und entwickelte unverzüglich Abneigung gegen sie. Dahinter. Und darüber. Gewaltige Gebäude von grotesken Proportionen. Sie ragten bis in den Himmel hinauf, doch ihr Design war unverkennbar. Sie ähnelten ohne jeden Zweifel gigantischen Musicboxen. Dazwischen kamen und gingen, übersät mit blinkenden Lichtern, gewaltige Luftschiffe.

»Die Zukunft.« Rex sank auf seinen Hintern. »Ich bin in der Zukunft gelandet!« Er umklammerte die Knie und begann langsam hin und her zu schaukeln. Wäre er nicht halb der Held gewesen, für den zumindest ich ihn halte (ich auch[1]), dann hätte hier an dieser Stelle die nicht unbedeutende Chance eines mentalen Zusammenbruchs bestanden.

»Jetzt wäre der geeignete Zeitpunkt für einen mentalen Zusammenbruch«, sagte Rex Mundi und begann, unzusammenhängendes Zeugs zu reden.

Nein, ist es nicht!

Rex bedachte seine Optionen. Er war am Boden,

[1] Anm. d. Übers.[2]
[2] Ich auch. (Anm. d. Lektors)

aber ganz sicher noch nicht aus dem Spiel. Sicher, er war in einem zeitreisenden Volvo eingeschlossen und hatte nicht mehr auf dem Leib als seine Unterhosen. Doch er hatte schon in schlimmeren Situationen als dieser gesteckt, und er hatte noch jedes Mal das Steuer herumgerissen.

»Ich muss hier raus!« Rex suchte nach einer Gelegenheit. Einem Hinterausgang. Passanten passierten ihn. Sie alle schienen zufrieden, angestarrt zu werden, und wie Rex zu seiner Zufriedenheit bemerkte, sie alle waren sehr gut gekleidet. Sie starrten ihn an und gingen ihrer Wege. Der Augenblick musste richtig sein.

Ein junger Mann kam zum Volvo. Er war groß, von edler Gestalt und trug das Haar nach dem Geschmack der Zeit. Hochgekämmt und gelackt, mit langen Koteletten. Er trug ein weißes Hemd, eine bleistiftdünne Krawatte, eine an den Schultern gepolsterte dunkle Jacke mit schmalen Revers und nur einem Knopf. Graue Hosen, weiche weiße Milanos. Als er Anstalten machte, die Straße zu überqueren, klopfte Rex ans Fenster.

Scheinbar taub gegenüber Rexens Bemühungen machte der junge Mann einen Schritt nach vorn. Rex hämmerte mit der Faust gegen das Fenster. Der junge Mann hielt inne und blickte nach unten. Rex lächelte zu ihm hoch. Der junge Mann schien verwirrt. Rex machte ein aufmunterndes Gesicht und deutete hektisch auf den Türgriff. »Ich bin eingeschlossen!«, formulierte sein Mund.

»Was?«, formulierte der junge Mann ebenso lautlos.

»Eingeschlossen.«

Der junge Mann schüttelte den Kopf. Rex hämmerte gegen die Scheibe. »Hilfe!«

Der gute Samariter lächelte und streckte die Hand nach dem Türgriff aus. Er drehte ihn und öffnete die Heckklappe. Rex packte ihn bei den Schultern und zerrte ihn in den Volvo. Es war das Werk eines Augenblicks. Ein kräftiger Schlag gegen das Kinn, und die Heckklappe wäre um ein Haar wieder zugefallen. Die Geräusche der kurzen Auseinandersetzung wurden übertönt vom Lärm der Stadt. Rex zog sein unschuldiges Opfer aus und sich an. Die Jacke saß ein wenig eng unter den Achselhöhlen, doch die Schuhe passten halbwegs. Rex legte das Ohr an die Brust des jungen Mannes. Sein Atem schien regelmäßig zu gehen. Rex hatte ihn nicht allzu hart getroffen. Er fühlte sich schlecht, weil er ihn überhaupt geschlagen hatte. Es lag ihm nicht, Unschuldige niederzuschlagen, doch die Situation war einigermaßen extrem, und wenn er erst mit Dee und Kelley abgerechnet hatte, die beide alles andere als unschuldig waren, würde er sich bei dem jungen Mann entschuldigen und ihm als Wiedergutmachung einen oder zwei der alten Meister schenken.

Mit gründlich beruhigtem Gewissen schlüpfte ein gutgekleideter Rex Mundi aus dem Volvo und betrat Wunderland. Er betrachtete sein Spiegelbild in einem der zahlreichen Schaufenster. »Verdammt schick«, lautete seine wohl überlegte Meinung.

Rex rieb sich die Hände. Jetzt lagen ihm sämtliche Möglichkeiten zu Füßen. Die große Frage lautete: Welche davon nehme ich? »Nimm den Volvo«, sagte er sich ohne weiteres Zögern. Er ging um den Wagen herum und probierte die Fahrertür. Sie war verschlossen. Rex spähte ins Fahrzeuginnere. Keine Schlüssel baumelten am Armaturenbrett. Andererseits war das

Armaturenbrett nicht von der Sorte, an der man Schlüssel baumeln ließ. Es war eines von diesen Armaturenbrettern, wie man sie höchstens in großen Raumschiffen fand, alles voller blinkender Lämpchen und kleiner Bildschirme mit zahlreichen animierten Graphiken.

Rex pfiff leise durch die Zähne. Wahrscheinlich würde er den ganzen Tag benötigen, um herauszufinden, was die einzelnen Instrumente bedeuteten. Besser, wenn er sich direkt um den Fahrer kümmerte. »Ein kleiner Imbiss«, hatte er gesagt. Rex blickte sich suchend nach entsprechenden Lokalitäten um.

»O nein!« stöhnte er. Ed und Johnny saßen keine zwanzig Meter entfernt in einem Straßencafé. Auch wieder so ein Ding voller Chrom und Neon. Sie schwebten behaglich auf beinlosen Stühlen. Absolut futuristisch. Doch Rexens »o nein!« hatte nicht den beiden gegolten. Es hatte dem Schild gegolten, das über dem Café blinkte. Auf dem Schild stand: »The Tomorrowman Tavern«, und Rex wünschte sich zutiefst, sich verlesen zu haben.

»Zeitung, Kumpel?« Es war die erste Stimme, die er hörte, und sie besaß einen eindeutigen amerikanischen Akzent.

»Sorry?«

»Möchten Sie eine Zeitung?« Der Zeitungsverkäufer wedelte mit besagtem Artikel unter Rex Mundis Nase. »Ich hab gefragt, ob du eine Zeitung kaufen willst, du dämlicher ...«

»Ja, ja. Ich will. Ja.« Rex nahm das Ding entgegen, das ihm in die Hand gedrückt wurde.

»Buck.«

»Nett Sie kennen zu lernen, Buck.«

»'n Buck für die Zeitung, du dämlicher ...«

»Oh, ich verstehe.« Rex wühlte in seiner neuen Jacke. Er fand ein Bündel Scheine und entbündelte es. Geldscheine. Rex nahm eine große, helle Banknote und bot sie dem Zeitungsverkäufer an. »Reicht das?«

»Kann man so sagen.« Der Zeitungsverkäufer riss ihm die Banknote aus der Hand und steckte sie in seine Tasche. »Du gottverdammter dämlicher Hundesohn von einem ...«

Rex ließ es ihm durchgehen. Einen Zeitungsverkäufer mitten am Tag auf einer geschäftigen Straße bewusstlos zu schlagen war möglicherweise nicht der intelligenteste Schachtzug auf der Welt.

»Sind Sie den ganzen Tag hier?«, fragte er statt dessen.

»Bis die Leute heim gehen.«

»Dann komme ich später noch mal vorbei.«

»Häh?«

Rex nahm seine Zeitung und mischte sich unter die Passanten. Er entdeckte einen guten Aussichtspunkt vor einem Schaufenster, in dem eine faszinierende Auswahl an Freizeit-Bondage zu sehen war, und hob seine Zeitung »agentenmäßig« vor die Augen. Zwei Dinge wurden unvermittelt offensichtlich. Das erste ließ ihm die Augen überquellen und das zweite den Unterkiefer herabsinken.

Das erste war der Name der Zeitung. Der *Presley Enquirer*. Das zweite war das Datum. 27. Juli 2061.

»Siebenundzwanzigster Juli zweitausendeinundsechzig.« Gleichgültig, in welcher Richtung Rex auch las, immer kam das gleiche heraus. Er befand sich in seiner eigenen Zeit. Der Zeit, in der er lebte. Sogar dem Tag, in dem er lebte. Oder gelebt hatte. Doch das hier war nicht seine Welt. Wo zur Hölle war er gelandet? Auf einem anderen Planeten? Das konnte nicht sein. Nicht angesichts des amerikanischen Zeitungsverkäufers und der Zeitung namens *Presley Enquirer*.

Rex studierte die Schlagzeilen auf der Suche nach einem Anhaltspunkt.

»ALIENS AUS DEM WELTRAUM HABEN MEIN UNEHELICHES ZWEIKÖPFIGES KIND GEKIDNAPPT!«

Ah, dachte Rex. Eine von *diesen* Zeitungen! Er blätterte sie durch.

»WÜTENDER VERLEGER WIRFT AUTOR EINER TRILOGIE DEN HAIEN ZUM FRAß VOR.«

»HUNDERTJÄHRIGE FRAU GEBIERT SINCLAIR C5.«

»Hmmmpf.«

Rex faltete seine Zeitung zusammen und übereignete sie dem nächstgelegenen Mülleimer. Er warf einen prüfenden Blick über die Straße. Ed und Johnny schienen sich zu amüsieren. Rex beobachtete die wunderschönen Menschen, die kamen und gingen. Die fabelhaften Automobile und die schwebenden Luftschiffe. Die blitzenden Neonlichter und die schreienden Zeitungsverkäufer.

Und dann erhaschte er eine kurze Bewegung im Innern des Volvo. Wie in Trance beobachtete er, wie die halb nackte Gestalt des guten Samariters sich durch die winzige Luke in der Glasunterteilung wand und auf den Fahrersitz kletterte. Rex war sogar nahe genug, um die geschickten Finger beobachten zu können, die über das Raumschiffsarmaturenbrett huschten, und um das sanfte Schnurren zu hören, mit dem der Motor des Volvo zum Leben erwachte.

Mit vor Entsetzen weit aufgerissenem Mund sah Rex zu, wie der Volvo auf die Straße gesteuert wurde und sich rasch im Strom des vorbeikommenden Verkehrs verlor.

Der melodische Ton der hochgetunten Maschine bereitete Rex nicht das allergeringste Vergnügen. Genauso wenig wie die Tatsache, dass die perfekte Servolenkung nur wenig mehr Kraftaufwand als die Berührung einer Fingerspitze erforderte und die andere Hand des Fahrers frei war, um obszöne Gesten in Rexens Richtung zu vollführen. Welche Freuden auch im Anblick von rückwärtigen Fahrtrichtungsanzeigern liegen mochten, sie entgingen Rex vollkommen.

Ein Freund von mir, der einmal beim Geheimdienst gewesen ist, hat erzählt, dass die Blinker aller schicken Wagen so programmiert werden können, dass sie in einem geheimen Kode Nachrichten übermitteln. Die Kontrolle über diesen Kode und das Wissen, welche Knöpfe auf dem Armaturenbrett dafür gedrückt werden müssen, liegt allem Anschein nach allein in den Händen der Freimaurer, die im Allgemeinen während Verkehrsstauungen auf diese Weise Nachrichten aneinander übermitteln.

Ich habe dieses Thema einmal gegenüber dem Verrückten Tony Long zur Sprache gebracht, der bei meinem Cortina immer den TÜV macht. Er konnte es weder bestätigen noch dementieren, obwohl er mir einen sehr merkwürdigen Blick schenkte. Ob dies nun bedeutet, dass er selbst praktizierender Freimaurer ist, vermag ich nicht zu sagen. Und da ich nie das Verlangen spürte, seine Hand zu schütteln, werde ich es aller Wahrscheinlichkeit nach auch niemals in Erfahrung bringen. Aber es bringt einen schon zum Nachdenken, was?

Rex hingegen brachte es nicht zum Nachdenken. Im Gegenteil, falls es jemals einen Augenblick gegeben hatte, in dem erwachendes Interesse an automotiven Geheimnissen seinen Gedanken ferner gelegen hatte, dann war es dieser hier.

»Verdammt!«, brüllte Rex Mundi. »Verdammt, verdammt, verdammt!« Er hob die knotigen Fäuste und schüttelte sie gen Himmel. Er machte Anstalten, hinter dem Volvo herzurennen, doch er hielt rasch wieder an und warf die Hände erneut in die Höhe. Er trat nach der Luft. Er stampfte mit den Füßen. Er war nicht erfreut.

Die Auswahl an Möglichkeiten, so dünn sie gewesen sein mochte, war nun definitiv schwindsüchtig. Er konnte nicht das Geringste tun. Er konnte nur noch hingehen und die Sache direkt mit Dee und Kelley austragen. Erklärungen verlangen und Schläge austeilen, wann immer die Notwendigkeit danach verlangte. Nur unter Mühen gelang es Rex, seine Gesichtszüge zu etwas halbwegs Normalem zu verzerren, als er die Schultern straffte und über die Straße zur Tomorrowman Taverne starrte. Doch dort begegneten zwei schwebende und inzwischen unübersehbar freie Stühle seinen suchenden Blicken.

»Verschwunden!« Rex begann unkontrolliert zu zittern, und Passanten wichen ihm in weitem Bogen aus. Der Zeitungsverkäufer, der die unverlangte Darbietung von Anfang an verfolgt hatte, konnte sich nicht länger zurückhalten.

»Ist das vielleicht eine Art Straßentheater, Kumpel?«, fragte er. »Oder bist du nur ein Bekloppter?«

Langsam wandte sich Rex zu ihm um. »Weiß deine Mutter eigentlich, wie man näht?«, fragte er mit tonloser Stimme.

»Meine Mutter? Nähen? Sicher, ich glaub schon.«

»Dann kannst du dich ja hinterher von ihr zusammenflicken lassen.«

3

1. *Und als die Arche vollendet war, sagte Noah zu Elvis: »Und? Was sagst du?«*
2. *Und Elvis ging, um seine Kabine anzusehen, und als er zurückkehrte, sagte er: »Ziemlich eng.«*
3. *Und so brachen sie mehrere Wände heraus und installierten einen Jacuzzi.*
4. *Und als sie damit fertig waren, kratzte sich Noah an seinem langen Bart und sagte: »Jetzt haben wir nicht mehr genug Platz für all die Tiere.«*
5. *Und Elvis überflog die Liste und erwiderte voller Weisheit: »Lass die Dinosaurier zurück.«*

Das Sub-Urbane Buch der Toten

Hey, ich weiß genau, was Sie jetzt denken. Sie denken, wie kommt es, dass dieser Lazlo Woodbine mit seinem neunzehnhundertfünfziger Büro keine Überraschung zeigt, wenn er mit holographischen Science-Fiction-Apparaten konfrontiert wird und im Gegenteil Dinge sagt wie: »Jede Justizbehörde in der gesamten Galaxis sucht nach diesen beiden Schurken.« Geben Sie's doch zu.

Nun, ich will Sie nicht länger auf die Folter spannen. Und zwar weil ich, wie schon gesagt, kein enigmatischer Mensch bin.

Also erstens heißt dieser Roman *Tempus Fugit(ives)*, was ein verdammt cleverer Titel ist, alles, was recht ist, und ich hätte es wissen müssen, wenn man es genau bedenkt. Und zweitens, obwohl ich vielleicht aussehen mag wie der Bursche im Trenchcoat und mit dem Fedora, der ich auch bin, leben wir in wechselhaften Zeiten. Und die wechselhaften Zeiten, die ich damit meine, sind das fünfundzwanzigste Jahrhundert. Wenn man in diesen wechselhaften Zeiten als Privatschnüffler über die Runden kommen will, muss man ein paar Erwartungen erfüllen.

Ein gewisser Sinn für Anstandsformen gehört beispielsweise dazu. Untadelige Referenzen ebenfalls, und ich verfüge über beides. Meine Blutlinie in diesem Geschäft reicht fünfhundert Jahre zurück. Klasse, verstehen Sie, damit bin ich geboren. Nehmen Sie beispielsweise meinen Hut. Ein Fedora mit Schnapprand. Klassisch. Der gleiche Hut, den schon mein ältester Vorfahr getragen hat, als er in den neunzehnhundertfünfziger Jahren Privatschnüffler war. Sicher, der Schnapprand wurde seither mehr als dreißig Mal erneuert, das Band mehr als achtzig Mal und die Krone häufiger als beim Haus Habsburg. Doch es ist immer noch der gleiche Hut. Der gleiche alte Hut, der gleiche alte Witz. Klasse vergeht niemals, verstehen Sie?

Oder nehmen Sie meine Büromöbel. Unbezahlbare Antiquitäten. Der Kühltank allein ist mehr Millionen wert, als ich aus dem Ärmel schütteln kann. Ganz zu schweigen vom Teppich – nicht, dass ich ihn ausschütteln würde.

Soso, sagen Sie, und ich kann Sie verstehen. Wie kommt es, sagen Sie, dass dieser Lazlo Woodbine, wenn er tatsächlich soviel Klasse besitzt, wie kommt es, dass er sich von einer Dame beleidigen lässt? Nun, so werden in diesem Geschäft eben Geschäfte gemacht. So war es schon immer, und so wird es wohl immer bleiben. Eine alte Tradition, eine Bulle oder was weiß ich.

Ich bin der letzte der Großen, mit einem Erbe, das buchstäblich zurückreicht bis hin zu Philip Marlowe und Mike Hammer. Und das ist der Grund, aus dem die Leute zu mir kommen. Ich bin nicht billig, aber ich bin gründlich und ich erledige meinen Auftrag. Und ich arbeite lediglich an vier Schauplätzen. In meinem Büro, in Fangio's Bar, in einer Seitengasse, die irgendwo auf dieser Welt sein könnte, und auf einem Dach. Ein wirklich guter Detektiv braucht nicht mehr. Manche überdehnen den Faden und fügen noch ein Hotelzimmer, ein Krankenhaus oder eine Zelle im Polizeigewahrsam hinzu, aber nicht ich. Ich halte die Dinge einfach.

Meine ersten drei Schauplätze sprechen so ziemlich für sich selbst. Man muss schließlich irgendwo arbeiten, man muss irgendwo trinken, und irgendwo muss man in brenzlige Situationen kommen. Und das Dach ist auch ziemlich offensichtlich, wenn Sie es bedenken. Der Superschurke fällt am Ende immer von einem Dach oder sonst irgendwas wirklich Hohem. Ganz egal, wer er ist, Dick Jones oder Darth Vader oder der Shredder oder der Joker, sie alle fallen beim letzten Showdown irgendwo runter. Wahrscheinlich hat es mit King Kong angefangen, schätze ich, oder sogar mit Quasimodo, als dieser Dom Claude Frollo vom Glockenturm von Notre Dame stieß. Was Besseres gibt's bis heute nicht, wenn es um ein spektakuläres Ende geht. Wenn Sie also den guten Lazlo über irgendwelche Dachziegel klettern sehen, dann wissen Sie, dass das Ende in Sicht ist. Was einigen Trost bieten sollte, wie?

Also, nachdem alles gesagt ist, und wenn Sie mich fragen, verdammt wohlformuliert obendrein, stopf ich mir den Apparillo der Lady in eine Tasche meines Trenchcoats, meine beiden guten alten Freunde Smith & Wesson in die andere und gehe los, um einen Burschen zu suchen. Wenn es irgendeinen Ort in dieser Stadt gibt, wo ich ihn finde, dann heißt dieser Ort Fangio's Bar.

Hinter dem Tresen der Tomorrowman Taverne straffte der einäugige Barmann seine schmuddelige Krawatte und glättete die Revers seines wattierten Smokings. Er war seit seinem ersten Auftauchen in *Armageddon: Das Musical* zu einer richtigen Kultfigur geworden, und er sah gut aus in seinen Sachen. Ein Literaturkritiker beschrieb seine Leistung in *Armageddon – Das Menü* als »quintessenziell ... kontrolliert und tief empfunden ... bewegend, durchdringend und so ziemlich das einzig Bedeutsame in dem ansonsten schwülstigen Fließbandprodukt des Autors.« Allein aufgrund dieser Tatsache war er von Bloomsbury für das Sub-Urbane Buch der Toten verpflichtet worden, und der Verlag hatte einen Ghostwriter engagiert, um Rankin zu ersetzen.

Doch es ist nicht ganz einfach, sich einen anständigen Lebensunterhalt als fiktiver Charakter zu verdienen, und das wusste der einäugige Barmann ganz genau. Sicher, man ist fein raus, wenn man in einem Jackie Collins oder einem Julie Burchill auftritt, alles Babyöl und Fleisch mit Kartoffeln und Gemüse. Aber wenn man sich in einem Clive Barker oder Stephen King wiederfindet, endet man aller Wahrscheinlichkeit damit, dass einem die Maden aus der Nase kommen, noch bevor man in Kapitel fünf angelangt ist.

Der Barmann hatte vorher in einem Zane Grey mitgespielt, wo er gleich auf Seite eins erwürgt worden war, und in einem Sven Hessel, wo er als deutscher Panzerkommandant ein noch blutigeres Ende gefunden hatte. Keiner der beiden Auftritte hatte ihm eine Anerkennung seitens der Kritik eingebracht. Dies hier war das erste Mal, dass er in einer Trilogie mitspielte, und er konnte die Herausforderung kaum erwarten, endlich sein Bestes zu geben.

Und Rollen, ganz gleich, wie klein sie auch sein mögen, sind nicht leicht zu ergattern. Viele fiktive Charaktere stellen sich nur allzu bald als nichts dergleichen heraus. Sie sind lediglich Freunde, Verwandte oder Feinde des Autors, ein wenig verkleidet und selbstverständlich mit geänderten Namen. Und viele Helden werden in Wirklichkeit vom Autor selbst gespielt. Doch obwohl der echte fiktive Charakter genau weiß, was hinter den Kulissen geschieht, so gibt es doch nur wenig oder gar nichts, was er dagegen unternehmen könnte. »Mach den Mund auf, und du bist Tipp-Ex«, wie man so schön sagt.

Die Bezahlung ist selbstverständlich eine verschwindend kleine Pauschale, kein Anteil am großen Geld, doch es gibt gewisse Vergünstigungen. Wem es gelingt, eine Rolle in einem Klassiker zu ergattern, der hat das Geheimnis der Unsterblichkeit enträtselt. Der Autor mag den Löffel abgeben, aber man selbst wird für immer und immer und ewig weiterleben. Gar nicht schlecht, wenn man es schafft, eh?

Rex blickte hinauf zur Neonreklame der Tomorrowman Taverne. Sie blinkte, an – aus, an – aus, wie manche Neonschilder dies tun und dieses besondere hier viel zu oft. Das Etablissement unter dem Schild schien

– auf den ersten Blick – eine extrem aufgeblasene Lokalität zu sein. Eine Studie in kaltem Chrom, kühlem Marmor und warmem Leder. Rex musterte die schwebenden Barhocker, möglicherweise auf der Suche nach Hinweisen. Nicht besonders überrascht stellte er fest, dass die Hocker an geschickt versteckten Klammern befestigt waren. »Hmmph!«, machte Rex.

Er ließ den Blick durch die Bar schweifen. Sie sah einigermaßen überzeugend aus. Die großen gläsernen Türen zur Straße standen offen und enthüllten einen weitläufigen Raum. Zur Linken ruhten auf Chrompodesten gläserne Tische, umringt von Neonröhren. An den Tischen drängten sich modisch gekleidete Menschen und unterhielten sich fröhlich. Zur Rechten glitzerte weiteres Chrom in Form des Tresens, der sich über die gesamte Länge des Raums hinzog. Die gläserne Theke war von unten beleuchtet, und die Wand hinter der Theke war das übliche Durcheinander von Dingen, die man an Wänden hinter Theken so fand. Glitzernde Messzylinder, Stapel von Gläsern, Cocktailshaker, Dispenser, Reihe auf Reihe exotisch aussehender Flaschen. Eingekeilt zwischen Rückwand und Tresen stand eine einsame Gestalt und richtete das einzige Auge auf Rex Mundi.

»Ah«, sagte Rex. »Ja wirklich, ah.«

»Was wünschen Sie?«, erkundigte sich der Barmann mit tiefer, shakespeareanischer Stimme.

Rex stapfte zum Tresen und setzte sich auf einen der Hocker, die aus irgendwelchen Gründen bis zu diesem Augenblick keine besondere Erwähnung gefunden haben. Er blickte den berühmten Barmann an. »Warum tragen Sie das?«, fragte er.

»Trage ich was?«, erkundigte sich der Barmann mit extravaganter Geste.

»Das.« Rex deutete auf den Kopf des Barmanns, der, obwohl in vergangenen Episoden kahl, inzwischen überreichlich »möbliert« war. »Das.«

»Ich trage gar nichts. Was meinen Sie?«

»Das kitschige Ding da«, seufzte Rex. »Die Perücke, den Pompadour, das Toupet, was weiß ich.«

»Das ist alles mein eigenes Haar!«

Rex stützte sich mit dem Ellbogen auf den Tresen und das Kinn auf die Faust. »Soll ich vielleicht noch mal reinkommen?«, fragte er. »Wenn Sie diese Perücke ausgezogen haben, die Seidenkrawatte und den Smoking?«

»Wirf mal einen Blick auf die Sendestationen, Kleiner.« Es war die Zeile, die seine Fans ihm auf der Straße hinterher riefen.

Rex schüttelte den Kopf. »Soll ich noch mal reinkommen, oder ist es Tipp-Ex-Zeit?«

Der Barmann zog jetzt eine richtige Flunsch, weil Rex immer noch auf seiner Perücke herumritt. »Mein Publikum erwartet von mir ...«, begann er.

»Nein, tut es nicht.«

Der Barmann schnappte endgültig ein, weil Rex immer noch auf seiner Perücke herumritt. »Kann ich denn wenigstens die Zigarettenspitze behalten?«

»Nein.«

»Wie steht es mit den Gamaschen?«

»Oh, die hab ich noch gar nicht gesehen.« Rex beugte sich über den Tresen und beäugte besagte Gamaschen. »Keine Gamaschen«, sagte er.

»Sie sind nur neidisch, weil ich ...«

»Was haben Sie gesagt?«

»Nichts.«

Rex mimte die gefürchtete kleine Flasche mit dem Pinseldeckel, die auf einer unsichtbaren Seite hin und her ging.

»Ich muss nur mal eben raus«, sagte der Barmann. »Möchten Sie einen Drink, bevor ich gehe?«

»Ja bitte. Tomorrowman Bräu, falls möglich.« Der murrende Barkeeper wandte sich um und schenkte den Drink ein.

»Und ein Schinkensandwich«, sagte Rex laut.

»O Grausamkeit!«

»Und einen Eimer Eis.«

»Einen Eimer Eis, sehr wohl.«

»Und Barmann?«

»Ja?«

»Kommen Sie bloß nicht als Pirat verkleidet zurück!«

Unter leisen, bitteren Worten stellte die literarische Legende Essen, Trinken und den Eimer mit Eis vor den Gast und schlurfte von hinnen.

»Kommt hier vielleicht mal 'ne Bedienung vorbei?«, rief ein junger Fatzke. Der Barmann ging ganz dicht an ihm vorbei und zeigte ihm den erhobenen Mittelfinger. Da war er, der inzwischen berühmte Effenberg. »Also wirklich«, sagte der Fatzke.

Rex kicherte, platzierte die Faust, die ihm sowohl gegen den guten Samariter als auch gegen den Zeitungsverkäufer prachtvolle Dienste geleistet hatte, in den Eiseimer und begann mit seinem stark verspäteten Frühstück.

»Ein ziemlich unverschämter Kerl«, sagte der junge Fatzke.

Rex zuckte die Schultern und aß weiter.

»Und diese grässliche Perücke! Also wirklich, ich bitte Sie!«

Rex nippte an seinem Tomorrowman Bräu. Es schmeckte so giftig wie eh und je. Der junge Fatzke beäugte ihn mit kritischem Blick. Er schien nicht sonderlich angetan von seinem Schuhwerk. »Stimmt was nicht?«, fragte Rex.

»Nein, nein. Schickes Jackett.«

»Danke.«

»Ein wenig eng unter den Armen, wie? Soll keine Beleidigung sein.«

»Kein Problem.«

»Sehr gut.« Der Fatzke musterte Rex noch einmal. »Kenne ich Sie nicht irgendwoher? Sie kommen mir mächtig bekannt vor!«

Rex schüttelte den Kopf. »Ich denke nicht[1].«

Der Fatzke kratzte sich an einem lädierten Kinn. Er trug einen taubengrauen dreiteiligen Anzug von untadeliger Passform. Helles Seidenhemd, Blue Suede Shoes. Sein schwarz gefärbtes Haar war mit Pomade in eine Haifischtolle gezwängt. Die gewaltigen Koteletten betonten vorteilhaft seine implantierten vorspringenden Wangenknochen. Auf einer breiten Kipper-Krawatte blitzten winzige Hologramme, die Rex allesamt etwas zu verkaufen trachteten.

Rex war nicht in der Stimmung, etwas zu kaufen. »Ich *kenne* Sie! Sie sind doch der Typ aus dem Fernsehen, nicht? Wie war doch gleich Ihr Name? Sagen Sie nichts, ich komme gleich drauf! Laura!«

»Nein, ich heiße nicht Laura.«

»Nicht Laura, wie?« Der Fatzke wandte sich einer

[1] Bei Descartes hätte er sich an dieser Stelle in Luft aufgelöst.

jungen Frau zu, die neben ihm saß. »Laura, das ist der Typ aus dem Fernsehen!«

»Oh.« Laura erhob sich von ihrem Hocker.

»Ah.« Rex erhob sich ebenfalls und strahlte die Schönheit an, die nun in seine Richtung kam. Sie war groß und braun gebrannt und jung und wunderhübsch. Ein wenig wie das Mädchen aus Ipekakuanha. Oder ist das der südamerikanische Busch, der zur Zubereitung von Emetika benutzt wird? Jedenfalls, sie trug das ›kleine Schwarze‹, das alle Männer kennen und nach dem alle Männer geifern.

»Das ist Laura«, sagte der Fatzke. »Ich bin übrigens Garth.«

Er senkte einen manikürten Finger in die Brusttasche seines Jacketts und zog eine Visitenkarte hervor. Rex würdigte sie keines Blickes. Er wischte sich die Krümel vom Mund, schob Garth den Eiseimer zu und trocknete einer Eingebung folgend seine Hand an der holographischen Krawatte ab.

»Nehmen Sie's mir nicht übel«, sagte er.

Der Fatzke verzog schmerzhaft das Gesicht. »Kein Problem, wirklich nicht.«

Rex räumte seinen Hocker und schob die junge Göttin darauf. Sie war in der Tat eine seltene Orchidee. Sie nahm seine Hand in die ihren. Und hielt sie fest.

»Hallo«, sagte Laura.

»Der Typ aus dem Fernsehen!«, rief Garth. »Ist das nicht irre?«

»Laura«, sagte Rex und hielt den Augenkontakt. »Darf ich Ihnen einen Drink kaufen?«

»Sicher.« Laura schlug die langen schlanken Beine mit erotischer Besonnenheit übereinander. Rex biss sich auf die Lippe. Auch ohne die optische Untermalung gibt es kaum ein köstlicheres Geräusch als das aneinander reibender weiblicher Nylonstrümpfe.

»Herr Wirt!« Rexens Faust hämmerte auf den Tresen.

Dominant!, dachte Laura. Das mag ich an einem Mann.

Wie auf ein Stichwort hin tauchte der Barmann wieder auf. Er war nun wieder der grimmige, räudige Kerl, den wir bereits in den beiden ersten Bänden kennen gelernt haben. Einmal mehr trug er die fleckige Lederschürze und die Handschuhe, hatte keine Haare mehr auf dem Kopf und einen stieren Blick in seinem einzelnen Auge.

»Was wollen Sie?«, fragte er.

Rex zwinkerte ihm freundlich zu. »So ist's richtig! Noch eins für mich bitte, und die Lady bekommt, was immer sie möchte!«

Der Barmann antwortete mit seinem feinsten Zyklopenblick und rieb den unsäglich behandschuhten Daumen mitsamt Zeigefinger vor Rex' Nase. »Zeigen Sie mir zuerst, ob Sie zahlen können. Nur wer Geld hat, bekommt auch, was er bestellt.«

Rex kramte in seinen gestohlenen Taschen und förderte eine Handvoll Wechselgeld zutage. Er warf es auf den Glastresen. »Hier.«

Indem er ganz richtig Rexens Unkenntnis monetäre Dinge betreffend einschätzte, sagte der Barmann: »Reicht« und strich den gesamten Betrag in seine Lederschürze. »Danke fürs Tip«, murmelte er, als er sich umwandte und an den Messbechern zu hantieren begann.

»So, Laura«, sagte Rex und strahlte die wunderschöne Frau an. »Und was machen Sie so?«

»Das ist der Typ aus dem Fernsehen!«, flüsterte Garth drängend seinen Freunden zu und winkte. »Und das hier ist sein Eiseimer!«

»Garth«, sagte Laura, ohne den Blick von Rex zu wenden, »Garth, halt die Klappe, und setz dich irgendwohin.«

»Aber ich . . .«

»Garth.«

Garth hielt die Klappe und setzte sich irgendwohin. Dominant, dachte Rex. Das gefällt mir an Frauen. Na ja, an einigen zumindest.

»Was ich mache?« Laura fuhr sich mit der Zunge verspielt über die sinnlichen Lippen. Rex fragte sich, ob sie vielleicht noch einmal die Beine übereinander schlagen konnte. »Also, wenn Sie es genau wissen wollen – ich bin eine Prostituierte.«

»Eine Prostituierte?« Rex wirbelte zum Tresen herum. »Hey, Herr Wirt! Wo bleibt mein Wechselgeld!«, rief er.

Der Barmann schob zwei Drinks über den Tresen und gab Rex heraus. Rex schob das Geld ohne einen weiteren Blick in die Tasche. Was eine Schande war, denn auf diese Weise entging ihm einmal mehr das signifikante Detail, dass jede einzelne der kleinen Münzen ein geprägtes Profil von Elvis Presleys Kopf zeigte.

»So«, sagte Rex und reichte Laura ihren Drink. Es war kein Tomorrowman Bräu. »Eine Prostituierte also. Interessante Arbeit?«

»Wohl kaum so interessant wie Ihre. Kommen Sie gerade aus dem Studio?«

»Dem Studio?« Rex schaltete in den »Verlogener-Bastard«-Modus. »Ehrlich gesagt – ja. Ich stelle eine neue Show zusammen. Vielleicht interessiert es Sie ja?«

»Nicht, wenn es wie ...«

»Total neu. Der Titel wird *Amnesia* lauten. Der Gastgeber tut, als käme er von einem anderen Planeten oder beispielsweise aus einer anderen Zeit, und er stellt den Kandidaten Fragen, um herauszufinden, wo er ist.«

»Klingt total langweilig.«

»Riesige Preise«, sagte Rex.

»Erzählen Sie mir mehr.«

»Also schön. Stellen Sie sich vor, Sie wären eine Kandidatin.«

»Was denn, hier?«

»Natürlich. Stellen Sie sich meinetwegen vor, es wäre ein Vorsprechen.«

»Möchten Sie dann, dass ich all meine Kleider ausziehe?«

Absolut, dachte Rex. »Selbstverständlich nicht«, sagte er. »Beantworten Sie nur meine Fragen.«

»Dann schießen Sie mal los.«

»In Ordnung. Wie heißen Sie?«

»Laura Lynch.«

»Und wo wohnen Sie?«

»Na hier.«

»Versuchen Sie genauer zu sein. Wo ist hier?«

»Im sechsten Bezirk.«

»Könnten Sie noch ein wenig genauer sein?«

»Van Vliet Street 1010.«

»Und die Stadt?«

»Na in dieser Stadt natürlich! Das ist vielleicht eine blöde Show!«

»Welches Land?«

»Ist das Ihr Ernst? Diese Show wird sich niemals verkaufen.«

Jedenfalls nicht so, wie du sie spielst, dachte Rex. »Also gut, eine letzte Frage.«

»Schießen Sie los.«

»Wie viel nehmen Sie für einen Blowjob?«

»Zweihundertfünfzig Dollar. Hab ich gewonnen?«

»Das haben Sie, gewiss sogar.« Rex klopfte einmal mehr seine Taschen ab.

»Äh, Kumpel ...?«, näherte sich Garth ein weiteres Mal. »Sie da, aus dem Fernsehen?«

»Nicht jetzt, Garth. Ich bin sehr beschäftigt.« Endlich fand Rex seine Scheintasche.

»Hören Sie, meine Freunde wollten nur etwas fragen. Die Kandidaten in Ihrer neuen Show. Müssen sie wirklich ... das heißt, lassen Sie sich wirklich, äh ...«

»Nein«, sagte Rex. »Wie auch immer Ihre Frage lauten mag.

»Dacht ich's mir.« Garth blickte mutlos drein. »Special Effects, schätze ich?«

»Etwas in der Art, ja.« Rex blätterte die Banknoten in der Scheintasche durch. »Nehmen Sie vielleicht auch so etwas, Laura?«, fragte er und hielt ihr etwas hin, das aussah wie eine Kreditkarte. Es war keine. Laura starrte voller Entsetzen darauf.

»Repomann!«, kreischte sie.

»Nein«, entgegnete Rex. »Großartiger Film, aber ich hab nicht darin mitgespielt. Harry Dean Stanton. Und was ist mit dieser hier?«

»Repomann.« Garth zeigte sich gebührend beeindruckt. »Dann sind Sie dieser ... dann tun Sie ... Sie wissen schon ...«

»Garth, ich hab im Augenblick etwas zuwenig Bargeld bei mir. Seien Sie doch so freundlich, und leihen Sie mir zweihundertfünfzig Dollar. Sie kriegen das Geld gleich morgen zurück.«

»Zweihundertfünfzig? Kein Problem. Können Sie 'nen Fünftausender wechseln?«

»Garth!«, kreischte Laura. »Er ist ein Repomann, um aller Geister willen!« Sie sprang von ihrem Hocker und wich vor Rex zurück.

Rex genoss das Geräusch ihrer Nylons, als sie die Beine auseinander schlug, doch irgendein sechster Sinn sagte ihm, dass er dieses Geräusch wahrscheinlich zum letzten Mal gehört hatte.

»Ich glaube, da liegt ein Missverständnis vor«, sagte Rex und blickte sich zu der unvermittelt schweigenden Menge um. Es wurde jeden Augenblick offensichtlicher, dass er der Einzige im Lokal war, der überhaupt nicht wusste, was das alles zu bedeuten hatte.

»Ich kenne Sie aus dem Fernsehen«, sagte Garth noch einmal, diesmal ein wenig lahm. »Sie wissen schon. Diese Nemesis-Show ... Rex Mundi, das ist es! Ich wusste doch, dass es mir wieder einfallen würde!«

War das Schweigen vorher schon still gewesen, so war es nun noch stiller. Und ein großer Teil davon kam von Rex selbst.

Wie lange genau das Schweigen anhielt, weiß niemand zu sagen. Eine Spannung lag darin, die beinahe schrecklich war. Doch schließlich, so schnell, wie es begonnen hatte, war es auch wieder vorbei. Durchbrochen von der Ankunft eines gewissen Zeitungsverkäufers, dessen Mutter zu nähen verstand. Er war flankiert von zwei sehr großen, kräftigen Polizeibeamten. Ohne das geringste Vergnügen stellte Rex fest, dass sie von Cecil dem Handlanger und seinem Bruder Sandy aus *Armageddon – Das Menü* gespielt wurden.

»Das ist er!«, kreischte der kleine Mann mit der genähten Lippe. »Hat mich direkt in den Küsser geboxt! Der Hurensohn aus dieser verdammten Spielshow! Der Typ ist vollkommen irre, besser, Sie erschießen ihn gleich an Ort und Stelle!«

4

1. *Und Elvis sagte zu Jakob: »Wo ist eigentlich dein hübscher bunter Mantel?«*
2. *Und Jakob antwortete Elvis: »Du meinst wahrscheinlich Joseph, das ist der Typ mit dem Mantel. Ich bin Jakob, der Typ mit der Leiter.«*
3. *Und Elvis zuckte die Schultern und fragte: »Und wer ist dann der Typ da drüben mit der Jeans?«*
4. *Und Jakob antwortete: »Das ist mein Sohn Levi.«*
5. *Und Elvis verpasste Jakob eins auf das Kinn und ging von dannen.*

Das Sub-Urbane Buch der Toten

Fangio's Bar lag drüben auf der East Side unter einem alten Film aus nächtlichen Wolkenkratzern und der Jersey Bridge. In einer sich ständig verändernden Welt wie dieser gibt es ein paar Dinge, die sich niemals ändern, und das Fangio's hatte seinen Charme aus den alten Tagen behalten. Es war noch immer ein Himmel schlechten Atems, übler Sprache, schwachen Billards und billigen Zigarrenrauchs. Der dicke Wirt betrachtete sich selbst als halben Psychologen und will ein Buch über seine farbenfrohe Karriere schreiben, seit ich ihn kenne. Wie ich schon sagte, manche Dinge ändern sich nie.

Ich hätte natürlich ein Taxi nehmen können oder vielleicht meinen eigenen Wagen; ich bin sicher, dass ich noch nie mit der Subway hingefahren bin – aber als ich zur Tür hineinkam, flüchtete die Liebe aus dem Fenster oder wie das alte Lied geht.

Fangio's Bar war kosmopolitisch. Was besagt, dass der fette Knabe sich nicht darum scherte, aus welchem Teil des Kosmos' seine Kundschaft hereingeschneit kam. Solange sie die Sprache des King sprachen und wussten, aus welchem Ende der Flasche der Drink kam, und mit harter Währung bezahlten, war es ihm egal.

An jedem Abend der Wochen, mit Ausnahme vielleicht dienstags, konnte man sich an den Tresen von Fangio's Bar hängen und mit Jungs schwatzen, die unter vielleicht einem Dutzend verschiedener Sonnen geboren worden waren. Fangio behandelte sie alle mit dem gleichen Wohlwollen, was eine Menge über ihn aussagt.

Ich persönlich hätte sie allesamt rausgeworfen und ein Schild aufgestellt: KEINE HUNDE UND KEINE AUSSENWELTLER, was eine Menge über mich aussagt. Aber nichts Gutes. Ich habe nie gerne mit Aliens zusammengearbeitet – meiner Meinung nach machen sie das ganze Geschäft kaputt.

Als ich die Bar betrat, zerteilte der dicke Knabe hinter dem Tresen gerade mit einem Fleischerbeil geräucherte Rindsschulter. Wahrscheinlich ein Vaterkomplex; ich habe ihn nicht gefragt. Wonach ich hingegen fragte, waren drei Fingerbreit Old Bedwetter[1]. Ich fand meinen Stammhocker, stieß den Besetzer herunter und parkte meinen eigenen Hintern darauf. Der Barmann schob mir meinen Drink über den polierten Tresen zu.

»Auf deinen Deckel?«, erkundigte er sich.

[1] Das kann ich nicht übersetzen. Hier lesen schließlich Minderjährige mit! (Anm. d. Übers.)

Ich nickte kühl wie ein Gebirgsbach. »Nimm dir auch einen, Fangio.«

Der fette Bursche schlackerte mit dem Kropf. »Du möchtest nicht rein zufällig deinen Deckel begleichen?«, erkundigte er sich.

»Sicher.« Ich klopfte ziemlich professionell meine Taschen ab. Dinge wie diese werden von alten Freunden einfach erwartet, und ich wusste das nur zu genau. »Äh, schlag mich«, erklärte ich in einem Ton, der beträchtliche Überraschung zum Ausdruck brachte. »Wie es scheint, hab ich ...«

»Hast du deine Geldbörse wieder einmal in deinem anderen Trenchcoat vergessen?«

Ich lächelte tapfer. »Was soll ich sagen?«

»Du könntest beispielsweise sagen: ›Fangio, mein bester Freund, nimm bitte meine Uhr als kleine Anzahlung auf meinen nicht unbeträchtlichen Deckel.‹«

»Sicher, Fangio.« Ich griff nach meiner Uhr, und ich schwöre, diesmal hätte ich ihn fast hereingelegt. »Äh, schlag mich noch mal.« Ich zeigte ihm mein nacktes Handgelenk. »Mein Vermieter war zuerst da«, erklärte ich im Tonfall tiefsten Bedauerns.

»Und? Was ist nun, Laz?« Wir sind drei Drinks weiter, und Fangio, der inzwischen meinen Fedora trägt, entwickelt ein lebhaftes Interesse an meiner Krawatte. »Sitzt du an einem Fall?«

»An dem Ganz Großen«, sage ich, während ich auf heißem Pastrami mit Toast kaue. »Dem Verbrechen des Jahrhunderts. Dem Raub Der Religiösen Artefakte.«

»Religiöse Artefakte, wie?« Fangio blickt mich an, als wüsste er Bescheid, und ich weiß, genau wie er weiß, dass ich es weiß, das er absolut nichts weiß. »Was genau ist das?«

»Heilige Objekte«, erläutere ich, denn es kostet schließlich nichts. »Heilige Objekte. Stauten, Bilder, Ikonen, lauter so ein Zeugs. Und alles vom Großen E persönlich.«

Fangio summt; er hat nie zu pfeifen gelernt. »Und du kaufst oder verkaufst?«, fragte er. »Weil wenn du verkaufst, dann hätte ich doch gerne deinen Schlips.«

»Ich verfolge die Spur, das ist alles. Strikt inoffiziell. Sie wollten den Besten, und ich bin der Beste.«

»Das bist du ganz sicher, Laz. Ich sage immer, du bist vielleicht nicht billig, aber du bist gründlich und du erledigst deinen Job.«

»Danke.«

»Bei dir kann man mit einer Menge kostenlosem Sex rechnen, mit reichlich Gewalt, einer Spur aus Leichen und einem finalen Showdown irgendwo auf einem Häuserdach.«

»Zugegeben.«

»Keine offenen Enden und keine Nebengeschichten, und du arbeitest ausschließlich in der Ich-Perspektive.«

»Das ist dir aufgefallen?«

»Das ist mir aufgefallen. Wann möchtest du die Bar buchen?«

»Wie war das?«

Der fette Bursche zwinkert mir sein altmodisches Zwinkern. »Für den Austausch.«

»Ich gestehe, dass ich nicht verstehe.«

»Nun komm schon, Laz! Du arbeitest immer nur an

vier Schauplätzen ... in deinem Büro, hier, in einer Seitengasse und auf dem Dach. Wenn du meinen Rat hören willst, der beste Ort für den Austausch, das Mädchen oder die Kunstwerke oder was auch immer, ist ohne jeden Zweifel hier! Niemand hat Lust, die schweren Statuen zu deinem Büro hoch zu tragen, in der Seitengasse ist es zu riskant, und das Dach ist ausschließlich dem finalen Showdown vorbehalten. Meine Bar ist der offensichtliche Ort!«

»Ja, schätze, du hast recht«, schätzte ich.

»Also? Für wann willst du die Bar buchen?« Der fette Kerl zieht seinen Vormerkkalender hervor. »Soll ich dich gleich eintragen? Wie heißt das Buch übrigens? Bekomme ich eine größere Rolle? Soll ich meinem Agenten sagen, dass er deinen Agenten anruft?«

»Immer eins nach dem anderen«, antworte ich und hebe abwehrend die Hände. Immer will jeder ein Stück vom Kuchen abhaben. »Hör mal«, sage ich, »drüben am Ende der Theke wartet ein Kunde darauf, dass du ihn bedienst.«

Ich zeige zu dem Rasenmähervertreter von Beta Reticuli, der mit seinen Kehllappen rasselt und so tut, als würde er jeden Augenblick verdursten. Fangio ist ein Profi, wie er im Buche steht, und er verschwindet, um die Bestellung entgegen zu nehmen.

Ich lockere meine Krawatte. Ich brauche einen weiteren Drink. Vielleicht, wenn ich die Bar buche, kriege ich ein paar auf Kosten des Hauses. Andererseits könnte ich mir damit auch die Forderung nach einer Anzahlung einhandeln. Es ist ein schwieriges Geschäft. Andererseits – ist nicht das ganze Leben schwierig?

Ich nehme eine Auszeit zum Nachdenken. Nicht zu lange. Ich brauche eine Spur in dieser Geschichte, und ich brauche sie jetzt. Oder vielleicht brauchte ich sie schon gestern, obwohl ich es da natürlich noch nicht wissen konnte. Andererseits war gestern vielleicht der Tag, an dem ich all die Antworten gefunden hätte. Antworten auf Fragen, die ich nicht gestellt hatte. An die zu stellen ich überhaupt nicht gedacht hatte. Nachdenken ist ein schwieriges Geschäft. Andererseits – ist nicht alles schwierig?

Ich wusste, dass ich einen Anruf tätigen musste, und ich brauchte ein Treffen. Ich rufe den fetten Kerl herbei, der gerade den Rasenmähervertreter auf die Köpfe schlägt und dabei Dinge sagt wie: »Das hier ist ein anständiges Lokal, du elender ...«

»Das Telephon«, sage ich.

»Die Krawatte«, sagt Fangio.

Ich wähle die Nummer. Sie hat siebenundzwanzig Stellen. Heutzutage gibt es jede Menge Telephone, aber ich hab ein gutes Zahlengedächtnis. Hat mich ein kleines Vermögen gekostet. Irgendwo in der Ferne macht es brrr-brrr, gefolgt von einer Stimme, die wütend fragt: »Wer macht diesen verdammten Lärm?«

»Ist Vic zu sprechen?«, frage ich mit einer Stimme wie Sand im Salatdressing.

»Wer ist da?«

»Woodbine lautet mein Name«, antworte ich. »Lazlo Woodbine. Meine Freunde nennen mich Laz.«

»Vic!«, höre ich die Stimme rufen. »Da ist ein Lazlo Woodbean am Apparat für dich!«

»Wood*bine*!«, protestiere ich – ohne Erfolg.

Nach einer Weile sagt eine Stimme aus der Vergangenheit: »Laz, bist das wirklich du?«

Ich antworte, dass ich es wirklich bin, und stelle im Anschluss daran ein paar sehr spezifische Fragen. »Hast du noch immer dieses Thingamejig, das du in deinem Eimer aufbewahrst?«

»Du meinst den Eimer mit dem Schnappdeckel?«

»Genau den.«

»Hab ich noch. Willst du es für eine Weile haben?«

»Ich bring's ganz schnell wieder zurück.«

»Das machst du jedes Mal.«

»Also abgemacht?«

»Der gleiche Preis wie immer?«

»Fünfundzwanzig Große. Einverstanden?«

»Sicher. Wo treffen wir uns?«

»Du kennst Fangio's Bar?«

»Sicher. Was ist, kaufst du?«

»Die Gasse an der Seite?«

»Einverstanden. Also nicht?«

»Fünf Minuten?«

»Besser sechs. Ich muss noch buchen, um eine Hernie zu kriegen.«

»Dann weichst du wieder vom Skript ab?«

»Was hast du im Krieg gemacht, Laz?«

»Wir hatten Krieg? Niemand hat mir davon erzählt!« Ich lege den Hörer zurück auf die Gabel. »Danke.« Ich rede mit Fangio und trenne mich von meinem Schlips.

»Der offene Kragen steht dir gut, Laz.«

»Ich muss sechs Minuten totschlagen«, sage ich. »Warum erzählst du mir nicht alles über dein Sexleben?«

»Sicher«, sagte Fangio. »Aber was machst du mit den restlichen fünf Minuten?« Ein echter Profi eben, alles, was recht ist.

Polizeichef Sam Maggott hatte einen »harten Tag«. Er entstammte einer langen Reihe dicker, verschwitzter, zweidimensionaler Cops, die ständig einen »harten Tag« haben und ständig ihre Mützen zurückschieben und sich mit überdimensionierten roten Taschentüchern die Stirn wischen und Dinge sagen wie: »Irgendjemand muss dem Commissioner beibringen, dass ein Psychopath frei durch die Straßen läuft.«

Ich weiß nicht, warum sie das sagen. Wahrscheinlich ist es eine Tradition oder eine alte Bulle oder so etwas. Ich glaube, die Taschentücher sind eine Art Running Gag, obwohl ich persönlich sie nie besonders amüsant finden konnte.

Sam Maggotts Büro war dagegen schon etwas anderes. Es enthielt, rein zufällig, versteht sich, eine ganze Reihe wichtiger Hinweise auf das, was so vorging. Traurigerweise war kein brauchbarer darunter.

Sergeant Murphy spähte durch die Tür in Maggotts Büro. »Irgendwelche Hinweise, Chief?«, erkundigte er sich mit schwerem, wenig überzeugendem pseudoirischem Dialekt von der Sorte, wie man ihn nur in Büchern wie diesem findet.

Sam schüttelte den Kopf, und sein Kiefer schlackerte. »Irgendjemand muss dem Commissioner sagen, dass wir einen Kreisel drehen oder so.«

»Meinen Sie nicht einen Psychopathen auf freiem Fuß haben?«

»Ich sagte doch *Psycho,* oder nicht?«

»Sicher, sagten Sie, Chief.« Murphy schloss leise hinter sich die Tür. Der Chef hatte allem Anschein nach einen harten Tag.

Rex hatte ebenfalls keinen besonders angenehmen Tag. Er saß in einer grünen Minna zwischen zwei sehr kräftigen Polizisten.

Es war eine sehr große grüne Minna, obwohl sie von außen ziemlich klein aussah, und sie war sehr überfüllt mit den Gästen der Tomorrowman Taverne, von denen keiner geneigt schien, eine fröhliche Konversation zu beginnen. Die meisten hielten sich blutende Nasen, und alle waren wegen Vergehen unter Arrest gestellt, die nicht gänzlich nichts mit Landfriedensbruch zu tun hatten. Sozusagen.

Rex hatte es mit der ›Sie haben den Falschen erwischt‹-Masche probiert, doch das hatte ihn nirgendwohin gebracht. Er rieb sich den Kopf. »So hören Sie doch bitte zu! Ich wurde in diesem Volvo entführt, und dann wurde der Volvo gestohlen und ...«

»Möchten Sie, dass ich Ihnen Ihre Rechte vorlese, oder soll ich weiter einfach nur Shivas Schaf aus Ihnen prügeln?«, erkundigte sich Officer Cecil. »Mir ist beides recht.«

»Bitte lassen Sie mich doch erklären ...«

»Ich will aber nichts erklärt haben. Nehmen Sie das!«

»Hören Sie auf, mich zu schlagen!« Rex japste nach Luft. »Ich bin unschuldig! Bitte hören Sie auf!«

Officer Cecil wischte Rexens Blut von seinem Schlagstock und beschäftigte sich mit seinem Polizeinotizblock. »Sie sind Rex Mundi?«

»Ja, aber ...«

»Haben Sie versucht, diesem Muttersöhnchen hier den Vulkanischen Todesgriff zu verpassen?«

»Der Typ aus dem Fernsehen.« Der zerschlagene Garth befingerte seinen wunden Hals.

»Er hat mich mit einem Eiseimer geschlagen!«, protestierte Rex. Officer Cecil schlug Rex auf den Kopf.

»Aua«, sagte Rex.

»Ist das Ihre Geldbörse?«

»Nein, aber ...«

»Haben Sie den Zeitungsverkäufer niedergeschlagen?«

»Ja, aber ...«

»Haben Sie diese Nutte in einem öffentlichen Lokal angesprochen?«

Rex sah zu Laura, die schweigend ihre Beine übereinander schlug und angewidert den Blick abwandte.

»Darf ich vielleicht ...«

»Möchten Sie, dass ich Sie wieder schlage?«

»Nein! Also gut, ich hab's getan.«

»Und haben Sie weiße Schuhe in einer Zone für *Blue Suede Shoes* getragen?«

»In *was*?«

»Dieser Typ kommt nach unten«, sagte Cecil zu seinem Bruder. »Weiße Schuhe. Wir bringen ihn auf ›den Stuhl‹.«

»Halt!«, kreischte Rex. »Was hat das überhaupt alles zu bedeuten?«

»Vielleicht sollten wir ihn noch ein wenig weich klopfen«, schlug Sandy seinem Kollegen Cecil vor. »Der Chief hat einen ›harten Tag‹, wenn du verstehst, was ich meine.«

Cecil wedelte mit seinem Schlagstock. »Sind das Ihre Genitalien?«

»Ja, aber ...«

Ein paar Mülltonnen stehen herum, und irgendein Penner von der Casting-Agentur singt ihnen vor. Eine Feuerleiter mit einer von diesen einziehbaren unteren Sektionen.

Irgendwelche blitzenden bunten Lampen, die den Eindruck einer nahe gelegenen Hauptstraße erwecken, und der Lärm vorbeifahrender Fahrzeuge. Es ist nass, und der Himmel ist dunkel. Ziegelsteinmauern zu beiden Seiten.

Ich komme ein paar Stufen herunter. Hinter mir eine Tür mit entweder der Aufschrift EINTRITT VERBOTEN oder AUSGANG. Es spielt keine große Rolle. Es ist eine Seitengasse. Sie sieht ganz ähnlich aus wie die, in der Arnie in *Terminator* materialisiert. Andererseits ist eine Seitengasse eine Seitengasse ist eine Seitengasse, wenn Sie verstehen, was ich meine, und ich habe nicht vor, dieser hier besondere Erwähnung zu zollen. Schließlich habe ich nicht einmal Fangio's näher beschrieben.

Ich schlage meinen Trenchcoatkragen hoch. Der offene Hemdkragen steht mir überhaupt nicht. Genauso wenig passt mir der kalte Wind, der meine Kusslocke zerzaust. Ich bin ein Hutmensch, und damit basta. Jeder weiß das. Ich bin berühmt für meinen Hut, bewundert. Damals, zweiundfünfzig, war ich Hutträger des Jahres. Ich verschmelze verstohlen mit den Schatten und lausche dem Spiel eines einsamen Saxophons, das irgendwann später in die Szene gemischt wird.

»Laz?«, ruft eine Stimme aus der Vergangenheit. »Bist du da?«

»Wer spricht?«

»Vic.«

Ich trete aus den Schatten wie ein Blechflötenspieler in einem Keller voller Handtaschen.

»Wie immer der Meister der Tarnung und Darstellung«, sagte Vic, wie man das wahrscheinlich sagt, wenn jemand auf die Wahrheit getreten ist anstatt sie aufzudecken. Wenn Sie verstehen, was ich meine, und ich bin ganz sicher, dass Sie das verstehen.

»Du hast das Thingamejig?«

»Ich hab es.« Vic klopft sich auf die Tasche. Die Tasche befindet sich in einem Safari-Anzug von der Sorte, die man heutzutage kaum noch sieht. Aber so ist Vic. Er ist ein Original. Ich könnte Stunden damit verbringen, Ihnen zu erzählen, was dieser Bursche schon alles gemacht hat und was in seiner Garderobe hängt. Aber wen interessiert das, eh? Mich jedenfalls nicht. Ich hoffe nur, er bemerkt nicht, dass ich keinen Hut auf habe.

»Du hast keinen Hut auf«, sagt Vic.

»Das sagt der Richtige.«

»Ich hab dich erwischt.«

»Das Thingamejig.« Ich habe nie verbale Gastronomie studiert, deswegen weiß ich auch nicht, wie man Worte durch den Fleischwolf dreht.

Vic klopft erneut seine Tasche ab, was ich gelinde irritierend finde.

»Ich schätze, ich will diesmal einen großen Vorschuss dafür sehen, Laz.«

»Mit dem größten Vergnügen.« Ich ramme Vic das Knie in den Unterleib. Vic macht »Würg!«, wie man das eben tut, wenn man ein Knie in den Unterleib bekommt, und geht in der Seitengasse zu Boden. Jetzt ist er aus dem Verkehr gezogen, aber ich erwarte kein großartiges Dankeschön. Was ich erwarte, befindet sich in seiner abgeklopften Tasche. Ich bücke mich und krame es hervor.

Es ist ein grünes, blättriges, rundes Ding, ungefähr von der doppelten Größe von etwas, das nur halb so groß ist. Beispielsweise ein Minigolfball oder so. Ich halte es hoch, ins Licht, um mich zu überzeugen, dass es der echte Sylvester McCoy ist, was es unzweifelhaft ist.

»Barry«, sage ich, denn so nennt sich dieses Ding, »Barry, du und ich, wir haben etwas zu erledigen.«

»Kein Schweiß, Chief«, antwortet der Zeitkohl. »In welches von deinen beiden Ohren soll ich mich diesmal quetschen?«

5

6. *Und im Vorbeigehen verpasste Elvis Noahs Sohn Levi auch noch eins.*

Das Sub-Urbane Buch der Toten

Rex saß in der Zelle und umklammerte seine empfindlichen Organe, während er voll Bitterkeit auf seine weißen Schuhe starrte. Er wusste nur zu genau, was als nächstes kam. Es kam immer um diese Zeit im Verlauf der Handlung. Man würde ihn aus der Zelle zerren. Durch einen Korridor bugsieren. In einen Raum mit einer grellen Schreibtischlampe und einem blutgefleckten Boden stoßen. Auf das Ohr boxen und über Dinge aushorchen, von denen er nichts wusste. Und dann, wenn sich die Krise wirklich einem Höhepunkt näherte, würde er mit irgendeinem genialen Plan hervorkommen und seine Flucht arrangieren.

Und da alles so unausweichlich schien, überlegte Rex angestrengt, ob er sich nicht die schmerzhafte Passage ersparen und gleich auf der Stelle fliehen sollte.

Ein Schlüssel drehte sich im Schloss, und Rex erhob sich, um seinem Schicksal zu begegnen.

»In Ordnung, Rex.« Officer Cecil grinste herein. »Du bist dran.«

Die Tour durch den Korridor war nicht allzu schlimm. Cecil schlug ein paar Mal mit seinem Schlagstock auf ihn ein, und Sandy trat ihm in die Hacken. Aber es war keine große Sache. Er bekam einen Tritt in den Hintern, was ein wenig schmerzhafter war, aber nicht zuviel, und segelte durch eine Tür, und diesmal war dort ein Teppich, der seinen Fall polsterte.

Die Tür krachte ins Schloss, und draußen im Korridor ertönte das übliche manische Gekicher.

»Nehmen Sie doch bitte Platz«, sagte die Stimme von Sam Maggott. Rex blickte zu dem dicken Mann hinauf. »Kennen wir uns?«, fragte er.

Sam schüttelte den Kopf. »Aber ich kenne Sie, mein Junge. So ein hohes Tier haben wir nicht häufig zu Gast bei uns.«

»Hohes Tier?« Rex musterte den Commissioner misstrauisch. »Ah ja.«

»Ja, in der Tat. Warten Sie, ich helfe Ihnen hoch.« Sam half ihm hoch. Und während er ihm hoch half, ließ Rex den Blick über seine neue Umgebung schweifen. Es hätte weit schlimmer kommen können.

Das Büro, denn ein solches war es, bot mehr als genügend Raum. Es war gleichmäßig beleuchtet, adäquat möbliert, angenehm dekoriert, moderat beheizt. Alles sehr adjektivisch. Es gab einen Stuhl, einen Schreibtisch, einen Kühltank, einen Deckenventilator, einen zuvor bereits erwähnten Teppich, ein Fenster und eine Tür, durch welche Rex gekommen war. Er bemerkte zwei Dinge von außergewöhnlichem Interesse.

Das erste war die 1947er *Rock-Ola*-Jukebox. Es war eindeutig das Modell 1426, im Grunde genommen identisch mit dem 1422er, doch mit einem Metallgrill statt dem hölzernen des Vormodells und dem inzwischen klassischen juwelenglitzernden Effekt der Mutter allen Plastiks. Die Seitenpilaster enthielten bereits die neuen drehenden Zylinder, und das diamantgesprenkelte goldene Material hatte das ursprüngliche Art-Deko-Gemälde abgelöst, das zum damaligen Zeitpunkt bereits ein wenig altbacken erschienen war.

Das zweite war das große Porträt von Elvis Presley, das hinter Maggotts Schreibtisch hing.

Sams plumpe Pfoten schoben Rex in die Vertikale. Er klopfte Rexens Jackett ab.

»Schickes Stück Stoff, aber vielleicht ein wenig eng unter den Armen. Alles in Ordnung mit Ihnen?«

»Nicht besonders.«

»Nehmen Sie doch Platz.« Sam deutete auf einen gemütlich aussehenden Sessel.

Rex ließ sich hineinfallen. »Danke.«

»Möchten Sie vielleicht einen Drink oder etwas in der Art?«

»Das wäre nett.«

»Murphy?« Sam Maggott sprach zur Decke hinauf. »Bringen Sie unserem Gast einen Drink, ja?«

»Zehn-vier, Chief«, sagte eine Stimme von der Decke herab.

»Ich glaube nicht, dass ich das verstehe.« Rex musterte die Decke, dann wandte er sich Sam Maggott zu. »Sie wollen mich also nicht zusammenschlagen?«

»Sie zusammenschlagen?« Sam feixte übers ganze Gesicht. Rex wusste, dass er nun jeden Augenblick nach seinem übergroßen roten Gingham-Taschentuch greifen würde, und das tat er dann auch. Sam Maggott wischte sich über die Stirn. »Sie zusammenschlagen? Zur Hölle, nein! Wie würde das Department aussehen? Es wäre nicht gut für die öffentliche Meinung, überhaupt nicht gut. Nein, ich will nur ein paar Dinge klarstellen, das ist alles.«

»Keine Elektroden?«

»Nein.«

»Keine Schläge in die Unterleibsgegend?«

»Nein.«

»Und Sie wollen mir auch nicht meine Rechte vorlesen?«

»Nein.«

»Prima. Dann bin ich jetzt weg«, sagte Rex, und seine Miene hellte sich nicht unbeträchtlich auf. »War nett, mit Ihnen geplaudert zu haben.«

Sam zeigte Rex sein »Bestes Stück«. Es war ein großes, verchromtes Teil mit einem langen polierten Lauf.

»Hmmm«, sagte Rex.

Klopf, klopf, klopf machte es an der Tür.

»Herein«, sagte Sam.

Murphy trat ein. Drinks auf einem Tablett. Und Servietten.

Sam stellte sie einander vor. Murphy schüttelte Rex herzlich die Hand. »Ich versäume nie Ihre Show! Sagen Sie, diese Leute, werden sie wirklich ...?«

»Jedes Mal.«

»Shivas Schaf!«

»Auf Wiedersehen, Murphy.«

»Tschüss Chief. War nett, Sie kennenzulernen, Mr. Mundi.« Murphy verließ »Danny Boy« pfeifend das Büro. Sam reichte Rex einen der Drinks und watschelte zu seinem Bürosessel zurück. »Wollen Sie mir nicht alles darüber erzählen?«

»Über die Show?«

»Nein. Ich gebe nicht soviel ...«, Sam machte eine eindeutige Geste, ». . . auf Ihre Show.«

»Ah.« Rex nippte an seinem Drink. Tomorrowman

Bräu. »Dann gibt es nicht viel zu sagen. Mein Wagen wurde gestohlen. Ich ging in eine Bar, um die Polizei zu rufen. Dann kamen ein durchgeknallter Zeitungsverkäufer und zwei Beamte, die mich zusammengeschlagen haben. Ich verzichte auf Anzeigen. Rufen Sie mir jetzt ein Taxi?«

»Guter Witz.«

»Oder wird mir irgendetwas vorgeworfen?«

»Wollen Sie Ihren Anruf machen?«

Rex leerte seinen Drink. »Noch nicht.«

»Gut. Dann will ich ganz inoffiziell zu Ihnen reden. Ich will Sie nicht festhalten, das wissen Sie. Wenn ich Ihnen Ärger mache, macht Ihre Station mir Ärger. So ist das eben im Showbusiness, schätze ich. Aber hören Sie genau zu. Mir gefällt nicht, wer Sie sind, und mir gefällt nicht, was Sie tun. Würde es nach mir gehen, wären Sie längst und ihre Station längst nicht mehr auf Sendung. Ich kann Ihnen nichts anhaben, aber ich kann Ihnen das Leben ganz schön schwer machen. Verstehen Sie, was ich meine?«

Rex hatte eine halbwegs vernünftige Vorstellung, was er meinte.

Er ließ Sam Maggott fortfahren.

»Ich kann Ihre Freunde schikanieren, kann Ihre Kreditkarten sperren, kann Sie jedes Mal hochgehen lassen, wenn Sie auch nur pinkeln. Ich brauche keinen Ärger mit Typen wie Ihnen, und Sie brauchen keinen Ärger mit mir. Verstehen Sie?«

»Ich verstehe.«

»Und was gedenken Sie deswegen zu unternehmen?«

»Sie bestechen?«

Sam Maggott schüttelte den Kopf.

»Aus Ihren Augen verschwinden und nie wieder Ihren Eingang verdunkeln?«

Sam schüttelte ihn einmal mehr.

»Tut mir Leid«, tat es Rex Leid. »Was also soll ich tun?«

Sam kramte in einer Schublade und brachte ein Paar Blue Suede Shoes zum Vorschein. Er warf sie Rex zu, der sie beinahe gefangen hätte.

»Ziehen Sie die an.« Sam deutete mit äußerstem Missfallen auf Rexens Schuhwerk. »Ziehen Sie diese gottverdammten blasphemischen Treter aus, und werfen Sie sie in den Mülleimer! Diesmal sage ich noch nichts, aber Sie sind mir einen mächtigen Gefallen schuldig! Haben Sie das begriffen?«

»Hab ich begriffen.« Rex hatte in seiner Zeit eine Menge Dinge begriffen, aber dies hier gehörte eindeutig nicht dazu. Er entledigte sich der weißen Schuhe des Anstoßes, ließ sie in den Papierkorb von Chief Sam Maggott fallen, schlüpfte in die Blue Suede Shoes und machte Anstalten zu gehen.

»Noch eine Sache, Bursche.«

Rex wandte sich um. »Ja?«

»Hätten Sie vielleicht Eintrittskarten für Ihre Show? Meine Frau ist ein großer Fan von Ihnen.«

Barry und ich gehen gemeinsam durch die gefährlichen Straßen. Diese Straßen haben keinen Namen, auf dem Pflaster klebt Blut, und es ist dunkel hier am Rand der Stadt. Doch das stört uns nicht; wir mögen es so. Wir sind auf der Straße in die Hölle, und sie ist nicht mit guten Absichten gepflastert.

Ich nehme Barry mit zurück in mein Büro. Draußen

vor meinem Fenster blinkt die Neonreklame, wie manche das eben so tun[1], doch der Teppich drinnen sieht deswegen kein Stück besser aus.

»Und was machen wir jetzt, Chef?«

Ich stelle Barry vor mir auf den Schreibtisch. Er hat ein wenig Gewicht zugelegt, seit ich ihn das letzte Mal gesehen habe, deswegen ist es wohl eine Brusttaschennummer und kein Kohl-im-Ohr-Job. Ich köpfe eine Flasche Bud, zünde mir eine Camel an und erkläre ihm aufklärend (wie gesagt, ich mag keine Geheimnisse), was zu tun ist. Ich zeige ihm das Weißnichwiesheißt der Dame, lasse die Hologramme abspielen und rede durch die sich bewegenden Bilder hindurch.

»Zwei Typen, die wir finden müssen«, sage ich. »Der große Raub aus dem Museum der Menschheit. Die gesamte theologische Abteilung verschwunden, schneller, als eine Fliege blinzeln kann. Nicht der kleinste Alarm wurde ausgelöst. Kein Hinweis auf einen Einbruch, nichts. Einfach verschwunden.«

»Eine ziemlich große Nummer, Chef«, sagt Barry. »Wie passen die beiden in die Geschichte? Wer hat sie ins Spiel gebracht?«

Ich erkläre weiter: »Diese beiden sind aus einer Strafkolonie ausgebrochen, einen Tag nach dem Raub. Das gleiche Szenario. Keine Alarme, nichts. Keinerlei Hinweis auf einen Ausbruch.«

[1] In der verfilmten Version von *Blut auf meinem Trenchcoat,* in dem Ray Dennis Regie führt und Cash Flagg die Rolle des Laz spielt, blinkt die Neonreklame die Worte JAEHBULON BEER. P. P. Penrose berichtet in seiner Biografie über Lazlo Woodbine, *Manche nannten in Laz,* dass Jaehbulon der »unaussprechliche Name des Großen Architekten unseres Universums« ist.

»Einen Tag *nach* dem Raub, Chef? Das kapier ich nicht.«

»Sagen dir die Namen Ed Kelley und Johnny Dee irgendetwas?«

»Dee und Kelley? Aber Chef, das sind doch die beiden, die dich deine Frau gekostet haben, deinen Job beim Department, einen Hund namens Blue und sechs Monate auf der Intensivstation?«

»Das weiß ich selbst.« Ich weiß es selbst. »Zwei der gefährlichsten Männer in der Galaxis. Tempus Fugit(ive). Zeitreisende Kriminelle. Es gibt keine gefährlicheren und schlaueren. Sieh dir die Schönheit ihres verderbten Plans an! Mit Hilfe einer Zeitmaschine brechen sie aus dem Gefängnis aus, gehen zurück und führen ihren Raub am Vortag aus. Das verschafft ihnen nicht nur ein perfektes Alibi, sondern auch eine Chance, die gesamte Beute zu verkaufen und genügend Kleingeld heranzuschaffen, um die Zeitmaschine zu kaufen, mit der sie aus dem Gefängnis ausbrechen.«

»Äh, Chef ... Ich glaube, das ist nicht ganz ...«

»Das ist jedenfalls ein Fall, bei dem wir nicht nach dem Lehrbuch vorgehen können, Barry. Dieser Fall braucht eine Menge Nachdenken.«

»Gewiss mehr, als du bisher darüber nachgedacht hast, Chef.«

»Was soll das heißen, Barry?«

»Nichts, Chef.«

»Ich habe eine gewaltige Rechnung mit diesen beiden zu begleichen! Eine *gewaltige* Rechnung.« Ich ziehe an meiner Zigarette, nehme eine mannhafte Pose vor dem blinkenden Neonlicht ein und sinne über die genaue Größe der Rechnung nach, die ich zu begleichen habe.

»Der offene Kragen steht dir, Chef«, sagt Barry. »Du hast ein gutes, starkes Profil.«

»Danke.« Ich mache niemals Komplimente, aber wenn ich eins erhalte, dann weiß ich damit umzugehen. Nur ein Frosch macht sich ins eigene Bett, wenn im Schrank ein Regenhut wartet.

»Klingt, als könnte es ein schwieriges Geschäft werden, Chef. Diese beiden könnten überall sein, unter jedem Namen reisen, in jeder Zeit, verkleidet als Irgendwer, und wenn ich mich recht entsinne, arbeitest du ausschließlich an deinen vier Schauplätzen.«

»Immer den gleichen vier, ja.«

»Schränkt dein Operationsgebiet ziemlich ein, falls du mich fragst, Chef. Du kannst nicht zufällig einen deiner Schauplätze ein wenig ausweiten und, sagen wir, einen Marktplatz im antiken Rom oder ein Bordell im Paris des neunzehnten Jahrhunderts hinzunehmen?«

Ich hebe eine ermahnende Augenbraue in Richtung des frechen Zeitkohls. Er weiß, wie ich arbeite. Er und ich sind schon ein verdammt langes Stück Wegs zusammen gegangen. Ein *verdammt langes* Stück.«

»Erinnerst du dich an den Lauf, den wir in Atlantis hatten?«, frage ich.

»Sicher, Chef. War das nicht die Sache in *Der Tod trägt einen grünen Smoking*[1]?«

»Du hast es erfasst.«

»Wo wir Micky ›Spangles‹ McMurdo aufgespürt haben, auch bekannt unter dem Namen ›Manhattan Mangler‹?«

»Sprich weiter.«

[1] Ein Lazlo-Woodbine-Thriller

»Nun, soweit ich mich erinnere, war Spangles selbst ein Tempus Fugit(iver) und hatte sich als Hohepriester in den Tempel von BAH-RIH dem Allwissenden eingeschlichen.«

»Korrekt.«

»Einen Tempel von unvorstellbarer Pracht, zweimal so groß wie das Stadion der Yankees. Ein Tempel, dessen goldene Verzierungen und juwelenbesetzte Statuen den von Salomon aussehen lassen wie einen billigen Fünfer.«

»Genau der. Und du erinnerst dich auch, wo ich ihn dingfest gemacht habe?«

»In einer dunklen Seitengasse auf der Rückseite des Tempels, wenn ich mich nicht irre?«

Ich senke die Augenbraue der Ermahnung, weil ich sowieso anfange, Kopfschmerzen deswegen zu bekommen, und zwinkere Barry wissend zu. »Hast du schon jemals eine Stadt ohne Seitengasse gesehen?«

»Nein, Chef. Du hast mich überzeugt.«

Ich wusste sehr wohl, dass ich gewonnen hatte. Die Verfolgung von Spangles hatte mich drei Kinder, einen Goldfisch namens Neville, die lebenslange Mitgliedschaft im Groucho Club und zwei Jahre in der Dekontamination gekostet. Doch das alles war nur noch Wasser unterm Knie, soweit es mich betraf.

»So, Barry. An die Arbeit.« Ich schnippe meinen glühenden Zigarettenstummel aus dem offenen Fenster und lehne mich in meinem Sessel zurück. Von der Straße herauf ertönt ein plötzlicher Schmerzensruf, quietschende Reifen und eine Reihe lauter Kracher. Ich stehe auf und schließe das Fenster. Ich kann Unterbrechungen im Augenblick brauchen wie ein Viehgatter ein Fünf-Sterne-Frühstück. »An die Arbeit!«

»Richtig, Chef.«

»Ich sehe die Sache so, Barry. Ich hab eine gewaltige Rechnung mit diesen beiden zu begleichen. Eine *ganz* gewaltige Rechnung.« Ich stecke mir eine weitere Zigarette an, nehme eine männliche Pose vor dem blinkenden Neonlicht ein und sinne einmal mehr über die genauen Ausmaße der Rechnung nach, die ich zu begleichen habe.

Doch weil diese Art von Gedanken nach einer Weile ein wenig langweilig werden, ducke ich mich statt dessen unter den Tisch.

Die Kugel ging durch das geätzte Glas meiner Zwischentür, riss ein Loch mitten in die Rückenlehne meines Schreibtischsessels und grub sich in meine Wand. Ich warte nicht auf Goddo, ich reiße meine zuverlässigen Freunde Smith & Wesson aus dem Schulterhalfter und komme feuernd wieder hoch. Der Lauf versprüht seine *Tödliche Fracht*[1], und ich pumpe fünf Schuss durch die Tür. Ich höre den Körper fallen, erhebe mich aus meiner Deckung und klopfe meinen Trenchcoat ab.

»Gut geschossen, Chef. Wen glaubst du, hast du da erwischt?«

»Kann ich nicht sagen.« Ich überprüfe meine Manschetten. Manchmal, wenn man in Deckung springt, verliert man einen Knopf. Diesmal jedoch habe ich Glück gehabt.

»Meinst du, wir sollten raus gehen und den Leichnam überprüfen?«

Ich schüttele den Kopf. »Bestimmt nicht.« Ich mustere meine Gürtelschlaufen gründlich – eine unge-

[1] Ein Lazlo-Woodbine-Thriller

schickte Bewegung kann manchmal starke Belastungen auf die Nähte ausüben. Aber sie sehen alle noch okay aus.

»Aber Chef! Die Identität des Meuchelmörders könnte genau das sein, was du brauchst, um die ganz heiße Spur zu finden!«

Ich schüttele ein weiteres Mal den Kopf. Ich bemerke einen kleinen Fleck auf meinem linken Revers, doch es ist nichts, weswegen ich mir Sorgen machen müsste. Jeder Marken-Fleckentferner kommt damit zurecht.

»Aber Chef ...«

»Was denn, Barry?« Ich richte meinen Kragen.

»Der Leichnam, Chef!«

»Siehst du irgendwo einen Leichnam, Barry?«

»Nein, Chef, aber ...«

»Und warum siehst du keinen, Barry?«

»Weil er draußen vor der Tür gefallen ist, Chef.«

»Und?«

»Und weil du nicht auf Korridoren arbeitest, Chef. 'tschuldigung.«

»Kein Problem, Barry. Du hast dich in der Hitze des Augenblicks mitreißen lassen. Das ist der Grund, aus dem ich der Held bin in diesem Roman und nicht du.«

»Mehr hast du nicht zu sagen, Scheißkopf.«

»Was war das, Barry?«

»Ach, nichts, Chef.«

Die große Eingangshalle des Polizeigebäudes sah fast ganz genauso aus wie alle Eingangshallen von Polizeigebäuden. Eine Menge Cops mit schicken Uniformen und Ich-hab-schon-alles-gesehen-Mienen zankten und zeterten und lasen Menschen ihre Rechte vor. Superschick gekleidete Zuhälter mit breitkrempigen Hüten, langen Ledermänteln und Plateausohlenschuhen, die freizügig mit Schmähworten um sich warfen und die Herausgabe ihrer »Ladies« verlangten. Straßenpunks mit bandagierten Köpfen, die von Mädchen in schwarzer Bondage gehalten wurden. Ein Padre, der die Eltern eines Mordopfers tröstete. Eine singende Obdachlose. Jugendliche Bandenmitglieder mit Stirnbändern und öligen T-Shirts, die jeden anmachten. Wermutbrüder, die den fünften Nachtrag zur Verfassung einforderten. Detectives in Hemdsärmeln, die gegen den Kaffeeautomaten hämmerten. Prostituierte in kurzen Pelzmäntelchen, die aussahen wie Tina Turner. Rückfällige, die getan hatten, was immer sie schon vorher getan hatten.

Sie haben alle die Filme gesehen. Sie wissen, was ich meine.

Rex sammelte seine »Siebensachen« bei einem Sergeant hinter einem Schreibtisch ein, der dem jungen Spencer Tracy verblüffend ähnelte.

»Unterschreiben Sie hier.« Der Sergeant drehte Klemmbrett und Stift zu Rex herum. Rex schüttelte den Kopf und unterzeichnete. Es ergab alles nicht viel Sinn. Sie gaben ihm doch tatsächlich die gestohlene Geldbörse und alles andere zurück.

»In Ordnung, dann bin ich weg.« Rex wandte sich um und wollte verschwinden.

Officer Cecil ragte vor ihm auf. »Hier entlang, Rex.« Er packte den Helden mit festem Griff am rechten Ellbogen und steuerte ihn auf einen Seitengang zu, von dem Rex ganz richtig annahm, dass er auf eine stille Nebengasse hinaus führte.

»O nein!« Rex riss sich los. »Keine Schläge mehr. Der Chief sagt, dass ihr mich mit allem gebotenen Respekt behandeln sollt. Ich werde durch die Vordertür gehen, wenn Sie nichts dagegen haben!«

»Ich habe aber rein zufällig etwas dagegen.«

»Cecil.« Rex hielt tapfer seine Stellung. »Werden Sie denn nicht irgendwann all dieser sinnlosen Gewalt überdrüssig?«

Cecil kratzte sich mit dem geschäftlichen Ende seines Schlagstocks den rasierten Schädel. »Äh, also jetzt, wo Sie es erwähnen ... Nein. Und für Sie heiße ich immer noch Officer Cecil! Und jetzt kommen Sie mit!«

»Officer Cecil, haben Sie denn überhaupt nicht das Gefühl, dass es mehr im Leben gibt, als Menschen mit dem Schlagstock zu behandeln?«

»Ehrlich gesagt, ich habe nie großartig darüber nachgedacht«, antwortete Officer Cecil. »Ich persönlich hänge einer eher synkretischen Weltsicht an. Ich glaube fest daran, gestützt auf meine Beobachtungen und meine Erfahrung, wie ich hinzufügen darf, und nicht auf Mutmaßungen und Theorie, dass die Gesellschaft aus zwei grundlegenden Kasten besteht. Namentlich und im Wesentlichen denjenigen, die verprügelt werden, und denjenigen, die Prügel austeilen. Man könnte es vielleicht eine über-simplifizierte Dichotomie nennen, angeführt als Rechtfertigung für praktizierten Brutalismus, aber das würde bedeuten, die zugrunde liegende pluralistische Dualität falsch zu interpretieren, welche den soziologischen Rahmen subdividiert und konstituiert, was Jung als ein entwickeltes Symbol der Gesamtheit bezeichnet, das ›Selbst in seinem empirischen Aspekt‹.«

»Tatsächlich?«

»Tatsächlich. Verstehen Sie, die Metapher ist selbstverständlich axiomatisch. Was soviel heißt wie, dass der Prügler und der Geprügelte auf einer unbewussten Ebene zu ein und derselben Person werden. Der Herr wird zum Diener, und der Strafende zum Gestraften. Haben Sie jemals Sir John Rimmers *Differenzielle Bestimmungen psychologischer Urteile und ihre Signifikanz bei der Transposition relationaler Antworten* gelesen?«

»Äh, ich glaube, ich habe es irgendwann einmal überflogen.«

»Ein faszinierendes Werk, nicht wahr?«, fuhr Cecil fort. »Es deutet an, dass in einem Jeden von uns der Keim zur Gottheit ruht und dass wir selbst es sind, die uns Beschränkungen auferlegen, in dem unterbewussten Streben, mit dem Ganzen zu verschmelzen, anstatt uns von ihm zu lösen und unser wahres Selbst zu finden. Der Text wirkt an verschiedenen Stellen ein wenig schwülstig, aber ich kann mich sehr gut in den dahinter steckenden Syllogismus versetzen.«

»Ja«, sagte Rex. »Ganz sicher können Sie das.«

»Wenn Sie also nun die Freundlichkeit hätten, mich in die Seitengasse zu begleiten, dann kann ich Ihnen eine gründliche Abreibung verpassen, und wir reden nicht mehr darüber.«

»Also gut«, sagte Rex. »Hier entlang, nicht wahr?«

6

5. *Und später spielte Elvis* Memphis, *das damals noch in Ägypten lag. Und die Gig ging großartig unter.*
6. *Doch hinterher platzte der Scheck des Pharao, den er für seinen Auftritt bekommen hatte.*

Das Sub-Urbane Buch der Toten

Rex empfing in der Seitengasse keine Tracht. Statt dessen unterhielten er und Officer Cecil sich über Wittgensteins *Philosophische Betrachtungen*, logischen Positivismus und die Hegelsche Dialektik, in der der Widerspruch zwischen einer Annahme und ihrer Antithese zu einer höheren Wahrheit führt. Sie berührten das Thema der Gestaltpsychologie und der Verhaltenstheorie, und schließlich, als es bereits spät wurde, schüttelte Cecil Rex die Hand, rief ihm ein Taxi, stopfte ihm eine Fünfzig-Dollar-Note in die Brusttasche und instruierte den Fahrer, Rex zu einer preiswerten Pension zu bringen, wo er die Nacht über bleiben konnte.

Rex bedankte sich überschwänglich bei Cecil, versprach, ihm das geliehene Exemplar von *Menschlichen Reaktionen in einem Labyrinth fixierter Orientierungen* zurückzugeben, sobald er es ausgelesen hatte, und stieg in sein Taxi, um in die Nacht zu fahren.

Rex ließ sich in den Sitz sinken und betete inständig, dass die vor ihnen liegende Straße nicht mit Kalauern über Psychologie gepflastert war.

Nachdem das Taxi Rex durch immer finsterere Gegenden gefahren hatte, setzte der Fahrer ihn schließlich an einer windgepeitschten Ecke ab. Er verzichtete auf sein Fahrgeld im Gegenzug für das Versprechen freier Eintrittskarten für die Nemesis-Show und erwähnte im Wegfahren, dass er einmal Siegmund Freuds Ururgroßenkeltochter auf dem Rücksitz »gehabt hatte«.

Rex lächelte ihm dankend zu und erkundigte sich, welches der heruntergekommenen Gebäude er denn nun empfehle.

»Dort drüben das, Kumpel. Am Ende von Lonely Street, es heißt . . .«

»Nein! Sag nichts!«, unterbrach ihn Rex hastig. »Ich weiß ganz genau, wie es heißt.«

»Wie du meinst, Kumpel. Schönen Tag noch.«

Rex trottete zum Ende von Lonely Street und starrte die Front des öden Hotelgebäudes an. Warm und einladend war es nicht.

Vier Stockwerke aus grauem Beton, durchbrochen von Fenstern aus geschwärztem Glas. Rex schüttelte den Kopf; die Geschichte versprach ein Bündel von Lachern zu werden.

Er schlurfte die ausgetretenen Stufen hinauf, stieß eine knarrende Tür auf und betrat eine schlecht beleuchtete Lobby. Eine einzelne nackte Glühbirne war ein fahles graues Licht, das ausgezeichnet zu dem vergrauten Dekor passte. Rex spähte durch das Halbdunkel auf die beiden Gestalten, die in einer Haltung völliger Untröstlichkeit am Empfangsschalter saßen.

»Guten Abend«, sagte Rex.

»Gut?« Der Hotelbursche weinte Tränen. Der Rezeptionist verharrte in seiner Haltung, die ewige Dunkelheit zum Ausdruck brachte.

Rex lächelte den beiden aufmunternd entgegen. »Ich hätte gerne ein Zimmer für die Nacht«, sagte er.

»Ein Zimmer für die Nacht?« Der Bursche brach in noch lauteres Schluchzen aus. Der Rezeptionist musterte Rex finster.

»Wollen Sie uns verarschen oder was?«

»Oder was. Ich möchte ein Zimmer für die Nacht, das ist alles.«

»Ich möchte ein Zimmer für die Nacht!« Der Sarkasmus in der Stimme des Rezeptionisten blieb Rex nicht verborgen. »Sie können keins kriegen.«

»Warum denn nicht?«

»Können Sie lesen? Der Rezeptionist deutete über seine Schulter nach hinten. Auf dem Schild an der Wand stand:

NUR LIEBENDE MIT GEBROCHENEN HERZEN
AUF ANORDNUNG DES MANAGEMENTS

»Hmmm.« Rex bemühte sich um einen gelassenen Tonfall. »Wenn das so ist, dann betrachten Sie mich als den klassischen Liebenden mit gebrochenem Herzen. Ein Einzelzimmer bitte. Nur für eine Nacht.«

»Sie sehen aber gar nicht aus, als hätten Sie ein gebrochenes Herz.«

»Ich reiße mich zusammen und mache ein tapferes Gesicht. Wo muss ich unterschreiben?«

»Überhaupt nicht.« Der Rezeptionist verschränkte die Arme vor der Brust. »Wenn Sie meine Meinung hören wollen, würde ich sagen, dass Sie vielleicht einen Tiefpunkt haben, aber ganz bestimmt kein gebrochenes Herz. Wahrscheinlich liegt es nur an Ihrer Jacke. Ich möchte Ihnen einen Rat geben: Gehen

Sie die Straße hinauf, dort gibt es ein Hotel, das Elton, das sich auf Reisende mit schlecht sitzenden Anzügen spezialisiert hat.«

Rex spürte, wie der rote Nebel sich über seine Gedanken senkte. Er hatte einen härteren Tag gehabt als selbst Sam Maggott. »Also hören Sie doch! Dieses Etablissement wurde mir von einem gewissen Officer Cecil empfohlen! Vielleicht kennen Sie ihn ja. Ein großer Bursche mit einem Hang zum Sadismus.«

»Jeder kennt Officer Cecil«, blubberte der Hotelbursche los.

»Nun, Officer Cecil ist ein enger Freund von mir, und er wird mächtig verstimmt sein, wenn er erfährt, dass Sie mir ein Zimmer verweigert haben. Außerdem ...« Da Rex nun die Wahrheit bereits hinter sich gelassen hatte, konnte er genauso gut auch weitermachen. »... außerdem arbeite ich selbst ebenfalls bei der Polizei. Ich bin nämlich Undercover-Agent.«

»Undercover-Agent, wie?« Der Rezeptionist befingerte sein Kinn. »Nun hören Sie mir einmal zu, Mister. Es ist mir völlig egal, ob Sie Reiseagent, Immobilienagent, Literaturagent oder ein verdammter chemischer Re-agent sind. Ich riskiere jedenfalls nicht meinen Job, indem ich Sie hier reinlasse. Das hier ist eine Zone für *Liebende mit gebrochenem Herzen*, und damit basta.«

»Undercover-Agent?« Der Hotelbursche schluchzte steinerweichend. »Eher ein verdammter Häretiker, würde ich sagen.«

»Häretiker?« Rex erinnerte sich an den Eigenartigen Fall Der Blasphemischen Straßenschuhe. »Damit ich Sie richtig verstehe – das hier ist das Heartbreak Hotel, und es befindet sich am Ende der Lonely Street.

Es hat einen Laufburschen, bei dem das einzig Laufende die Tränen sind, und einen Rezeptionisten, der sich verkleidet wie Sie. Und es vermietet nur Zimmer an Liebende mit gebrochenen Herzen, die ohne jeden Zweifel ihre gesamte Zeit damit verbringen, von morgens bis abends zu flennen. Gehe ich bis hierher richtig?«

»Sie kennen Ihre Heilige Schrift, soviel steht fest.«

»Heilige Schrift ...« Rex zögerte. »Heilige Schrift, sagen Sie? Also wäre es sozusagen Häresie für jeden, der nicht an gebrochenem Herzen leidet, in diesem Hotel einzuchecken?«

Der Laufbursche und der Rezeptionist wechselten Blicke. Rex bemühte sich, die unausgesprochenen Worte zu verstehen, die zwischen ihnen hin und her gingen.

Schließlich redete der Rezeptionist einmal mehr. »Kenne ich Sie nicht?«, fragte er.

»Nein«, sagte Rex. »Tun Sie nicht.«

»Doch«, sagte der Rezeptionist. »Tue ich doch. Sie sind der Typ aus dem Fernsehen.«

»Nein!«, kreischte Rex. »Bin ich nicht!«

»Ist er wohl.« Der Laufbursche zog die Nase hoch. »Er macht diese Gameshow, wo alle Kandidaten am Ende ...«

»Mache ich nicht!«

»Nun hören Sie mir mal gut zu, Freundchen, verdammt gut. Es ist mir völlig gleichgültig, wer Sie sind und was Sie sind. Aber ein Liebender mit gebrochenem Herzen sind Sie gewiss nicht. Wenn Sie nicht unverzüglich aus diesem Hotel verschwinden, sehe ich mich gezwungen, einen Repomann zu rufen. Und das will bestimmt keiner von uns beiden, oder?«

»Einen Repomann?« Die Worte machten klick. »Verraten Sie mir doch bitte, was Sie hiervon halten.« Rex fischte die Geldbörse aus seiner Hosentasche und zeigte dem Rezeptionisten die Karte, die Laura Lynchs Beinen Lebewohl gewinkt hatte.

»Oh.« Welche Farbe auch immer im Gesicht des Rezeptionisten gewesen sein mochte, sie wich mit erstaunlicher Geschwindigkeit. »Oh. Ich verstehe, *Sir*. Jawohl, in der Tat ... Nun, ich denke, Sie werden zufrieden sein mit meinem Stoizismus ... ich mache meine Arbeit gut, Sir. Sie werden keine Devianti und keine Häretiker hier finden, o nein, das werden Sie nicht.«

»Gut.« Rex nickte wohlwollend. »Ich bin sehr erfreut, das zu hören. Und jetzt benötige ich ein Zimmer für die Nacht.«

»O ja, Sir. Selbstverständlich, Sir.« Mit unsicherer Hand nahm der Rezeptionist einen Schlüssel vom Haken, direkt unter dem NUR LIEBENDE MIT GEBROCHENEN HERZEN – AUF ANORDNUNG DES MANAGEMENTS-Schild.

»Laufbursche! Sieh nach, ob dieses Zimmer für unseren geehrten Gast angemessen ist!«

»Jawohl, Sir!« Der Hotelpage verließ seinen feuchten Teppichfleck und eilte hastig davon.

»Hört niemals auf zu weinen, der dort, Sir. Macht seinem Beruf alle Ehre.«

»Ich verstehe.« Rex verstand eigentlich überhaupt nichts. »Warum weint er eigentlich ununterbrochen? Ich frage mich schon die ganze Zeit.«

»Ich habe eigentlich nie darüber nachgedacht, Sir. Meiner Meinung nach rührt es aus irgendeinem Kindheitstrauma. Vielleicht eine Mutterfixierung. Ein tief sitzender Ödipuskomplex würde in einer negativen psycho-physiologischen Reaktion auf äußere Stimuli resultieren. Ein Subjekt in einem Zustand derartiger innerer Spannung könnte lediglich vermittels eines emotionalen Auslösers Linderung von seinen retroaktiven Inhibitionen finden. Es ist eher ein konditionierter Reflex als ein bewusster Wunsch zu weinen. Haben Sie je das Buch …«

Rex trat einen Schritt vor und schlug den Rezeptionisten bewusstlos.

»Sehr amüsant«, sagte er.

Schließlich kehrte der Hotelpage zurück. Er bemerkte den reglos auf dem Gesicht liegenden Psychologen, doch er brachte das Thema nicht zur Sprache. Stattdessen führte er Rex durch ein heruntergekommenes Treppenhaus nach oben und öffnete eine Tür für ihn.

»Dies ist unser bestes Zimmer, Sir. Ich hoffe, es findet Ihre Zustimmung. Sollten Sie sonst noch etwas wünschen, so zögern Sie nicht zu läuten. Normalerweise ignorieren wir selbstverständlich sämtliche Anrufe seitens unserer Gäste. Politik des Managements, alles in Übereinstimmung mit der Heiligen Schrift.«

»Bewundernswert.«

»Danke, Sir. Unser Ziel ist es, zu deprimieren.« Er schloss hinter Rex die Türe und schlurfte in den höchsten Tönen weinend über den Korridor davon.

Rex überflog den Raum flüchtig. Das Zimmer als erbärmlich zu bezeichnen wäre noch schamlos übertrieben gewesen. Die grabähnliche Kammer enthielt eine armselige Pritsche, einen nüchternen Stuhl, eine deprimierende Kommode voller leerer Schubladen, einen Fernseher, der alles noch verschlimmerte, und einen Teppich in einem derart jämmerlichen Zustand, dass ein Glasauge deswegen Tränen geweint hätte.

Rex schüttelte den Kopf. »Sehr behaglich.« Er wanderte zu der Kommode und zog an der obersten Schublade. Der gramgeschwächte Griff löste sich in seiner Hand von der Lade. Rex seufzte und bohrte den Finger in das Loch. Es gelang ihm, die Schublade zu öffnen. Mehrere Flaschen Gin, ein altes Rasiermesser zum Öffnen von Pulsadern und ein Dutzend Schachteln mit Schlaftabletten begegneten seinem scheelen Blick.

»Hmmm«, machte Rex. »Ganz ohne Zweifel eine Aufmerksamkeit des Managements.« Er bediente sich mit einer Flasche Gin und warf sich auf die Pritsche. Die Matratze war offensichtlich mit Kieselsteinen ausgestopft. Nirgendwo war ein Kissen zu sehen.

Rex öffnete die Flasche und schnüffelte misstrauisch an ihrem Inhalt. Er nahm einen kleinen Schluck und versuchte, einen Sinn in alledem zu erkennen. Er befand sich hier im Heartbreak Hotel. In einer Stadt namens Presley, die irgendwo in den USA zu liegen schien. In einer Zeit, die seine eigene war, jedoch in einer fremden Welt. Einer Welt eigenartiger Gesetze, wo sein lebendiges Double die gefürchtete Nemesis-Show leitete und Repomänner etwas waren, das man fürchten musste.

Das alles war sehr verwirrend. Oder nicht? Rex nahm einen weiteren, größeren Schluck Gin und wandte sich zu der alten Flimmerkiste um.

»Wollen doch mal sehen, was du zu erzählen hast«, sagte er.

Selbstverständlich gab es keine Fernbedienung, also zerrte Rex den Apparat zum Bett hin, setzte sich davor auf den Boden und drückte auf den Knopf mit der Aufschrift »Ein«.

Ein Bild flackerte unstet auf der Mattscheibe. Eine weibliche Nachrichtensprecherin, die ihm seltsam bekannt schien, verkündete: »PROSAT71TL Nachrichten pünktlich alle fünf Minuten.«

»Ach ja?«

»Und die große Story heute Abend ist immer noch der Fall der Alienkidnapper.«

»Was?«

»Heute wurde das zweiköpfige Kind der Liebe, Harpo/Chico, Sohn der Oscarpreisträgerin Debbie Nixon und des internationalen Rockstars Mojo, bei hellem Tageslicht von unsichtbaren Kreaturen aus der Graceland Shopping Mall entführt.«

»Was?«

»Das am Boden zerstörte Paar stand noch immer unter dem Einfluss von starken Beruhigungsmitteln, als es aus dem Tom Parker Memorial Hospital entlassen wurde, doch es nahm sich eigens die Zeit, um mit unserem Reporter Dick Adamski zu sprechen.«

Dick: »Debbie, Mojo, haben Sie schon etwas von Harpo/Chico gehört?

Mojo: »Nichts.«

Dick: »Wie ertragen Sie und Ihre wundervoll riechende Frau diesen Schicksalsschlag?«

Mojo: »Es für uns beide eine traumatische Zeit. Ich bin nur froh, dass wir Mitglieder im Tom-Parker-Gesundheits-Vorsorgefonds sind. Ein Programm, das maßgeschneidert ist auf die Bedürfnisse seiner Mitglieder. Eine vollständige Gesundheitsversorgung, allerneueste medizinische Technik und erfahrene Ärzte und Chirurgen. Für nicht mehr als fünfzig Dollar Aufnahmegebühr und zwanzig Dollar im Monat erhalten wir ...«

»Was?« Rex schaltete um.

»Leg dich nicht mit diesem Typen an, er kann Karate!«

»Er hat O-Beine«, antwortete der Bildschirm-Elvis.

»Handlanger!« Rex drehte den Fernseher lauter und starrte Elvis an. Es war nicht Elvis.

»Das ist nicht Elvis«, sagte Rex.

»Und dieses phantastische Ding hier«, fuhr der Doppelgänger fort, »ist ein Koshibo Commander 7500. Sechs Ventile, Hypergleitturbo. Er gibt mir genau den Ritt, den ich suche, und das zu einem Preis, den ich mir leisten kann.«

»Hä?«, machte Rex, weil er das viele »Was?« satt hatte. Er schaltete erneut um. Der nächste Kanal sendete ununterbrochen Werbung, wie der übernächste und der überübernächste. Rex schüttelte einmal mehr den Kopf, wechselte einmal mehr den Kanal und zuckte dann heftig zusammen.

Sein eigenes Gesicht starrte ihn vom Schirm herunter an. »Willkommen!«, kreischte es. Zur ... Nemesis-Show!«

Die Band spielte auf, die Scheinwerfer blitzten, die Glocken läuteten, der spezielle Starsummer summte, und das außerordentlich zahlreich versammelte Publikum brach in orgiastischen Beifall aus.

Rex starrte voll entsetzter Faszination auf den Schirm. Dort war er. Dort, direkt vor ihm. Echt bis ins kleinste Detail. Sein *Doppelgänger*.

Rex starrte wie vom Donner gerührt auf den

Schirm. Er hörte seine eigene Stimme das Publikum aufpeitschen. Sah sein eigenes Gesicht grinsen und zwinkern.

Und dann geschah etwas Schockierendes. Etwas, das ihn bis ins Mark erschütterte und ihn mit tiefster Abscheu erfüllte.

Ein unkontrollierbarer Ekel ergriff Besitz von ihm und erfüllte seine Adern. Diese Kreatur auf dem Fernsehschirm war nicht er. Absolut nicht. Sie war irgendein dunkles Spiegelbild, eine Travestie, ein böser Witz. Ein teuflischer Gegenspieler.

Der heruntergeschluckte Gin kam ihm hoch. Rex krächzte, würgte und erbrach sich mitten ins Gesicht seines anderen Selbst.

In das Gesicht des ANTI-Rex.

7

7. Und Elvis war stinksauer, dass dieser Pharao ihn aufs Kreuz gelegt hatte. Und er schürzte die Lippen und rief zu seinen zahlreichen Fans: »Vergesst die Pyramiden, wir verschwinden von hier!«

Das Sub-Urbane Buch der Toten

Rex stieß den mit Erbrochenem besudelten Fernseher von sich weg und wischte sich den Mund am Bettlaken ab. Seine Hände zitterten, und in seinem Kopf drehte sich alles. Er brauchte ein Glas irgendwas, aber keinen Gin. Vielleicht Wasser?

Das Zimmer besaß ein Waschbecken unter all den anderen fehlenden Dingen, und so suchte Rex nach dem Haustelephon. Er fand es unter dem Bett. Die Leitung war tot.

Irgendwo musste es doch ein Badezimmer geben. Rex machte sich auf die Suche danach. Er tappte leise durch den Korridor, denn er verspürte nicht den Wunsch, einen der Liebenden mit gebrochenem Herzen zu so später Stunde aufzuwecken.

Am Ende der Treppe zögerte Rex. Leise, drängende Stimmen klangen von unten herauf. Er schlich ein paar Stufen hinunter und spähte zwischen den Geländersäulen hindurch. Der Laufbursche und der Rezeptionist unterhielten sich in gedämpftem Ton mit zwei großen, finsteren und gefährlich aussehenden Typen. Rex reckte den Hals, um ihr Gespräch besser zu verstehen.

»Das ist der Grund, aus dem ich Sie angerufen

habe!«, flüsterte der dicklippige Rezeptionist. »Er hat sich als Repomann ausgegeben, aber er ist kein LCP …«

»Und er ist auch nicht der Typ aus dem Fernsehen«, fügte der Page schluchzend hinzu. »Der Typ aus dem Fernsehen war erst vor ein paar Minuten im Fernsehen …«

»Und er hat mich umgehauen«, beschwerte sich der Rezeptionist. »Nicht der Typ aus dem Fernsehen, heißt das …«

»Häresie!«, murmelte der Page. »Deviant und subversiv, ohne Zweifel.«

Einer der finster und gefährlich aussehenden Typen sprach. Seine Stimme klang ausdruckslos und metallisch. Mehr eine phonemische Sendung als eine richtige Stimme. Es war die Stimme einer Maschine.

»Sie haben prompt und richtig gehandelt, Bürger. Von jetzt an kümmern wir uns um die Angelegenheit. Bitte räumen Sie das Hotel, und gehen Sie in Deckung wegen der Druckwelle.«

»Der Druckwelle?« Der Rezeptionist fuchtelte aufgeregt mit den Händen. »Nein, warten Sie …!«

»Wir müssen das gesamte Gebäude sprengen. Jede mögliche Gefahr einer Kontamination eliminieren.«

»Aber das ganze Hotel zerstören? Ist das nicht ein wenig übereifrig?«

Der zweite der gefährlich aussehenden Typen wandte sich an den ersten. »Vielleicht sind diese beiden bereits kontaminiert? Besser, wenn sie hier bleiben und sterben.«

Jetzt rang der Rezeptionist mit den Händen. »Nein, Sirs, bitte! Wir sind nicht kontaminiert! Wir haben Sie schließlich angerufen, oder nicht?«

»Dann gehen Sie. Auf der Stelle.«

»Aber unser Lebensunterhalt!«

»Man wird Ihnen neue Aufgaben zuteilen. Unten auf der Straßenebene gibt es immer freie Stellen, und da Sie beide sonst obdachlos und ohne Arbeit sind, sind Sie perfekt dafür geeignet. Finden Sie sich morgen früh um zehn hier ein. Ein Beamter des Departments für Menschliche Ressourcen wird auf Sie warten.«

Der Rezeptionist kaute auf seinen Knöcheln. »Und die anderen Gäste? Sie können doch unmöglich alle umbringen! Das verstößt gegen die erste Direktive des Management Services. Du sollst nicht verschwenden.«

»Bleiben Sie, wo Sie sind«, befahl der Finstere und Gefährliche Nummer eins. »Wir werden über diese Angelegenheit kogitieren.«

Eine lange Minute verging. Der Hotelbursche kaute auf seinem Taschentuch, und der Rezeptionist hüpfte von einem Bein aufs andere. Rex verharrte gespannt der Dinge, die da kamen. Die beiden rätselhaften Besucher standen reglos wie Puppen. Sie atmeten nicht einmal.

Unvermittelt und unisono sprachen beide, und der Hotelbursche erschrak fast zu Tode.

»Wir haben die Anweisung erhalten, Schadensbegrenzung zu betreiben. Wir werden das Gebiet der Zerstörung eingrenzen. Welches Zimmer bewohnt der Deviant?«

»Zimmer Nummer sechs. Die Treppe hinauf und die erste Tür links.«

»Danke sehr, Bürger. Sie können sich nun wieder Ihren Pflichten zuwenden.«

Das finstere und gefährliche Paar wandte sich wie ein Mann um und stolzierte steif in Richtung Treppe.

Der Hotelpage brach in Tränen aus.

»Ach, halt endlich die Klappe!«, sagte der Rezeptionist.

Das finstere, gefährlich aussehende Paar stapfte durch den Korridor.

Rex beobachtete sie vom Treppenabsatz zum zweiten Stockwerk, wohin er sich umsichtigerweise zurückgezogen hatte. Das finstere gefährliche Paar blieb vor der Tür zu Zimmer Nummer sechs stehen.

»Hitzespuren und organische Rückstände hinter der Tür«, sagte einer. »Zwei Meter, dreiunddreißig Grad Süd-Südwest.«

»Drei Meter kontrollierter Puls«, sagte der andere, »beschränkte äußere Druckwelle.«

Sie legten die Hände vorsichtig gegen die Türfläche. Rex hörte ein dumpfes summendes Geräusch aus dem Innern von Zimmer Nummer sechs. Dann folgte eine Druckwelle, die seine Ohren zum Knacken brachte und seine Eingeweide vibrieren ließ. Dann Stille. Rex spähte über das Treppengeländer. Die dunklen Meuchler wandten sich von der Tür ab und marschierten durch den Korridor zurück.

Rex lauschte ihren schweren, synchronen Schritten. Sie stiegen die Treppe hinunter und marschierten durch die Empfangshalle. Rex hörte, wie hinter ihnen die Tür ins Schloss krachte. Und einmal mehr Stille. Trockenen Mundes und mit wild pochendem Herzen schlich er die Treppe hinunter und näherte sich Zimmer Nummer sechs. Er berührte den Türgriff und unterdrückte einen Schmerzensschrei. Der Griff war glühend heiß.

Rex pustete auf seine verbrannte Patschhand und fluchte leise vor sich hin. Dann schob er die Hand in die Jackentasche und drückte damit die Klinke herunter.

Die Tür fiel nach innen, und Rexens Kinnlade fiel nach unten.

Das Zimmer sah irgendwie nicht mehr so aus, wie er es verlassen hatte.

Ein scharf umrissener Kreis der Zerstörung, drei Meter im Durchmesser, hatte die Mitte des Zimmers vernichtet. In diesem Kreis gab es überhaupt nichts mehr.

Am Rand des Kreises stand das zusammengebrochene Bett. Das Fußende, abgeschnitten in einem geschwungenen Bogen, zeigte die steinigen Innereien der Matratze, ein recht verblüffender Anblick. Die Vorderseite der trostlosen Kommode hatte die gleiche radikale Behandlung erfahren. Die Schubladenfronten waren sauber wegrasiert. Rex sah eine der Länge nach aufgeschnittene Ginflasche.

Von dem mit Erbrochenem besudelten alten Fernseher war nichts mehr zu sehen mit Ausnahme eines funkensprühenden Kabels, das vom Rand des Kreises aus Nichts zur Steckdose führte.

In den alten Tagen hab ich eine Menge Pool gespielt. Half mir beim Vergessen, schätze ich. In diesem Geschäft gibt es Zeiten, da muss man einfach vergessen. Und andere, da muss man sich erinnern. Wie jetzt zum Beispiel.

Jetzt muss ich mich an ein Gesicht erinnern. Ein Gesicht, das ich kannte, bevor ich anfing Pool zu spielen. Ein Gesicht, das ich vergessen habe. Es war ein langes Gesicht. Ein Gesicht mit einem gespaltenen Kinn und einer kleinen Narbe auf der Oberlippe. Ein Gesicht mit einer Nase, die zu Witzen einlud, und zwei dunklen Augenbrauen über den grünsten Augen, die ich jemals gesehen habe. Die Ohren waren klein, das linke besaß ein Muttermal, das rechte nicht. Der ganze Plunder war eingerahmt von einem Wust weichen, bernsteinfarbenen Haars. Ich kannte dieses Gesicht beinahe so gut wie mein eigenes. Aber jetzt erinnere ich mich einfach nicht mehr.

»Der Mann ist ein vollkommener Trottel.«

»Was sagst du da, Barry?«

»Nichts, Chef.«

»Hab ich dir eigentlich je davon erzählt, dass ich früher Pool gespielt habe, Barry?«

»Oft, Chef. Verdammt oft. Kann nicht sagen, dass es mich gefesselt hätte.«

»Hast du etwas gegen Pool?«

»Wie es sich nun einmal so trifft, ist das Konzept von Männern, die mit langen Stöcken unschuldige grüne Kugeln in Löcher schießen, nicht von besonderer Anziehungskraft für mich. Werden wir bald anfangen, den Fall zu lösen, Chef, oder möchtest du dich lieber noch einmal in deinem Schreibtischsessel zurücklehnen und über die genaue Höhe der Rechnung meditieren, die du zu begleichen hast?«

Ich schenke Barry den kalten, harten Blick, den ich normalerweise für dienstags aufspare.

»In Ordnung«, sage ich. »Was haben wir bisher?«

»Ziemlich wenig unternommen.«

»Ich schone mich.«

»Sicher schonst du dich, Chef.«

»Wie ich das sehe, Barry, müssen wir nach der Verbindung suchen.«

»Ich lausche, Chef.«

»Es gibt immer einen großen Mr. Unbekannt hinter jeder Operation.«

»Du meinst den Kerl, der am Schluss der Geschichte vom Dach fällt, richtig?«

»Richtig. Und wie ich das sehe, besteht die einzige Möglichkeit, diesen Kerl zu finden, darin, dass wir nach ihm suchen.«

»Schlau gedacht, Chef. Und wo sollen wir deiner Meinung nach anfangen?«

»Nun ...« Ich dehne dieses »Nun« ziemlich in die Länge. Dann sage ich: »Wir fangen am 28. Juli 2061 an.«

»Gute Güte!« Barry fällt von meiner Schreibtischplatte auf den Teppich, dessen Namen niemand auszusprechen wagt. Er ist von den Socken. Ich hebe ihn auf und wische ihn flüchtig sauber. »Von den Socken?«, frage ich.

»Äh ... ähm ... ah ...«, stottert Barry, der verwirrte kleine Rosenkohl. »Wie, wenn ich dir diese Frage stellen darf, wie bist du ausgerechnet auf dieses Datum gekommen, Chef?«

Ich habe ihn, und er weiß, dass ich weiß, dass ich ihn habe. »Logisches Denken«, verrate ich ihm so beiläufig wie ein Zucchino[1] in einer Tasse klarer Kräuterbouillon. »Ich will es dir erklären ...«

»Woodboon?« Die Stimme dringt aus dem Korridor zu mir herein. Es ist eine Stimme, die ich beinahe so gut kenne wie meine eigene. Diese Stimme gehört

[1] Der Singular von Zucchini (maskulin!). Echt!

Charlie Swinburn, meinem Vermieter, und sie fährt folgendermaßen fort: »Woodboon, da liegt schon wieder eine Leiche vor Ihrer Bürotür und wird steif, während sie auf meinen Teppich blutet! Das ist bereits die fünfte in dieser Woche! Kommen Sie raus, und machen Sie das weg, sonst gibt es Ärger! Und diese Uhr, die Sie mir als Pfand für die Miete gegeben haben, funktioniert nicht!«

»Der 28. Juli 2061«, sage ich zu Barry. »Und gib ein wenig Gas!«

»Irgendein spezifischer Zielort, Chef?«

»Wie wäre es mit der Seitengasse hinter dem Heartbreak Hotel in der Lonely Street?«

»Warum ausgerechnet dort, Chef?«

Ich habe ihn schon wieder, und er weiß es schon wieder, dass ich es weiß, aber ich möchte den kleinen Burschen nicht über Gebühr demoralisieren.

»Nur so ein Gefühl, Barry«, sage ich zu ihm, als wir *Zurück in die Gefahr*[1] eilen.

Rex fand die Feuerleiter, eine eiserne Treppe mit einziehbarem unterem Abschnitt. Er schwang damit hinunter in die Seitengasse. Ihm war kalt, er war müde und hungrig, und er musste ganz dringend auf die Toilette. Rex bewegte die Augen verstohlen, wie Flüchtlinge das so tun, und drückte sich in die Schatten.

»Ich wünschte, ich wäre zu Hause und in meinem Bett«, sagte er.

Am Ende der Seitengasse steuerte eine große

[1] Ein Lazlo-Woodbine-Thriller

schwarze Limousine in den Verkehr. Rex erhaschte einen flüchtigen Blick auf die Profile der beiden finsteren gefährlichen Männer, die gar keine Männer waren. Unvermittelt hob der Wagen vom Boden ab und schoss in den Himmel hinauf.

Rex schlug den Kragen seines unter den Armen kneifenden Jacketts hoch und pustete sich in die hohlen Hände. »Wenn ich auch nur den leisesten Schimmer hätte, was hier vorgeht«, murmelte er zwischen zwei Pustern. »Ich bin sicher, ich könnte etwas wirklich Positives zum Handlungsstrang beitragen. Aber so ... das ist einfach nicht fair!«

Wie Recht er damit hatte. Andererseits – wäre die Welt auch nur ein ganz klein wenig gerecht, würde dieses Buch niemals geschrieben worden sein. Rankin hätte sich schon Jahre zuvor mit dem Geld für den Literaturnobelpreis und den Tantiemen für die zahlreichen Filmrechte seiner vergangenen Werke zur Ruhe gesetzt. Er hätte sich ohne jeden Zweifel in irgendeinem dieser exklusiven Thai-Bordelle flachgelegt, und eine jener exotischen östlichen Ladies hätte sich in just diesem Augenblick, während wir reden, auf seinen John Thomas herabgesenkt in jener inzwischen berühmten rotierenden Gespaltener-Bambus-Stellung. Aber da haben Sie es. Oder auch nicht, je nachdem.

Rex sank an der Wand nach unten, umklammerte seine Knie und fiel in einen unruhigen Schlaf. Was er nun wirklich brauchte, das war einer von jenen nützlichen Zufällen, um die Dinge ins Rollen zu bringen. Aber nützliche Zufälle sind ja so ein Klischee, finden Sie nicht?

Eine Hintertür wurde geöffnet, und eine Gestalt trat

in die Seitengasse hinaus. Die Gestalt war der Rezeptionist. Der Rezeptionist war betrunken, und er stolperte direkt über Rex Mundi.

Rex schreckte aus seinem Schlaf hoch und drückte den Mann gegen die Wand. »Los, rede, Kerl«, sagte er.

Der Rezeptionist bedeckte sein Gesicht. »Nein! Sie sind tot!«

»Noch nicht«, entgegnete Rex. »Und ich will ein paar Antworten.«

»Ich weiß keine.«

»Was sind Repomänner?«

»Ich weiß nicht.«

Rex schlug den Rezeptionisten. »Rede, Kerl, wenn dir dein Leben lieb ist!«

»Ein Repomann ist ein ... einer, der reponiert. Ein LCP.«

»LCP?«

»Liquid Crystal Person«, sagte der Rezeptionist. »Lassen Sie mich gehen!«

»Diese beiden, die mein Zimmer in die Luft gejagt haben. Waren sie ... LCPs?«

»Wer sind Sie?«

»Dein bester Freund oder dein schlimmster Feind. Ganz wie du willst. Was machen diese Repomänner?«

»Sie halten den Status Quo aufrecht. Das Gleichgewicht. Aber das tun wir alle, oder nicht?«

»Für wen arbeiten sie? Den Mann von der Nemesis-Show? Los, rede!«

»Für *ihn*? Nein.«

»Für wenn dann?«

»Für das Department. Das Department für menschliche Ressourcen.«

»Und was ist mit Elvis?«

»Elvis? Lassen Sie mich gehen!«

»Noch nicht. Elvis. Was bedeutet er für dich? Was ist er?«

»Sind Sie verrückt?«

»Wer ist er?!« Rex schlug dem Rezeptionisten mit der flachen Hand ins Gesicht. Er tat es wirklich nicht gerne, doch ... »Elvis! Wer ist er?«

»Er ist Gott!«, kreischte der Rezeptionist. »Um Gottes willen! Elvis ist Gott!«

Der Rezeptionist wurde ohnmächtig. Rex ließ ihn vorsichtig an der Wand entlang zu Boden gleiten. »Gott«, flüsterte er. »Elvis und Gott!«

Plötzlich knisterte und funkte es in der Seitengasse, und ein mächtiger Wind erhob sich. Elektrische Entladungen sprangen zwischen den Blechtonnen hin und her und beleuchteten den gefallenen Rezeptionisten und das erschrockene Gesicht von Rex Mundi.

Rex wandte sich ab, nahm die Beine in die Hand und gab Fersengeld.

»Wir sind angekommen, Chef«, sagte Barry der kleine Zeitkohl.

8

9. *Und vierzig Jahre lang irrten die Kinder Israels durch die Wüste.*
10. *Und endlich sagte Elvis zu Moses: »Das macht nicht mal Soldaten Spaß. Komm, wir folgen diesen Typen da auf den Kamelen.*

Das Sub-Urbane Buch der Toten

Wieder einmal ging die Sonne über Presley City auf und befleckte die Jukeboxtürme mit ihren zarten Tönen aus Alpenveilchen, Erdbeere, Pflaume, Pfirsich, Klatschmohn, Pfingstrose, Geranie, Rose du Barry (die heißt tatsächlich so) und Zinnober, das ein Quecksilberoxid ist und keine hübsche bunte Pflanze. Rex kauerte in einem dreckigen Abfalleimer in einem üblen Teil der Stadt und hatte den Deckel über sich zugezogen, deswegen verpasste er all das Obst und auch das Quecksilber.

Ich schlage den Kragen meines Trenchcoats hoch und strecke mein gemeißeltes Kinn dem neuen Tag entgegen. Eins aufs Auge für all die Schlauberger, die meinen, man könne keinen Ich-Charakter in ein Kapitel stecken, das in der dritten Person erzählt wird. Bauern![1]

»Chef?« Ich höre die Stimme von Barry, der sich in meiner oberen Brusttasche eingenistet hat.

[1] Sic! (Anm. d. Übers.)

»Was gibt's?«, frage ich.

»Chef, warum hast du ausgerechnet den 28. Juli 2061 ausgewählt, wo du doch so viele andere, hübschere Daten hättest nehmen können?«

»Hast du ein persönliches Problem mit dem 28. Juli 2061?« Ich kontrolliere den Sitz meiner Garderobe. Zeitreisen können dem Saum eines Trenchcoats manchmal ziemlich übel mitspielen, wissen Sie? Sechsundsechzig beispielsweise ist mir mal einer von oben bis unten aufgerissen; hat mich die Liebe einer schönen Frau gekostet, ein Jahresabonnement vom *Times Magazine*, meine beiden Nippel und ein Rebhuhn in einem Birnbaum. Aber das ist eine andere Geschichte.[1]

»Chef, ich kann mit dem achtundzwanzigsten leben, wirklich. Sogar mit dem neunundzwanzigsten, wenn es unbedingt sein muss. Aber auf gar keinen Fall möchte ich am dreißigsten hier sein. Hast du das?«

»Ich hab dich verstanden, Barry. Möchtest du vielleicht, dass ich alles jetzt schon verrate?« Die Säume sind bestens in Ordnung, aber ich werde meinen Schneider bitten müssen, die Schulterpolster ein wenig zu verstärken, wenn ich erst wieder zurück bin.

»Bitte, Chef.«

»Rate mal, was ich hier habe.« Aus einer verborgenen Dimensionsfalte ziehe ich ein großes rotes Buch.

»*Das ist Mein Leben.* Ich bin zutiefst gerührt. Was soll ich sagen?«

»Sag nichts, Barry. Was ich hier habe, ist Millers Antiquitätenpreisliste von 2461.«

[1] *Lebwohl mein Fenster*, ein Lazlo-Woodbine-Thriller

»Was bin ich doch dumm.«

»Das bist du.« Lässig blättere ich durch die Seiten des großen roten Buchs. »Ah-ha!«, rufe ich plötzlich aus. »Was haben wir denn hier?«

»Die Seite, die du daheim in deinem Büro markiert hast, Chef?«

»Ganz genau die.« Ich lese ganz genau aus dieser Seite vor: »Der Presley-Schatz, Artefakte und Kunstwerke des Lebenden Gottes. Dreihundert Gegenstände insgesamt und in einer permanenten Ausstellung im Museum der Menschheit. Die Ausstellungsstücke datieren von 10.000 v. Pres. bis A. D. 2061. Sie waren zur Zeit des Dritten Holocaust eingesammelt und an einen sicheren Ort gebracht worden, wo sie nahezu dreihundert Jahre überdauerten, bis sie von dem bedeutenden Archäologen Sir John Rimmer dem 23. wiederentdeckt wurden.« Ich schließe das Buch. »Siehst du jetzt endlich das Licht am Ende des Tunnels, Barry?«

»Wahrscheinlich kommt ein Zug, Chef Würdest du vielleicht weiter erläutern?«

»Selbstverständlich. Du hast mich gefragt, warum ich den 28. Juli 2061 ausgewählt habe, oder nicht? Es war logische Schlussfolgerung, ganz einfach. Es ist das genaue Datum, an dem der Presley-Schatz zusammengesammelt und in Sicherheit gebracht wurde. Vor diesem Zeitpunkt waren die Artefakte über den gesamten Globus zerstreut. Doch in diesem einen Augenblick waren sie alle an einer Stelle. Dieser Augenblick ist heute. Wir sind hier. Der Presley-Schatz ist hier. Wir werden ihn finden und zum Museum zurückbringen. Was sagst du nun, eh?«

»Mir bleibt die Spucke weg, Chef! Dürfte ich dir

vielleicht trotzdem ein oder zwei sachdienliche Fragen stellen?«

»Wenn es sein muss.«

»Erstens, warum sind wir den ganzen Weg hierher zurückgekommen, wenn wir doch viel leichter nur ein paar Tage in die Vergangenheit hätten springen können, um Dee und Kelley aufzulauern, wenn sie ins Museum einbrechen? Und die beiden *in flagranti delicto* zu überraschen, wie es so schön heißt?«

»Schlechte Detektivarbeit, Barry?«

»Und warum, Chef?«

»Weil, Barry, wenn ich sie zu fassen bekomme, bevor sie das Verbrechen überhaupt begehen, die Kunstwerke erst gar nicht gestohlen werden. Und wenn die Kunstwerke nicht gestohlen werden, bekomme ich keine große fette Prämie, um sie wieder zu beschaffen.«

»Schlau von dir, Chef. Echt schlau.«

»Genau. Und wie du so schön vor zwei Kapiteln gesagt hast, die Chancen, Dee und Kelley zu finden, stehen verdammt schlecht. Doch die Chance, die gestohlenen Kunstwerke zu finden, von denen wir genau wissen, dass sie sich in diesem Augenblick irgendwo hier in der Gegend befinden, diese Chancen sehen ganz anders aus.«

»Alles schön und gut, Chef, aber ...«

»Aber was, Barry?«

»Aber Chef, wenn wir die Kunstwerke finden und mit in unsere Zeit bringen, dann kann Sir John Rimmer sie doch gar nicht ausgraben!«

»Hart für Sir John.«

»Nein, nein, Chef. Wenn er sie nicht ausgraben kann, dann kann er sie auch nicht dem Museum geben! Und wenn er sie nicht dem Museum gibt, dann können sie gar nicht im Museum sein, und Dee und Kelley können sie nicht stehlen! Wenn du verstehst, was ich meine?«

Der kleine Bursche will offensichtlich auf etwas Bestimmtes hinaus, aber ich will nicht, dass er sich zuviel einbildet. »Das ist doch bloß ein Backgammon«, sage ich deshalb zu ihm.

»Das heißt eine Bagatelle, du dämlicher ...«

»Was sagst du, Barry?«

»Nichts, Chef.«

»OK. Also fangen wir an.«

»Äh, Chef – da wäre noch eine winzige Kleinigkeit.«

»Kleinigkeiten! Immer nur Kleinigkeiten!«

»Vielleicht ist es ja auch eine ziemlich große Kleinigkeit. Ich habe bereits meine Bedenken bezüglich des von dir ausgewählten Datums angemeldet. Du bist dir dessen bewusst, was in genau zwei Tagen von jetzt an geschehen wird?«

»Selbstverständlich, Barry. Der Dritte Holocaust. Nukleare Zerstörung in einem Ausmaß, das die Menschheit sich bis dahin nicht hat vorstellen können. Milliarden tot, zwei Drittel der Welt in Schutt und Asche. Fünfundzwanzig Jahre nuklearer Winter.«

»Am 30. Juli 2061. In genau zwei Tagen, Chef.«

»Na und?«, sagte ich mit mehr *savoir-faire* als ein Kriecher in einer Spermabank. »Worin besteht für dich das Problem?«

»Chef, ich glaube, du begreifst nicht, was für ein gefährliches Geschäft das ist.«

»Du meinst, die Zukunft der Menschheit und möglicherweise das Gewebe der universellen Existenz selbst hängten an dieser Sache?«

»Mehr als du denkst, Chef. Viel mehr. Zum einen, falls …«

Ich schiebe Barry tief in meine Tasche. Manchmal erträgt man so einen sprechenden Rosenkohl einfach nicht länger.

Rex erwachte inmitten von Abfall. Es roch nicht allzu schlimm. Es war die Sorte von Hollywood-Abfall, in den Schauspieler mit speziellen Klauseln in ihren Verträgen immer hineinfallen. Pappe, Polystyrol, Papierschnipsel und dergleichen mehr. Wieso Rex nicht in die benachbarte Mülltonne gesprungen war, die angefüllt war mit Schweinemist und toten Hühnchen, wusste er selbst nicht so genau zu sagen. Vielleicht mochte ihn irgendjemand irgendwo »dort oben«. Oder vielleicht auch nicht.

Rex kletterte aus seinem Versteck und warf dem neuen Tag einen flüchtigen Blick zu. Er sah nicht allzu vielversprechend aus, doch Rex war zumindest darauf vorbereitet, sein Möglichstes zu tun. Sein Jackett passte nicht besonders. Wenigstens die Schuhe saßen einigermaßen. Und er hatte die Fünfzig-Dollar-Note. Die, plus eine sehr verschlagene Idee.

Rex straffte die Schultern, klopfte sich ein wenig ab und hielt ein vorbeifahrendes Taxi an.

»Morgen, Kumpel«, sagte der gleiche Fahrer wie am Abend zuvor. »Hab deine Show gesehen. Großartig, ehrlich. Wie sieht's mit den Eintrittskarten aus, eh?«

»Ich war gerade auf dem Weg, um sie zu holen.« Rex kletterte in das Taxi. »Ich muss nur unterwegs ein paar Anrufe erledigen, wenn es dir nichts ausmacht.«

»Kein Schweiß, Freund. Wohin fahren wir?«

Rexens Magen knurrte wütend. »Frühstücken«, sagte sein Mund.

Mein Büro sieht genauso aus, wie ich es in habe. Oder haben werde. Oder fast genauso.

Der uralte Schlüssel passt in das hübsche nagelneue Schloss, und ich spaziere hinein.

Ich bin beeindruckt von dem schönen neuen Teppich. Sehr adrett, wirklich. Und der schöne neue Bürosessel, in dessen Rückenlehne noch kein Loch von einer Kugel ist. Aber ich bin ja auch im Jahr 2061, am 28. Juli, für den Fall, dass Sie's vergessen haben.

Ich weiß, was Sie denken. Sie denken, wie kommt es, dass ich diese Gegenstände in meinem Büro im fünfundzwanzigsten Jahrhundert habe, wenn sie in ein paar Tagen von jetzt an im Dritten Holocaust in tausend Stücke gesprengt werden. Oder nicht?

Nun, wenn Ihnen eine Antwort einfällt, dann vergessen Sie bitte nicht, mich zu informieren.

Ich gehe richtig auf in der Atmosphäre. Es ist süßer als ein Schweizer Käse in der Gesäßtasche eines Schwertschluckers. Ich trete zum Fenster und ziehe die Jalousie hoch. Presley City. Die ganze Stadt liegt vor mir wie ein weiblicher Wrestler beim Barbecue eines Bikers. Was für eine Müllhalde! Diese entsetzliche Travestie vom Angesicht des Planeten Erde zu tilgen war das Mindeste, was man tun konnte. Ich würde es selbst tun, hätte ich genügend Zeit. Aber die hab ich nicht.

Ich krame Barry aus der Tasche und stelle ihn auf meinem hübschen neuen Schreibtisch ab und lasse mich in meinen neuen Sessel fallen, um den Anrufbeantworter abzuhören. Die erste Stimme kenne ich fast so gut wie meine eigene. Sie sagt: »Woodborn, hier spricht Sam Maggott. Sie haben genau zwei Tage Zeit, um die fünftausend Dollars zurückzuzahlen, die Sie mir schulden, sonst ... haben Sie kapiert?«

»Klingt, als hätte Sam wieder einmal einen ›Harten‹, Chef«, sagt Barry.

»In ein paar Tagen werden sie bestimmt noch härter. Was haben wir sonst?«

»Mr. Wideburn, hier ist die ACME Kühltank Company. Falls Sie die offene Rechnung nicht bis zum dreizehnten beglichen haben, sehen wir uns gezwungen, das bei Ihnen aufgestellte Gerät wieder abzuholen.«

»Sollen sie es mitnehmen.«

»Mr. Woodbine, der Wagen, den Sie mir angedreht haben, ist eine Gurke. Ich will mein Geld zurück!«

Ich spule vor und höre die nächste Nachricht. Und die nächste und die nächste und die nächste. Nach einer Weile wird es langweilig.

»Sieht ganz danach aus, als hätte dein Ururahn die Stadt blitzartig verlassen, Chef.«

»Das Glück der Woodbines, Barry. Er muss ja irgendwie den Dritten Holocaust überlebt haben, sonst wäre ich nicht auf der Welt.«

»Endlich etwas, das Sinn ergibt. Noch weitere Nachrichten auf der Maschine?«

»Nur eine. Soll ich sie abspielen?«

»Warum nicht. Vielleicht ist ja diesmal was dabei, eh, Chef?«

Ich mustere Barry mit der Art von Blick, mit der man Schinken schneiden könnte, doch dann spiele ich die Nachricht ab. »Hallo, Mr. Woodbine. Ich habe die Information, nach der Sie gesucht haben. Der Aufenthaltsort von Sie-wissen-schon. Sie finden mich in dem prachtvoll ausgestatteten Love-Me-Tender-Massagesalon Ecke Fünfunddreißigste Ost und Mainline. Wir treffen uns in der Passage auf der Rückseite, Punkt elf Uhr. Kommen Sie allein.«

Ich zwinkere Barry vielsagend zu. »Wir sind im Geschäft«, erkläre ich.

»Nun ja ...« Der Rosenkohl scheint zu zweifeln, und das ist etwas, das Sie mit eigenen Augen gesehen haben müssen, um es zu würdigen. »Ich bin nicht sicher«, sagt er. »Aber irgendetwas an der Sache riecht nicht ganz echt, Chef.«

»Du meinst die Art und Weise, wie er ...?«

»Ganz recht, Chef.«

»Das ist mir ebenfalls aufgefallen.«

»Ich dachte mir, dass es dir aufgefallen ist.«

»Ich wusste, dass du es dir dachtest.«

»Wusstest du?«

»Natürlich wusste ich.«

»Dann ist ja gut.«

»Ich wusste, dass es gut ist.«

»Wusstest du?«

»Natürlich wusste ich.«

»Dann ist ja gut.«

»Das hast du schon mal gesagt.«

»Habe ich?«

»Natürlich hast du.«

»Dacht ich's mir doch. Sollte er jetzt nicht zur nächsten Szene übergehen?«

»Meinst du etwa so ...?«

Rex wischte sich die Krümel vom Kinn und trank seinen Kaffee aus. Der Taxifahrer hatte die Uhr laufen, also leistete er Rex bei einer weiteren Tasse Gesellschaft. »Guter Tag für das Rennen«, sagte er im Plauderton.

»Damit wären wir bei der entscheidenden Frage – haben Sie irgendwas für heute geplant?«

Der Taxifahrer grinste wölfisch. »Nichts Besonderes. Ich dachte, vielleicht nehme ich ein paar Filmsternchen mit raus auf meine Jacht und vögele sie, bis sie steif sind, vielleicht neun Stunden oder so?«

»Dann nehme ich eben so lange ein anderes Taxi.«

»Nein, Kumpel, warten Sie!« Der Fahrer hob abwehrend die Hände. »Es war ein Gag, weiter nichts. Nur ein Gag.«

»Aber kein Running Gag?«, erkundigte sich Rex misstrauisch.

»Was ist das?«

»Schon gut. Also werde ich Ihre Dienste für den gesamten Tag engagieren. Wenn Sie nichts dagegen haben.«

»Ich bin Ihr Mann, Chef.« Der Fahrer fummelte verstohlen am Taxameter. Rex bemerkte, dass die kleinen Dollarzeichen plötzlich beschleunigt durchliefen, und das Grinsen des Fahrers zeigte sich im Rückspiegel. »Wohin soll's denn gehen?«

»Zuerst einmal in einen Laden, wo ich eine Sonnenbrille kaufen kann.« Rex unterdrückte sein eigenes Grinsen sorgfältig. »Eine schöne große teure Sonnenbrille.«

»Also zu Tally-ho, Meister.«

»Ja, genau. Zu Tally-ho.«

Der fröhlich pfeifende Fahrer fuhr Rex aus dem schlimmen Teil der Stadt heraus. Als sie die Lonely Street passierten, spähte Rex aus dem Heckfenster und wunderte sich über die lange Reihe großer, finster aussehender schwarzer Limousinen, die vor dem Heartbreak Hotel parkte. Er fragte sich auch, ob er den Fahrer wegen seiner Empfehlung am Vorabend ansprechen sollte, doch dann entschied er sich dagegen. Er hatte dringendere Geschäfte zu erledigen.

Die Fahrt vom schlimmen Teil der Stadt in den guten verlief größtenteils ereignislos. Der Fahrer überhäufte die übrigen Verkehrsteilnehmer mit den üblichen Flüchen und Drohungen, doch das, so versicherte er Rex, gehörte einfach mit zum Service. Es war eine Tradition oder eine alte Bulle oder sonst was. Rex für seinen Teil räkelte sich in seinem Sitz und schmiedete still Pläne.

Nach nicht besonders langer, doch überraschend teurer Fahrtstrecke hielt das Taxi vor dem House of Meek an. Es war ein großes, protziges Gebäude, übersät mit Neon und mit einer Schaufensterdekoration, die aussah wie ein Beutezug in ein Pharaonengrab.

»Hier sind wir richtig, Meister«, grinste der Fahrer. »Dort drinnen finden Sie Ihre Sonnenbrille.«

»Lassen Sie den Motor laufen«, sagte Rex. »Ich bin sofort wieder da.«

Das House of Meek war ein Familienkonzern. Gegründet im vorangegangenen Jahrhundert von dem berühmten Russell Meek, Forscher, Kämpfer, Parlamentsmitglied (für den Bezirk Brentford-Nord), bestgekleideter Mann des Jahres 1995, dreifacher Weltmeister im Taschenbillard und Stuntdouble für Long John Holmes. (Ist das so in Ordnung, Russell?)

Der gegenwärtige Besitzer war ein gewisser Theodore Meek, ein verkrüppelter Buckel mit einer Neigung zur Nekrophilie. Die Natur hatte ihn mit schlechtem Atem und kahlem Kopf ausgestattet. Ersteren hatte er mit einer ganzen Reihe hoffnungslos inadäquater Patentarzneien zu behandeln versucht, während er letzteres unter einer glänzenden schwarzen Perücke aus lackierten Daunenfedern zu verbergen trachtete. Er war kein Mann, der sich in einer Nur-Federn-Zone federlos überraschen ließ.

Rex selbst sah an jenem besonderen Morgen ebenfalls aus, als wüchsen ein paar störrische Federn auf seinem Kopf – nicht, dass es irgendetwas mit angeborenen Fehlern oder Neigungen zu tun gehabt hätte. Die Ursache lag einfach darin begründet, dass er die Nacht in einer Mülltonne verbracht hatte. Und mit dem Gesicht nach unten darin geschlafen. Sie wissen ja, wie Ihre Haare aussehen, wenn Sie eine raue Nacht hatten.

Der Bursche mit dem schiefen Fabian betrat also das House of Meek. Theodore betrachtete ihn mit einem ganz leichten Anflug von Zweifel, sicher nicht mehr oder weniger, als er jedem anderen Kunden auch entgegen brachte. Die Jacke allerdings beunruhigte ihn. Sie wirkte ein wenig zu eng unter den Achseln.

Rex stapfte auf Theodore zu, der gespannt hinter seinem antiken Verkaufstisch wartete. Rex lächelte zuckersüß und stützte sich mit dem Ellbogen auf die polierte Marmorfläche des Tischs, während er sich im Innern des Ladens umsah. Ein sehr schicker Laden war das, kein Zweifel.

Reihenweise schicke Lederklamotten hingen an vergoldeten Gestellen. Herrenaccessoires, Geldbörsen aus Kalbsleder, Toilettentaschen, Rasierpinsel aus Dachshaar, Bürsten aus Schweinsborsten, Zahnstocher aus Elfenbein, Spielwürfel aus Koalaknochen, alles hübsch arrangiert auf Mahagonieregalen. Von den Wänden starrten die Köpfe ausgestopfter Tiere zu ihm herab. Ihre Felle bedeckten den Boden. Rex erschauerte innerlich und richtete den Blick auf Theodore.

»Morgen, Dickerchen«, sagte er. »Haben wir die Glocke heute überhört?«

»Verzeihung, Sir?« Theodore wich alarmiert ein Stück zurück.

»O Verzeihung!« Rex legte die Hände über das Gesicht. »Ich möchte mich entschuldigen. Ich habe in letzter Zeit zuviel illegale Drogen genommen.«

»Wie Sie meinen, Sir. Ich verstehe.« Der Kunde ist immer König, sagte er sich.

»Guter Junge.« Rex grinste furchteinflößend.

»Wie kann ich Ihnen helfen, Sir?«

»Nun«, sagte Rex. »Mein Name ist Rex Mundi. Ich bin sicher, Sie haben bereits von mir gehört. Ich bin der Showmaster der Nemesis-Show. Der Typ aus dem Fernsehen. Mundi, Rex Mundi.«

»Ich glaube, ich habe Ihre Show schon einmal gesehen. Ja, natürlich, Sir!«

Rex fächelte sich Luft zu. »Was ist das für ein eigenartiger Geruch?«, fragte er.

»Sir, es tut mir Leid, ich ...«

Rex untersuchte die Sohlen seiner Blue Suede Shoes. »Ich muss wohl in einen Hundehaufen getreten sein oder so etwas. Nein, warten Sie, das sind Sie! Gute Güte, Mann, was haben Sie zum Frühstück gegessen, gegrillte Ratte?«

»Sir, es tut mir Leid, ich ...«

»Schon gut, ich versuche einfach, auf Ihrer Luv-Seite zu bleiben. Mundi lautet mein Name. Rex Mundi.«

»Das haben Sie bereits gesagt, Sir.«

»Habe ich ein Konto bei Ihnen?«

»Nein, Sir, haben Sie nicht.«

»Zu schade. Trotzdem, lassen Sie mich sehen, was Sie haben. Kommen Sie mir bitte nicht so nahe. Sie stinken zum Umfallen!«

»Sir, ich muss wirklich protestieren.«

»Müssen Sie? Sie sollten mal stehen, wo ich stehe.«

»Ich denke, Sie gehen jetzt besser, Sir.«

»Ich möchte eine Sonnenbrille, bitte sehr. Mit hübschen großen Gläsern. Die beste, die Sie haben. Die teuerste, meine ich.«

»Die beste, die wir haben?«

»Die allerbeste. Geld spielt keine Rolle.«

»In diesem Fall ...« Theodore bückte sich unter den Verkaufstisch, um die entsprechende Schublade zu öffnen. Rex beobachtete, wie die Perücke abtauchte.

Er beobachtete, wie die Perücke wieder hochkam. Theodore breitete die Schublade voller Sonnenbrillen vor ihm aus. »Das sind unsere exklusivsten Modelle, Sir.«

»Hören Sie endlich mit diesem Sir auf. Mundi lautet mein Name. Rex Mundi.«

»Höflichkeit kostet nichts, *Sir*.«

»Jede Wette, dass dieses Ding, das Sie auf dem Kopf tragen, auch keinen Arm und kein Bein gekostet hat. Was haben Sie gemacht? Ihr Frühstück gerupft?«

»Jetzt haben Sie die Grenze wirklich überschritten, Sir! Bitte verlassen Sie auf der Stelle das Geschäft.«

»Ups.« Rex schlug sich gegen die Stirn. »Es tut mir so Leid. Die illegalen Drogen. Bitte verzeihen Sie. Diese dort sieht hübsch aus.« Er deutete auf eine Brille in der Schublade.

»Diese dort?« Theodore bemühte sich sichtlich zu sprechen, ohne dabei den Mund zu öffnen. »Sie ist besonders exklusiv. Ein Modell von Pierre Montag aus Paris, Frankreich. Sehen Sie das kleine Logo auf dem Glas?«

Rex riss Theodore die Brille aus der Hand und setzte sie auf.

»Wie sehe ich aus?«

»Sehr schick, Sir.«

»Mundi. Rex Mundi. Gameshowmaster und Drogensüchtiger.«

»Mr. Mundi. Dieses Modell steht Ihnen ganz ausgezeichnet.«

»Ist es die größte Brille, die Sie haben?«

Theodore überflog den Inhalt der Schublade. »Die allergrößte, Sir.«

»Dann muss sie reichen. Nur eins noch.«

Theodore zuckte zusammen.

»Ja, Sir?«

»Erzählen Sie mir eins. Wissen Sie von einer Situation, in der das Tragen einer solchen Sonnenbrille als Affront gegen allgemein akzeptierte religiöse Dogmen aufgefasst werden könnte?«

»Nein, selbstverständlich nicht, Sir. Wir würden solche Dinge niemals zum Verkauf anbieten.«

»Sehr gut. Also genau richtig. Wie viel kostet sie?«

Theodore drehte das Etikett um, das vor Rexens Nase baumelte.

»Fünftausend Dollar.«

»Fünftausend Dollar.« Rex winkte Theodore näher zu sich heran. »Kann Ihre Mutter nähen?«, fragte er.

»Meine Mutter ist eine sehr geschickte Handarbeiterin, Sir. Aber warum fragen Sie?«

»Nun ...«

Manche Fälle sind derart voller Knoten, dass der Große Alexander sie nicht einmal mit einer Texas Kettensäge durchtrennen könnte. Ich erinnere mich an einen Fall damals in dreiundneunzig. Sah auf den ersten Blick wie eine geradlinige Sache aus, doch im Verlauf von nur fünf Tagen hat sie mich den besten Freund gekostet, den ich je hatte, ein Baumfaultier namens Cosmo, meine rechte Kniescheibe und vier Monate in einer Dekompressionskammer. Bei manchen Fällen steckt man eben einfach nicht drin. Und ich hoffe wirklich verdammt stark, dass das hier nicht einer von diesen wird.

Die Seitengasse hinter dem Love Me Tender sieht genauso aus wie alle anderen. Tatsächlich sieht sie der hinter dem Heartbreak Hotel sogar verblüffend ähnlich. Aber so ist das eben mit Seitengassen, und ich werde ganz bestimmt keine Zeremonie mit dieser hier veranstalten und den ersten Kürbis begrüßen, der mich Bwana nennt.

Ich drücke mich so geschickt in die Schatten, dass selbst Hank Marvin Schwierigkeiten gehabt hätte, mich noch zu sehen.

»Ich bin alles andere als glücklich über diese Sache, Chef.«

»Meinst du den Hank-Marvin-Gag? Ich hielt ihn eigentlich für ganz okay.«

»Ich meine dieses Setup. Irgendetwas sagt mir, dass wir hier auf dem Holzweg sind.«

»Hab ein wenig Vertrauen, Barry. Ich kenne mein Geschäft.«

»Mr. Woodbine.« Ich höre die Stimme, aber ich kann nicht sagen, woher sie kommt.

»Genau der bin ich«, sagte ich. »Lazlo Woodbine. Manche nennen mich Laz.«

»Ich habe, wonach Sie suchen, Mr. Woodbine.«

»Sie klingen nicht gerade nach einer Dame mit großen Titten und einem Hang zu Männern in Trenchcoats.« Ich vermute, dass ein wenig Humor die Situation entspannt. »Wo stecken Sie eigentlich?«

»Direkt hier.«

Ich höre das Knarren von etwas, das ich sogleich als den einziehbaren unteren Teil einer Feuerleiter identifiziere. Und ich spüre den Schlag, als sie mich direkt am Kopf trifft.

Und das ist so ungefähr alles, was ich höre oder spüre. Weil ich plötzlich in diesen Whirlpool aus Dunkelheit falle, in den alle Privatdetektive dieser Erde an dieser Stelle des Handlungsfadens fallen. Ich falle und falle und falle in ein Nichts aus nichts Besonderem. Und dann wird es sehr schwarz für euren Freund und meinen.

»Ich hab ihn erwischt.« Ed Kelley tauchte aus den Schatten auf. »Sollen wir ihm gleich hier den Kopf abschneiden, oder sollen wir ihn mit in unser geheimes Versteck nehmen?«

»Wir nehmen ihn mit in unser geheimes Versteck.« Johnny Dee kletterte von der eisernen Feuerleiter herunter. »Man weiß schließlich nie, wer einen so alles beobachtet.«

Beispielsweise Barry der Rosenkohl. Er war in Deckung gerollt und beobachtete das Geschehen.

Aber er sagte nichts.

Rex hatte einen anstrengenden Tag voller Einkäufe hinter sich.

Nach seinem hastigen Rückzug aus dem House of Meek hatte er den Taxifahrer unauffällig nach allen schicken Läden ausgehorcht, wo Medienleute ihre modischen Schatten warfen. Und sehr bald hatte er sämtliche Läden gefunden, in denen der andere Rex Mundi ein persönliches Konto besaß.

Rex sah nicht aufs Geld. Er ging bis an die Grenzen und – wo immer möglich – auch über die Grenzen seines Kreditrahmens. Er verfrachtete seine Einkäufe im Taxi und überließ es den Ladenbesitzern, über die Ungeheuerlichkeit seiner verbalen Entgleisungen und sein unverschämtes Verhalten nachzudenken.

Inzwischen war Rex mit dem Allerbesten in erstklassiger Herrengarderobe ausgestattet. Eine Achttausend-Dollar-Uhr umklammerte glitzernd sein Handgelenk wie ein goldenes Tattoo. In seinen Taschen klimperte eine Sammlung kostspieliger Kinkerlitzchen. Der Taxifahrer war ebenfalls nicht schlecht weggekommen. Rex hatte ihn eingekleidet, ohne Kosten und Mühen zu scheuen. Er war vielleicht nicht völlig überzeugt von dem einteiligen, mit Bergkristall besetzten und unten herum weit geschnittenen Overall, den sein Fahrer jetzt trug, aber bitte – die Geschmäcker sind verschieden.

Rex biss in das Ende einer langen grünen Zigarre, von der der Tabakverkäufer versichert hatte, dass sie auf dem samtenen Oberschenkel einer dunkelhäutigen süd-presleyanischen Maid gerollt war, und spuckte es aus dem Fenster des Taxis.

»Aua!«, beschwerte sich ein Fußgänger.

»Angenehm, Mundi«, sagte Rex, und: »Fahren Sie bitte weiter.«

Der Fahrer tat selbiges. »Wohin jetzt?«, erkundigte er sich mit breitem Grinsen.

»Ich denke, es wird Zeit fürs Mittagessen. Was können Sie empfehlen?«

»Was halten Sie von der Tomorrowman Taverne?«

Rex steckte seine grüne Zigarre mit einem lasergesteuerten Dunhill an. »Warum eigentlich nicht?«, sagte er.

Während Lazlo noch immer in das bodenlose Loch fällt, bleibt der Handlungsfaden bei Rex. Was nur fair erscheint, wo er doch endlich auch einmal eine gute Zeit verbringt, oder?

Rex und der Taxifahrer, dessen Name Bill lautete, betraten die Tomorrowman Taverne. Der Barmann zog seine seidene Krawatte aus und die widerliche Lederschürze an. »Verschwindet«, sagte er.

Rex war ganz zuckersüß und freundlich. »Ich komme in Frieden und im Namen der gesamten Menschheit«, sagte er. »Schreiben Sie sämtliche gestrigen Schäden auf meine Rechnung. Hier, ich hab Ihnen ein Geschenk mitgebracht.« Er zog ein kleines goldenes Dingsbums aus der Tasche und reichte es dem Barmann.

»Danke.« Der Barmann betrachtete es mit irrem Blick. »Was ist das?«

»Ich bin nicht sicher. Hab die Anleitung verloren. Aber es kostet eine ganze Stange Geld, soviel kann ich Ihnen sagen.«

»Nun, danke auch. Und das war kein Witz, dass ich die Schäden auf Ihre Rechnung schreiben soll?«

»Bin ich der Typ aus dem Fernsehen, oder bin ich's nicht?« Rex zwinkerte und fischte irgendetwas Silbernes aus der Tasche, das möglicherweise ein Gerät zum Schneiden von Nasenhaaren war. Der Barmann nahm auch das. »Ich versäume nie Ihre Show«, gestand er.

»Ein rechter Profi«, sagte Rex zu Bill.

»In *Armageddon – Das Menü* mochte ich ihn eigentlich ganz gern«, erwiderte der Fahrer. »Er hat wirklich das ganze Buch gerettet. Haben Sie die Besprechung gelesen? ›Was für ein Haufen Pferdekacke dieses Buch doch ist! Wäre nicht der Barmann aus der Tomorrowman Taverne gewesen, ich hätte das ganze Ding zerrissen und als Lokuspapier benutzt.‹ Stand in der *Times*.«

»Ganz ruhig.« Rex musterte ihn steinernen Blickes. »Beiß nicht in die Hand, die dich kleidet.«

»'tschuldigung, war nicht so gemeint.«

»Schon gut, keine Sorge. Kommen Sie, wir wollen etwas essen. Barmann, was immer Sie an richtig teurem Zeugs haben, was im Augenblick eine Menge mehr kostet, weil nicht die Saison dafür ist, und was beinahe unmöglich zu bekommen ist bitte.«

»Ich werde sehen, was ich tun kann.«

»Ich hatte mal einen galoppierenden Gourmet im Wagen«, berichtete Bill. »Was für ein Schwachkopf! Er wusste, wie man gut isst.«

»War Laura Lynch inzwischen wieder da?«, fragte Rex den Barmann, der seine Bestände nach Rocky Mountain Austern durchwühlte.

»Ich schätze, sie kommt heute Abend vorbei. Bigfootnasen sind um diese Jahreszeit fast unmöglich zu bekommen. Ich könnte welche liefern lassen.«

»Lassen Sie Massen davon liefern, und geben Sie uns ein paar Pints Champagner, bevor Sie damit anfangen.«

»Aus der Rücklage oder normalen?«

»Wurde der Typ aus dem Fernsehen schon mal mit etwas anderem in der Hand gesehen?«

»Ich denke nicht.« Der Barmann eilte, die Bestellung auszuführen.

»Hier sind die PROSAT71TL Nachrichten pünktlich alle fünf Minuten«, sagte das TV über dem Tresen. »Und die allerneueste Nachricht an diesem Mittag sind Anschuldigungen betreffend verbaler Entgleisungen, gewalttätigen Angriffs, orgiastischer Exzesse, Überziehung des persönlichen Kreditrahmens und der mögliche Missbrauch illegaler Drogen durch einen prominenten Showmaster. An diesem heutigen Morgen ...«

»Könnten wir dieses Ding bitte ausmachen?«, bat Rex. »Es stört beim Geldausgeben.«

»Ganz wie Sie meinen.« Der Barmann schaltete den Fernseher ab und entkorkte den Champagner. »Ich bestelle sogleich die Bigfootnasen. Ein Jet bringt sie eigens aus Oregon vorbei. Er dekantierte zwei Pints in ebenso viele Gläser. »Zum Wohl!«

Bill nahm sein Glas hoch und leerte den größten Teil in einem einzigen Zug. »Das ist gut, wie?«

»Ja«, stimmte Rex ihm zu. »Und es wird noch ein ganzes Stück besser.«

Ich falle und falle und falle. Es gibt kein Heute für mich und kein Gestern. Und Morgen sieht auch nicht nach einem Jacuzzi voller Cheerleader aus. Ich hatte ein paar ziemlich böse Stürze in meiner Zeit, aber das muss man in diesem Geschäft mit einkalkulieren. Ich betrachte es philosophisch. Wie ich die Sache sehe, nimmt man kein Timeout, um seine Armbanduhr aufzuziehen, wenn man nur mit den Fingernägeln über dem Abgrund hängt.

Laura Lynch betrat die Tomorrowman Taverne. Ich weiß nicht, was die perfekte Frau ausmacht. Ich gebe nicht vor, es zu wissen. Na ja, ich gebe es vor, aber wer tut das nicht? Physisch gesprochen mag ich jede Menge lange Beine. Nicht zuviel Knie, und einen fetten Knöchel kann ich nicht ausstehen. Wie ich das sehe, wenn man zu fette Knöchel hat, sollte man Stiefel tragen. Selbst unter der Dusche. Eine Dame mit dicken Knöcheln kann es immer noch bis an die Spitze der Charts bringen, wenn sie weiß, wie sie ihre Nase zu pudern und ihre Füße vom Tisch zu halten hat.

Halt, warten Sie mal! Ich bin gar nicht an der Reihe! Ich falle noch immer in das bodenlose Loch.

Laura Lynch betrat die Tomorrowman Taverne. Rex wandte sich mitten im Schluck um, zog seine Sonnenbrille ab und lächelte herzlich. Die wunderschöne Frau lächelte nicht zurück.

»Meine Herren!«, krächzte Bill. »Sieh dir nur diese Milchkannen an!«

»Laura.« Rex streckte ihr die Hand entgegen. Laura

wich einen Schritt zurück. »Laura, bitte lassen Sie mich doch erklären!«

»Sie sind zurück.« Lauras Stimme war kalt und tot. »Bedeutet das, dass ich ...«

»Es bedeutet überhaupt nichts! Es war alles nur ein Missverständnis! Ich bin kein Repomann.«

»Repomann?« Bill leerte eine weitere Flasche in sein Glas. »Ich hatte mal einen von diesen Bastarden in meinem Wagen. Hat mir die halben Manschettenknöpfe weggefressen!«

»Es war nicht meine Karte«, erklärte Rex. »Ich habe die Scheintasche nur gefunden, das ist alles!«

»Officer Cecil hat mich vergewaltigt.«

»O Gott. Es tut mir so Leid!«

Laura setzte ein tapferes Gesicht auf. »Ich wusste nicht einmal, dass ich vergewaltigt wurde, bis sein Scheck geplatzt ist.«

»Das ist ein Guter!« Bill hob sein Glas. »Hab ihn zwar schon mal gehört, aber ich hau mich immer noch weg, wenn jemand ihn erzählt.«

Rex wandte sich seinem Drink zu. Er hatte Einzeiler noch nie gemocht, und er verspürte keine Lust, jetzt damit anzufangen.

»Tut mir Leid.« Laura packte ihn beim Ellbogen. »Es ist nur, dass Frauen in Rankins Büchern nie gut wegkommen.«

Rex zuckte die Schultern. »Also gut. Können wir dann wieder Freunde sein?«

»Ich hatte gehofft, dass du das fragen würdest.« Sie kletterte auf den Hocker neben Rex und ...

»Ah.« Rex seufzte. »Diese Strümpfe. Sag mir, Laura, ich hab im Augenblick nur vierzig Dollar Cash bei mir. Was genau könnte ich mir damit leisten?«

Laura beugte sich vor. »Für vierzig Dollar ziehe ich langsam all meine Kleider aus, reibe mich mit einem nach Minze duftenden Peeling ein und halte ein Nickerchen, während du im Nebenzimmer Zeitung lesen kannst. Wie klingt das?«

»Nicht allzu verlockend.«

»Mir würde es reichen.« Bill kippte weiteren Champagner in sich hinein. »Stellen Sie die Zeitung zur Verfügung, oder muss ich eine eigene mitbringen?«

»Bill, also bitte!«

»'tschuldigung, Chef. Sind diese Bigfootnasen schon unterwegs, was meinen Sie?«

»Ich mag dein neues Outfit.« Laura streichelte über Rexens Arm. »Schwarzes Leder hat mich schon immer angemacht.«

»Danke. Aber die Unterhosen scheuern ein wenig.« Rex zupfte an seinem Hosenboden. »Hör mal, Laura, wir betrinken uns gerade mit dem kostspieligsten Champagner, den die Stadt zu bieten hat. Vielleicht möchtest du uns dabei Gesellschaft leisten?«

»Sehr gerne!«

»Noch ein Glas hierher, Barmann!«

»Ich bin doch gar nicht mehr in der Taverne, du verdammter Schmock! Ich bin unterwegs, um die Bigfootnasen zu holen.«

»Also schön, dann hole ich es eben selbst. Ziemlich hartes Zeugs, das hier, oder nicht?«

»Ich hatte mal Patrick McGooham im Wagen. Haben Sie je die Serie ...?«

9

9. Und Moses kam vom Berg herunter und hatte die beiden Steintafeln bei sich.
10. Und siehe da, es gab eine Menge Zittern und Beben.
11. Und Moses war stinksauer und verlor die Geduld. Er sagte: »Du sollst nicht rock'n'rollen, so lautet das elfte Gebot . . .«
12. Und Elvis sagte: »Los, zieht weiter! Du bist ein verlogener Drecksack!«

Das Sub-Urbane Buch der Toten

Barry lag mit dem Gesicht nach unten in der Seitengasse.

»Ich hab ihn gewarnt«, seufzte der invertierte Zeitkohl. »Es ist nicht meine Schuld, wenn sie ihm den Kopf abschneiden. Ich habe für diesen Burschen getan, was in meiner Macht stand.«

Das ist nicht ganz fair, Barry.

»Wer hat das gesagt?«

Ich bin es, Barry. Rankins Ghostwriter.

»Was denn, der Typ aus dem Pub, der immer davon redet, einen Roman zu schreiben?«

Genau der.

»Na ja, hallo.«

Ich dachte, wir beide sollten uns vielleicht einmal über das nahezu unglaublich verblüffende Ende dieses Romans unterhalten.

»Es muss schon einiges bringen, um die beiden letzten noch zu übertreffen.«

Hab ich dich je enttäuscht?

»Kann ich so nicht sagen, Chef. Also, was kann ich für dich tun?«

Eigentlich geht es mehr um das, was *ich* für *dich* tun kann, Barry. Los, spring zur Schreibmaschine, und wirf einen Blick auf den Kontrakt, den ich aufgesetzt hab.

»Ohne meinen Agenten? Soll das vielleicht ein Scherz sein?«

Barry, siehst du die kleine weiße Pinselflasche hier? Möchtest du ruhmbedeckt aus dieser Geschichte hervorgehen oder in Tipp-Ex getränkt?

»Ruhmbedeckt, bitte, bitte!«

Guter Kohl. Also, es ist im Grunde genommen ganz geradeaus ...

Das Letzte, was ich erwarte, ist von einer Stewardess mit einem Engelsgesicht aus meiner Bewusstlosigkeit geweckt zu werden.

Sie tätschelt mich zart an der Schulter und teilt mir mit, dass die Maschine gerade in Miami gelandet ist.

Deswegen reagiere ich auch nicht wie gewohnt, als mich der Eimer mit eiskaltem Wasser im Gesicht trifft. Normalerweise wäre ich kämpfend wieder hochgekommen.

Ich habe bei einem Lama in Tibet Dimac gelernt, und meine Hände sind so tödlich, dass ich sie in einem verschlossenen Schrank aufbewahren muss, wenn ich sie gerade nicht brauche. Es ist eine richtig unangenehme Erfahrung herauszufinden, dass sie nun mit Handschellen hinter meinem Rücken gebunden sind, das kann ich Ihnen sagen.

»Wach auf, Widebarn.« Ich kenne diese Stimme fast genauso gut wie die Titelmelodie von *Dr. Schiwago*. »Wir wollen dir 'n paar Fragen stellen.«

Ich halte meine Augen fest geschlossen. Ich bin an einen Stuhl gefesselt, aber es ist nicht der in meinem Büro.

Und es riecht nicht wie in Fangio's Bar. Ich befinde mich definitiv irgendwo in einem Gebäude, also kommen die Seitengasse und das Dach auch nicht in Frage.

Die Dinge lassen nichts Gutes ahnen für die Vier-Schauplatz-Klausel in meinem Kontrakt.

»Mach die Augen auf«, sagt die Stimme von Johnny Dee. »Oder ich mach sie dir mit einer Schaufel auf.«

Ich riskiere einen verstohlenen Blick. Abgesehen von der Schreibtischlampe, die mir voll ins Gesicht scheint, sehe ich nichts außer Dunkelheit. Damit kann ich leben.

»In Ordnung«, sagte ich mit mehr Gelassenheit als ein Konfuzianer in einer Bedürfnisanstalt. »Kommt ihr so mit, oder muss ich Gewalt anwenden?«

Irgendwas trifft mich voll ins Gesicht, und es ist nicht der erste Kuss des Frühlings.

»Sag uns einfach, wo es ist, und wir lassen dich den Gnadentod sterben.«

»Und wenn nicht?«

»Dann wird es für deinen Trenchcoat um so schlimmer, Woodbrick.«

»Ihr Narren! Was wollt ihr überhaupt von mir?«

»Dein Transportmittel, Mr. Woodbune.«

»Wood*bine*«, sage ich. »Lazlo Woodbine.« Also sind sie hinter Barry her. Ich werde den kleinen Burschen unter gar keinen Umständen verraten. »Manche nennen mich Laz«, füge ich hinzu.

»Hör auf, meiner Frage auszuweichen! Wo ist der Zeitkohl? Er steckt nicht in deinen Taschen, also wo ist er? In deinem Kopf?«

Ich rechne mir aus, dass Barry in der dunklen Seitengasse in Deckung getaucht sein muss. Aber das werden sie auf gar keinen Fall aus mir herausbekommen.

»Ich rede nie«, sage ich.

»Schneid ihm den Kopf ab, Ed.«

»Ich schalte eben die Kettensäge an, John.«

Wenn man im Dreck sitzt, kennt man keine Poesie, und die Grenze ist überschritten, wenn es um meinen Kopf geht, selbst wenn ich damit meinen Trenchcoat retten könnte.

Bevor es also zu schmerzhaft wird und die Kettensäge zu sägend, beschließe ich, das Offensichtliche zu sagen.

»Freunde! Ich hab den Zeitkohl nicht! Wenn ich ihn hätte, meint ihr, ich würde dann hier herumsitzen und warten, dass ihr mich auseinander nehmt? Ich wäre verschwunden wie der Blitz!«

Darauf herrscht Schweigen. Aber nicht lange, denn Ed sagt: »Nicht unbedingt«, und befleckt damit die Stille.

»Nicht unbedingt?« Ich bin sprachlos, und das ist kein Witz.

»Sicher. Vielleicht hast du masochistische Neigungen.«

»Was?«

»Eine defiziente Libido, entstanden durch eine Reihe sozio-physiologischer Determinanten, die sich in einem psycho-sexuellen Syndrom manifestiert hat, mit der Folge, dass du nur durch Schmerz zur sexuellen Erfüllung gelangen kannst.«

»Hey, also hör mal ...«

»John hat nicht ganz unrecht«, fügt Ed hinzu. »Nimm beispielsweise diese Besessenheit mit deinem Trenchcoat. Höchst ungesund. Zuviel Eitelkeit ist ein sicheres Zeichen für eine Manie.«

»Genau«, sagt Johnny. »Der Trenchcoat ist ein Symbol, eine Metapher. Eine Überhaut, die das innere Selbst des Trägers reflektiert.«

»Ihr lasst meinen Trenchcoat da raus.«

»Oho!«, fuhr Johnny fort. »Haben wir da einen blank liegenden Nerv berührt? Ist doch bei all euch Schnüfflern das gleiche. Ihr habt alle irgendwelche Spleens. Euch geht's immer nur um den Lingam und die Yoni, gib's zu! Knöpfe und Knopflöcher, Gürtel und Schnallen, Kanonen und Schulterhalfter ...«

»In den Angelegenheiten fremder Leute schnüffeln«, warf Ed ein. »Jede Wette, dass dir einer abgeht, wenn du die Patronen in die Kammer deiner Pistole schiebst.«

»Wie kannst du es wagen!«

»Wurdest du eigentlich mit der Brust aufgezogen?«

»Was hat das denn mit allem zu tun?«

»Er weicht aus. Unfähig, eine direkte Frage zu beantworten.«

»Ich kann sehr wohl eine direkte Frage beantworten!«

»Ach ja? Und wo ist der Zeitkohl?«

»In der Seitengasse, wo ihr mich überfallen habt!«

»Das ist alles, was wir wissen wollten. Schneid ihm den Kopf ab, Ed.«

»Du bist an der Reihe, John.«

Rex schenkte Champagner nach und kaute auf einem Bigfoot-Sandwich.

»Ich brauche deine Hilfe, Laura«, sagte er.

Laura lächelte dieses alberne Champagnerlächeln, das alle Männer (na schön, *einige* Männer) suchen, bevor sie sich zum Fangschuss heranmachen.

»Schieß los«, sagte sie. »Hick«, fügte sie hinzu.

»Es geht um diese Scheintasche.« Rex wählte seine Worte mit Bedacht. »Ich will nicht in irgendwelche Schwierigkeiten kommen. Ich möchte sie einfach nur ihrem Besitzer zurückgeben.«

»Jede Wette, dass du das willst«, kicherte Laura albern.

»Ich hab sie durchgesehen, aber es gibt keine Adresse und nichts. Was soll ich tun?«

»Wenn du schlau bist, wirfst du sie einfach weg.«

»Ich glaube nicht, dass das eine gute Idee wäre.«

»Hör zu.« Laura winkte mit dem Glas in seine Richtung und verschüttete großzügig Champagner über den Tisch. »Wenn du etwas von *denen* hast, dann musst du bestimmt nicht nach ihnen suchen. Sie finden dich früh genug.«

»Ich wäre bereit, dich für deine Hilfe zu bezahlen.« Rex schenkte Laura nach.

»Was denn, mit deinen vierzig Dollars in der Tasche?«

»Das war nur so dahergesagt. Hier, wirf mal einen Blick auf das hier.« Rex zog seine Armbanduhr aus und reichte sie Laura. »Du kannst sie meinetwegen als Anzahlung behalten.«

Laura drehte die Uhr in der Hand. »Aber die muss sicher ...«

»... eine ganze Menge wert sein, und dort, wo ich her komme, gibt es noch mehr davon.«

»Komm, wir gehen in mein Appartement«, sagte Laura Lynch.

Bill schnarchte an der Bar vor sich hin.

»Nehmen Sie diesen Misthaufen mit?«, erkundigte sich der Barmann.

»Nicht so laut!«, ermahnte ihn Rex. »Der Direktor des Senders macht um diese Tageszeit immer einen kleinen Mittagsschlaf.«

»Direktor des Senders? Dieser Penner?«

Rex hielt die Hand des Penners hoch. »Betrachten Sie mal diese Uhr hier.«

»Oooh!«, sagte Laura. »Das ist ja genau die gleiche wie meine!«

Rex durchwühlte die Taschen des schlafenden Fahrers. Er fand die Wagenschlüssel und bemächtigte sich ihrer. »Lassen Sie ihn noch eine Stunde oder so schlafen, Barmann. Dann wecken Sie ihn sanft und präsentieren ihm die Rechnung. Er wird alles begleichen.«

Der Barmann musterte Rex mit einem echten einäugigen Blinzeln. »Für was halten Sie mich eigentlich?«

Rex drehte die Handflächen in einer Geste der Unschuld nach oben. »Sie kennen mich doch. Ich bin der Typ aus dem Fernsehen.«

»Ja, schätze, das sind Sie.«

»Also dann, machen Sie's gut.« Rex fischte seine Sonnenbrille aus der Tasche. Setzte sie auf die Nase. Nahm Laura beim Arm und entbot der Tomorrowman Taverne sein Lebewohl.

»Wach auf, Arschloch!«, sagte der Barmann und schlug Bill von seinem Hocker.

Rex steuerte das Taxi mit verblüffendem Geschick. Es gab zwei Gründe dafür: Erstens hatte er schon früher Motorfahrzeuge gesteuert, und zweitens hatte er kaum einen Tropfen Champagner getrunken. Die Frau auf dem Rücksitz, die eifrig in Rexens Einkäufen kramte, war im Gegensatz dazu sturzbetrunken.

»1010 Van Vliet Street, hattest du gesagt, nicht wahr?«, erkundigte sich Rex.

Die Adresse einer schönen Frau war nichts, das er so leicht vergaß.

»Die erste links nach der Graceland Shopping Mall. Rexy, darf ich diesen Schal behalten?«

»Aber selbstverständlich darfst du. Die Graceland Mall – das war doch die in den Nachrichten?«

»Ganz genau die. War das nicht schrecklich, mit diesen Aliens, die Mojos und Debbies Baby gekidnappt haben und alles?«

»Ganz schrecklich, ja.« Rex schüttelte den Kopf. In dieser seltsamen, fremden Welt gab es eine ganze Menge, die er nicht verstand. Doch er setzte alles zusammen, Stückchen für Stückchen. Schließlich war die Zeit auf seiner Seite. Weil ihm nämlich noch niemand gesagt hatte, dass Presley City in knapp zwei Tagen zu einem Haufen Asche verbrennen würde.

Vielleicht würde er, hätte man es ihm verraten, sich

ein wenig mehr angestrengt und keine Vorbereitungen zu einer Nacht voller Unzucht getroffen haben.

Rex ordnete sich nach links ein und bog in die Van Vliet Street ab.

»Hast du vielleicht nach Minze duftendes Peeling zu Hause?«, fragte er. »Oder soll ich irgendwo anhalten und noch welches kaufen?«

»Also hört mal!«, schimpfe ich empört. »Ihr könnt mir doch nicht einfach den Kopf absägen, und das wisst ihr selbst ganz genau!«

»Ach ja? Und warum nicht?«

Ich dachte schneller als eine halbe Fliege in einem Feuersturm. Nun ja, äh ... zum einen ist schon mindestens eine Stunde vergangen, seit ihr gesagt habt, dass ihr es tun wollt, und ihr habt es noch immer nicht getan.«

»Das hat überhaupt nichts zu bedeuten«, sagt Ed Kelley. »Immerhin könnte es sich um eine Rückblende handeln.«

Johnny Dee nickt zustimmend. »Oder du könntest schon tot sein und hast es bloß noch nicht bemerkt. Oder wir haben dich irrtümlich liegen lassen, weil wir gedacht haben, du wärst tot. Es gibt eine ganze Menge Möglichkeiten, verstehst du?«

Wahrscheinlich haben sie recht, schätze ich. Immerhin ist das hier alles andere als ein gewöhnlicher Kriminalroman. Sozusagen.

»Ist das eine Rückblende?«, frage ich.

»Nein.« Ed riss am Starterseil der Kettensäge. »Wahrscheinlich ist es nur ein Anschlussfehler.

»Sag auf Wiedersehen, Arschloch.«

»Nein, warte!«
»Sag auf Wiedersehen.«
»Auf Wiedersehen, Chef.«
»Auf Wiedersehen.«

»Hübsche Wohnung hast du hier.« Rex war angenehm überrascht. Er hatte irgendeine heruntergekommene Bruchbude mit einem großen Kleiderschrank erwartet, einer Menge Schuhe und einem Bett, das fürs Geschäft gemacht war. Statt dessen war Lauras Appartement geschmackvoll eingerichtet. Luxuriös und extrem elegant.

Ein Bahktiari-Teppich mit Qashqai-Design, durchwirkt mit Cabochon, überzog den Fußboden mit einem Gewirr goldener Palmetten. Neben dem hohen Fenster stand ein George-III-Beistelltischchen aus Satinholz, eingefasst mit Wurzelholz und im unverwechselbaren Design von Hargraves of Hull. Darauf stand eine große Kollektion von Lalique-Gläsern, die im Licht der Perfektion schimmerten.

In einer Ecke erhob sich ein Mahagonisofa auf Chippendalebeinen, dessen Aubusson-Polsterung durch Kissen mit antikem Paisleymuster betont wurde. In einer anderen stand ein Stuhl von Carlos Bugatti, ganz aus Walnuss, mit polierten Beschlägen in staubigem Bronze. Auf der gegenüberliegenden Wand stand glitzernd und gleißend ein Cocktailkabinett, das einem Louis-XV-Sekretär nachgebildet war. Auf der Tischplatte in königsrotem Marmor thronte eine Reihe von Weinpokalen.

Ganz besonders angetan war Rex von der Wurlitzer 600 Jukebox mit dem kunstvollen Grill aus vernickelten

Art Deco Rollen. Er empfand die Art und Weise, wie die Lucitestäbe des Modells 24 zu geraden grünen Vertikalen reduziert worden waren, als höchst angenehm.

»Kommst du zurecht?« Laura war unter dem größten Teil von Rexens Einkäufen kaum noch zu sehen. »Du hast doch nichts vergessen?«

»Rexy, du bist so ein Schatz!«

»Laura, das ist eine höchst außergewöhnliche Sammlung. Wie bist du an all das gekommen?«

»Klienten.« Laura entlud ihre Fracht auf das Sofa. »Kleine Geschenke von zufriedenen Kunden.«

Rex fuhr mit den Fingerspitzen über das goldbronzene Plattengestell. Es enthielt den Traum eines jeden Sammlers. LPs. Die Cray Cherubs, die Lost T-Shirts of Atlantis, Astro Laser and the Flying Starfish from Uranus, die Turbulent Priests, Sonic Energy Authority, Barisal Guns, Mike Petty sings Hank Wangford.

»Laura.« Rex konzentrierte sich auf die vor ihm liegende Aufgabe. »Gibt es eigentlich etwas, das du nicht tun würdest für die 87.000 Dollar-Einkäufe, die du da in der Hand hältst?«

»Nicht viel. Möchtest du vielleicht das Schlafzimmer sehen?«

»Ja, bitte sehr«, sagte Rex Mundi.

Es ist natürlich undenkbar, die Dinge aufzuschreiben, die Rex und Laura im Verlauf der nächsten Stunde taten. Andererseits, es einfach auszulassen und hinterher zu sagen, dass Rex mit einem breiten Grinsen auf dem Bett lag, wäre eine ernste Unterlassungssünde.

»Wo bewahrst du deine Rennmäuse auf?«, fragte Rex.

»Gottverdammt, Barry, das war vielleicht knapp!« Ich reibe an meinen Handgelenken. Sie sind ein wenig abgeschürft, aber nichts, womit ich nicht fertig werden könnte.

»Sorry, Chef. Wurde geschäftlich aufgehalten.«

»Geschäftlich?« Wir sind wieder zurück in meinem Büro. Es ist fünf Minuten, bevor wir in die Seitengasse hinter dem Love Me Tender-Massagesalon aufbrechen.

Aber diesmal werde ich mich nicht zeigen. Man muss wissen, wie man in diesem Spiel den Kopf vorn behält, wenn man nicht in einem Holztrenchcoat enden will.

»Besser spät als gar nicht, schätze ich.« Ich bin dem kleinen Burschen wirklich sehr dankbar, dass er mein Leben gerettet hat, aber ich muss schließlich meine Reputation als harter Bursche wahren. »Versuch in Zukunft ein wenig konzentrierter am Ball zu bleiben, ja?«, sage ich zu ihm.

»Verstanden, Chef.« Ich weiß, dass er verstanden hat, und er weiß, dass ich es weiß et cetera et cetera. Oder zumindest glaube ich das.

»Danke, Chef.«

»Keine Ursache, Barry.«

»Und was machen wir jetzt, Chef? Noch mal in die Seitengasse mit einem Schutzhelm?«

»Nichts da. Wir gehen in die Bar.«

»Ich glaube nicht, dass das Fangio's überhaupt schon gebaut worden ist, Chef.«

»Wer hat denn was von Fangio's Bar gesagt?«, frage ich mit einer Stimme wie Schnee auf einem russischen Stiefel. »Hast du je gehört, dass ich Fangio's beschrieben hätte?«

»Kann ich nicht sagen, Chef. Gefragt hab ich mich schon.«

Ich tippe mir an die Nase, als wäre Solitaire das einzige Spiel in der Stadt. »Das nennt man ›seine Möglichkeiten offen halten‹. Ich beschreibe die Bar niemals, so dass ich jede Bar nutzen kann, ohne meinen Kontrakt zu brechen. Ziemlich gerissen, wie?«

»Ziemlich gerissen, du undankbarer Zweidollararsch.«

»Was war das, Barry?«

»Nichts, Chef. Gar nichts.«

Rex löste die Krokodilklemmen und klemmte die Fahrzeugbatterie ab. Er schlüpfte aus dem Ponygeschirr, zog den dünnen Plastikschlauch heraus und setzte die klebrigen Rennmäuse wieder zurück in ihren Käfig. Das Fleisch in der Klarsichtfolie war inzwischen aufgetaut, also warf er es in den Mülleimer.

Ich marschiere mit mehr Finesse in die Bar als ein Frettchen in der Unterhose eines Kesselflickers. Ein Typ in einem weit ausladenden Overall fliegt mit einiger Geschwindigkeit an mir vorbei und kracht auf den Bürgersteig.

»Und komm ja nicht wieder, Schwachkopf!« Der Barmann sieht aus, als hätte er einen langen Tag und eine lange Nacht hinter sich, obwohl das Monokel und das seidene Smokingjackett so elegant sind wie Bowlingkegel. Er erspäht mich durch das vereinzelte Brillenglas. »Hallo Laz«, sagt er. »Lange nicht gesehen.«

Dagegen kann ich nichts einwenden. Ich schlendere lässig zu einem Barhocker, klettere drauf und stelle Barry in einem Aschenbecher ab. Der Barmann kehrt hinter seinen Tresen zurück und erkundigt sich nach meinem Wunsch.

»Ein heißes Pastrami auf Roggen und eine Flasche Bud«, sage ich.

»Kommt direkt.«

Ich nehme die Umgebung in mich auf und behalte für mich, was ich sehe. In kürzerer Zeit, als man braucht, um Kabaddi zu meistern, stehen ein dampfendes Sandwich und ein dazu passendes Bier vor mir.

»Fünfundzwanzig Dollar.«

Die Stimme des Barmanns klingt tiefer als das Fußkettchen an den Knöcheln eines o-beinigen Pygmäen.

»Schreib's auf meinen Deckel«, schlage ich vor.

»Ho, ho, ho.« Der Barmann legt die Hände auf den Bauch und grinst mich an. »Du machst nur einen Witz, nicht wahr? Kein Problem, ich kann Spaß verstehen. Sieh nur, wie ich die Mundwinkel nach oben ziehe, während ich wiederhole: ›Fünfundzwanzig Dollar.‹«

»Kommt sogleich.« Ich beginne meine Taschen abzuklopfen, als suche ich ehrlich nach Geld, doch der Barmann schüttelt nur den Kopf. »Verzeihung?«, sage ich.

»Laz«, sagt er, »Ich sehe, dass du keinen Hut trägst und gegenwärtig mit offenem Kragen herumläufst. Und ich habe allen Grund zu der Annahme, dass du meine Frage nach der Uhrzeit, würde ich sie stellen, nicht beantworten könntest. Habe ich Recht?«

Ich lasse den Kopf hängen und nicke dabei zugleich düster damit.

»Ich entdecke Schrammen an deinen Handgelenken, die den Verdacht von Fesseln aufkommen lassen. Blaue Flecken auf den Backen und eine Kranialverletzung, verursacht, wie ich zu raten wage, durch die einziehbare Sektion einer Feuerleiter. Wie bin ich bis jetzt?«

»Du bist der wiedergeborene Brahma der Baker Street«, sage ich.

»Meinen Dank. Und so komme ich zu der Schlussfolgerung, dass du gegenwärtig ein Mann ohne Barmittel bist und ignorant gegenüber dem Axiom, dass es kein Ding wie ein freies Essen gibt.«

Ich erhebe mich, um zu gehen. »Du hast die Situation voll und ganz erfasst«, sage ich zu ihm.

»Setz dich!«, befiehlt der Barmann. »Ich bin noch nicht fertig.«

Ich setze mich. Der Barmann fixiert mich mit der Sorte Blick, mit der man Klitzekleinigkeiten grillen könnte. »Ich bin kein harter Bursche«, fährt er schließlich fort. »Es ist nur, dass ich die Nase gestrichen voll habe von Bozos wie dir, die immer wieder versuchen, mich übers Ohr zu hauen. Ich habe ein Geschäft, das laufen muss, und ich bin kein Wohlfahrtsverein. Aber ich sage dir, was ich tue. Du hast ganz ohne Zweifel eine recht schlechte Behandlung erdulden müssen, und du bist total pleite. Für dieses eine Mal will ich deswegen eine Ausnahme machen und nehme deinen Deckel an.«

Ich lasse den Kopf womöglich noch tiefer sinken. Manchmal trifft man auf einen Burschen, der so durch und durch menschlich ist, dass man sich demütig fühlt. Ich unterdrücke eine von Herzen kommende Träne. »Ich zahl's dir übermorgen zurück, ist das in Ordnung?«

Rex schaltete die Saugpumpe ab, zog den Schutzhelm aus, schlüpfte aus den Anglerstiefeln und legte den Schnorchel beiseite. Er war gerade dabei, das Schweineschmalz aus der Forellenmaske zu schaufeln, als jemand heftig von draußen an der Schlafzimmertür klopfte.

»Lass mich rein!« forderte Laura. »Ich habe die Nase voll davon, allein hier draußen zu sitzen und Zeitung zu lesen!«

Ich leere meine fünfzehnte Flasche Bud und schiebe meinen Teller von mir weg. »Diese Bigfootnasen machen wirklich pappsatt«, beobachte ich.

»Möchtest du vielleicht noch einen hauchdünnen Schuss Mint?«, erkundigt sich der Barmann.

»Nein danke. Ich nehme einen großen Jim Beam.«

»Kommt sofort.«

Ich schiebe Barry mit dem heißen Ende meiner Zigarre durch den Aschenbecher und verfalle in brütendes Schweigen. Die Dinge sehen nicht allzu gut für mich aus. Ich bin bisher noch kaum auf meinen kostenlosen Sex und die Gewalt gekommen. Und es gibt nicht einen Hauch jener legendären Spur aus Leichen, für die ich bekannt und beliebt bin. Ich brauche dringend ein richtig gewalttätiges Zwischenspiel, um den ansonsten langweiligen Plot ein wenig zu beleben.

Der Barmann reicht mir meinen Jim Beam. »Halt den Kopf unten, Laz«, rät er mir. »Ich rieche mächtigen Ärger.«

Die Vordertüren schwingen auf wie ein Bläser am Tor zur Dämmerung[1], und zwei der größten Typen, die ich je gesehen habe, kommen hereingestapft. Sie tragen mehr Schwarz am Leib als ein Valentine Dyall Fanclub, der sich zum Abendessen trifft.

Ich weiß vielleicht nicht viel über Running Gags aus vorherigen Büchern, in denen ich nicht mitgemacht habe, aber mir scheint, der eine von ihnen trägt eine General Electric M134 Minigun Kaliber 7,62 Millimeter, die sich in meinen Büchern im Allgemeinen *Schadenfreude* buchstabieren. Ich sehe noch, wie die Läufe anfangen zu rotieren, und das ist genau der Punkt, an dem ich Barry an mich reiße und meine beiden zuverlässigen Freunde Smith and West Wittering aus dem Halfter zerre.

Der große Typ mit der großen Kanone beginnt den Laden einzudecken. Ich habe noch nie so viele Schüsse in so kurzer Zeit in so viele verschiedene Richtungen gehen sehen. Überall fallen Leute, Frauen fangen an zu schreien. Kugeln durchlöchern den Tresen. Gläser zersplittern, Flaschen explodieren. Ich komme feuernd hoch, jage drei Kugeln direkt in die Brust des Amokschützen, doch er sieht nicht so aus, als würde es ihm etwas ausmachen.

Er schießt einfach weiter.

Der Barmann hat sich in Deckung geworfen, als der

[1] Piper at the Gates of Dawn (Anm. d. Übers.)

halbe Tresen den Weg alles Fleischlichen ging, nur schneller. Es gibt irrsinnig viel Rauch und ohrenbetäubenden Krach. Zu einem Zeitpunkt wie diesem muss ein Mann tun, was ein Mann tun muss, und wenn Sie meinen, dass Türmen das ist, was er tun muss, dann kennen Sie den guten alten Laz noch nicht besonders gut.

Wie die *Irren Killer*[1] jage ich drei weitere Schüsse aus dem Lauf meiner zuverlässigen Freunde Smith and West Point und nehme eine tapfere Pose ein.

»Lasst auf der Stelle die Leute in Ruhe, ihr Mistkerle«, sagte ich mit mehr Heldentum in der Stimme als eine ganze Staffel Audy-Murphy-Filme.

Ein ganzes halbes Dutzend Läufe schwenkt in meine Richtung. Aber ich habe richtig gezielt, wie Elvis Costello. Ich habe den Schützen genau zwischen die Fenster seiner Seele getroffen, und er geht nach unten in einem Schauer von Funken und Technoblitzen, womit ich zumindest gar nicht gerechnet habe.

Sein Kumpan scheint sich deswegen keine großen Sorgen zu machen und bückt sich nach der großen Kanone. Ich feuere ihm zwei Schuss in den Kopf, damit der andere nicht so alleine ist.

Ich kann die Löcher sehen. Sie scheinen ihm irgendwie nichts auszumachen. Er kommt durch den Rauch auf mich zu, und er lächelt nicht dabei. Ich leere meine Kanone in seine Brust.

»Barry«, sage ich, »Barry, wir müssen von hier verschwinden.«

»Ich versuch's ja, Chef!«

»Streng dich an!«

[1] Ein Lazlo-Woodbine-Thriller

»Ich kann nicht, Chef! Ich bin ganz verbraucht! Tut mir Leid, Chef.«

»Tut mir Leid? Was willst du damit sagen?«

Der Typ in Schwarz kommt durch den Rauch auf mich zu. Er ist ganz schön zerfetzt von meinen Kugeln. Überall fallen Teile von ihm ab, und darunter ist kompliziertes metallisches Zeugs zu erkennen und futuristische Schaltkreise, wie ich sie noch nie zuvor gesehen habe.

»Tot oder lebendig, Sie kommen mit mir!«, sagt er, und das bringt irgendwo eine Glocke zum Klingen.

»Unternimm etwas, Barry!«

»Ich versuch's ja, Chef! O verdammt!«

Es ist wirklich eine eigenartige Geschichte, dass Podoerotizismus im Westen niemals richtig in Mode gekommen ist, wo doch Sex so beliebt ist und alles. Wir verbringen unser halbes Leben damit, unsere Körper gegenseitig nach erotischen Zonen abzusuchen, während die ganze Zeit über zwei richtig große fette in unseren Socken lauern.

Natürlich haben sich die Chinesen schon vor Jahrhunderten damit angefreundet. Andererseits, wie Hugo Rune gesagt hat, »entgeht den verdammten Chinesen so gut wie nichts, wenn es um *Jigger Jig* geht«. Rune hat selbst einmal mit einem Mandarin in Peking Tee getrunken, und er kommentiert diese Begegnung wie folgt:

Die Mahlzeit selbst war eine relativ leichtgewichtige Angelegenheit und bestand aus mageren vierzig Gängen. Sie wurde erträglich gemacht durch die bei-

den Konkubinen, die, während der große Fürst und ich die Suppe löffelten, in regelmäßigen Abständen unsere Roben hoben und unseren privatesten Teilen mit ihrem Haar Luft zufächelten.

Traurigerweise vergisst er zu erwähnen, ob sie auch seine Füße sanft gedrückt haben.

Rex war stets ein »Beinwesen« gewesen, und darüber hinaus ein ausgesprochener »Fußmensch«. Und so kam es, dass Rex, während Laz verzweifelt nach einem Ausweg suchte, sich an einem ausgiebigen Fußfellatio erfreute und mit dem Spann dachte.

Der große Typ trifft mich nur das eine Mal, doch das reicht mir voll und ganz. Ich geselle mich zu den gefiederten Legionen und erhebe mich in die Luft. Ich wünsche nur, irgendjemand hätte die Tür aufgemacht, bevor ich durch selbige nach draußen fliege.

Rex nahm ein Time-out. Wenn man will, dass sich die Erde für einen bewegt, dann fängt es am besten mit winzigen Beben an und arbeitet sich dann langsam auf der Richterskala nach oben. Und da Rex gegenwärtig bei fünf von zehn Punkten angelangt war, ließ er Laura sanft vor sich hin schmoren und ging zum Cocktailkabinett. Seine nackten Füße hinterließen parfümierte Spuren auf dem Bakhtiariteppich, und sein aufgerichteter Wanger hüpfte vor ihm.

Er kam vor dem Cocktailschrank an und beugte sich über ihn, um ein paar zweihundert Jahre alte Kelche aufzunehmen. Als er sie berührte, zuckte eine statische Entladung mitten in die Spitze seines zügellosen Hüpfers.

»Oooooooouuuuuuh!«, heulte Rex und brach zu einem Häufchen Elend zusammen.

»Oooooooouuuuuuh« und »Aua!«, heule ich, als ich in der Seitengasse aufschlage. Ich lande in einem Stapel alter Kartons, Zeitungen und Polystyrol, der offensichtlich eigens zu diesem Zweck ausgelegt worden ist, und bereite mich darauf vor, kämpfend wieder hoch zu kommen.

Rex kreuzte die Augen und verzerrte das Gesicht zu einer angemessen schmerzerfüllten Miene. Er umklammerte seine empfindlichen Teile und kroch zum Kabinett zurück, wo er vorsichtig mit der Hand über das edle Holz strich. Nichts. Es war gründlich und sauber geerdet worden.

Rex betastete die Schnitzereien. Es musste etwas darin sein, und tatsächlich, es war etwas darin. Ein Klick, ein Rasseln, und ein Paneel glitt beiseite und enthüllte den Blick auf ein ...

»Ein Fernseher!« Rex machte ein verwirrtes Gesicht. »Was haben wir denn da?« Er erhob sich vom Boden, tappte leise zur Schlafzimmertür zurück und schloss sie.

Dann kehrte er zu dem Cocktailkabinett zurück, um seinen Fund zu untersuchen. Unter dem kleinen Schirm befand sich eine komplizierte Tastatur, auch wenn es nichts war, das Rex noch nie gesehen hätte. Er schaltete das Gerät ein und beobachtete, wie ein ihm unbekanntes Senderlogo auf dem Schirm aufleuchtete.

Rex tippte auf der Tastatur herum und verlangte Zugriff auf das Menü. »Karte einschieben«, blinkte es auf dem Schirm.

»Hmmm«, machte Rex. »Karte einschieben?« Er blickte sich im Zimmer um. Wenn auf dem Schirm stand »Karte einschieben«, dann war damit wahrscheinlich Lauras Karte gemeint. Und Lauras Karte befand sich ohne Zweifel in ihrer Handtasche. Und Lauras Handtasche war im Schlafzimmer.

»Mist«, flüsterte Rex. »Aber halt, einen Augenblick mal!« Er griff in sein Jackett, das ohne Rücksicht auf seinen Wert achtlos auf den Boden geworfen worden war, und nahm die entwendete Scheintasche heraus.

»Hier ist doch auch eine Karte drin, wenn ich mich nicht total irre«, sagte er.

»Wenn ich mich nicht total irre, Barry«, sage ich, »dann stecken wir hier in ernsthaften Schwierigkeiten.«

»Keine Munition mehr für deine zuverlässigen Freunde Smith and Welshman, Chef?«

»Du hast es erfasst, kleiner Freund. Und ich empfinde das, was dieser Bursche gerade getan hat, als höchst beunruhigend.«

»Du meinst sicherlich die Art und Weise, wie er durch die Wand nach draußen spaziert ist anstatt durch die Tür, Chef?«

»Genau die. Und die dicke Kanone, die er in den Fingern hält, Barry.«

»Ich denke, ich verkrümele mich einfach tief in deiner Tasche, Chef, wenn es recht ist. Du kannst mir später erzählen, wie es ausgegangen ist.«

»Ausgezeichnet, Barry.«

»Ausgezeichnet.« Rex schob die Karte des gefürchteten Repomanns in den Schlitz der Tastatur, und der Schirm leuchtete auf und bot alle möglichen Dinge an. Rex rief einmal mehr das Menü auf.

Auf dem Schirm stand zu lesen:

LOG INPUT	AUDIO/VISUELL
STATISTISCHE ANALYSE	STANDORT
PROFITSPANNEN	INSTRUKTIONEN
WARTUNG	ANNULLIEREN
STATUS	MODETIPS

Alles sah relativ verlockend aus. Und irgendwie zu gut, um wahr zu sein. Rex befingerte die Tastatur und rief den Menüpunkt STANDORT auf.

Ein Ausschnitt des Stadtplans von Presley City erschien auf dem Schirm. Ein kleiner Blip machte in der Seitengasse hinter der Tomorrowman Taverne blip, blip, blip. Rex aktivierte AUDIO/VISUELL und zuckte erschrocken zurück. Durch den Schirm hindurch flog eine Faust auf ihn zu, füllte den gesamten Schirm aus und verschwand dann, als sie ihn scheinbar erreichte.

Der Besitzer der Faust wurde sichtbar. Er stolperte rückwärts und hielt sein verletztes Greiforgan, während er bittere Flüche ausstieß. Eine Stimme, die nicht von dieser Gestalt herrührte, sagte: »Geben Sie die gestohlene Scheintasche zurück!«

Rex blickte auf die Scheintasche und dann auf den Schirm. Die Stimme meinte eindeutig nicht ihn. Sie redete weiter.

»Sie tragen eine verborgene Waffe und verletzen damit ein Gesetz. Außerdem stelle ich fest, dass sie in einer *Enge-Krawatten-Zone* mit offenem Kragen herumlaufen. Sie sind demnach ganz offensichtlich ein Revolutionär. Daher müssen Sie wissen, wo sich die gestohlene Scheintasche befindet. Verraten Sie auf der Stelle das Versteck, sonst werde ich Sie töten.«

Rex pfiff leise vor sich hin. Diese Repomänner gingen verdammt entschlossen an ihre Arbeit, soviel stand fest. Darüber hinaus stand fest, dass sie gefährliche Mängel aufwiesen, was angewandte Logik zur Lösung eines bestimmten Problems betraf.

»Das ist eine falsche Anschuldigung! Sie haben den falschen erwischt!« Die Schreie kamen aus einem Gesicht, das nun näher kam, nachdem sein Besitzer an eine Mauer der Seitengasse gedrückt wurde. »Ich bin kein gottverdammter Revolutionär! Ich bin Republikaner!«

»Ich werde nun bis drei zählen, und wenn Sie bis dahin nicht sagen, wo die gestohlene Scheintasche steckt, werde ich Ihnen den Schädel einschlagen.«

»Hör doch endlich zu, Kerl! Du treibst mich in den Wahnsinn!«

»Eins«, sagte die Stimme.

Rex rief erneut das Bildschirmmenü auf. Er rief den Punkt INSTRUKTIONEN auf und tippte ANNULLIEREN ein. Dann zurück zu AUDIO/VISUELL.

»Zwei«, sagte die Stimme.

»Scheiße«, sagte Rex.

Das Gesicht auf dem Schirm sagte ebenfalls etwas, doch es war nichts Hilfreiches.

Rex begann wild auf die Tasten zu hämmern. Auf dem Schirm sah er, wie sich eine große Hand auf den Kopf des Kämpfenden senkte.

»Drei.«

Rex tippte panisch ALLE VORHERGEHENDEN BEFEHLE SIND AUSGESETZT. SCHEINTASCHE WIEDERGEFUNDEN. WARTE AUF WEITERE BEFEHLE.

Er starrte auf den Schirm. Die große Hand erstarrte. Das Gesicht entspannte sich und glitt aus dem Sichtfeld. Die Ziegelsteinmauer umwölkte sich, und dann wurde der Schirm schwarz.

Rex atmete sehr tief und sehr erleichtert durch. Das war knapp gewesen.

Aber knapp für wen? Irgendjemand Unschuldigen, vermutete Rex, der zur falschen Zeit am falschen Ort gewesen war. Rex hatte ihn allem Anschein nach durch die Augen eines Repomanns beobachtet.

Einer LCP.

Liquid Crystal Person.

Eine Art Roboter vielleicht? Es musste so sein. Aber wer hatte ihn gebaut? Wo wurden sie gebaut? Wenn es Rex gelang, die zentrale Kontrollstelle zu finden, fand er vielleicht den Volvo gleich mit. Es war nicht mehr und nicht weniger wahrscheinlich als alles andere auch, was ihm bisher widerfahren war.

»Gottverdammt! Das war knapp! Was ist mit ihm passiert?« Die Stimme kam aus dem Terminal.

»Sieht ganz danach aus, als wäre eine Sicherung durchgebrannt, Chef. Ich schätze, wir machen uns besser aus dem Staub.«

»*Chef?*« Rex sog überrascht die Luft ein. »Barry! Du bist das! Was machst du hier?«

Seine Worte schienen direkt aus dem Mund des nicht mehr funktionierenden Repomanns gedrungen zu sein, denn das nächste, was Rex hörte, war ein leiser grüner Schrei: »Wir sind enttarnt, Chef!«, gefolgt von Rascheln und Trappeln und einer zunehmend ferneren Stimme, die drängend rief: »Schneller, Chef, los, Beeilung, Mann!«

10

15. *Und endlich kam die Botschaft bei den Kindern Elvis' an, und sie schickten Moses in die Wüste.*
16. *Und sie kamen nach Jericho, das kurz hinter dem Toten Meer liegt.*
17. *Doch die Leute von Jericho sahen sie kommen und schlossen das Tor und riefen: »Ein Hippiekonvoi!«*
18. *Denn die Leute von Jericho waren unhip. Sie mochten traditionellen Jazz und Dufflecoats.*
19. *Und so ließ Elvis seine Truppe eine gewaltige Soundanlage vor den Mauern errichten. Und er riss die Lautstärke mächtig auf.*

Das Sub-Urbane Buch der Toten

Vier Männer sitzen in einem total geheimen Raum. Er sieht ziemlich genauso aus wie immer. Aber er ist nicht wie immer. Dieser Raum hier ist ein ganz anderer Raum. Es gibt einen langen schwarzen Tisch mit Stühlen für dreizehn. Ein großer Scheinwerfer leuchtet darauf hinunter, und das Licht ist grell.

Drei Männer sitzen unbehaglich an einem Ende des Tischs. Der vierte, der am anderen Ende gesessen hat, steht nun auf. Und er brüllt.

»Ihr nutzlose Bande!«, brüllt er. »Ihr erbärmliches, armseliges Pack von Versagern!«

Es gibt keine verbale Antwort auf diese Worte. Nur drei Köpfe, die sich noch tiefer senken, begleitet von dreifachem Noch-Tiefer-Ducken.

»Eintausend Jahre Planung haben wir darauf verwendet! Eintausend Jahre! Und ihr vermasselt alles an einem einzigen Tag. Dee, Kelley, was habt ihr getan?«

Zwei Münder öffnen sich. Doch das ist alles, was sie tun. Die Lippen beben, aber das ist nicht besonders hilfreich.

»Ich sage euch, was ihr getan habt! Ihr habt es vermasselt! Ich habe euch mit dem Befehl in das Paralleluniversum geschickt, die letzte Statue einzusammeln, weiter nichts! Aber könnt ihr tun, was man euch sagt? Nein, könnt ihr nicht! Ihr kommt mit Rex Mundi an Bord hierher zurück, und als wäre das nicht Desaster genug, legt ihr unterwegs eine Mittagspause ein, Mundi entkommt, und der Volvo wird mit dem gesamten Presley-Schatz an Bord gestohlen! Alles! Alles weg!«

»Und du!« Ein Finger zeigt auf den Mann mit dem mächtigen Kater. Er trägt einen etwas zerknitterten, unten herum weit geschnittenen Overall. »Du, Bill! Ich lasse dich Mundi in der Polizeistation aufsammeln, damit du ihn zum Heartbreak Hotel bringst, wo er der sicheren Vernichtung entgegen gehen soll, und was passiert? Er verschwindet schon wieder! Und nicht nur das! Nachdem ich es eingerichtet habe, dass du bereit stehst, wenn er heute wieder auftaucht, gehst du mit ihm einkaufen! Er bringt mich verdammt nah an den Ruin und hätte es fast geschafft, dass ich verhaftet werde! Und dann betrinkst du dich so sehr, dass er dir das Taxi stiehlt und einmal mehr entkommen kann!«

Bill kaute auf seinen Knöcheln. Der Sprecher richtete seinen Blick erneut auf Dee und Kelley. »Und was macht ihr mit diesem Woodburn?«

»Woodbine«, verbessert ihn Dee. »Er heißt Lazlo *Woodbine*.«

»Halt die Klappe. Ihr solltet ihn in der Seitengasse erledigen und diesen Zeitkohl einkassieren! Er ist unsere Fluchtroute weg von hier. Hier geht in zwei Tagen alles hoch, und wenn unser Plan nicht gelingt, dann fliegen wir mit in die Luft! Wenn wir Presley nicht hierher locken und vorher vernichten können, dann sind wir Geschichte! Geschichte, die sich niemals ereignet hat!«

Der andere Rex Mundi, denn es konnte natürlich niemand sonst sein, riss sich Haare aus und schleuderte sie zu Boden, wo sie in kleinen, nach Schwefel stinkenden Rauchwölkchen explodierten. »Eintausend Jahre der Flucht und des Versteckens, und wozu das alles? Los, antwortet, einer von euch! Bill, was hast du vor?«

»Ich ... ich ...« Bill stotterte. »Ich werde ... ich werde Mundi töten! Jawoll, das werde ich! Ich werde ihn töten, Eure Exzellenz! Er wird mich nicht verdächtigen. Er ist bestimmt bei Laura Lynch. Ich werde dort auf ihn warten und ihn töten. Das werde ich tun, jawohl, werde ich.«

»Nein, das wirst du nicht.«

»Nein, Eure Exzellenz. Ich werde ihn nicht töten. Nein. Absolut nicht. Was werde ich tun?«

»Du wirst ihn weiter durch die Gegend fahren, das wirst du. Er wird nach dem Volvo suchen, und bei seinem Glück wird er ihn ohne jeden Zweifel auch finden. Sobald er ihn gefunden hat, wirst du ihn töten und den Volvo zu mir bringen. Glaubst du, du kannst das schaffen?«

»Jawohl, Eure Exzellenz.« Bill nickte mit dem verkaterten Kopf.

Ed Kelley hob eine zitternde Hand.

»Und was sollen wir tun, Exzellenz?«

»Was glaubt ihr, was ich möchte, dass ihr tut?«

Ed kratzte sich am Kopf. »Woodbine töten, Eure Exzellenz?«

»Nein! Nicht Woodbine töten!«

»Nicht Woodbine töten, nein. Aber Sie wollten doch, dass wir ...«

»Aber jetzt will ich es nicht mehr.«

»Nein, Eure Exzellenz. Jetzt wollen Sie es nicht mehr.«

»Und was will ich jetzt?«

Ed widmete seinem Skalp weitere Aufmerksamkeit. Johnny Dee sagte: »Sie wollen, dass wir ihm folgen.«

Der andere Rex nickte. »Weil?«

»Weil er ebenfalls nach dem Presley-Schatz sucht, der sich in diesem Volvo befindet.«

»Ganz genau. Und?«

»Und wenn er ihn gefunden hat, dann sollen wir ihn töten und Ihnen den Volvo und den Zeitkohl bringen.«

»Da habt ihr es. Was könnte einfacher sein?«

»Nun ...«, begann Ed, »ich sehe da die eine oder andere unbedeutende Schwierigkeit ...«

»Unbedeutende Schwierigkeit?« Der andere Rex legte die Hände auf den schwarzen langen Tisch, riss ihn von den Beinen und schleuderte ihn in die Dunkelheit davon. »Ihr werdet tun, was ich euch sage! Das ist meine Welt, und ich werde sie behalten! Ich komme mit der Regierung klar, den Schadensregulierern, den verdammten Repomännern und selbst den Beamten! Sie sind Niemande! Nichts! Alles gehört mir, und ich will es zurück!«

»Jawohl, Eure Exzellenz.«

»Du, ASMODEUS!« Der Anti-Rex funkelte Bill an.

»Und du, BALBERITH!« Das Funkeln richtete sich auf Ed Kelley.

»Und du, SONNEILLON.« Das Funkeln kam schließlich auf Johnny Dee zu ruhen.

»Ihr drei seid die letzten, die von meiner Ersten Hierarchie der Hölle geblieben sind! Hört auf Mist zu bauen, und erledigt endlich eure Aufgabe! Tötet jeden, der euch im Weg steht! Ich will alles, die Vergangenheit, die Gegenwart und die Zukunft! Ich will Presley tot und jede Erinnerung an ihn vom Antlitz der Erde getilgt! Ich will ihn tot, tot, TOT! Was will ich?«

»Presley tot.«

»Und wann will ich es?«

»Jetzt.«

»Sehr gut. Dann, Gentlemen, können Sie jetzt gehen.«

»Puh, Chef, das war eng!«

»Du sagtest es.« Ich schnalle meinen Gürtel enger und straffe meinen Trenchcoat. Er ist mit Flecken zweiten Grades verschmutzt und mit mehreren hässlichen Stellen, die aussehen wie irgendein industrieller Schmierstoff. Normalerweise hätte mir diese Tatsache beträchtlichen Kummer bereitet, doch diesmal bin ich gewillt, die Sache durchzustehen. Ich meine, ich will mich schließlich nicht als anal retentiv abstempeln lassen, nur weil ich Wert auf meine Garderobe lege.

»Dieser Typ da hinten war nicht menschlich«, beobachte ich mit mehr Scharfsinn als ein Miederhöschenhausierer bei einer Tupperware-Party. »Was sagst du zu dieser Sache, Barry?«

»Kann ich nicht sagen, Chef. Aber diese Stimme. Am Schluss, als der Kerl schon erstarrt war. Ich kenne diese Stimme, das heißt, ich kannte sie.«

»Du hältst dich zu viel in schlechter Gesellschaft auf, kleiner Freund.« Wir sind wieder zurück in meinem Büro. Die Tür ist von innen verschlossen, und die Flasche Old Bedwetter ist offen, die ich im Allgemeinen für Gelegenheiten wie diese aufbewahre.

Ich nehme einen tiefen Schluck. »Fühlst du dich jetzt wieder wie der Alte, Barry?«

»Du meinst von wegen Zeitreisen? Nun, nein, ehrlich gestanden.«

»Das ist nicht gut.« Ich nehme einen weiteren Schluck. »Wir haben einen richtig engen Terminplan, wenn wir hier noch vor dem Großen Knall raus wollen.«

»Wegen diesem Großen Knall, Chef. Weißt du eigentlich, warum es dazu gekommen ist?«

»Nein. Die Geschichte schweigt sich über die Einzelheiten aus, doch sie ist sehr ausführlich, was die Ausmaße angeht. Diese Stadt hier wurde vollkommen von der Landkarte gelöscht.«

»Und was willst du jetzt unternehmen, Chef?«

»Nun, wie ich die Sache sehe, Barry, haben wir genau zwei Optionen. Die erste besteht darin, hier sitzen zu bleiben, die Flasche Old Bedwetter zu leeren und sich in Erinnerungen über verlorene Lieben und die vergangenen harten Zeiten zu ergehen.«

»Darauf bin ich nicht allzu begierig, Chef. Wie lautet die Alternative?«

»Die Alternative lautet, dass wir in den nächsten Supermarkt gehen und uns mit reichlich Vorräten eindecken.«

»Das gefällt mir schon besser, Chef. Auch wenn ich nicht sehen kann, wohin uns das führt.«

»Dann lass dich von mir ins Bild setzen.« Ich lehne mich in meinem Sessel zurück und mache die Sorte Gesicht, die man selbst mit Geld heutzutage nicht mehr kaufen kann. »Wonach suchen wir, Barry?«

»Nach dem Presley-Schatz, Chef.«

»Und wo ist dieser Schatz jetzt, Barry?«

»Frag mich, Chef.«

»Nun, er muss irgendwo sein.«

»Sicher, Chef.«

»Und ich schätze, er befindet sich direkt ...« Ich ziehe einen Stadtplan aus der Tasche, breite ihn auf meinem Schreibtisch aus und drücke meinen Finger auf eine ganz bestimmte Stelle. »... hier!«

Barry überfliegt den Plan flüchtig und sagt dann: »Häh?«

»Komm schon, Barry! Denk mal nach. Sir John Rimmer gräbt den Presley-Schatz aus. Und der Ort, wo er ihn ausgegraben hat, ist auf jeder Landkarte des fünfundzwanzigsten Jahrhunderts eingezeichnet. Dahin müssen wir also. Falls er noch nicht dort eingetroffen ist, warten wir eben. Wir nehmen Sandwichs mit. Genug Sandwichs, um auszuhalten, bis du wieder zu Kräften gekommen bist und wir mitsamt dem Schatz zurück in die Zukunft fliehen können. Ziemlich gerissen, eh? Wir wissen, dass der Schatz den Großen Knall überlebt hat; wenn wir bei ihm bleiben, überleben wir ihn auch.«

»Chef, ich hasse es, das zugeben zu müssen, aber du bist ein verdammtes Genie!«

»Ja, Barry, das bin ich.«

»Rexy! Du willst doch noch nicht gehen, oder?«

Rex mühte sich in seine Lederhose. »Ich muss einen Irgendwen treffen wegen irgendwas. Oder ein Irgendwas wegen irgendwem.«

»Aber wir waren doch gerade erst bis zu den Knien nach oben gekommen, und du hast noch $ 87.500 auf deiner Uhr übrig!«

»Warte auf mich«, sagte Rex und fügte wie Arnie hinzu: »Ich komme wieder!«

»Ich komme mit dir.«

»Nein. Ich glaube nicht, dass das eine gute Idee wäre.«

»Ich schon.« Laura zückte eine kleine kompliziert aussehende Handwaffe. Da sie noch immer nackt war, hatte Rex nicht den leisesten Schimmer, woher sie das Ding gezückt hatte.

»Ah«, sagte er. »Ich verstehe.«

»Nein. Ich glaube nicht, dass du das tust. Du bist nicht der Typ aus dem Fernsehen. Du bist der Typ, auf den wir gewartet haben.«

»*Wir?* Wer ist denn nun schon wieder *wir*?«

»*Wir*. Die *Children of the Revolution*[1].«

»Marc Bolan«, sagte Rex. »Einer meiner Favoriten. Du hast nicht rein zufällig *Pewter Suitor* in deiner Plattensammlung stehen? Ich bin schon seit Jahren dahinter her.«

Laura schüttelte den Kopf. »Wir, die Kinder der Revolution, haben auf dich gewartet. Du musst uns helfen. Ich weiß, wer du bist.«

»Du weißt?«

»Ich weiß. Du bist der Tomorrowman.«

[1] Für die Jüngeren unter uns als Stichwort: Marc Bolan/T. Rex.

»Bin ich?«

»Bist du. Als du die Karte von diesem Repomann gezückt hast, dachte ich zuerst, wir wären infiltriert worden. Aber ich habe an der Schlafzimmertür gelauscht, als du mein Terminal entdeckt hast. Du bist einer von uns, oder etwa nicht?«

»Vermutlich bin ich das, ja. Der Tomorrowman. Ja!«, sagte Rex. »Ich bin es!«

»Und wohin willst du?«

»Rein zufällig zurück in die Tomorrowman Taverne. Der Repomann, der meinen Wagen gestohlen hat, steht dort und wartet. Oder einer seiner Kumpane. Vielleicht ist der Wagen ja auch noch da, wer weiß?«

»Du wirst meine Hilfe brauchen.«

»Ich bin nicht einmal sicher, ob wir die gleichen Ziele verfolgen.«

»Wir können einander zumindest helfen. Vertrau mir.«

»Also schön. Dann gehen wir zusammen.«

»Sehr gut.«

Laura wandte sich ab, um ihre Kleider zu holen. Rex wirbelte herum und trat ihr die Waffe aus der Hand. Er hob sie vom Teppich auf.

»Die nehme ich«, sagte er.

Wir gehen mit der Karte in der Hand durch die Seitengasse.

»In welcher Richtung liegt Norden, Chef?«

»In dieser Richtung, Barry.« Ich habe einen untrüglichen Richtungssinn. Hab ein Vermögen dafür hingelegt. In diesem Geschäft kann ein guter Richtungssinn den Ausschlag geben, ob man als Letzter lacht oder mit den Hosen auf den Knöcheln einer Freundin erwischt wird, die man niemals hatte. Wenn Sie verstehen, was ich meine. Und ich bin sicher, dass Sie mich verstehen. »Wir gehen jetzt hier nach rechts. Oder war es links?«

»Taxi, Sir? Na, da soll mir doch einer die Beine abschneiden und mich Shorty nennen! Sie sind es, Chef!«

»Ich bin es«, sagte Rex. »Was für eine Überraschung. Sie hier. *Und* in Ihrem Taxi!«

»Kein Problem. Ich hab die Rechnung in der Tomorrowman Taverne bezahlt und bin zu Fuß gegangen. Ich hatte ein wenig über den Durst getrunken. Danke, dass Sie sich solange um meinen Wagen gekümmert haben. Ich weiß das sehr wohl zu schätzen.«

»Reden wir nicht darüber. Und Sie hatten keine Probleme in der Bar?«

»Nein, überhaupt nicht. Ein kleines Missverständnis. Der Barmann war aus irgendeinem Grund überzeugt, dass ich der Boss Ihres Fernsehsenders bin. Aber ich habe die Sache schnell richtig gestellt.«

»Ich bin ja so froh, das zu hören, denn ich möchte, dass Sie uns wieder dorthin fahren.«

»Wieder dorthin?« Der Taxifahrer blickte Rex zweifelnd an.

»Na ja, wenigstens in die Seitengasse hinter der Bar. Könnten Sie das?«

»Aber sicher, für Sie doch immer. Übrigens hat der Barmann meine Uhr als Bezahlung genommen.«

»Ich kaufe Ihnen eine neue.«

»Sie sind ein wahrer Gentleman, Sir. Springen Sie rein, und wir fahren los.«

Rex öffnete die hintere Tür. »Ist das in Ordnung für dich, Laura?«

»Sicher, alles in Ordnung. Lass uns endlich fahren.«

»In Ordnung.«

»Wie kommen wir voran, Chef?«

»Ich denke, uns ist gerade die Seitengasse ausgegangen, Barry. Was ist das dort vorn, was meinst du?«

»Das verdammteste Ding, das ich jemals gesehen hab, Chef. Meinen Sie, das ist es?«

»Das muss es sein. Das X markiert die Stelle. Vertrauen wir dem guten alten Sir John.«

»Also gut, vertrauen wir ihm.«

»Vertrauen wir ihm.«

Bill pfiff vor sich hin, als scherte ihn alles einen Dreck, während sie ihrem Ziel entgegen rasten. »Erzähl mir alles darüber«, sagte Rex zu Laura.

»Das alles hier ist falsch, Rex. Alles. Es ist konstruiert. Es ist nicht wahr.«

»Sprich weiter.«

»Presley City. Die Stadt wird vom Department für Menschliche Ressourcen kontrolliert. Total. Aber du wirst die Nummer nicht im Telephonbuch finden. Das Department ist überall und nirgends. Es organisiert alles. Wir spielen nur unsere Rollen. Es gibt nicht einen einzigen individuellen Gedanken hier.«

Rex starrte aus dem Fenster. Die Straßen sahen aus wie ein Theaterhintergrund.

»Schauspieler vor einer Filmkulisse.«

»Ganz genau, ja. Es ist alles falsch. Alles ist falsch.«

»Ich verstehe. Aber sag mir doch, wenn du hier aufgewachsen bist, wieso weißt du dann, dass alles falsch ist? Diese Gesellschaft scheint doch zu funktionieren, wenigstens nach außen hin. Es gibt Recht und Gesetz, jedenfalls so eine Art. Wie kannst du so sicher sein, dass es nicht ist, was es scheint?«

»Es gibt Bücher. Ein Buch. Ein Buch, das uns sagt, wie es hätte sein sollen. Die Geschichte ist ziemlich kompliziert. Es würde zu lange dauern, dir das alles zu erklären.«

»Ganz im Gegenteil.« Rex legte den Arm um ihre Schulter. »Es ist viel einfacher, als du glaubst. Ich weiß ganz genau, was hier schiefgelaufen ist, und ich denke, ich weiß, wie ich es berichtigen kann.«

Der Fahrer pfiff und pfiff und pfiff. Doch er hatte jedes Wort gehört.

»Wenn wir dorthin wollen, Barry, dann müssen wir vorher noch ein oder zwei Dinge erledigen.«

»Beispielsweise Sandwichs besorgen, Chef?«

»Beispielsweise, ja. Und außerdem ...« Ich ducke mich um die Ecke der Seitengasse und drücke mich so flach an die Wand wie eine Flunder an den Meeresboden. Nur eben vertikal. Wenn Sie verstehen, was ich meine. Und ich bin sicher, dass Sie das tun. »Dee und Kelley beschatten uns, seit wir mein Büro verlassen haben. Ich denke, es ist allmählich an der Zeit, diese alten Rechnungen zu begleichen.«

»O Gott, Chef! Hätte ich Hände, die ich schadenfroh reiben könnte, dann würde ich das jetzt tun.«

»Nett gesagt, Barry. Du entwickelst noch richtige Klasse.«

»Was man von dir nicht behaupten kann, du aufgeblasene Mädchenbluse.«

»Was war das, Barry?«

»Nichts, Chef.«

Das Taxi hielt an. Der Verkehr blieb hinter ihnen zurück. Sirenen heulten, und Blaulichter rotierten und rotierten, wie manche das eben tun.

»Von hier aus gehen wir zu Fuß«, sagte Rex.

»Möchten Sie, dass ich warte, Chef?«

»Das wäre sehr nett. Vergessen Sie nicht, das Taxameter weiterlaufen zu lassen.«

»O nein, das werde ich nicht, keine Sorge.«

Um die Tomorrowman Taverne herum herrschte all das Gedränge und Geschiebe, das Hin und Her, das Gejohle und Fluchen, das Blitzlichtgewitter und das allgemeine Chaos, das dort immer herrschte. Rex setzte seine Sonnenbrille auf und bahnte sich mit den Ellbogen einen Weg durch die Menge, um anschließend genauso zu gaffen wie alle anderen.

Umgeben von einem Kordon aus Polizei standen Krankenwagen mit weit offenen Hecktüren. Leichensäcke wurden verschlossen, und Rollbahren ratterten hin und her. Rex erblickte Sam Maggott, der wütend Befehle brüllte und seine Leute antrieb und darüber hinaus eifrig Gebrauch machte von seinem überdimensionierten roten Gingham-Taschentuch. Rex sah auch den Barmann der Tomorrowman Taverne. Er hatte einen Verband um den Kopf, und über dem rechten Auge zeigte sich ein romantischer kleiner Blutfleck auf der weißen Baumwolle. Diesmal trug er einen Clark-Gable-Schnurrbart, und er hielt sich erstaunlich tapfer.

Laura zupfte Rex am Arm. »Hier entlang.«

Sie lösten sich aus der Menge und schlüpften in das Gewirr von Seitengassen.

»Hier entlang, und dann die dritte links.«

»Dann kennst du dich also in diesen Seitengassen aus, Laura?«

»Wie in meiner Handtasche. Ich hab mir mal einen sechsunddreißig Zoll großen George-III-Mahagoni-Chippendale-Teetisch verdient, genau hinter diesen Mülltonnen dort.«

»Danke sehr«, sagte Rex. »Das wollte ich gar nicht wissen.«

Sie kamen bei der dritten Abzweigung nach links an.

»Pssst. Da ist etwas.« Rex schob Laura gegen die Wand und reckte den Hals, um zu sehen, was dieses Etwas war.

Und es war ein ausgesprochenes Etwas. Der Repomann stand noch immer dort, die Kleidung vom Kampf gezeichnet, sprachlos und stocksteif. Doch die Kleidung der Gruppe rings um den Repomann war makellos und schick, und die Gruppe war lautstark und ganz offensichtlich sehr aufgeregt. Drei von ihnen trugen die weißen Kittel des Hinterzimmer-Wissenschaftlers; der vierte war winzig klein, kaum mehr als ein Junge. Doch er gab eindeutig die Befehle. Er trug einen schicken schwarzen Geschäftsanzug und eine Sonnenbrille, die genauso aussah wie die von Rex.

»O nein!« Rex wandte das Gesicht ab und schlug die Hände davor.

»Er ist es.«

»Wer, er? Rex, sieh mich an! Wer ist es?«

»Eine verdammt schlechte Erinnerung. Sagt dir der Name Jonathan Crawford etwas?«

»Los, streck sie hoch«, sage ich, als ich um die Ecke springe und meine zuverlässigen Kumpane Smith und Western Railway direkt in den ahnungslosen Riecher von Johnny Dee Esquire stecke.

»Scheiße«, sagt Johnny mit nasaler Stimme.

»Hab ich euch, ihr Gauner. Ihr seid gefasst.«

»Sind wir gefasst?« Ed macht das Gesicht, das ich normalerweise für dienstags aufspare. »Ein New Yorker Privatschnüffler, das ist er. Als nächstes wird er unsere Fingerabdrücke nehmen und unsere Taschen leeren.«

Ich fuchtele mit meiner Kanone im Riecher seines Kumpans.

»Ich hab eine gewaltig große Rechnung mit euch beiden zu begleichen.«

»Ah«, sagte Ed. »Sie meinen wahrscheinlich die Tatsache, dass wir Sie Ihre Frau, Ihren Job im Department, einen Hund namens Blue und sechs Monate auf der Intensivstation gekostet haben?«

»Ja. Das auch. Aber ich dachte eher an die unfreundlichen Bemerkungen, die ihr über meinen Trenchcoat gemacht habt.«

»Ach das. Das war doch nur ein Scherz. Es ist ein sehr schicker Trenchcoat. Auch wenn ich eine Menge Flecken zweiten Grades sowie mehrere hässliche Stellen bemerke, die aussehen wie irgendein industrieller Schmierstoff. Vielleicht sollten Sie diese

Flecken mit Zitronensaft behandeln, bevor sie einziehen können.«

»Versuch bloß nicht, mich weich zu machen! Ihr beide wolltet mir den Kopf absägen!«

»Ah«, sagte Ed einmal mehr. »Dann vermute ich, dass eine formelle Entschuldigung, eingehüllt in schmeichelnde Worte, zu diesem Zeitpunkt nicht geeignet wäre, diese Rechnung zu begleichen?«

»Verdammt richtig! Ich bringe euch alle beide zur Polizei.«

»Das können wir im Augenblick aber nicht, Chef.«

»Wer hat das gesagt?«

Ed sah unter seinem Kragen heißer als Tina Turners Umkleideschirm aus.

»Na ja, ist ja auch egal. Wenn ich euch nicht zur Polizei bringen kann, muss ich eben Bürgerjustiz üben und euch an Ort und Stelle erschießen.« Ich nehme den Lauf meiner zuverlässigen Smith and Wendeweste aus Johnnys Nase und ziele damit auf seine Stirn.

»Halt, Moment mal!«, sagt er, während er die Hände hebt und den Kopf schüttelt. »Sie können uns nicht erschießen! Wenn Sie das tun, werden Sie den Presley-Schatz niemals finden!«

»Darauf würde ich nicht wetten. Sendet eure letzten Gebete zu euren Göttern, Burschen. Du und er hier, ihr steht im Begriff, die Löffel abzugeben.«

»Können wir denn gar nichts tun, um Ihre Meinung zu ändern?«

»Gar nichts. Eure Zeit ist gekommen.« Ich habe jenen harten, glitzernden Blick in meinen Augen, der Ed alles verrät, was er wissen muss.

»Also gut dann.« Ed zuckt die Schultern. »So ist der

Lauf der Dinge, schätze ich. Wir hatten ein paar gute Zeiten. Ich kann mein Schicksal akzeptieren. Wie steht es mit dir, Johnny?«

»Oh, sicher. Ich kann es ebenfalls akzeptieren. Natürlich gibt es die eine oder andere Sache, die ich bedaure, aber so ist das nun einmal. Ich wünschte nur, ich hätte ...«

»Was wünschst du, Johnny?«

»Ach, nichts. Der letzte Wunsch eines sterbenden Mannes. Nichts, womit wir unsere harte, glitzernde Nemesis belästigen sollten.«

»Los doch, Johnny. Unser Mr. Woodbine hier ist eindeutig ein harter, ausgekochter Bursche, wie man ihn nur selten trifft, mit eisernem Kinn und voll Entschlossenheit, unseren Untergang herbeizuführen. Aber er ist auch Amerikaner, und bevor er dich kaltblütig niederschießt – auf eine Weise, die dir nur recht geschieht, wenn ich das hinzufügen darf –, wird er dir ganz sicher den Respekt erweisen, den man einem sterbenden Mann entgegen bringt.«

»Glaubst du wirklich?«

»Warum fragst du ihn nicht selbst?«

»Oh, ich kann nicht. Es ist einfach zu peinlich.«

»Nun mach schon«, sage ich und streiche über mein eisernes Kinn. »Fragen kann nie schaden.«

»Nun ja, es ... es ist so, dass ich immer sterben wollte mit etwas in der Hand, das der Mutter Erde nahe ist. Einer Blume vielleicht.«

»Rührend, Johnny.« Ed klopft seinem Kumpan auf die Schulter. »Ich kann dich gut verstehen. Ein Mann sollte der Natur nahe sein, wenn er vor seinem unnatürlichen Tod steht.«

»Wohl gesprochen, Ed. Aber wo sollen wir hier nur

eine Blume finden? Oder auch nur ein Gemüse, wo wir schon dabei sind?«

»Oder auch nur ein Gemüse, ja. Ein Gemüse berühren, es in den Händen halten, wenn man dem gegenüber tritt, was das Schicksal für einen bereit hält. Welch eine Freude. Aber man muss schon ein ganz außerordentlicher Henker sein, um in der Hitze des Augenblicks ein Gemüse bei sich zu tragen. Mr. Woodbine wird wohl kaum Gemüse in seiner Tasche umhertragen, habe ich Recht?«

»Ach ja?«, sage ich und ziehe Barry aus der Brusttasche. »Und was ist das hier?«

»Ein Wunder!« ruft Johnny. »Der Mann ist fürwahr ein Heiliger!«

»Ein Heiliger mag ich wohl sein«, antworte ich, »aber ein Schmuck bin ich nicht. Für was haltet ihr Burschen mich eigentlich? Habt ihr wirklich geglaubt, ich würde auf so einen dämlichen Trick hereinfallen und euch Barry in die Hand drücken?«

Johnny nickt. »Ja«, gesteht er kleinmütig. »Genau das habe ich gedacht.«

»Ich auch«, sagte Ed.

»Na schön, dann. Ich wollte nur sicherstellen, dass ihr nicht versucht, mich aufs Kreuz zu legen.« Ich werfe Johnny Dee meinen kleinen Zeitkohl zu. »Wird dir nicht das Geringste nutzen, weißt du? Barry kann nicht mehr, und ihr habt eine *Verabredung mit dem Tod*[1].«

»Chef, du bist auf dem Holzweg. Nimm mich zurück.«

»Lass dem Mann doch seine letzte Bitte vor dem

[1] Ein Lazlo-Woodbine-Thriller

Tod, Barry. Sei nicht so pingelig. Ich fang dich, bevor er im Dreck aufschlägt.«

»Aber Chef ...«

»Macht's gut, Jungs.« Ich richte mein Ding auf Johnny und betätige den Abzug. Es gibt ein ziemlich erbärmliches leises Klicken, keine Kugeln mehr in der Trommel und alles. Und dann gibt es einen leichten Knall und Rauchwolken, und ich stehe ganz allein in der Seitengasse wie ein begossener Pudel oder so.

»Barry?«, frage ich.

»Du dämlicher Trottel«, ertönt eine leise grüne Stimme im Dunkel.

»Was war das, Barry?«

»Nichts, Chef.«

Rex zog Lauras Pistole und spähte über den Lauf hinweg. »Was genau macht dieses Ding?«, fragte er. »Wie hoch ist die Reichweite, und wozu ist es fähig? Bitte antworte, so genau du kannst. Eine Gelegenheit wie diese wird sich vielleicht nicht mehr bieten.«

»Also willst du diesen Jonathan Crawford töten?«

»Ich halte es wirklich für das Beste.«

»Hast du schon jemals einen Menschen getötet?«

»Nein, nicht als solchen.«

»Dann lass mich das für dich machen.«

»Bestimmt nicht. Was macht diese Waffe?«

»Sie verschießt eine explosive Säurekapsel. Spielt keine Rolle, wo du jemanden triffst. Jeder Treffer ist absolut tödlich.«

»Ideal für die Selbstverteidigung, daran zweifle ich nicht.« Rex nahm die Pistole in beide Hände. Beide Hände zitterten. »Er ist abgrundtief böse.« Rex biss sich auf die Lippe. »Unendlich böse. Ungefähr so böse, wie man überhaupt nur sein kann.«

»Dann erschieß ihn, Rex. Denk nicht drüber nach, mach es. Mach es rasch.«

Denk nicht drüber nach. Rex atmete einmal tief durch, sprang aus seinem Versteck und rannte auf den Knaben in dem teuren Geschäftsanzug zu.

»Jonathan!«, rief er. »Hier bin ich!«

Der Junge wirbelte herum. »Rex«, sagte er. »Soso.«

»Tut mir Leid, Jonathan.« Rex betätigte den Abzug. Jonathan zerrte einen der Hinterhofwissenschaftler in die Schusslinie. Die Kugel schlug in den weiß gekleideten Rücken ein. Es gab einen dumpfen Knall, und der Wissenschaftler erhob sich auf die Zehenspitzen, doch er fiel nicht. Sein Leib schien anzuschwellen und sich zu verzerren, doch er blieb einfach stehen. Schrie und schrie. Rex wandte das Gesicht ab. Hielt sich die Ohren zu. Doch die Todesschreie gingen weiter und weiter.

»Er ist tot, Rex. Er ist tot!« Laura zog ihm die Hände vom Kopf und brüllte ihm ins Gesicht. »Hör endlich auf zu schreien!«

Rex riss sich von ihr los. »Schreien?«

»Er ist tot. Sieh doch selbst!«

Rex sah selbst. Der Leichnam lag unmöglich verrenkt auf dem Boden. Jonathan war verschwunden. Der Repomann war ebenfalls nicht mehr da.

Von Übelkeit geschüttelt wandte sich Rex ab.

11

25. Und so ging die Große Tour weiter. Und Elvis sprach zu seinen Leuten über so profunde Dinge wie Rohöl, Benzin und extra lange Cadillacs.

26. Und Elvis' Jünger hingen an jedem seiner Worte. Als er geendet hatte, hasteten sie nach Kuwait, Saudi Arabien und Texas, denn auch dies waren gelobte Länder.

Das Sub-Urbane Buch der Toten

Es war einfach großartig. Dee und Kelley waren tatsächlich vor meiner Nase verschwunden, und sie hatten Barry mit sich genommen. Ich war nicht wenig verdutzt.

Ich hatte noch nie Angst, etwas allein durchzustehen, verstehen Sie mich nicht falsch. Ich hab es häufiger allein durchgestanden als ein Einsiedler mit Haltung. Aber es wird ziemlich ätzend werden, niemanden für ein Schwätzchen in meiner Nähe zu haben, während ich ganz allein meine Fälle löse.

Ich lade meinen Revolver nach. Ich habe meine zuverlässigen Freunde Smith und Wiewardernamegleich leergeschossen. Und ich habe einen Job zu erledigen. Den Presley-Schatz wiederfinden und die Zivilisation retten, wie wir sie kennen. Weil das, wie Sie vielleicht oder vielleicht auch nicht erkannt haben, das hier eine verdammt große Nummer ist. Ich bekomme keine fünfhunderttausend Dollars am Tag dafür, dass ich auf dem Hintern vor der Glotze sitze und *Blue Peter* sehe. Genaugenommen werde ich ohne Barry wahrscheinlich überhaupt kein Geld bekommen. Genaugenommen sitze ich ohne Barry aller Wahrscheinlichkeit nach bis zum Hals in dem dunklen braunen Zeugs.

Ich sehe zu dem Gebäude hinauf. Das verdammt größte Ding, das ich je gesehen hab. Und irgendwo dort drinnen ist der Presley-Schatz oder wird es in Kürze sein. Ich straffe meine Schultern, unterdrücke eine kleine Träne wegen des Verlusts eines guten Freundes und schlage den Kragen meines Trenchcoats hoch.

»OK«, sage ich mit mehr Entschlossenheit als ein Sybarit in einer Sakristei. »Jetzt ist es Zeit, die Farben an den Mast zu nageln, die Scheide wegzuwerfen, den Gürtel umzuschnallen, aufs Ganze zu gehen, den Rubikon zu überqueren, den Stier bei den Hörnern zu packen, die Schulter gegen das Rad zu stemmen und einen Zettel für den Milchmann zu hinterlassen.«

Ich bin nicht auf der Suche nach Ärger. Aber wenn der Ärger mich sucht, dann bin ich nicht schwer zu finden. Nur ein Hund stirbt in Brooklyn, während Frank Sinatra im Zeugenstand steht. Wenn Sie verstehen, was ich meine. Und ich bin ganz sicher, dass Sie mich und so weiter und so fort.

»Ich weiß nicht, was ich sagen soll, Rex.« Laura hielt Rex in den Armen. Sie waren wieder in ihrem Appartement. Bill hatte sie dorthin gebracht und wartete draußen. »Du fühlst dich ziemlich schlecht, das kann ich sehen.«

»Schlecht? Laura, ich hab einen Mann in den Rücken geschossen! Ich hab noch nie jemanden umgebracht. Ich gehöre nicht zu den Leuten, die so was tun.

Ich gerate in die unmöglichsten Situationen, aber am Ende gewinne ich doch. Ich kann nicht mit so etwas leben! Ich habe einen Menschen auf dem Gewissen!« Rex verbarg das Gesicht in den Händen und schluchzte.

»Er war einer von den Bösen.«

»Das spielt doch überhaupt keine Rolle! Ich kenne nicht mal seinen Namen, aber ich hab ihn umgebracht! Im einen Augenblick hat er noch gelebt, und im nächsten ...«

»Du hast gedacht, dass du das Richtige tust. Es war ein Unfall.«

»Ich habe einem Menschen das Leben genommen. Bedeutet dir so etwas denn gar nichts?«

Laura zuckte die Schultern. »Er war doch nur ein Repomann. Ich weiß überhaupt nicht, warum du dich so aufregst.«

»Ein Repomann?« Rex war entgeistert.

»Sicher. Ich hab die Funken gesehen, als er zu Boden gegangen ist.«

»Du hast die Funken gesehen? Laura, und warum um alles in der Welt hast du mich zuerst die ganze Seitengasse voll kotzen lassen und dann noch Bills Taxi? Ich habe mir die Augen ausgeweint und mich zum völligen Narren gemacht, und jetzt sagst du mir, dass dieser Kerl ein Repomann war?«

»Ich dachte, du wüsstest es.«

»Laura«, sagte Rex. »Sei so nett und zieh all deine Sachen aus.«

»Wie hast du das gemacht? *Ich* war es jedenfalls nicht ...« Barry war sprachlos. Er war soeben in einem streng geheimen Raum materialisiert, in der schlechten Gesellschaft von Dee und Kelley.

»Die Transperambulation pseudo-kosmischer Antimaterie«, erklärte Johnny Dee. »Aber was sage ich? Sicher kennst du dich bestens aus mit der Kreuzpolarisation negativ geladener Beta-Partikel.«

»Bin ich ein Rosenkohl oder was?«

»Das bist du, kein Zweifel. Ein ganz besonderer sogar.«

»Na ja, danke. Aber hör mal, Chef, das war ein ziemlich hinterlistiger Schachzug dort hinten gegen Laz. Er und ich, wir beide arbeiten nämlich als Team, weißt du? Ich arbeite nicht als Freelancer, erst recht nicht mit zwei so hinterlistigen, niederträchtigen ...«

»Niederträchtigen?« Johnny Dee versetzte Barry einen schmerzhaften Kniff.

»Ach nichts, Chef. Was soll das überhaupt alles bedeuten?«

Dee lächelte auf den kleinen Zeitkohl herab und tätschelte ihn freundlich.

»Dreh mich bitte richtig herum, Chef. Ich mag es nicht, wenn man mir den Hintern tätschelt.«

»Entschuldige bitte. Es ist nur, dass wir eine kleine Überraschung für dich haben, und wir wollten nicht, dass dein Mr. Woodentop sie verdirbt.«

»Das ist wirklich nett. Glaube ich.«

»Da ist jemand, den du bestimmt unbedingt sehen möchtest«, sagte Ed. »Schließ doch mal für einen Moment die Augen, ja? Du hast doch Augen, oder?«

»Ich erinnere mich zwar nicht, dass sie jemals erwähnt worden wären, aber ja, ich habe Augen, sonst könnte ich wohl kaum etwas sehen, oder? Es sei denn natürlich, ich verfüge über derma-optische Perzeption. Ich verfüge nämlich über ein paar ziemlich beeindruckende Fähigkeiten, wie ihr sicherlich wisst.«

»Oh, das wissen wir. Und jetzt schließ deine Augen oder womit auch immer du siehst.«

»Ihr habt doch wohl nichts Schlimmes mit mir vor, oder, Chef?«

»Vertrau uns.«

»Von wegen, Arschloch.«

»Was war das, Barry?«

»Ach nichts, Chef. Meine Wasauchimmer sind geschlossen.«

»Sehr schön. Und jetzt halte sie geschlossen, ja?«

Barry hörte, wie eine Tür geöffnet wurde und Schritte in seine Richtung kamen. Er war imstande zu erkennen, dass sie von einem etwa zwanzig Jahre alten Mann herrührten, ungefähr sechs Fuß groß, ein wenig schwerer als elf Stone[1]. Was ein wenig beeindruckend war, aber wirklich nichts Außerordentliches.

»Öffne die Augen!«, kreischte Johnny Dee.

Barry öffnete sie. Ed und Johnny trugen alberne Partyhüte und bliesen in diese Papierdinger, die sich wie eine Chamäleonzunge entrollen und dabei *Baaaarrrrrp!* machen. Und zwischen den beiden stand ...

»Rex!« Barry war einmal mehr sprachlos. »Rex Mundi!«, rief er, als er wieder sprechen konnte. »Wie er leibt und liebt!«

»Barry!«, sagte der andere Rex. »Ich kann dir gar nicht sagen, wie froh ich bin, dich zu sehen.«

[1] 1 Stone ≈ 6,35 Kg

Rex lag auf dem Bett und lächelte glückselig an die Decke. »Das war wundervoll!«, sagte er.

Laura schnitt eine Grimasse. »Was für eine Drückebergerei! Ich wusste, dass der geile Sex keine Erwähnung finden würde! Und wenn er nicht erwähnt wird, dann hatten wir ihn im Grunde genommen überhaupt nicht.«

Rex starrte sie überrascht an. »Wie meinst du das? Wir haben es volle zweieinhalb Seiten lang miteinander getrieben! Sieh dir nur an, wie wund ich bin! Und das ganze Sandpapier, das ich verbraucht habe!«

»Das sagst du so.«

Rex zählte es an den Fingern ab. »Die halbe Seite 192 sowie die Seiten 190 und 191!«

Laura blätterte zurück. »Leer! Mit Tipp-Ex ausgelöscht! Typisch!«

»Na ja«, sagte Rex. »Ich war es jedenfalls nicht.«

»Offensichtlich nicht. Soll ich mich jetzt für eine

unscharfe Silhouette in das Federbett wickeln und in die Dusche schlüpfen?«

»Nein.« Rex legte den Arm um ihre Schulter. »Rede mit mir. Ich muss eine ganze Menge wissen, wenn ich irgendwas erreichen möchte.«

»Also schön. Wo soll ich anfangen?«

»Erzähl mir über Elvis.«

»Den Lebenden Gott?«

»Gott? King vielleicht, aber Gott? Was hat das zu bedeuten?«

»Elvis der Unsterbliche.« Laura spuckte auf höchst undamenhafte Weise aus. »Das ist für ihn!«

»Recht so.« Rex wischte sich das Auge.

»Entschuldige, Rex.«

»Schon gut. Erzähl mir mehr über Elvis.«

»Du weißt es wirklich nicht, oder? Woher kommst du, Rex? Wie bist du hierher gekommen? Du stehst doch auf unserer Seite, oder?«

»Immer schön eins nach dem anderen. Erzähl mir mehr über Elvis.«

»Es steht alles hier drin.« Laura streckte die Hand zum Nachttischschränkchen aus, einem kleinen Sheraton-Satinholzkabinett mit Kreuzbandtüren, flankiert von intarsienverzierten Pilastern. Sie zog ein kleines schwarzes Buch hervor und warf es Rex hin.

Rex drehte es zu sich herum und las den Titel. »DAS SUB-URBANE BUCH DER TOTEN« stand dort in hübschen großen Lettern. »Was?« Rex blätterte durch die Seiten. »Das ist nicht *mein* Buch! Das Buch, das ich damals all die Jahre hatte. Das ist . . .«

»Das ist eine Bibel«, schnaubte Laura. »Die Bibel des falschen Messias.«

»Ach du meine Güte! Ach du dickes Ei!« Rex seufzte schwer. »Ich denke, ich lese das besser durch. Bist du böse, wenn ich das allein mache?«

»Wärt ihr Jungs böse, wenn ich darum bitte, Barry und mich allein zu lassen?«, fragte der andere Rex. »Wir haben eine ganze Menge zu besprechen.«

»Kein Schweiß, Euer Exzellenz ... ich meine *Rex*.« Johnny Dee zwinkerte vielsagend, und dann zogen sich Kelley und er rückwärts durch die Tür zurück und waren verschwunden.

»Du hast dich mit zwei wirklich üblen Burschen eingelassen, Chef!«, sagte Barry. »Diese beiden sind ... sind gesuchte Kriminelle, weißt du?«

»Ich weiß, Barry. Ich hab sie dazu gebracht, für mich zu arbeiten. Ich versuche, den Presley-Schatz aufzuspüren. Diese beiden haben ihn gestohlen.«

»Ich weiß, Chef. Deswegen sind Laz und ich nämlich auch hier.«

»Laz?«, fragte der andere Rex beiläufig. »Wer ist dieser Laz?«

»Ein Detektiv aus dem fünfundzwanzigsten Jahrhundert. Wir arbeiten jetzt zusammen. Ich bin der aufrechte Mann, und er ist mein komischer Gegenpart. Ganz traditionelle Geschichte, du kennst das ja.«

Der andere Rex nickte. »Eine wohl erprobte Formel. Aber wo ist Elvis? Ich dachte, du und er ...?«

»Ah, Chef. Eine traurige Geschichte war das.«

»Möchtest du vielleicht darüber reden?« Der andere Rex stellte Barry auf den Tisch und setzte sich ebenfalls. »Ich kann es kaum abwarten, Elvis endlich wieder einmal zu sehen.«

»Die Aussichten dafür stehen gar nicht gut, Chef. Er ist ...«

»Sprich weiter, Barry.«

»Nein, Chef. Besser, wenn du's nicht weißt.«

»Barry. Du und ich, wir kennen uns schon ziemlich lange Zeit. Elvis und ich, wir waren ... du weißt schon, wir waren ...«

»Sicher, ich weiß, Chef. Ihr wart richtig gute Freunde. Also gut, ich erzähle dir, wie es war. Aber es ist eine traurige Geschichte, und sie besitzt kein Happy End.«

Rex klappte das Buch wieder zu. Es hatte tatsächlich kein Happy End. So war das also. Elvis war zurück zu den Ursprüngen der Menschheit gereist und hatte Gott überredet, es ihn auf seine Weise machen zu lassen. Und Gott in seiner unendlichen Weisheit – oder in einem Augenblick geistiger Umnachtung – hatte Elvis tatsächlich machen lassen. Anschließend war Elvis stückweise in der Zeit vorwärts gereist, hatte jede potenzielle Mutter des Antichristen ausfindig gemacht und sie dem satanischen Möchtegernvater ausgespannt. Etwas, das Elvis ohne jeden Zweifel über die Maßen genossen hatte. Das Resultat war gewesen, dass der Antichrist niemals geboren worden war. Ein auf den ersten Blick nahezu genialer Plan.

Doch irgendwann unterwegs war alles schiefgelaufen. Elvis' Eitelkeit hatte sich über alles hinweggesetzt. Er hatte sich wieder und immer wieder bildhauern und malen lassen, und er war mit Tolle und Killerkoteletten vor aller Welt zu sehen gewesen. Jahrhundert auf Jahrhundert. Elvis der Ewige. Er war zu

Gott geworden. Aber was war mit Jesus? Rex blätterte zu der entsprechenden Seite zurück und las laut:

»Und Elvis sagte zu Pontius Pilatus: ›Hör zu, Ponti, das ist eine dumme Geschichte. Dieser Typ ist zum ersten Mal straffällig geworden, und er hat nichts weiter getan, als die Klappe ein wenig zu weit aufzureißen. Er ist trotzdem bereit, sich Cäsar zu unterwerfen und alles. Was hältst du davon, wenn du die Strafe ein wenig abmilderst, schließlich steht Ostern vor der Tür.‹
Und Pilatus antwortete demgemäss: ›Weil du es bist, Elvis, und weil du mir so eine hübsche Kiste Old Bedwetter mitgebracht hast, will ich mal ein netter Kerl sein. Aber ich muss ihm zumindest eine Warnung erteilen. Was also schlägst du vor?‹
Und Elvis in seiner unendlichen Weisheit antwortete: ›Lass den Knaben mit einer Geldstrafe davonkommen. Sagen wir dreißig Silberlinge. Ich kann sie von Judas kriegen; der ist kürzlich zu Geld gekommen.‹
Und Pilatus sagte: ›So sei es denn.‹
Und so war es dann auch.

»Er hat ihn mit einer Geldstrafe davonkommen lassen!« Rex vergrub das Gesicht in den Händen. »Elvis, du unglaublicher dampfender Ochse! Du hast alles vermasselt! Du bist schuld an allem!« Eine Welt, die nichts außer Schein war. Eine Welt, in der Stil alles war und das Tragen weißer Schuhe in einer *Zone für Blue Suede Shoes* ein Kapitalverbrechen darstellte.

»Brillant«, seufzte Rex. »Diesmal hattest du wirklich die Mutter aller Offenbarungen, wie? Aber wo steckst du?« Rex blätterte durch das Buch. »Wo steckst du jetzt?«

»Wo steckt er jetzt?«, fragte der andere Rex.

»Irgendwo hier, Chef. Verstehst du, er und ich, wir hatten so eine Art Streit. Es waren all diese Statuen und der ganze Kram. Und die Gemälde. Überall, wo wir waren, in jeder Zeit, wollte er seine Porträts und Büsten haben. Er hatte dieses Buch, weißt du? *Die Vollständige Kunstgeschichte der Welt*. In jedem Jahrhundert sagte er, gleich nachdem wir angekommen waren, ›Wir müssen zuerst zu Michelangelo oder Raphael oder Donatello oder Leonardo‹, wo er sich seine Bilder malen ließ.«

»Was denn, die Teenage Mutant Ninja Turtles haben Elvis porträtiert?«

»Chef, dieser Gag steht schon auf Seite 17, und er hat da schon gestunken.«

»Entschuldige. Bitte erzähle weiter.«

»Danke sehr. Also, wie bereits gesagt, wir besuchten van Gogh und Dali und Ian Murray …«

»Ian Murray?«, unterbrach ihn der andere Rex. »Wer ist denn das?«

»Der größte Künstler des zwanzigsten Jahrhunderts, das ist er, vielleicht nur mit einer Ausnahme von Arndt Drechsler [In Ordnung, Arndt?]. Er hat Elvis mit all diesen Tentakeln gemalt, die aus seiner Birne kommen. Überhaupt nicht mein Geschmack, wenn du mich fragst. Und jetzt unterbrich mich nicht immer wieder.«

»Entschuldige. Bitte erzähle weiter.«

»Nun ja, Elvis wurde gebildhauert, porträtiert und sogar in diesen verdammten Teppich von Bayeux gestickt, verkleidet als normannischer Soldat. Immer wieder, Jahrhundert auf Jahrhundert.«

»Ich verstehe. Und du hast das nicht gut geheißen? Du hast seine Motive respektiert, aber seine Eitelkeit hast du verachtet?«

»Nein, Chef. Überhaupt nicht.«

»Aber was dann?«

»Er hat mich nie mit auf seine verdammten Bilder gelassen.«

Laura kehrte aus der Dusche zurück. Sie war nackt, und sie roch einfach himmlisch. »Du hast es gelesen?«

»Ich hab's gelesen. Aber ich verstehe nicht, wie du wissen kannst, dass es gefälscht ist, wenn du damit aufgewachsen bist. Was bist du, eine Atheistin?«

»Eine Atheistin?« Laura lachte. »Ich gehöre zu den Kindern der Revolution. Ich glaube an den Wahren Gott.«

»Den Wahren Gott. Ich verstehe. Nun ja, das ist wenigstens etwas.«

»Dann glaubst du also auch an Gott? Aber ja, natürlich tust du das. Er hat dich geschickt, um uns zu helfen, stimmt's?«

»Vermutlich hat er das, ja.«

»Ja.« Laura setzte sich auf das Bett, und Rex schnupperte an ihr. »Das ist alles Mist.« Sie nahm das Buch und schlug mit der flachen Hand darauf. »Nichts von alledem stimmt. Elvis war niemals der Wahre Gott, und er wird es niemals sein.«

»Bravo!« Rex drängte sich an sie und wollte sie in die Arme nehmen. »Das sehe ich auch so.«

Laura zog sich aus seiner Reichweite zurück. »Elvis war nur ein Vehikel.«

»Hä?«

»Ein Vehikel für den Wahren Gott. Der Wahre Gott hat zu ihm gesprochen und jede seiner Bewegungen kontrolliert.«

»Hat er?«

»Hat er. Der Wahre Gott wohnt in Elvis. Hier drin.« Laura schlug sich mit der flachen Hand gegen den Hinterkopf. »Er hat jede von Elvis' Aktionen bestimmt, während er selbst unsichtbar blieb und allwissend.«

»Hat er?«, fragte Rex erneut. »Und wer bitteschön ist der Wahre Gott?«

»BAH-RIH.« Laura zeichnete mit dem Zeigefinger einen unsichtbaren Kreis auf ihre Stirn. »BAH-RIH ist der Wahre Gott, und wir sind die Kinder BAH-RIHs. Die Kinder der Revolution. Wir werden die Türme des falschen Gottes niederreißen und die Banner des Allwissenden einpflanzen. Lob sei BAH-RIH!«

»BAH-RIH?« Der entsetzte Ausdruck auf Rexens Gesicht war wahrhaftig kein schöner Anblick. »Kann es sein, dass man das *Barry* buchstabiert?«

»Da hast du es«, sagte der kleine Rosenkohl, den mehrere Hundert wohlbewaffnete Revolutionäre als den Allwissenden anbeteten. »Wir haben uns getrennt, und ich kam zu dem Typ mit dem Trenchcoat. Ich hab mich ziemlich amüsiert. Der alte Laz ist ein großspuriger Revolverschwinger, aber er hat ein Herz aus

Gold. Er ist nicht billig, aber er ist gründlich, und er erledigt immer seinen Job. Bei ihm kannst du mit einer Menge kostenlosem Sex rechnen, mit reichlich Gewalt, einer Spur aus Leichen und einem finalen Showdown irgendwo auf einem Häuserdach. So ist das nun einmal, und so war's schon ...«

»Ja, ja, ich verstehe. Aber wo steckt Elvis? Hier, im Jetzt?«

»Schätze schon, Chef. Diese Zeit war unser letzter Bestimmungshafen. Elvis hatte diese Offenbarung, verstehst du? Er meinte, dass der Anti-Christ hier auftauchen würde. Er meinte, dass Mutter Demdike am Schluss von *Armageddon – Das Menü* entkommen ist. Ein loses Ende sozusagen. Er war wirklich besorgt deswegen. Aber nicht zu besorgt, um keine Zeit zu finden, vorher bei Simon Butcher vorbeizuschauen und sich porträtieren zu lassen.«

»Simon Butcher, der Society-Photograph?«

»Genau der, Chef. Du kennst ihn?«

»Wir sind uns nie vorgestellt worden. Aber man sagt, er sei der größte Photograph aller Zeiten. [Wenn jetzt noch so ein Name kommt, wird er gestrichen. Der Lektor.[1]]

»Kann ich nicht sagen, Chef. Ich bin nicht dabei gewesen, als er Elvis geknipst hat. Ich hab ein paar meiner wirklich beeindruckenden Fähigkeiten genutzt und bin, wie Laz es sagen würde, getürmt. Es gibt für alles eine Grenze, erst recht für einen kleinen Rosenkohl. Wenn du verstehst, was ich meine. Und ich bin sicher, dass du und so weiter und so fort.«

»Ich verstehe. Aber ich bin ein wenig verwirrt. Du

[1] Bah!

bist ohne jede Gegenwehr mit Dee und Kelley hergekommen. Warum eigentlich?«

»Ah«, sagte Barry. »Na ja, ich bin ein wenig in Schwierigkeiten, weißt du? Ich musste feststellen, dass ich temporär unfähig bin, durch die Zeit zu reisen. Ich kann gegenwärtig einfach nicht. Aber in ein paar Tagen bin ich ganz bestimmt wieder der alte.«

»Ein paar Tage?« Der entsetzte Ausdruck, den das Gesicht des anderen Rex nun annahm, war exakt der gleiche wie der auf dem Gesicht des einen Rex wenige Augenblicke zuvor. Unheimlich, eh? »Ein paar Tage! In ein paar Tagen gibt es hier den Großen Knall!«

»Der Große Knall. Ja, das weiß ich.« Barry starrte den anderen Rex an. »Aber wie kommt es, dass du das weißt, alter Schwatzlappen?«

»Was war das, Barry?«

»Nichts, Chef.«

»Er muss hier sein«, sagte der echte Mr. Mundi. »Irgendwo hier, in dieser Zeit.«

»Wer muss hier sein?«

»Elvis. Er muss irgendwo hier sein.«

»Er ist immer hier. Das ist seine Bestimmung. Deshalb existiert er.«

Rex blätterte zur letzten Seite im *Sub-Urbanen Buch der Toten* vor. »›Und Elvis ging zum Haus des Lichts und ward nie wieder gesehen.‹ Was glaubst du, was das bedeutet? Das Haus des Lichts? Könnte es heißen, dass er gestorben ist?«

»M-hm.« Laura schüttelte den Kopf. »Das Haus des Lichts befindet sich direkt hier in Presley City.«

»Und sieht aus wie eine Jukebox, jede Wette.«

»Die Wette gewinnst du. Aber es steht nicht im Telephonbuch. Ich habe nur durch reinen Zufall herausgefunden, wo es steht. Der Typ, dem es gehört, ist ein altes Plappermaul, und es ist ihm herausgerutscht. Ich hatte diesen lebendigen Aal, und er wollte, dass ich ihn einführe ...«

»Danke, Laura. Und wer ist dieser Fischliebhaber?«

»Sein Name ist Simon Butcher, und er ist der berühmteste Photograph aller Zeiten.«

»Ein berühmter Photograph also. Das passt. Und du kennst ihn gut?«

»Man muss einen Typen schon ziemlich gut kennen, bevor er sich von einem einen lebendigen Aal in den ...«

»Danke, Laura. Ich denke, unter diesen Umständen sollten wir deinem Mr. Butcher einen Besuch abstatten.«

Ich starre an der Fassade des Gebäudes nach oben. Das verdammt größte Stück Architektur, das ich in meinem Leben gesehen habe. Und ich hab eine Menge gesehen.

Ich sage das nur so nebenher, Sie verstehen. Nur um die Szene zu beschreiben und weil ich in den letzten Kapiteln nicht allzu häufig in das Handlungsgeschehen eingegriffen habe. Es kostet schließlich nichts zu sagen, dass es ein großes altes Gebäude ist, jedenfalls nicht, wenn man in einer Seitengasse steht. Was ich im Augenblick tue. Aber das nur so nebenher. Ich schätze, in diesem Gebäude warten jede Menge Antworten, und ich schätze weiterhin, dass es irgendwo einen Hintereingang besitzen muss. Und ich schätze darüber hinaus, dass dieser Hintereingang sich todsicher in einer Seitengasse befindet. Wo ich auch bin. Also fange ich an zu suchen.

Die Sonne ging unter über Presley City. Das würde sie genau noch zweimal tun, und dann war es das gewesen. Für Presley City jedenfalls.

Bill lehnte an seinem Taxi, spuckte auf den Außenspiegel und polierte ihn geistesabwesend mit seinem Jackenärmel. Er versteifte sich zu kriegerischer Aufmerksamkeit, als Rex und Laura herankamen.

»Geht es uns jetzt besser, ja?«, erkundigte er sich auf eine Weise, die kaum dazu angetan war, Zuneigung zu gewinnen. »Sind wir unser Bauchweh endlich los?«

Rex öffnete Laura die Wagentür.

»Also ab ins Nachtleben, wie?«, fuhr der Fahrer ungerührt fort. »Ich hab das Taxameter übrigens laufen lassen. Wollen Sie jetzt schon bezahlen oder erst später?«

»Später«, sagte Rex. »Wissen Sie, wo sich Simon Butchers Studio befindet?«

»Kann man wohl kaum verfehlen. Das verdammt größte Gebäude in der ganzen Stadt.«

»Dann seien Sie doch so nett und bringen uns hin.«

»Ihr Wunsch ist mir Befehl, Master.«

»Hmmm.« Rex folgte Laura in das Taxi, das zu einer Art zweitem Zuhause zu werden im Begriff stand, und sie fuhren davon in eine *Nacht voller Gefahr*[1].

[1] Ein Lazlo-Woodbine-Thriller (obwohl das auf dieser Seite eigentlich nichts verloren hat).

»Gehen wir morgen wieder auf Einkaufstour, Meister?«, rief Bill über die Schulter nach hinten. »Dieser Overall ist schon ein wenig dünn am Hintern, und die ausgestellten Beine fransen aus wegen der Pedale.«

»Darüber habe ich noch nicht nachgedacht. Haben Sie Musik in Ihrem Wagen?«

»Aber sicher hab ich Musik, Meister.« Bill wühlte in einem Halter mit Laserdisks. »Ich hab die Cray Cherubs, die Lost T-Shirts of Atlantis, die Turbulent Priests, Sonic Energy Authority . . .«

»Vielleicht Marc Bolan?«, unterbrach ihn Rex.

»Ich hab ›Pewter Suitor‹ hier.«

»Dann rein damit und konkret volle Kanne!«

Bill schob die Disk in den Player und drehte konkret auf volle Kanne.

Rex schob sich ganz dicht an Lauras Ohr. »Ich schätze, wir müssen diesen Taxifahrer irgendwie loswerden«, flüsterte er.

Laura lächelte ihn an. »Sag nur ein Wort«, antwortete sie, ohne die Lippen zu bewegen.

»Bis dahin«, flüsterte Rex weiter, »erzähl mir doch, was du über den Typen aus dem Fernsehen weißt. Am besten tust du so, als würdest du mitsingen.«

»Du verlangst wirklich nicht viel, wie? Also schön.« Laura begann zu singen.

Er ist ein religiöser Irrer
Ein richtig durchgeknallter Typ ah-ha.
Er ist schlimmer als die Leute in seiner Show,
und es gefällt ihm, wenn sie den Löffel abgeben ah-ha.
Der Sender sagt, es sei nicht echt,
aber man merkt es daran ah-ha
wie sie schreien nanana na nana na.

Mehr weiß ich auch nicht ah-ha.
Nana nana nananana
nana nana nananana
nana nana nananana …

»Danke«, sagte Rex. »Aber das war nicht die Melodie von ›Pewter Suitor‹, das war ›Hot Love‹.«

»Oh, das tut mir aber Leid!«, entgegnete Laura eingeschnappt. »Aber seine späteren Sachen klingen in meinen Ohren alle gleich. Und angesichts der Tatsache, dass es nur ein billiges literarisches Vehikel war und nicht einmal der legendäre Graham Gardner[1] ein Exemplar von ›Pewter Suitor‹ besitzt – wer sollte es jemals erfahren?«

»Der Punkt geht an dich. Sind wir bald da, Bill?«

»Was soll ich sagen, Meister? Warten Sie, während ich ›Telegram Sam‹ ein wenig leiser drehe; ich verstehe ja mein eigenes Wort nicht.«

»Siehst du, was ich meine?« Laura streckte Rex die Zunge heraus.

»Ich habe gefragt«, wiederholte Rex ungerührt, als alles still war, »ob wir bald da sind?«

»Jepp. Das Gebäude direkt vor uns ist es. Ziemlich schick, wie? Muss ganz schön Geld verdient haben mit seiner Photographie. Wussten Sie, dass Cecil Beaton nicht einmal einen Film in seine eigene Kamera einlegen konnte? Ich hatte nämlich mal diesen Robert Mapplethorpe auf dem Rücksitz in meinem Taxi.«

»Nein, hatten Sie nicht.« Rex schüttelte den Kopf.

»Natürlich nicht. Ich versuche ja nur, die Fahrt mit

[1] Der weltweit führende Experte über das Leben und die Arbeiten des Metal Guru. Und der Autor von *Gott hat den Baum dorthin gestellt*.

ein wenig Taxifahrerjargon aufzulockern. Gehört alles zum Service.«

»Fahren Sie einfach, mehr verlange ich nicht.«

»Fahren Sie einfach!«, wiederholte Bill in sarkastischem Singsang. »Keiner will unterhalten werden! Also habe ich zu Robert Mapplethorpe gesagt: ›Niemand nennt das Kunst, ein Selbstporträt mit einer Peitsche, die man sich selbst in den . . .‹«

»Bill, bitte fahren Sie einfach nur. Es gibt für alles eine Grenze.«

»Sicher, Meister. Schon gut. Ich hatte nie genug Zeit, um guten Geschmack zu entwickeln. Ich gehöre zu der Sorte Jungs, die man nehmen muss, wie sie sind, wenn Sie wissen, was ich meine? Geben Sie mir einen schicken Anzug, einen Pitbull Terrier und eine Frau, die ich verprügeln kann, wenn ich ein paar getrunken habe, und ich bin glücklich. Ich rede, wie mir der Schnabel gewachsen ist. Ich bin nicht falsch, und ich kümmere mich um meine alte Mutter. Die Familie bedeutet mir alles. Ich mag vielleicht meine Kinder misshandeln, aber das hat noch keinem geschadet. Die Gesellschaft ist an allem schuld, wenn man es genau betrachtet. Glauben Sie allen Ernstes, ich würde dieses Taxi durch die Gegend fahren, wenn ich eine anständige Ausbildung genossen hätte?«

»Kann ich wirklich nicht sagen. Aber wie Sie auch sein mögen, sein Sie dabei bitte still.«

»Typen wie ihr«, fuhr Bill ungerührt fort, während er sich an seinem Thema erwärmte, »Typen wir ihr seid doch privilegiert. Sie glauben wahrscheinlich, Sie wären etwas Besseres als ich. Aber das sind Sie nicht! Ich kann Sie von oben bis unten durchschauen!«

»Sie können uns gleich hier an der Ecke rauslassen, Bill, wenn Sie mögen.«

»Oh, Bill heißt es plötzlich, wie? Seit wann reden wir uns mit den Vornamen an? Nur weil Sie hunderttausend Dollar auf dem Taxameter haben, glauben Sie, dass ich Ihnen gehöre! Bilden Sie sich keine Falschheiten ein!«

»Ich weiß überhaupt nicht, was plötzlich in Sie gefahren ist ...«

»Ihr verdammten Bastarde hängt mir zum Hals heraus, das ist in mich gefahren! Bigfootnasen zum Frühstück und eine schicke Nutte am Halsband zum Tee!«

»Halten Sie auf der Stelle an!«

Bill beschleunigte und trat dann mit aller Macht in die Bremse, so dass Rex und Laura nach vorne segelten.

»Ist es hier recht, *Chef*?« Bill wandte sich um und grinste seine derangierten Passagiere hämisch an. »Geben Sie ihr einen von mir mit, wenn Sie schon da unten sind.«

»So, das reicht jetzt wirklich«, sagte Rex, während er sich hochkämpfte. »Los, steigen Sie aus!«

»Oho, aussteigen soll ich, wie? Aber selbstverständlich tue ich das!« Der Fahrer stieß seine Tür auf und sprang heraus. »Warten Sie, ich helfe Ihnen.« Er öffnete die hintere Tür. »Passen Sie auf Ihren Kopf auf, *Chef*!«

Das hat er jetzt schon zweimal so gesagt, dachte Rex, der es vorzog, anstatt sich die Tür gegen den Schädel schlagen zu lassen, selbige mit einem mächtigen Tritt aufzustoßen.

Die Tür flog auf, riss Bill von den Füßen und sandte ihn auf allen Vieren auf den Bürgersteig. Einen seltsam menschenleeren Bürgersteig, wie Rex bemerkte, während er aus dem Taxi sprang und zu dem am Boden liegenden Fahrer stapfte.

»Was ist nur in Sie gefahren?«, fragte er. »Warum benehmen Sie sich so eigenartig?«

Bill funkelte ihn von unten herauf an. Sein Gesicht war grässlich weiß, und seine Augen funkelten rot wie die Bremslichter eines Cortina.

»Ich hasse Sie!« Der gefallene Taxifahrer stieß die Worte in leisem, eisigen Tonfall hervor, der absolut keinen Spielraum für Fehlinterpretationen ließ.

Rex wich vorsichtshalber einen Schritt zurück. Er war wirklich und wahrhaftig schockiert. »Aber warum?«, fragte er. »Was habe ich Ihnen getan?«

Bill stemmte sich auf die Ellbogen und verzog das Gesicht zu einer Fratze des Hasses. »Sie kennen mich vielleicht nicht, aber ich kenne *Sie*!«

Rex suchte nach einer schnellen Lösung. Er war wirklich ziemlich in Eile, und er konnte nichts gewinnen, wenn er sich auf Diskussionen oder gar Handgreiflichkeiten mit dem Fahrer einließ.

»Hören Sie«, sagte er. »Ich weiß nicht, was Ihr Problem ist, und ganz ehrlich gestanden, es interessiert mich auch nicht. Hier, nehmen Sie die.« Rex zog mehrere Armbanduhren aus der Tasche und warf Bill eine hin. »Ich leihe mir Ihr Taxi aus.«

Auf Bills Gesicht erschien ein böses Grinsen. »Ich denke nicht.« Er verschränkte die Arme vor der Brust und schwang auf magische Weise in eine aufrechte Stellung.

»Hmmm.« Was Rex da gerade gesehen hatte, gefiel ihm nicht ein Stück.

Bill brachte sein Gesicht ganz dicht vor das von Rex

und starrte ihm in die Augen. »Ich werde dich bestrafen«, schnarrte er. »Es wird eine lange, schmerzvolle Bestrafung werden, die in einem grauenvollen Tod endet.«

»Ich hab wirklich keine Zeit dafür.« Rex wich in Richtung Taxi zurück. Eine Stimme in ihm sagte: »Hau ab, und fahr davon wie der Teufel, wenn du weißt, was gut für dich ist.«

»O nein, das wirst du nicht.« Der Arm des Fahrers schoss vor. Er schoss direkt aus dem Ärmel des Overalls, durch die Haut und die Knochen seiner menschlichen Hand und an Rexens Kehle.

Die Hand, die den sich duckenden Rex nur um Millimeter verfehlte, krachte gegen den Wagen, brachte die schwere Limousine auf ihren Rädern zum Schaukeln und hinterließ ein furchterregendes fünfknöcheliges Intaglio über der Fahrertür. Die Hand war breit, schwarz, geschuppt und besaß furchtbare Klauen.

Rex rollte über den Bürgersteig und kam mit der Hand in seiner Lederjacke wieder hoch. Wo um alles in der Welt war denn Lauras Waffe? Rex klopfte hektisch seine Taschen ab. Nicht an seiner Person, so schien es jedenfalls.

»O du meine Güte, o du meine Güte«, stöhnte Rex.

Bill wandte sich erneut gegen ihn. »Erkennst du mich immer noch nicht?«

Rex starrte den Taxifahrer in dem besudelten Overall an. Den Taxifahrer, der nun einen muskulösen schwarzen rechten Arm von fast vier Fuß Länge besaß, behangen mit zerrissenem Lycra und Fetzen von menschlichem Fleisch.

»Dann will ich dir noch einen Tip geben. Sag mir Bescheid, wenn du meinst, du kommst der Sache näher.« Bill begann sich in alle Richtungen auszudehnen. Seine Schultern wuchsen, begleitet vom Übelkeit erregenden Krachen brechender Knochen. Sein Kopf dehnte sich aus, die Gesichtszüge wurden flacher, und gleichzeitig sprangen die Augen aus ihren Höhlen. Der Schritt des Overalls schoss vor wie unter dem Impetus einer mächtigen Erektion. Dann riss der Stoff auf, und ein Tigerschädel mit weit aufgerissenem Maul wurde sichtbar.

Voll Entsetzen beobachtete Rex, wie die schwarze Klaue Bills linken Arm aus dem Sockel riss und auf die Straße schleuderte. In Rex regte sich das Gefühl, dass es nun wirklich an der Zeit war zu verschwinden.

Mit einer wuchtigen Bewegung riss sich die Kreatur den Skalp weg, und das Gesicht riss von oben bis unten auf und enthüllte die drei dämonischen Fratzen des Hades. Eine von einem Bullen, eine von einem Widder und die dritte die einer Bestie von schrecklichem Aussehen.

»Asmodeus!« Rex wich noch weiter zurück. »Aber ... wie? Du bist tot! Du bist in den Ether entwichen!«

»Du meinst, als du mich in der Miskatonic *getötet* hast? Du hast mich aus jener Ebene ausgetrieben, aber das ist auch alles. Jetzt existiere ich in dieser hier. Und ich bin wirklich hungrig.«

Die Dämonenfratzen grinsten Rex an, und dann begann Asmodeus zu lachen. Es war kein gewöhnliches Kichern, Wiehern, Lächeln oder was auch immer. Nein, und es war auch kein Schnauben, Glucksen, Krähen oder Gackern. Nicht einmal eine Andeutung von einem Bauchwackler oder einem kehligen

Brüllen. Das hier war ein hundertprozentiges, vollmaßstäbliches Höllen-Happening, ein tiefdunkler satanischer Eingeweidelockerer. Und es jagte Rex eine Heidenangst ein.

Asmodeus schüttelte die anhaftenden Überreste des guten alten Bill ab. Brocken von Taxifahrerfleisch, Splitter von geborstenen Knochen und edelsteinbesetzte Overallfetzen spritzten über den Bürgersteig.

»Ah«, sagte er. »So ist es schon besser.« Er straffte seine titanischen Schultern und reckte die fassförmige Brust. »Es war wirklich ziemlich eng da drin. Ich sollte nur ein Auge auf dich haben, während du uns zum Feind führst. Aber scheiß drauf, ich bin wirklich hungrig. Diese Bigfootnasen waren nur ein Appetithappen, weiter nichts.«

Der monströse Tiger, auf dem Asmodeus ritt, schlich langsam näher. Schweflige Rauchwolken drangen aus seinen Nüstern. Asmodeus gab seinem Reittier die Sporen. »Los, Tiger!«, schrie er.

Für diejenigen, die seine Aufführung in *Armageddon – Das Menü* versäumt haben, sei an dieser Stelle gesagt, dass Asmodeus ganz und gar kein netter Dämon war. Heinrich Kramer, Co-Autor des *Fröhlichen Malleus Maleficarum,* hat folgendes über ihn geschrieben:

›Et quosdam daemones, quos Dusios Galli nuncupant, adsidue hanc immuninditiam et tentare et efficere, plures talesque adscurant, ut hoc negare impudentiae uideatur.‹

Und wie wahr diese Worte sind, auch noch am heutigen Tag.

»Zuerst die Vorspeise«, krähte Asmodeus. »Ich möchte, dass es dauert.«

Er stürzte sich auf Rex, der keinen Ausweg sah, und riss ihn mit einer einzigen Bewegung hoch, wo er ihn zappelnd hielt.

»Happi happi.«

»Nein, warte! Lass uns darüber reden.«

»Herunter mit der Schale, schön langsam.« Asmodeus traf Anstalten zu einer substanziellen, gehaltvollen Mahlzeit. Der Bursche in den Lederklamotten trat und strampelte, zappelte und flehte um Erbarmen. Doch es brachte ihn nicht ein Stück weiter.

Das Dämonengesicht schürzte die Lippen, und ein Satz jener ausfahrbaren animatronischen Zähne, die für jedes gute Monster *de rigueur* geworden waren, seit Alien über die Bildschirme geflimmert war, schoss schleim- und speicheltriefend hervor.

»O nein! Alles, nur nicht das!« Rex kreuzte die Beine und dachte: »Retraktion!«

Die ausfahrbaren animatronischen Zähne machten schnapp, schnapp, schnapp.

»Lass Rex auf der Stelle los!«

Rex richtete seine entsetzten Augen weg von der drohenden Gefahr und zur Quelle der Stimme. Laura stand vor dem Taxi. Sie hielt die komplizierte Waffe in beiden Händen. »Stell ihn sofort ab.«

Asmodeus fuhr seine Zähne wieder ein. »Was soll das denn nun schon wieder?«

»Stell ihn ab, oder ich schieße.«

Asmodeus drehte seine drei Gesichter über die Dämonenschulter nach hinten und funkelte Laura an. »Ah, ja. Für dich hab ich auch noch Verwendung, sobald ich erst gegessen habe.«

»Stell ihn ab, oder ich schieße. Ich meine es ernst.«

»Sie meint es ernst«, sagte Rex.

»Sei nicht albern.«

»Nein, sie meint es wirklich ernst. Besser, du stellst mich ab, wenn du weißt, was gut ist für dich.«

Asmodeus richtete seine Gesichter wieder auf Rex. »Im Augenblick wäre beispielsweise ein reichhaltiges Mittagessen gut für mich. Gefolgt von einer Zigarre, einer oder zwei Flaschen Brandy und einem Akt hässlicher Verderbtheit gegenüber der Hure.«

»Erschieß ihn, Laura.«

Laura betätigte Skalen auf ihrer Waffe und schoss drei Kugeln in den Dämonenhinterkopf.

»Oh! Autsch! O Scheiße! O Hölle!«

»Bähähähä!«, machte der Widderkopf.

»Schnaub und brüll!«, machte der Bullenkopf.

Rex krachte zu Boden.

»Das tut wirklich weh!« Asmodeus hielt sich den Hinterkopf.

»Schieß noch ein paar Mal.« Rex kroch von Asmodeus weg. Laura schoss noch ein paar Mal mehr.

»O blutige verdammte Kacke!«

Rex rappelte sich auf die Beine und rannte los. »Steig wieder in das Taxi ein!«

Asmodeus schüttelte den Kopf und schwang seinen massigen Körper herum. »Jetzt bin ich aber wirklich wütend. Los, wir bringen ihn um und fressen ihn auf.«

»Steig ein!«

Rex schob Laura auf den Rücksitz des Wagens und warf sich hinter das Lenkrad. Er fummelte am Armaturenbrett herum.

»Wo sind die Schlüssel?«, fragte er.

»Ich hab sie nicht. Bill muss sie abgezogen und mitgenommen haben.«

»Au Scheiße!«

Asmodeus gab seinem teuflischen Reittier die Sporen und sprang vor die Limousine. Er stieg ab und grinste dreifach durch die Windschutzscheibe. »Jetzt habt ihr mich richtig böse gemacht«, grollte er, »und wisst ihr, was geschieht, wenn ich richtig böse bin?«

Rex überlegte, dass es wahrscheinlich nichts Gutes sein konnte.

Asmodeus packte die vordere Stoßstange des Taxis und rüttelte heftig daran.

»Rex, tu doch etwas!«

»Was kann ich tun? O nein!«

Asmodeus hatte die Limousine vorne gepackt und hob sie hoch über den Kopf. »Und jetzt sagt gute Nacht, Leute!«

»Gute Nacht, Rex.«

»Gute Nacht, Laura. Es war schön mit dir.«

»Ja. Es war wirklich schön, ehrlich.«

»Gute Nacht!«, brüllten die drei Gesichter von Asmodeus dem Erzdämon.

12

32. *Und fortan kleideten sie sich konkret schick. Und sie schminkten sich cool. Und ihre Schuhe waren gut besohlt, was sie sich auch leisten konnten mit dem Geld von dem vielen Öl und alles.*
33. *Und Elvis spielte auf ewig in ausverkauften Häusern, und zahlreich waren die Töchter der Männer, die zu ihm kamen.*

Das Sub-Urbane Buch der Toten

Jeder wirklich klassische Science-Fiction-Film beginnt mit einem großen Schwenk über den tiefen Raum. Es ist eine Tradition oder eine alte Bulle oder sonst was. Die Kamera schwenkt über all die Sterne und Galaxien und lässt die Zuschauer wissen, dass es eine wirklich gewaltige Zahl ist. Die Zuschauer, die all das schon viele Male zuvor gesehen haben, rutschen auf ihren Sitzen hin und her, halten Schwätzchen und essen Popcorn aus Tüten.

Dann ist der Schwenk vorbei, und irgendwas kommt in Sicht.

Vielleicht ein großer dreckiger Steinklumpen oder das Raumschiff Enterprise oder ein Ferienschiff mit dem *Predator* an Bord, oder vielleicht sogar ein Rosenkohl im freien Fall. Bei dieser speziellen Gelegenheit jedoch handelt es sich um eine sportliche kleine Fliegende Untertasse. Eines von diesen Dingern mit einer Kuppel oben drauf, cirka 1958.

Die Untertasse fliegt über die Köpfe hinweg, die Kamera folgt ihrem Kurs, und das Nächste, was der

Zuschauer zu Gesicht bekommt, ist ihr Ziel. Die gute alte Mutter Erde.

Der Planet wächst bildschirmfüllend heran, und die Untertasse beginnt zu glühen, als sie in die Atmosphäre eintaucht. Das Schwarz des Weltraums weicht dem Blau des Himmels. Meere und Kontinente bleiben hinter der Untertasse zurück, während sie tiefer und tiefer sinkt.

Wegen eines inzwischen bekannten Anschlussfehlers verwandelt sich die blaue Farbe des Himmels in Rot, die Sonne geht unter, und die Untertasse fliegt weiter durch die Nacht.

Voraus am Horizont erscheinen die Lichter einer großen Stadt. Einer wunderbaren Stadt, deren hohe Türme an *Die Musiktruhen der Götter*[1] erinnern.

Die Untertasse geht zwischen den Türmen nieder, fliegt über seltsam menschenleere Straßen und kommt ebenso unvermittelt wie knirschend zum Halten.

Rex starrte durch die hochgeklappte Windschutzscheibe.

»Mensch!«, sagte er. »Was ist denn das?«

Ein blendendes Licht erfüllte das Taxi, und ein Strahl reiner blauer Energie pulste herab.

Asmodeus versteifte sich, als der Strahl ihn einhüllte, stieß einen Schrei der Entrüstung aus und wurde prompt atomisiert. Das Taxi krachte auf die Straße hinunter, und dann entstand eine Art erwartungsvoller Stille.

Schließlich schob Rex misstrauisch den Kopf aus

[1] Ein abgelehntes Manuskript Erich von Dänikens.

dem Fußraum und spähte über das Armaturenbrett hinweg. »Menschenskind. Laura, alles in Ordnung mit dir?«

Lauras Gesicht tauchte auf der Rücksitzbank auf. »Was war das?«

»Irgendwas.« Rex verrenkte sich fast den Hals, doch die Fliegende Untertasse war längst verschwunden. Der Motor der Limousine erwachte zum Leben. »Ich schätze, wir hatten gerade Hilfe von unerwarteter Seite.«

»Dann lass uns schleunigst von hier verschwinden.«

»Ja. Lass uns von hier verschwinden.«

Das Butcher-Building war, wie bereits erwähnt, nach dem Vorbild einer sechsundsechzig Stockwerke hohen Jukebox errichtet worden. Für die Liebhaber des Nickelodeon, die begierig wissen möchten, nach welchem Modell denn nun genau – Pech gehabt. Ich besitze nur dieses eine Buch über Jukeboxen, und ich habe alle guten Modelle bereits verbraucht. Und sehen wir den Tatsachen ins Auge: Als Running Gag haben sie nun wirklich nicht besonders viel hergemacht. Wie all der andere psychologische Mist auch.

Hochgestochener Unsinn, weiter nichts.

Bills Taxi kam schlitternd zum Halten.

»Ist es das?«

Laura richtete ihre Frisur und reparierte ihr Makeup. »Bist du sicher, dass das klug ist? Sollten wir nicht lieber untertauchen oder so etwas?«

Rex benutzte den Rückspiegel, um sein eigenes Aussehen zu korrigieren. »Wenn es mir gelingt, Elvis zu finden, dann können wir uns zusammen um diese Geschichte kümmern. Zusammen können wir alles wieder in Ordnung bringen.«

Laura musste lachen. »Wir werden von einem Monster angegriffen, das Monster wird von einer fliegenden Untertasse zerbröselt, und jetzt redest du von einem netten Plausch mit Gott dem Allmächtigen! Das Leben in deiner Nähe wird nie langweilig, was?«

Rex sah aus, als lächelte er. Fast. »Elvis und ich werden schon damit fertig.«

»Du redest, als wärt ihr alte Freunde.«

»Das sind wir auch.« Jetzt lächelte Rex wirklich. »Die allerbesten sogar. Und jetzt komm weiter.«

Der Türsteher des Butcher-Buildings sah angemessen beeindruckend aus. Rex gab sich blind gegenüber der Tatsache, dass es sich offensichtlich um Officer Cecil handelte, nur schlecht verkleidet mit einem angeklebten Schnurrbart, Portierlivree und Gamaschen.

»Rede einfach weiter«, flüsterte Rex, als er zusammen mit Laura die Marmorstufen hinauf stieg, die zu der Plaza vor dem mächtigen Gebäude führten.

Sie waren gerade oben angekommen, als Türsteher Cecil ihnen den Weg vertrat.

»Was wollt ihr?«, fragte er mürrisch.

»Ich bin Rex Mundi«, erklärte Rex. »Der Typ aus dem Fernsehen. Ich bin hergekommen, um mich von Mr. Butcher porträtieren zu lassen. Wenn Sie so freundlich wären, ihn zu unterrichten, dass ich eingetroffen bin?«

»Oh. Ja, in Ordnung.« Türsteher Cecil wandte sich

um. Laura gab Rex die kleine komplizierte Waffe, und Rex schlug Türsteher Cecil damit auf den Kopf. Türsteher Cecil sank langsam und extrem wenig überzeugend in Bewusstlosigkeit. »Oh«, stöhnte er vom Boden her. »Ich wurde von hinten kalt erwischt.«

»Hmmm«, seufzte Rex. »Bringen wir es hinter uns.« Er nahm Laura beim Arm und führte sie durch die Drehtür ins Gebäude.

Die Empfangshalle war mindestens genauso breit wie lang. Was sehr breit war, und, wie gesagt, ebenso lang. Der Teppich war schwarz. Die Wände waren weiß. Die Bilder an den Wänden waren schwarz und weiß. Den Berühmtheiten darauf, für die Nachwelt eingefangen vom berühmtesten Photographen der Welt, mangelte es ausnahmslos an Kleidung.

»Er ist offensichtlich scharf auf Nacktphotos«, beobachtete Rex. »Sag mal, Laura, das dort drüben bist doch du, oder nicht?«

»Nun ja ...« Laura wurde ein wenig rosig um die perfekten Wangenknochen. »Ich erinnere mich gar nicht, dass er mich photographiert hat, als er bei mir war.«

»Ein geringer Preis für eine Wurlitzer 600.«

»Kann ich Ihnen helfen, Sir?« Die junge Frau hinter dem gewaltigen Empfangsschalter aus Stahl und Chrom erweckte Rexens Aufmerksamkeit. Sie war schlank, anmutig und kultiviert. Rex kannte sich aus in Empfangsschalterpsychologie.

»Guten Abend. Mein Name ist Rex Mundi. Ich bin der Typ aus dem Fernsehen. Ich habe eine formlose Einladung zu einem Treffen mit Mr. Butcher. Sie werden nichts darüber in seinem Terminkalender finden. Könnten Sie einfach kurz nach oben läuten und dem guten alten Si Bescheid geben, dass ich eingetroffen bin?«

»Mr. Butcher hat im Augenblick eine Session.«

Rex unterdrückte die naheliegende Antwort. Statt dessen sagte er: »Sagen Sie ihm einfach nur, Rex sei da. Ich werde erwartet.«

»Ich werde sehen, was ich machen kann. Mr. Butcher ist ein sehr beschäftigter Mann.« Sie wandte sich nach dem Telephon um. Rex reichte Laura die kleine kompliziert aussehende Waffe, und Laura schlug der Rezeptionistin damit auf den Kopf.

»Danke«, sagte Rex. »Frauen niederzuschlagen geht mir immer gegen den Strich.«

»Das ist eigenartig«, erwiderte Laura. »Mir macht es wirklich Spaß.«

»Hmmm«, machte Rex einmal mehr. »Was meinst du, wo geht es lang?«

»Sechsundsechzigster Stock. Komm, ich zeig dir den Weg.«

Ich beobachte den Lift, als er an der Seite des Gebäudes nach oben gleitet. Ich weiß nicht, wer der Typ da drin ist, aber mit Hilfe meines makroskopischen 200x6000 Laserprismen-Polizeifernglases kann ich sehen, dass es der gleiche Typ ist, der gerade vorhin den Türsteher auf den Kopf geschlagen hat.

Ich weiß nicht, was er im Schilde führt, und ich schätze, es ist mir auch egal. Aber können Sie sich meine Überraschung vorstellen, als ich die besagten High-Tech-Gläser auf die Straße richte, die schwarze Stretchlimousine entdecke und haargenau der gleiche Typ aussteigt?

Laz, sage ich zu mir, Laz, hier geht etwas sehr Merkwürdiges vor sich, und wenn du nicht bald zu deinem Agenten gehst und wegen der Benutzung weiterer Schauplätze verhandelst, dann stehst du für den Rest dieses Buches in der gottverdammten Seitengasse herum.

Das kleine Lämpchen erhellte die Ziffer 66, und die leise Glocke machte Ping. Rex fiel von der Decke auf den Hintern.

»Verdammt schneller Lift«, sagte er.

»Ein Hinternwitz«, sagte Laura. »Komm, hier entlang.« Die Tür glitt auf, und sie ging voraus.

Sie ging durch einen langen Korridor mit glänzendem Marmorfußboden. Rex blieb dicht hinter ihr und genoss das Rascheln ihrer Nylons.

Laura seufzte. »Entweder gehst du jetzt neben mir, oder ich nehme Geld dafür.«

»Meinetwegen. Wo ist das Studio?«

»Gleich hier.«

An der Tür hing eins von jenen großen Schildern, die jedem »Eintritt verboten« entgegen schreien. Rex hörte nicht hin. Er sagte: »Gib mir die Kanone«, und Laura kam seiner Bitte widerstrebend nach.

»Und jetzt tritt ein paar Schritte zurück«, sagte Rex. Er nahm die Waffe in eine Hand, drückte die Klinke herunter, trat machtvoll gegen die Tür und sprang mit einem dramatischen Satz ins Studio.

Die Szene vor seinen Augen war nicht ohne jegliches Interesse.

Das Studio war groß, besaß eine niedrige Decke und war ungefähr genauso lang wie breit. Es war sehr hell erleuchtet. Doch nirgendwo fand sich ein Anzeichen von photographischer Ausrüstung.

Statt dessen wurde ein Großteil des Raums von einer großen Anzahl sehr großer Männer eingenommen. Und diese sehr großen Männer hielten sehr große Waffen in den Händen, die ausnahmslos auf Rex und Laura gerichtet waren.

Hinter den Männern, hinter einem hübschen schwarzen Schreibtisch mit verchromten Beinen, saß eine kleine, knabenhafte Gestalt in einem sehr schicken grauen Geschäftsanzug. Der Knabe winkte fröhlich.

»Hallo Rex. Ich habe schon auf dich gewartet. Wirf deine kleine kompliziert aussehende Waffe weg, du bist in der Unterzahl.«

»Jonathan.« Rex warf Lauras kleine kompliziert aussehende Waffe weg. »Wie höchst unerfreulich, dich wiederzusehen.«

Der andere Rex stieg über den gefallenen Türsteher. Er sprach in ein Handset. »Irgendjemand hat den Türsteher auf den Kopf geschlagen. Augenblickliche Hilfe ist erforderlich.«

»Jonathan, was machst du hier?«

»Was soll dieser Jonathan-Mist?«, fragte Laura. »Das ist Simon Butcher!«

»Oh, großartig.« Rex verdrehte die Augen zur Decke. »Das hättest du nicht bereits sagen können, als ich in der Seitengasse auf ihn geschossen habe?«

»Ich hab ihn in der Seitengasse gar nicht gesehen!

Du warst doch der große Held mit der Kanone, erinnerst du dich?«

»Kinder, Kinder.« Jonathan hob beschwichtigend die Hände und trat hinter seinem Schreibtisch hervor. »Lasst uns doch friedlich bleiben, ja? Wir sind schließlich alle Freunde, oder nicht?«

»Noch immer der kleine stinkende Mistkerl wie eh und je«, kommentierte Rex.

»Das reicht jetzt wirklich. Wie läuft die Jukebox, Laura?«

»Sie ist kaputt, rein zufällig. Spielt nur noch Aufnahmen von Richie Valen.

»*Tell Laura I love her*«, säuselte Jonathan schmerzhaft daneben.

»Wirst du mich erschießen lassen?« Laura fuhr sich mit den Fingern durch die Haare und schob ihre Brüste in Position.

Jonathan starrte zu den beiden Erwachsenen hinauf. »Nein, nein, nicht dich. Ich verabscheue Verschwendung. Außerdem habe ich eine famose Regency Mahagoni Canterbury mit Schublade und Balustrade, wahrscheinlich von Gillows. Würde sich sehr hübsch in deinem Appartement machen.«

»Und wo bleibe ich?«, fragte Rex.

»Ich habe eine kleine Aufgabe für dich.«

»Ach ja? Gehilfe eines Aalliebhabers oder wie?«

Jonathans Gesicht wurde bleich. Er starrte Laura an. »Du hast ihm davon erzählt …?«

»Entschuldige. Ist mir nur so herausgerutscht.«

»Nur so herausgerutscht? Das ist gut, das ist verdammt gut … Aaaahh!« Rex wurde unvermittelt nüchtern angesichts des Gewehrkolbens, der ihn zwischen den Schulterblättern traf.

»Ich mag es nicht, wenn man sich über mich lustig macht.« Jonathan wackelte mit dem Finger in Richtung des gefallenen Helden. »Du wirst höflich sein, oder ich teile meine Männer hier in zwei Footballteams auf und benutze dich als Ball. Habe ich mich unmissverständlich ausgedrückt?«

Rex nickte bitter und rappelte sich wieder auf die Beine.

»Gut. Also haben wir uns verstanden. Und jetzt, wegen dieses kleinen Auftrags ...« Eine Sirene erklang, und die Deckenbeleuchtung begann zu blinken. »Du meine Güte! Was ist denn jetzt schon wieder?«

Jonathan kehrte zu seinem Schreibtisch zurück und hantierte an einer Konsole. Die Sirene verstummte, das Blinken hörte auf, und an der Wand hinter ihm entstand ein großes Bild.

Es zeigte den anderen Rex, der auf der Plaza vor dem Gebäude stand und wild mit den Armen wedelte. Massen dunkel gekleideter Gestalten näherten sich ihm von allen Seiten. Sie waren ausnahmslos genauso groß und genauso gut bewaffnet wie ihre Kollegen hier oben im sechsundsechzigsten Stockwerk. Und ihre Zahl war noch größer.

»Soso. Das wirft ein ganz neues Licht auf die Dinge. Ich hätte ihn eigentlich nicht so früh erwartet. Was meinst du, Rex, was sollen wir mit ihm machen?«

»Warum fragst du mich?«

»Nun, er ist *du,* oder nicht?«

»Er ist nicht *ich*! Er ist ... ist ...«

»Mh-hmmm.« Jonathan schüttelte den kleinen Kopf. »Er ist du, ohne Zweifel. Du in einer anderen Realität. Einer parallelen Realität. In dieser Realität. Er ist der Rex, der du auch hättest werden können. Der große böse Übeltäter persönlich. Und hier gibt es nicht genügend Raum für zwei von deiner Sorte. Einer muss verschwinden. Und wie es aussieht, hat er sich bereits entschieden, wer das sein wird.«

»Bist du sicher, dass er hinter mir her ist? Niemand wusste, dass ich hierher unterwegs war. Wenn du mich fragst, dann ist er hinter dir her, nicht hinter mir.«

Jonathan kaute auf einem Daumennagel. »Nein, nein, nein. Er weiß gar nicht, dass ich hier bin. Nein, nein, nein.«

»Es gibt jedenfalls eine Möglichkeit, das herauszufinden. Fragen wir ihn einfach.«

»Nein. Ich denke nicht, dass das eine gute Idee wäre. Überhaupt nicht. Eine Konfrontation zum jetzigen Zeitpunkt würde all meine Pläne ruinieren. Ich denke, ich werde unseren kleinen Plausch über deinen Job verschieben müssen. Genaugenommen schätze ich, das ich deine Dienste überhaupt nicht mehr benötige.«

Jonathan berührte ein Dingsbums an seinem Handgelenk. Ein Stück des Fußbodens in der Mitte des Studios glitt zur Seite, und ein hübscher hellroter Buick Flugwagen kam von unten in Sicht. Jonathan spielte weiter an seinem Dingsbums, und die großen Männer mit den großen Kanonen verschmolzen zu einer einzigen Gestalt. Diese Gestalt öffnete nun den Wagenschlag für Mr. Jonathan Crawford.

»Clever, findest du nicht? Eine meiner kleinen Erfindungen. Natürlich verrate ich dir nicht, wie man es macht. Möchtest du mitkommen, Laura?«

»Nein, möchte ich nicht.«

»Na ja, dann kommst du eben mit, ohne es zu mögen.« Jonathan zückte eine kleine, kompliziert aussehende Waffe, die ein wenig größer war als die Lauras. »Los, steig ein.«

Laura stieg ein.

»So, Rex, nun heißt es Lebewohl. Es gibt keine Hintertür, und ich glaube, selbst ein Bursche mit den Leben einer Katze, wie du es bist, findet keinen Weg mehr hier raus.«

»Wette lieber nicht darauf.«

»Spieler bis zum letzten Augenblick, wie? Bye bye.« Deckenpaneele glitten zischend beiseite, und Jonathans hübscher hellroter Buick stieg in den nächtlichen Himmel hinauf.

Jonathan winkte zu Rex hinunter. »Bye bye!«, sagten seine Lippenbewegungen.

Rex starrte auf das Bild an der Wand. Die Plaza lag nun verlassen da, doch der Korridor vor dem Studio klang ganz danach, als herrschte dort großer Betrieb. Mit dem Lärm von marschierenden Stiefeln und allem.

»Hmmm«, machte Rex Mundi. »Das ist vielleicht wieder ein hübscher Schlamassel, in den ich mich da selbst geritten habe. Hmmm-hmmm.«

13

Die Wahrheit ist flexibel und weißglühend, doch sie wird schnell brüchig, wenn sie mit kaltem Mist verwässert wird.

Robert Williams

Stevie Wonder hat mein Gesicht betastet

Louise Rennison

»Es muss doch irgendeinen Weg hier raus geben«, murmelte Rex Mundi zu niemand anderem außer sich selbst. Das Dumme war nur, und wenn er sich auf den Kopf stellte, ihm fiel nicht ein, wo oder was dieser Weg sein mochte.

Der große weiße Raum bot nicht viele Möglichkeiten. Es gab einen Schreibtisch und einen Schreibtischsessel, doch im Fensterbereich besaß er ein eindeutiges Manko. Und Türen – nun, bis auf die eine, die hinaus auf den Korridor führte, waren keine weiteren Türen zu entdecken.

Rex bewegte sich auf Zehenspitzen. Er hob Lauras kleine, kompliziert blabla Waffe auf und bedachte seine Möglichkeiten. Er konnte sich hinter der Tür verstecken und einen nach dem anderen niederschlagen, wenn sie hereinkamen. Oder vielleicht konnte er sich zur Not in die Schreibtischschublade zwängen und dort verstecken.

Ein heroischer Kampf gegen alle Chancen war stets eine Möglichkeit. Oder dass er zufällig über die hochgeheime Technologie des Unsichtbarmachens stolperte.

Rex zählte seine Optionen an den Fingern ab. »Ich spiele eene, meene, muh«, sagte er sich. »Eene, meene, muh, und weg bist du. Damit wäre die Schublade abgehakt. Eene, meene, muh, und weg bist ...«

Ein gewaltiges Krachen ertönte.

»Und damit wäre die Tür abgehakt.«

»Streck sie hoch!«, riefen die großen Männer mit den großen Kanonen im Chor, während sie übereinander durch die Öffnung hereinstolperten, in der einmal eine Tür gewesen war.

»Oder ich könnte sie natürlich auch einfach nur hochstrecken.« Rex warf Lauras kleine komplizierte Waffe zum zweiten Mal weg und streckte sie hoch. »Diese Möglichkeit habe ich wohl eben übersehen.«

Die letzte Charge großer Männer mit großen Kanonen stolperte in das Studio und formierte sich zu einem chaotischen Erschießungskommando.

»Fertig!«, brüllte einer. Sie machten sich fertig.

»Legt ... an!« Sie legten an.

»Feu ...«

»Halt, Augenblick mal!«, rief Rex. »Und das ist ein Befehl!«

»... ähr, äh, oh, ... oh, Sie sind das, Sir!«

»Ja, ich bin das.« Rex fragte sich, wie er diese ziemlich offensichtliche Möglichkeit hatte übersehen können. »Ich bin das. Wie könnt ihr es wagen, mit euren Waffen in meine Richtung zu zielen!«

»Es ... es tut mir Leid, Sir! Wir haben uns wohl ein wenig von der Aufregung mitreißen lassen, als wir das Gebäude gestürmt haben und alles! Bitte verzeihen Sie, Sir, das sollte keine Beleidigung sein.«

»Nun, darüber werden wir noch zu reden haben, das versichere ich Ihnen! Und jetzt: Ach-*tung*!«

Das Kommando erstarrte in Habachtstellung. Rex inspizierte seine Truppen. »Das ist vielleicht ein trauriger Haufen«, sagte er.

»Sir?« Einer der unteren Dienstgrade hatte die Hand gehoben. Da sie alle ziemlich gleich aussahen, spielte es keine Rolle, welcher von ihnen es war.

»Was denn, Soldat?«

»Sir, wie kommt es, dass Sie eben hinter uns im Korridor waren und jetzt vor uns stehen?«

»Ich bin froh, dass Sie das fragen, Soldat.« Rex wanderte auf und ab und bemühte sich angestrengt, einen frohen Eindruck zu erwecken.

»Und außerdem andere Kleidung tragen, Sir?«

»Ja, in der Tat.« Rex wandte sich dem Fragesteller zu. »Was wissen Sie über die Transperambulation pseudo-kosmischer Antimaterie, Soldat?«

»Ah, die Trans ... die, äh ... nicht viel, Sir.«

»Sehen Sie.«

»Sehe ich was, Sir?«

»Sehen Sie, sonst nichts. Weggetreten. Weitermachen. Los, los, Bewegung, Männer!«

»Jawohl, Sir!«

Alles salutierte, alles murmelte durcheinander, und alles drängte gleichzeitig durch die Tür nach draußen.

Und Rex fand sich wieder einmal allein in dem großen hellen Studio. Er hob wieder einmal Lauras kleine komplizierte Waffe vom Boden auf und steckte sie in seine Jackentasche.

»Rex Mundi, du Genie! Jetzt wird es Zeit, dass du dieses Gebäude verlässt.«

Auf Zehenspitzen schlich er zur Tür und spähte

den davon marschierenden Männern auf dem Korridor hinterher. »Auf und davaaaaah!« Eine kalte Mündung bohrte sich in sein linkes Ohr.

»Soso«, ertönte die Stimme des Mündungsbesitzers. Eine Stimme, die Rex beinahe so gut kannte wie seine eigene. Auch wenn er sie nur mit dem rechten Ohr hören konnte, wegen dem Lauf im linken und alles. »Soso«, sagte die Stimme einmal mehr. »Wenn das nicht unser Einkaufsbummler ist!«

Rex drehte sich vorsichtig zu dem Sprecher um. Er kannte dieses Gesicht fast genauso gut wie sein eigenes. Genaugenommen genauso gut. Es war sein eigenes.

»Los, wieder rein da«, befahl der andere Rex. »Und ihr Trottel!«, bellte er durch den Korridor den großen Männern hinterher. »Hierher, aber ein bisschen dalli!«

Die Mündung verließ Rexens Ohr, drückte sich gegen seine Brust und schob ihn auf diese Weise unsanft rückwärts in das Studio.

»Hübsche Jacke.« Der Schurke befingerte Rexens Revers' mit seiner kanonenfreien Hand. »Was für einen kostspieligen Geschmack du doch besitzt.«

Rex starrte sein Spiegelbild an. Er hatte schon früher Hass und Verabscheuung gekannt, doch das war nichts gewesen im Vergleich zu dem, was jetzt in ihm hochstieg. Sein gesamter Körper drängte danach, sich auf diese Travestie seiner selbst zu stürzen und das Leben aus ihr heraus zu prügeln.

»O ja. Herr im Himmel, das würdest du allzu gerne, wie? Eigenartig, ich bin nicht annähernd so hasserfüllt gegen dich. *Und das, obwohl du mich beinahe in den Bankrott getrieben hättest!* Vermutlich hängt es damit zusammen, dass ich dein Leben in meinen Händen halte. Das wird es sein. Was ist das übrigens für ein Gefühl?«

»Kein gutes.« Rex knirschte mit den Zähnen.

Die großen Männer mit den großen Kanonen fluteten in das Studio zurück. Sie sahen reichlich verwirrt aus. Der andere Rex wandte sich zu ihnen um, ohne die Mündung der Waffe von Rex zu nehmen.

»Gentlemen, ich möchte Ihnen hiermit meinen Zwillingsbruder vorstellen.«

»Was?«, machte Rex.

»Meinen Zwillingsbruder, Max. Max den psychopathischen Killer. Er ist erst vor kurzem aus der staatlichen Irrenanstalt ausgebrochen, in die er …«, ein klagender Unterton schlich sich in die Stimme des anderen Rex, »in die er eingewiesen wurde, weil er unser armes altes weißhaariges Mütterchen umgebracht und aufgegessen hat.«

»O Schande! O Schande!«, riefen die großen Männer, die ausnahmslos arme alte weißhaarige Mütterchen zu Hause hatten. »Hängt ihn auf! Erschießt den Bastard!«

»Ganz genau, Gentlemen.« Der Erzähler erfundener Geschichten stieß Rex den Lauf seiner Waffe gegen die Brust und steuerte ihn damit in eine Ecke des Raums. »Ich könnte sie jetzt einfach über dich herfallen lassen«, flüsterte er Rex zu. Sein Gesicht war für Rexens Geschmack viel zu nah bei seinem eigenen, und sein Atem roch wie Hundescheiße. »Aber noch hast du Zeit, um dich freizukaufen. Wo steckt Simon Butcher?«

»Du hast ihn knapp verpasst. Er ist geflohen.«

Der andere Rex schlug ihn heftig in den Magen. Rex krümmte sich schmerzerfüllt.

»Und unser gemeinsamer Freund, Mr. Elvis Presley? Ist er hier? In diesem Gebäude?«

»Weiß ich nicht.« Rex hechelte nach Luft.

»Verzeihung?« Der Schurke zog Rex an den Haaren zu sich hoch. »Was hast du gesagt?«

»Ich hab ihn nicht gesehen! Ich weiß nicht, wo er steckt!« Rex spürte das Knie erst in dem Augenblick, in dem es mit seinem Unterleib in Kontakt kam.

»Du bist mir keine große Hilfe, wie? Sag mir wenigstens, wo mein Volvo abgeblieben ist.«

Rex starrte zu seinem Ebenbild hinauf. »*Dein* Volvo. Ah. Endlich beginne ich zu verstehen.«

»Du verstehst überhaupt nichts. Und offensichtlich weißt du noch weniger. Dann ist es vorbei für dich. Aber vielleicht tröstet dich das hier.« Der andere Rex zog den einen Rex hoch und spuckte ihm die Worte ins Gesicht. »Wenn ich hier fertig bin, dann werde ich viel Zeit in deiner Welt verbringen. Ich freue mich schon jetzt auf all das, was mir deine süße kleine Frau zu bieten hat.«

»Geh zur Hölle.«

»Da war ich rein zufällig gerade heute Morgen noch. Dein Zimmer vorbereiten. Und jetzt ist es an der Zeit für dich einzuziehen.« Der andere Rex wandte sich um und kehrte zu seinen Truppen zurück.

»Zielt genau, Männer, und zielt auf seinen Kopf. Ich möchte nicht, dass die Jacke etwas abbekommt. Sie hat genau meine Größe, und ich habe sie schließlich auch bezahlt. Fertig!«

Das Erschießungskommando machte sich einmal mehr fertig. Das hier würde den großen Männern wirklich Freude bereiten. Von wegen liebes armes altes weißhaariges Mütterchen und alles.

»Legt an! Und vergesst nicht, nur auf den Kopf!«

Nein, sie würden es nicht vergessen. Nur auf den Kopf.

Rex starrte sie an. Diese Situation war so schlimm, wie sie schlimmer wohl nicht mehr werden konnte. Diesmal würde er wirklich sterben. Keine überraschende Wendung. Keine geniale Flucht. Keine unwahrscheinlichen Zufälle. Das war es. Er war den ganzen weiten Weg gekommen, hatte all das durchgemacht, nur um hier zu enden. Um von seinem satanischen Doppelgänger ermordet zu werden, der sich schon darauf freute, Rex die Frau zu nehmen. Rex begann zu zittern. Er versuchte sich zusammenzureißen, doch es war unmöglich. Es durfte, es konnte doch nicht so enden, oder doch? Alles schien so unfair. So ungerecht. Er wollte nicht sterben.

»Oh, Max«, rief sein Henker ihm zu. »Gibt es vielleicht noch ein paar berühmte letzte Worte, die du für die Nachwelt hinterlassen möchtest?«

»Wie wäre es mit: Legt die Waffen weg und Flossen hoch, Arschloch?« Die Stimme gehörte nicht Rex Mundi.

Rex sah nicht wenig überrascht auf. Durch das offene Deckenpaneel (durch das er übrigens mit Leichtigkeit hätte entkommen können, hätte sich unter seiner kostbaren Auswahl von Optionen die Möglichkeit befunden, den Schreibtisch unter das Loch zu schieben) ragte der Lauf einer zuverlässigen Smith und Wesson und zielte auf den Kopf seines böseren Selbst.

Sein böseres Selbst starrte direkt in die Mündung, und es lächelte nicht.

»Mach es jetzt«, sage ich mit mehr Autorität in der Stimme als eine Gymnosophin in einem lesbischen Liebeslabyrinth.

Der Typ sieht mich ziemlich zweifelnd an, also schicke ich zwei Kugeln nach unten. Die beiden Schläger rechts und links von ihm atmen jetzt durch die Löcher in der Stirn.

»Lasst die Waffen fallen«, sagt der Typ mit einer Stimme, als würde er jeden Augenblick einschlafen, doch seine Armee befolgt den Befehl. Ich lasse das Seil nach unten.

»Besser, wenn du jetzt hier heraufkletterst, Kumpel, wenn du noch ein Kapitel erleben willst.«

»Ja. Danke sehr.« Der Typ in den schwarzen Lederklamotten fängt an zu klettern.

»Denk nicht mal dran«, sage ich und spanne den Hahn, während ich auf den anderen Typen ziele, der definitiv daran denkt. »Wir verschwinden hier.«

Ich werfe mich in den Fahrersitz. Der Typ wirft sich neben mich.

»Bills Taxi!«, sagt er. »Wie haben Sie das denn hier aufs Dach geschafft?«

»Ist 'n fliegendes Modell«, sage ich und lasse die Maschine aufheulen. »Nach dem Taxameter zu urteilen muss irgendein Blödmann unten am Boden rumgefahren sein. Hast du das Ding geklaut oder was? Wo ist der Fahrer?«

»Fragen Sie nicht.«

»In Ordnung, dann frage ich nicht. Heiße übrigens Woodbine. Lazlo Woodbine. Manche nennen mich Laz.«

»Danke, Liz. Sie haben mir das Leben gerettet.«

»*Laz*«, sage ich, während ich die Kupplung kommen lasse und wir in die Luft schießen. »Beiß nicht in die Hand, die dich aus der Scheiße zieht. Ich heiße Laz.«

»Danke, *Laz*«, sagt der Typ.

Das Taxi verschwindet im Nachthimmel über Presley City. Die Kamera schwenkt auf den Vollmond. Das Bild wird ein wenig unscharf, dann zoomt die Kamera wieder heraus, und aus dem Vollmond ist eine Tasse geworden, genau von oben betrachtet. Eiswürfel fallen klappernd in die Tasse, gefolgt von einem kräftigen Schuss Old Bedwetter.

Ich bin sehr zufrieden mit dem Effekt. Cineastische Wahrheit, *Film noir* und so.

Und ich komme schärfer heraus als ein Connecticut Yankee in einem Konzert von 2 Live Crew. Ohne die Klausel in meinem Kontrakt (die mit den vier Schauplätzen) zu verletzen.

Weil – seien wir ehrlich – Sie im Studio nicht mehr als den Lauf einer Kanone gesehen haben, und auf dem Dach nur das Innere des Taxis. Das Taxi hätte überall sein können. Beispielsweise in einer dunklen Seitengasse. Aber ich will jetzt keine Haare spalten.

Ich schiebe die Tasse über meinen Büroschreibtisch (nur um meinen gegenwärtigen Aufenthaltsort zu verdeutlichen). Der Typ in den schwarzen Lederklamotten nimmt sie in beide Hände. »Cheers«, sagt er.

»Gleichfalls.« Ich hebe meine eigene Tasse und nehme einen Schluck. »Wie fühlst du dich?«, frage ich.

»Noch ein wenig zittrig. Und nicht wenig durcheinander. Wie kommt es, dass du mich da rausgeholt hast?«

»Schien mir das Richtige zur richtigen Zeit.«

»Nun ja, vielen Dank jedenfalls. Nebenbei bemerkt, das ist ein wirklich schreckliches Zeug.«

»Gewohnheit ist alles. Soll ich dir alles über es erzählen?«

»Na ja, ich meine hauptsächlich den Geschmack und den Geruch. Wo kaufst du dieses Zeug?«

»Nicht über den Drink, Kumpel.« Ich lehne mich in meinem Sessel zurück und nehme einen Schluck, bevor ich zum Thema zurückkehre. »Dein *es*.«

»Oh, mein *es*.« Der Typ zögert. Dann sagt er: »Entschuldige, ich weiß nicht recht, wie ich es sagen soll, aber einer von uns scheint im Präsens und in der Ich-Perspektive zu arbeiten.«

»Das bin ich«, sage ich. »Ich arbeite immer so.«

»Könnte ein wenig verwirrend werden. Hast du was dagegen, wenn ich trotzdem so weitermache, wie ich es gewöhnt bin?«

»Kannst es meinetwegen versuchen«, sage ich. »Wenn es nicht funktioniert, finden wir ganz bestimmt einen Kompromiss. Oder zumindest du findest einen.«

»Klingt vernünftig.« Rex ließ sich im Stuhl für die Klienten nieder. »Eigentlich ist dieses Zeugs gar nicht so schlecht. Ich meine, ich hab schon eine Menge schlechteres Zeugs getrunken. Wer bist du überhaupt?«

»Woodbine«, sage ich. »Hab ich doch schon gesagt. Lazlo Woodbine. Manche nennen mich Laz.«

»Manche nennen dich Laz.«

»Manche, ja. Du kannst mich auch Laz nennen.«

»Danke, Laz. Mein Name ist Rex Mundi. Manche nennen mich, äh, Rex, schätze ich.«

»Nett dich kennenzulernen, Rex.«

»Ich hoffe, es stört dich nicht, wenn ich dir diese Frage stelle, aber was hast du eigentlich in Bills Taxi auf dem Dach des Butcher-Building gemacht? Wieso warst du dort oben, und wieso hast du mich gerettet?«

»Ich sitze an einem Fall«, sage ich. »Ich bin Privatdetektiv. *Der* Privatdetektiv. Hast du nie *Blondine im Leichensack*[1] gelesen?«

»Ich fürchte nein, leider.« Rex leerte seinen Drink. »Hast du vielleicht *Armageddon: Das Musical* gelesen[2]?«

»Kann ich nicht sagen, ob ich es gelesen hab oder nicht. Aber wie schon gesagt, ich bin Detektiv, und ich bin an einem Fall. Meine Spur hat mich zum Butcher-Building geführt. Ich hab dich reingehen sehen. Dann sehe ich dich wieder reingehen, aber diesmal in echt schlechter Gesellschaft. Also ziehe ich die Schultern ein und folge dir. Hat dir eigentlich schon mal jemand gesagt, dass du dem jungen Harrison Ford verblüffend ähnlich siehst?«

»Kriege ich hin und wieder zu hören, ja. Hat dir schon mal jemand gesagt, dass du genauso wie …«

»Pssst! Wirst du wohl schweigen, Kerl! Mein Gesicht wird niemals erwähnt! Der Leser möchte sich in mich projizieren. Deswegen die Ich-Perspektive. Eines der Geheimnisse meines Erfolgs.«

»Erfolg?« Rex blickte sich in dem vergilbten Büro um. »Dann bist du also erfolgreich?«

»Ich bin der Held dieses Romans. Wie viel Erfolg braucht der Mensch?«

[1] Ein Lazlo-Woodbine-Thriller

[2] Ein Rex-Mundi-Megaseller

»Hmmm«, machte Rex Mundi. »Dann erzähl mir doch mal von diesem Fall, an dem du arbeitest.«

»Ich suche nach dem so genannten Presley-Schatz«, sage ich.

»Ah«, sagt er. Und: »Das ist ja vielleicht ein Ding! Kann ich vielleicht noch einen Schluck von diesem Zeugs haben?«

»Dee, Kelley! Wo seid ihr?«, rief der andere Rex in sein Handset.

Nachdem sie ihren Teil zu einer ergebnislosen Suche im Butcher-Building beigetragen hatten, saßen die beiden im Drowning Handbag und aßen zu Abend. Es war ein teures Restaurant im besten Teil der Stadt. Das Etablissement brüstete sich damit, die Mahlzeit nicht zu berechnen, wenn sie nicht auf der Speisekarte zu finden war. Diese Herausforderung an jeden Gourmet hatte nur ein einziges Mal zu einer Niederlage seitens der Restaurantbetreiber geführt, als ein Gast Elefantenhoden auf Toast bestellt hatte und der Chefkoch gezwungen gewesen war einzugestehen, dass sich nicht mehr eine einzige Scheibe Toast im Haus befand[1].

Ed und Johnny jedenfalls saßen jeder vor einem großen, einfallslosen Teller mit Rosenkohl. Wenigstens war es eine ganze Menge davon.

»Wo steckt ihr?«

»Wir verfolgen Woodbine, Eure Exzellenz!« Dee spuckte Rosenkohl in sein Mobiltelephon.

»Das ist eine verdammte Lüge!«, sagte der andere

[1] Die alten sind doch immer noch die besten, eh?

Rex und schlüpfte unerwartet in seine Michael-Caine-Persona. »Macht, dass ihr aus diesem Restaurant kommt, und schafft eure Hintern zu Woodbines Büro! Wenn er dort ist und Mundi ist bei ihm, dann tötet alle beide! Ich komme so schnell nach, wie ich kann.«

»Jawohl, Eure Exzellenz. Herr Ober? Zahlen bitte!«

Jonathan Crawford ließ Eiswürfel in einen großen venezianischen Glaspokal fallen und goss rosafarbenen Likör darüber.

»Tut mir wirklich Leid, dass ich den guten alten Rex den Wölfen zum Fraß vorwerfen musste«, sagte er ohne eine Spur von Überzeugung. »Ich hoffe doch, ihr zwei wart kein Paar?«

»Nein. War rein geschäftlich, das alles.« Laura nahm den Pokal entgegen. Sie saß auf einem wundervollen Queen-Anne-Walnuss-Settee, das mit floralen Stickarbeiten bezogen war. Ein Möbelstück, dachte sie, das wundervoll in mein Appartement passen würde.

Sie fuhr liebevoll mit der Hand über den Stoff, trat sich die Schuhe von den Füßen und zeigte ihre langen bestrumpften Beine.

Jonathan betrachtete sie wohlwollend und füllte sein eigenes Glas mit Orangensaft. »Hübsches Sofa, eh? Würde sich gut machen in deiner Wohnung, wie?«

»Jetzt, wo du es sagst. Warum hast du mich hergebracht, Simon, oder sollte ich sagen: Jonathan?«

»Rein geschäftlich. Und ich heiße übrigens tatsächlich Jonathan. Jonathan Crawford, junger Genius und zukünftiger Lord von Presley City. Und allem anderen auch, jetzt, wo ich darüber nachdenke.«

»Das klingt gut.« Laura mochte den Klang seiner Worte kein Stück.

»Was hältst du von meiner Sammlung?«

»Sehr hübsch.« Laura hatte die Sammlung im Geiste vom ersten Augenblick an katalogisiert, in dem sie den Raum betreten hatte. Es war ein ausgesprochen großer Raum, und er enthielt mehr unbezahlbare Antiquitäten als eine ganze *Lovejoy*-Serie.

»Wir haben eine ganze Menge gemeinsam, du und ich.« Jonathan gesellte sich zu ihr auf das Sofa. Seine Füße baumelten drei Zoll über dem Marasali-Shirvan-Teppich. »Wir wissen die feineren Dinge des Lebens zu schätzen. Und wir teilen den Wunsch, das System zu ändern. Es genaugenommen umzustürzen.«

»Tun wir das?«

»Das tun wir. Ich kenne all deine Träume von einer Revolution. Ich habe mir die Freiheit genommen, ein kleines Abhörgerät in der Jukebox zu verstecken, die du ... die du dir verdient hast. Auf diese Weise habe ich auch erfahren, dass du und Rex auf dem Weg hierher wart.«

»Du kleiner Mistkerl.«

»Rein geschäftlich, wie gesagt. Ich kann dir alles geben, was du dir wünschst. All das hier. Dafür musst du nicht mehr tun, als bei mir mitzumachen. Mit vereinten Kräften gegen den gemeinsamen Feind.«

»Und wer wäre dieser gemeinsame Feind?«

»Alles zu seiner Zeit.« Jonathan tippte sich vielsagend an die Nase. »Sag mir, weißt du eigentlich, wo du im Augenblick bist?«

Laura nickte. »Ich habe den Richtungsmonitor auf der Steuerkonsole beobachtet. Wir sind eine Stunde lang im Kreis gefahren und dann zum Butcher-Building zurückgekehrt. Wir sind im sechsunddreißigsten Stockwerk, schätze ich.«

»Cleveres Mädchen. Wir sind tatsächlich im siebenunddreißigsten Stock. Hättest du Lust auf eine wirklich wundervolle Erfahrung?«

»Das kostet dich das Sofa.«

Laura erhob sich und machte Anstalten, ihre Kleider abzulegen.

»Nein, nein, nein. Nicht das. Das ist es nicht. Noch nicht, heißt das. Komm mit mir, und ich zeige dir etwas, das du nie wieder vergessen wirst.«

Rex und ich tauschen unsere Geschichten aus. Er erzählt mir seine, und ich erzähle ihm meine.

Und als wir damit fertig sind, fülle ich unsere Tassen nach.

»Danke«, sagt er. »Ich bin sprachlos. Was für eine Vorstellung, dass du mit Barry arbeitest! Weiß er nicht, wo Elvis steckt?«

»Er hat mir nie gesagt, dass er Elvis überhaupt kennt. Aber hör mal, da gibt es noch etwas, das ich dich fragen muss.«

»Nur zu.«

»Dieses andere Du, der Kerl mit all den Kreditläden. Hat er nicht zufällig auch bei einer chemischen Reinigung ein Konto? Ich hab ein paar Flecken zweiten Grades und mehrere hässliche Stellen auf meinem Trenchcoat, die aussehen wie irgendein industrieller Schmierstoff, und ich will sie rauskriegen, bevor sie richtig eingezogen sind.«

»Vielleicht probierst du es mit Zitronensaft«, schlägt

er vor. »Ist dieser Trenchcoat übrigens ein Running Gag? Ich weiß nämlich immer gerne, wo ich stehe.«

Der Lift glitt nach unten, und er glitt immer weiter. Er passierte das Erdgeschoss, und dann gingen ihm die kleinen Nummern auf dem Anzeigefeld aus. Er fuhr immer noch weiter. Jonathan blickte Laura an. »Faszinierend, findest du nicht auch?«

»Extrem faszinierend, ja.«

»Es dauert nicht mehr lange.« Und es dauerte tatsächlich nicht mehr lange. Der kleine Gong ertönte, und die Lifttüren öffneten sich.

»Geh du vor, Laura.«

Laura trat einen Schritt vor und dann einen zurück. »BAH-RIH!«, ächzte sie.

»Beeindruckt?«

»Ich weiß überhaupt nicht, was ich sagen soll!«

»Dann sag nichts. Geh nur voraus, und sieh dich gründlich um. Auf dem Tisch liegt ein Katalog. Nimm ihn.«

Laura nahm den Katalog. Er war groß und hochglänzend eingebunden. Nur drei Worte standen darauf, und diese drei Worte lauteten: DER PRESLEY-SCHATZ.

Laura wanderte zwischen den Schätzen umher. Zwischen den vergoldeten Statuen, den Ikonen, den großartigen Gemälden, den Basreliefs. Sie blätterte durch den Katalog und atmete immer wieder sehnsüchtig durch.

Jonathan saß auf einer bunten Gartenliege, die einst den Poolrand von Graceland geziert hatte. Er wrang die Hände vor Vergnügen angesichts ihres Vergnügens (und in der angenehmen Vorfreude auf erotische Vergnügungen).

»Ich mag die Theorie vielleicht nicht gut heißen«, sagte Laura, während sie einen Caravaggio betrachtete, auf dem Elvis als einer der Heiligen Drei Könige zu sehen war, die dem Kindlein Jesus ihre Geschenke brachten (Elvis reichte Jesus eine winzige Gitarre). »Aber die Qualität, diese großartige Pracht! Woher hast du das alles?«

»Ich habe alles als Bezahlung für einen Job bekommen. Eine Art kosmischen Kofferraum. Bis auf das Prunkstück der Sammlung. Den wirklichen Schatz. Möchtest du ihn vielleicht sehen?«

Laura nickte benommen. Ja. Und ob sie dieses Prunkstück sehen wollte!

»Dann komm mit.«

Jonathan führte sie durch das Gewölbe. Zu beiden Seiten erstreckten sich die Wunder, wahrhaft erschreckend in all ihrer opulenten Pracht.

Sie näherten sich einer nackten Steinwand, und der Knabe berührte verschiedene Knöpfe auf dem kleinen Apparat, den er am Handgelenk trug. Die Wand löste sich auf und enthüllte den Blick auf eine Kammer, die von gedämpftem Neonlicht subtil erleuchtet wurde. Im Zentrum der Kammer stand ein Sarkophag. Er war geformt wie eine Musikbox und bestand ganz aus Gold, besetzt mit Edelsteinen und Juwelen.

»Wirf einen Blick hinein.«

»In den Sarkophag?«

»Sicher. Los, sieh durch das Sichtfenster. Ich habe dir etwas versprochen, das du nie wieder vergessen wirst, oder nicht?«

Laura machte einen Schritt in die Kammer, dann

hielt sie inne. Ein eigenartiges Gefühl überkam sie. Ein Gefühl von unaussprechlicher Traurigkeit. Sie schüttelte den Kopf, vertrieb die düsteren Gedanken, ohne Ergebnis. Die Luft selbst war geladen mit einer schrecklichen, herzzerreißenden Einsamkeit.

»Nein«, sagte sie und wandte sich um. »Ich will es nicht sehen.«

»Aber ich muss darauf bestehen.« Jonathan zückte seine kleine kompliziert aussehende Pistole. »Los, wirf einen Blick hinein.«

Sie kehrte wieder in die Kammer zurück. Auf ihren Armen richteten sich die Haare auf.

»Los, geh!«

Langsam trat sie zu dem goldenen Sarkophag. Die Kammer war unglaublich kalt geworden. Der Atem kondensierte vor ihrem Mund. Sie rieb sich die Arme.

»Sieh hinein, Laura.«

Sie beugte sich über den Sarkophag und spähte durch das Sichtfenster.

Dort waren der Kopf und die Schultern eines Mannes im mittleren Alter deutlich zu sehen. Das Gesicht war fett und verquollen, schwere Wangenknochen, bedeckt von gewaltigen schwarzen Koteletten. Um den aufgedunsenen Hals war ein rotes Tuch geschlungen.

Laura starrte zu Jonathan. »Wer ist dieser Mann?«, fragte sie.

Jonathan begann lauthals zu lachen.

Ich erhebe mich aus meinem Bürosessel und begebe mich zum Fenster. Das Neonlicht draußen blinkt an, aus, an, aus, wie manche das eben so tun, und bringt mein Profil voll zur Geltung.

»Würdest du sagen, dass ich einen starken Unterkiefer habe?«, frage ich.

»Was denn, und damit allen Lesern mit fliehendem Kinn die Möglichkeit zur Identifikation nehmen?«

»Oh, ich vergaß. Danke.«

»Was schlägst du vor? Was sollen wir als nächstes unternehmen?«

»Meine Pläne haben sich immer noch nicht geändert. Wir müssen zum Presley-Schatz und uns dort verkriechen, bis der Große Knall vorbei ist. Barry weiß, dass ich dort sein werde, und wenn er nur halb soviel Rosenkohl ist, wie ich glaube, dann wird er genau an diesem Ort wieder zu uns stoßen.«

Während Laz sein Spiegelbild betrachtete und sein Kinn betastete, leerte Rex die Flasche Old Bedwetter. »Ich schätze, es ist vielleicht nicht die schlechteste Idee, wenn ich mich zu dir geselle. Aber es gibt ein paar Dinge, die ich vorher noch erledigen muss.«

»Beispielsweise ein klärendes Gespräch mit deinem alten Freund Elvis führen, dein anderes Selbst stürzen, die Wahrheit aus Jonathan Crawford herausquetschen, zu deiner Dame zurückkehren und ganz allgemein die Welt wieder in Ordnung bringen, was?«

»Ich denke, damit hast du das meiste abgedeckt.«

»Nun, ich werde dir nach Kräften helfen. Aber wir arbeiten mit einem engen Zeitplan, und wenn wir uns nicht verspäten wollen, gibt es etwas, das wir zuallererst erledigen müssen.«

»Zur chemischen Reinigung fahren?«

»Mh-hmmm. Nein. Wir müssen machen, dass wir so schnell wie möglich von hier verschwinden. Unten fährt just in diesem Augenblick ein halbes Dutzend schwarzer Limousinen vor.«

»Sei so nett und geh voran«, sagte Rex. »Ich habe für heute die Nase gestrichen voll.«

»Elvis?« Laura starrte Jonathan ungläubig an. »Das ist doch nicht Elvis!«

»Elvis der Ewige. Nur, dass er nicht mehr ist. Er starb 1977 eines unnatürlichen Todes.«

»Aber er ist so ...«

»Fett?«

»Ja, und so ...«

»Tot. Das ist, glaube ich, das Wort, nach dem du suchst. Fett und tot.«

»Ein falscher Messias.«

»Ein falscher Gott. Was glaubst du, was mit der Gesellschaft geschieht, wenn die Wahrheit bekannt werden würde?«

»Es würde eine ...«

»Eine Revolution?«

»Ja. Eine Revolution.«

»Gefolgt von einem Wechsel in der Regierung und Ideologie. Und Theologie.«

»Und du hast die Kontrolle?«

»Mit dir an meiner Seite. Wenn du willst, heißt das.«

»Bist du der, der die Repomänner kontrolliert?«

»Ich? Nein. Ich habe sie konstruiert, und ich warte sie. Ich habe einen oder zwei für meinen privaten Gebrauch. Aber was den Rest betrifft – nein, sie stehen nicht unter meiner Kontrolle.«

»Unter wessen Kontrolle denn?«

»Unter der unseres gemeinsamen Feindes.«

»Dem Rex Mundi aus dem Fernsehen?«

Jonathan lachte. »Nein, ganz bestimmt nicht. Ich kenne diesen Typen. Ich hatte schon früher mit ihm zu tun.«

»Aber wer dann?«

Jonathan tippte sich einmal mehr an die süße kleine Nase.

»Alles zu seiner Zeit. Jetzt werde ich dir eine einfache Frage stellen, und du wirst mir eine einfache Antwort geben.«

»Dann schieß los.«

»Bist du für oder gegen mich?«

Lauras Blick schweifte über den unermesslichen Reichtum ringsum.

Sie dachte an die mögliche Macht, und dann sah sie zu dem goldenen Sarkophag in der Kammer. Schließlich blickte sie wieder Jonathan an. »Ich bin auf deiner Seite«, sagte sie.

Jonathan grinste.

Komplizierte Mechanismen in seinem Körper surrten und summten, als Sensoren in seinem Skalp winzige Fluktuationen des elektrischen Widerstands auf Lauras Haut erfassten.

Kleinste Apparate unter seinen Fingernägeln vermaßen ihre Gehirnaktivität, und der modifizierte keramische Film, der seine Kontaktlinsen bedeckte, zeichnete die Veränderungen ihrer Körpertemperatur bis auf fünf Stellen hinter dem Komma auf. Die Informationen flossen direkt in Jonathans zerebralen Kortex.

Der Interpreter zwischen seinen beiden Ohren meldete das Ergebnis im Klartext: »Sie lügt, dass sich die Wände biegen!«

»Ich bin ja so froh«, sagte der Knabe und lächelte.

Laura lächelte zurück.

Du kriegst schon noch dein Fett, dachte sie.

O nein, ganz bestimmt nicht, dachte Jonathan.

14

37. Und die Kinder von Elvis wuchsen und vermehrten sich prächtig. Selbst in den vier Ecken der Welt.
38. Und sie lebten glücklich und zufrieden; schließlich verdienten sie eine Menge Kohle mit all dem vielen Öl und so.
39. Und hin und wieder verschwand Elvis, weil das eine oder andere göttliche Geschäft rief. Doch jedes Mal kehrte er zurück und lächelte, auch wenn er manchmal ziemlich erledigt aussah, und sagte: »Das wäre erledigt.«

Das Sub-Urbane Buch der Toten

Die Morgensonne fiel sanft in die Augen von Laura Lynch. In einem weißen exklusiven Schlafzimmer, auf halber Höhe des Butcher-Building. Was das Versmaß ein wenig verdirbt, aber was soll man machen.

Laura betrachtete zufrieden all die kleinen »Verkauft«-Schildchen, die auf dem feinsten Mobiliar des Zimmers klebten. Die Arbeit einer guten Nacht. Wenn auch vielleicht ein wenig ermüdend. Jonathan schnarchte laut auf, als sie seine Hand von ihrer Brust nahm und aus dem Bett glitt. Der junge Genius hatte sich eisern ausgeschwiegen und nichts mehr über seine revolutionären Verschwörungspläne ausgeplappert. Doch Laura hatte inzwischen eigene Pläne geschmiedet, was ihren nächsten Zug anbetraf.

Sie schlich durch das Schlafzimmer und wich vorsichtig der unwahrscheinlichen Ansammlung von »Ehehilfen« aus, die den Boden übersäte.

Sie betrat die Küche und ging zu dem Messerblock über dem Aga. Dort angekommen wählte sie ein zwölf Zoll langes Filetiermesser von Sabatier aus und fuhr vorsichtig mit dem Daumen über die Länge der Schneide. Der austretende kleine Blutstropfen bereitete ihr Vergnügen; sie steckte den Daumen in den Mund und saugte daran.

Sie kehrte ins Schlafzimmer zurück, kroch wieder in das Bett, hob das Messer und stieß es ohne auch nur den geringsten Augenblick des Zögerns tief in die Brust des Schlafenden.

Rex schreckte auf dem Rücksitz von Bills Taxi hoch. Es stand in einer Seitengasse geparkt. Eine Menge blecherner Mülltonnen stand herum, und er sah eine von jenen wirklich uninteressanten schmiedeeisernen Feuerleitern mit den einziehbaren unteren Sektionen. Rex fasste sich an die Brust. Blinzelte mit den Augen. Blinzelte noch einmal, bis er allmählich wieder scharf sehen konnte und sich zu wundern begann, wo um alles in der Welt Laz wohl steckte.

»Frühstück, Rex.« Der Mann mit dem Trenchcoat öffnete die Fahrertür und warf sich auf den Sitz. »Kaffee, zwei Eier, Würstchen, Blutwurst und eine Scheibe Toast.« Er reichte Rex eine Styroporschachtel mit der Aufschrift Old Shep Bar-B-Q.

»Danke.« Rex schmatzte mit den Lippen, doch dann stockte er. »Halt, warte mal! Wie hast du das Frühstück bezahlt? Ich dachte, du wärst blank?« Jetzt fiel ihm auch auf, dass Lazlo nicht länger den modischen offenen Kragen trug. Und dass auf seinem Kopf ein nagelneuer schicker Schnapprand-Fedora saß. Und dass sein absolut makelloser Trenchcoat nicht länger hässliche Flecken von irgendeinem industriellen Schmierstoff aufwies.

»Ich bin früh aufgewacht und habe mir erlaubt, deine Uhr zu versetzen«, erklärte Laz. »Ich hab sie dir vom Handgelenk genommen. Du hast so tief und fest geschlafen, dass ich dich nicht stören wollte.«

»Wie äußerst rücksichtsvoll. Und wie spät haben wir jetzt?«

»Ungefähr fünf Uhr nachmittags. Dein Frühstück, mein Tee. Iß endlich.«

»Fünf Uhr nachmittags?« Rex war entsetzt. »Du hast mich den ganzen Tag lang schlafen lassen?«

»Ich wollte eigentlich nicht«, sage ich und schlüpfe geschickter ins Präsens und die Ich-Perspektive als ein Hund in den Seesack einer Witwe. »Aber ich musste den Hut und die Krawatte kaufen. Und die Reinigung beaufsichtigen. So etwas braucht Zeit. Man muss diesen Leuten auf die Finger schauen, wenn man will, dass sie vernünftig arbeiten. Man darf nicht sparen, wenn man eine gute Reinigung will. Ich hab das mal gemacht, damals, vierunddreißig. Das hat mich ein abgerichtetes Schwein, zwei Wochen in Benidorm mit einer Kosmetikerin namens Tracey, die erbliche Adelswürde, eine ganze Menge Erfahrung und meine gesamte Marc-Bolan-Sammlung gekostet.«

»Einschließlich ›Pewter Suitor‹?«

»Einschließlich, ja.« Ich nicke Rex auf diese Art und Weise zu, von der man noch seinen Großenkeln erzählt. »Also gehe ich lieber kein Risiko mehr ein. Wie ich das sehe, wird so ein Heißmangler nur dann zum Veganer, wenn ein Kuchen voller Haare auf dem Tisch steht.«

»Oh, ich könnte dir nicht mehr zustimmen. Aber sag mir doch, wenn es dir nichts ausmacht, während du dich diesen garderobenmäßigen Annehmlichkeiten gewidmet hast, ist dir nicht rein zufällig der kleine und dennoch meiner Meinung nach nicht unbedeutende Gedanke unserer bevorstehenden Relegation an Sheol durch das merkuriale Bewusstsein geflattert?«

»Was sagst du da?«

»Nun, um eines deiner eigenen ideosynkratischen Bonmots zu bemühen, nur Beau Brummell pudert seine Perücke, wenn ihm der Arsch in Flammen steht.«

»Ah, jetzt hab ich dich verstanden. Du redest von dem Fall.«

»Exakt das.« Rex hebt ein *Burnt Weenie Sandwich*[1] aus seiner Frühstückspackung und wackelt damit in meine Richtung. »Was, wenn überhaupt, hast du in der Zwischenzeit herausgefunden?«

»Etwas, und dann noch etwas mehr.« Ich tippe mir gegen den Riecher, als würde ich Enten mit Knallbonbons abschießen. »Ich habe ein wenig herumgeschnüffelt, und nichts an dieser Stadt riecht koscher. Zum einen bin ich in drei Hutläden gewesen, und was soll ich sagen, es waren überhaupt keine richtigen Hutläden. Nur Schaufensterfronten. Zum anderen, diese Stadt hier ist voller Fatzken, und es gibt nur eine einzige chemische Reinigung. Und die hat nicht einmal einen Gold Star Reparatur- und Reinigungsservice. Was soll das alles?«

Rex schüttelt den Kopf. »Sag du es mir.«

»Also gut«, fahre ich fort. »Dann sag ich es dir. Die

[1] Frank Zappa lässt an dieser Stelle ganz herzlich grüßen.

ser Ort hier ist nicht real. Jede Wette, wenn du in eines dieser Appartementhäuser gehst oder einen Büroblock, findest du genau nichts. Alles nur Schein. Eine einzige riesig große Kulisse.«

»Eine verdammt große Kulisse.« Rex wirft sein Sandwich aus dem Wagenfenster. »Eine gigantische Kulisse.«

»Was denn, eine Filmkulisse vielleicht?«

»Irgendetwas viel Größeres. Das alles wurde nur zu einem einzigen Zweck geschaffen. Und es ist nicht die Arbeit von Jonathan oder diesem anderen Ich. Ich schätze, die beiden planen, das alles einzureißen.«

»Aber wer steckt dann dahinter? Irgendeine höhere Macht?« Ich lege richtige Tiefe in meine Stimme, aber das kommt im Druck natürlich nicht besonders gut rüber. »Irgendeine höhere Macht.«

»Ja, irgendeine höhere Macht.«

»Wenn du nach einer höheren Macht suchst, dann solltest du dir auch mal die Einkaufsstraße ansehen. Auf dem Parkplatz steht nämlich eine Fliegende Untertasse.«

»Eine *was*?«, machte Rex und kehrte in die dritte Person und die Vergangenheit zurück.

Acht Stunden zuvor betrachtete Laura ihr Werk. Jonathan war richtig und endgültig tot. Das Heft des Filetiermessers ragte aus seiner Hühnerbrust, und die Klinge nagelte ihn kompromisslos an der Matratze fest.

»Hab ich dich.« Laura zitterte von Kopf bis Fuß. »Es ist vollbracht.«

»Nicht ganz.«

Lauras starrender Blick verließ den Körper, reiste durch verschiedene unfokussierte Ebenen und kam schließlich an der Decke zur Ruhe. Dort stand Jonathan, mit den Füßen an der Decke, ohne dass Drähte zu sehen gewesen wären.

»Es dauert nicht lange. Ich muss nur eben noch dieses besondere Szenario hier schließen.« Er hantierte an dem Mechanismus an seinem Handgelenk.

»Jonathan.« Laura zitterte noch stärker. »Aber ... wie?«

»Warte bitte. Ah. Jetzt sind wir fertig. Kein besonders glückliches Ende, das. Aber ein Ende, das einfach enthalten sein muss.« Der Handgelenksfummler schlenderte an der Decke entlang, eine Wand hinunter und schließlich auf Laura zu.

»Aber du bist tot!«, flüsterte sie so leise, dass es kaum zu hören war.

»Tot? Ich?« Jonathan deutete auf das Bett. Das Messer steckte noch immer in der Matratze. Doch der Leichnam war nirgends zu sehen. »Steck einen Dollar rein, und probiere es noch einmal. Rein geschäftlich, Laura. Ich werde es nicht erklären, weil ich es nicht muss. Oh, sieh nur, was ich hier habe.« Er zückte die unvermeidliche Handwaffe. Klein und kompliziert aussehend. »Und jetzt wirst du dich freundlicherweise zum Telephon begeben und deine *Children of the Revolution* anrufen. Es ist an der Zeit, dass sie ins Spiel kommen.«

»Eine Fliegende Untertasse?«, fragt Rex.

»Ja. Hab ich doch gesagt. Ich persönlich habe mit diesen Raumschiffen nichts an meinem neuen Hut.

Meiner Meinung nach ruinieren sie das ganze Detektivgenre. Es geht irgendwie alles aus dem Leim, wenn plötzlich Raumschiffe in der Handlung auftauchen. Ganz besonders zu einem so späten Zeitpunkt. Liest sich wie ein Trick. Wie eins von diesen *Deus-ex-macchina-Enden.*«

»So eins hatte ich in meinem ersten Buch«, sagt Rex hell strahlend. »Hat mir ziemlich geholfen, muss ich sagen. Ich hab das Mädchen gekriegt und alles.«

»Na, in diesem jedenfalls wird es kein solches Ende geben. Es spielt entweder auf dem Dach oder gar nicht.«

»Vielleicht wird's der Herr richten«, sagt Rex und wirft den Rest seines widerlichen Frühstücks durch das Fenster in die Gasse. »Wenn ich den Verlust meiner Uhr bedenke, dann habe ich beim Frühstück nicht gerade in der Lotterie gewonnen. Hast du wenigstens Wechselgeld bekommen?«

»Ein wenig. Aber damit hab ich den Barmann in der Tomorrowman Taverne ausbezahlt, wegen der angerichteten Schäden. Wir müssen im nächsten Kapitel wieder dorthin, und ich wollte nicht, dass miese Stimmung herrscht.«

»Sehr vorausschauend von dir. Nun, ich werde jedenfalls einen Blick auf diese Fliegende Untertasse werfen. Hast du vielleicht Lust, mich zu begleiten?«

»Bestimmt nicht. Ich arbeite nicht in Einkaufsstraßen. Treffen wir uns später wieder hier?«

»Ich würde sagen, in einer halben Stunde. Aber ich scheine keine Uhr mehr zu besitzen.«

Ich mustere die antike Rolex Oyster, die nun mit ihrem Sammlerwert mein Handgelenk ziert. »Ich würde dir ja meine leihen, aber sie steht mir so gut.«

Rex stößt eines von diesen bedeutsamen »Hmmms« aus. »Ich habe wirklich ernste Zweifel, was diese Partnerschaft anbetrifft«, sagt er im Aufstehen und Weggehen.

Ich habe dem nichts hinzuzufügen. Wie ich das sehe, braucht es zwar eine Menge, um zu lachen, aber zum Weinen gehört nicht viel.

Jonathan schubste Laura ein wenig mit seinem überdimensionierten Ding herum. Was vielleicht irgendwo einen billigen Lacher bringen mag, auch wenn ich mir nicht denken kann wo. Laura hob den Hörer des Telephons am Bett von der Gabel und wählte die Nummer. Eine kurze Pause entstand, dann machte es brrr-brrr, brrr-brrr, brrr-brrr. Schließlich sagte eine Stimme: »Wer macht denn diesen elenden Krach?«

»Hier ist Laura Lynch. Ist Kevin da?«

»Wer will das wissen?«

»Ich. Ist er da?«

»Er ist im Bett.«

»Könnten Sie ihn ans Telephon rufen? Es ist sehr wichtig.«

»Wer ist das?«, fragte Jonathan.

Laura legte die Hand über die Sprechmuschel. »Kevins Mutter.«

»Kevins Mutter?«

»Pssst. Überlass das nur mir. Hallo? Ja?«

»Er braucht seinen Schlaf«, sagte Kevins Mutter. »Er war die ganze letzte Nacht auf und hat Pläne zum Umsturz des kapitalistischen Systems geschmiedet. Also lasse ich ihn in Ruhe ausschlafen. Können Sie später wieder anrufen?«

»Nein, kann ich nicht. Holen Sie ihn bitte jetzt ans Telephon.«

»Sprechen Sie nicht in diesem Ton mit mir, junge Frau!«

»Hören Sie, es ist wirklich wichtig!«

»Sie haben doch früher schon hin und wieder angerufen. Ich kenne Ihre Stimme!«

»Bitte, lassen Sie mich mit Kevin sprechen.«

»Er liegt im Bett. Ich lege ihm einen Zettel hin, wenn er aufwacht. Was sagten Sie noch gleich, wie lautet Ihr Name?«

»Gib mir das Telephon.« Jonathan riss ihr den Hörer aus der Hand. »Mit wem spreche ich?«

»Hier spricht Kevins Mama. Wer sind Sie?«

»Polizeichef Sam Maggott, Presley PD.«

»Sie klingen überhaupt nicht wie Sam. Er war gestern Abend im Fernsehen, wegen diesen Alienkidnappern. Seine Stimme klang viel tiefer als Ihre. Ist das nicht eine schreckliche Geschichte mit Harpo/Chico?«

»Wirklich ausgesprochen schrecklich, ja.« Jonathan redete mit der tiefsten Stimme, die er zustande brachte. »Ich glaube, Ihr Sohn könnte mir bei meinen Ermittlungen behilflich sein.«

»Mein Kevin?«

»Bitte rufen Sie ihn jetzt ans Telephon, Ma'am.«

»Er liegt im Bett. Das habe ich schon der Lady vor Ihnen gesagt.«

»Ma'am, schaffen Sie augenblicklich Ihren Sohn ans Telephon, oder ich schicke Ihnen Officer Cecil mit seiner übergroßen Kanone vorbei.«

»Kevin! Telephon! Los, steh auf, du fauler kleiner Taugenichts . . .!«

Jonathan gab Laura den Hörer zurück. »Wenn du willst, dass ein Job erledigt wird, dann tu es selbst. Du sprichst mit ihm. Ich werde dir sagen, was du zu sagen hast.«

Die Fliegende Untertasse sah gar nicht schlecht aus, und Rex war der erste, der ihren Anblick zu würdigen bekam. Sie war ein echter George-Adamski-Job, oder vielleicht auch ein Dr.-Sir-George-King-Job, je nachdem, wen man fragt. Ist es nicht eigenartig, dass so viele Leute George heißen? Nein? Na ja, wie Sie meinen. Ein Freund von mir, der früher mal bei der Army war, hatte einen Kumpel namens George, der immer behauptete, von UFOs entführt und zur Venus gebracht worden zu sein. Er wurde, so sagte er, gekidnappt, als er in einem Pub auf dem Lokus war, um zu pinkeln, damals, im Queens Head in Brighton. Mein Freund von der Army sagt, dass George höchstens fünf Minuten weg gewesen sei, doch als er von der Toilette zurück kam, erzählte er, dass er gekidnappt und zur Venus gebracht worden sei, wo er zum Sex mit mehreren wunderschönen Venusianerinnen gezwungen worden wäre, die seinen erlesenen Samen zur Schaffung einer kosmischen Superrasse gebraucht hätten. Natürlich betrachtete mein Freund diese Geschichte als völligen Blödsinn, doch er war beeindruckt, dass der vorher glatt rasierte George nach seiner Rückkehr von der Toilette einen Fünftagebart zeigte. Doch ich schweife ab.

Die Untertasse maß dreißig Fuß im Durchmesser und besaß eine kleine transparente Kuppel auf der Oberseite, cirka 1958. Sie ruhte auf drei ausfahrbaren

Beinen mit großen flachen Metallfüßen, die rätselhafte Abdrücke im Asphalt hinterließen, über die später Gelehrte und Fachleute rätseln konnten.

Rex näherte sich der nicht mehr Fliegenden Untertasse und winkte fröhlich. »Hallo?«, rief er. »Ist vielleicht jemand zu Hause?«

Eine Leiter wurde aus der Mitte der Unterseite ausgefahren, und ein Weltraumwesen, passend gekleidet in einen aufblasbaren Atmosphärenanzug mit einem Kuppelhelm auf dem Hals, kletterte daran herunter. Er wandte sich zu Rex um und näherte sich zeitlupenhaft.

Kleine Lichter flackerten im Innern seines transparenten Helms, und eine Kommunikationsmaschine auf seiner Brust begann statisch zu knistern.

»✷❇●●✱❏❍❍❄■✌ ✥❐❄●❇■✳«, sagte er.

Was Rex irgendwie um eine Antwort verlegen machte.

»Hallo? Hier ist Kevin.«

Jonathan stieß Laura seine Siewissenschon in die Seite. »Du weißt, was du zu sagen hast.«

»Hallo Kevin. Hier ist Laura.«

»Laura. Mama sagt, du stündest unter Arrest?«

»Kevin, ich stehe nicht unter Arrest.«

»Aber Mama hat gesagt, Sam Maggott wäre bei dir. Möchtest du, dass wir dich befreien kommen?«

»Sam Maggott ist nicht bei mir.«

»Ah. Du bist allein in deiner Zelle, wie? Sollen wir die Polizeiwache stürmen?«

»Kevin, hör zu . . .«

»Sag nur ein Wort, Laura. Ich könnte als Priester

verkleidet zu dir kommen und mir Dynamitstäbe um den Bauch binden, und dann ...«

»*Kevin, halt die Klappe!*«

»Verzeihung?«

»Kevin, hast du ein Blatt Papier und einen Bleistift?«

»Papier und Bleistift? Oh, ich verstehe. Ein Blasrohr, richtig? Man rollt das Papier zusammen, bringt ein wenig Curare auf die Spitze des Bleistifts ... Gute Idee, Laura. Wirklich ausgezeichnet.«

»Nein, Kevin, das ist keine gute Idee. Ich stehe nicht unter Arrest, und ich bin nicht in einer Zelle. Sam Maggott ist auch nicht bei mir. Hast du verstanden, was ich dir sage, Kevin?«

»Verstanden, Laura.«

»Sehr gut. Also ...«

»Du kannst nicht reden. Ich verstehe dich ganz genau, Laura. Gib uns nur ein Zeichen, und wir kommen aus allen Rohren feuernd, um dich zu befreien!«

»Kevin, *alles ist in Ordnung*. Habe ich mich klar und deutlich ausgedrückt?«

»Ein Kodewort. Das ist es, was du brauchst. Wie wäre es mit ›Pewter Suitor‹?«

»Gib mir dieses Telephon!« Jonathan machte ein stinkwütendes Gesicht.

»Nein. Lass mich mit ihm reden.«

»Wer ist da bei dir? Das ist doch Maggott, oder nicht? Ich erkenne seine Stimme.«

»Es ist nicht Maggott. Vergiss Maggott. Hol einfach nur Papier und einen Bleistift.«

»Papier und einen Stift? Ist das ein Kodewort?«

»Nein, es ist kein Kodewort! Es gibt kein Kodewort! Begreifst du das?«

»Ja … ich meine, nein! Warum rufst du mich überhaupt an?«

»Kevin. Hast du einen Bleistift und Papier?«

»Ist das der Grund, aus dem du mich angerufen hast?«

»Ja.«

»Um mich zu fragen, ob ich einen Bleistift und Papier habe?«

»Ja.«

»Hast du keine eigenen Sachen? Ich war am Schlafen!«

»Ich möchte, dass du etwas aufschreibst. Etwas sehr Wichtiges.«

»Ah. Gut. Aber … aber warum hast du das nicht gleich gesagt?«

»Kevin, geh endlich einen Bleistift und Papier holen!«

»In Ordnung. Warte einen Augenblick, ja?«

Laura legte die Hand über die Sprechmuschel. »Er holt nur gerade einen Bleistift und Papier.«

»Hallo. Laura?«

»Hallo Kevin.«

»Ich hab keinen Bleistift gefunden. Geht ein Kuli vielleicht auch?«

Laura blickte Jonathan an. »Geht auch ein Kuli?«, fragte sie.

»☆❃❊ ✱❏❍❍❅ ❉■ ✦❐❉❅❆❄■«, sagte der Mann aus dem Weltraum.

»Hä?«, machte Rex.

Der Mann aus dem Weltraum fummelte an seiner Brust. »Hallo«, fuhr er fort. »Sind Sie Mr. Mojo Nixon?«

»Möglich«, sagte Rex. »Wer will das wissen?«

»★❄❇■ ✪❁○❄ ●❁◆▼❄▼ ★❁■■ ❁◆▲ ❄❄○ ✸❄●▼□❁◆○«, sagte der Mann aus dem Weltraum. »Aber Sie können mich ruhig Frank nennen. Beta Reticuli Fracht- und Transportservice GmbH.« Er machte eine umfassende Geste. »Wusch, und schon ist's da.«

»Hä?«, machte Rex.

»Das Paket. Geliefert in einem Tag«, fuhr der Außenweltler fort. »Keine Entfernung zu groß. Kein Paket zu klein. Keine Gebühr zu teuer.«

»Kein Gag zu alt.«

»Pardon?«

»Warum sind Sie hier?«

»Warum ist überhaupt irgendeiner von uns hier?« Frank zog ein Klemmbrett hervor. »Möchten Sie für die Zurücksendung Ihres zweiköpfigen Kindes der Liebe unterschreiben?«

»Das zweiköpfige Kind der Liebe aus den Nachrichten?«

»Ich persönlich sehe nie fern. Aber Sie werden doch wohl ihr zweiköpfiges Kind der Liebe kennen?«

»Selbstverständlich.«

»Wenn Sie es also zurück haben wollen, dann unterschreiben Sie hier. Ich kann nicht den ganzen Tag herumstehen und Schwätzchen halten. Raumzeit ist Geld, wissen Sie?«

Rex trat einen Schritt vor. »Wo muss ich unterschreiben?«

»Einfach dort irgendwo.«

Frank zog einen Stift hervor, der nach einem äußerst unwahrscheinlichen wissenschaftlichen Prinzip funktionierte, das möglicherweise etwas mit der Transperambulation pseudokosmischer Antimaterie zu tun hat. Oder möglicherweise auch nicht. Rex unterschrieb Mojo Nixon.

»Cheers«, sagte Frank. »Hey, Don!«, rief er die Leiter hinauf. »Wirf das Kind herunter, ja? Ich hab einen John Hannock auf dem Brett.«

»Wurde auch verdammt noch mal Zeit«, kam eine Stimme von oben zurück. »Der Kleine riecht, als hätte er sich schon wieder die Windeln vollgemacht. So ein hässlicher kleiner Bastard.«

»Ihr Service ist ohne Zweifel umfassend und sorgfältig.« Die Ironie in Rexens Stimme war an Frank völlige Verschwendung. Er fing das segelnde Kindlein mehr durch Glück als durch Können auf.

»Da haben Sie's.« Er warf das Bündel der Freude weiter in Rexens Arme.

»Danke sehr.« Rex wiegte das Kind. »Dürfte ich vielleicht noch eine kleine Frage stellen, bevor Sie wieder abfliegen?«

»Kriege ich ein Trinkgeld?«

»Oh, selbstverständlich.«

»Dann schießen Sie los.«

»Warum wurde dieses Baby eigentlich überhaupt erst gekidnappt?«

»Nun ja.« Frank kam nicht an seinen Kopf heran, deswegen kratzte er den Plexiglashelm. »Wie ich die Sache sehe, ist es wahrscheinlich Teil irgendeines kosmischen Meisterplans. Wir haben massenweise Pakete dieser Art, verstehen Sie? Nicht annähernd so viele, wie wir gerne hätten, zugegeben, und längst nicht so viele wie damals, in der guten alten Zeit, als Entführungen durch Aliens die ganz große Mode waren. Im Allgemeinen geschieht folgendes: Ein Subjekt wird gekidnappt, zu einem fernen Planeten gebracht, über die himmlische Weisheit des galaktischen Volks unterrichtet und dann wieder zurückgebracht und sich selbst überlassen. So sind die Dinge nun einmal. Wahrscheinlich eine Tradition oder eine alte Bulle oder was weiß ich.«

Rex schüttelte verwundert den Kopf. »Aber warum ausgerechnet ein Baby?«

Frank beugte sich vor und flüsterte durch seinen Kommunikator: »Ein Missverständnis, wenn Sie mich fragen. Der Name auf meiner Frachtliste lautet nämlich Mr. *George* Nixon. Typisch, was?«

»Das ist es ganz bestimmt.«

»So, und wie steht's jetzt mit dem Trinkgeld, Mr. Nixon?«

Rex klopfte seine Taschen ab. »Ich fürchte, Sie haben mich an einem schlechten Tag erwischt.«

»Schlechter Tag? Wenn Sie das nächste Mal in einem Taxi sitzen und von einem Monster aus der Hölle durchgeschüttelt werden, erwarten Sie dann ja nicht, dass wir wieder zu Ihrer Rettung vorbei kommen. Schlechter Tag, ich fasse es nicht!« Frank machte eine komplizierte Geste, die, obwohl fremdartigen Ursprungs, ihre Bedeutung nichtsdestotrotz mit kristallener Klarheit übermittelte. »Verdammter Geizhals.« Er wandte sich um und wollte gehen.

»Nein, warten Sie! Bitte lassen Sie mich doch erklären . . .!«

»Rutsch mir den Buckel runter, Arschloch!«, schimpfte Frank, während er die Leiter hinauf kletterte.

»Nein. Bitte . . .«

Die Leiter wurde eingezogen. Die Luke geschlossen. Rings um den Rand der Untertasse blinkten Lichter auf. Und dann, ohne weitere Anstalten und ohne

Winken oder Auf Wiedersehen, erhob sich das Raumschiff lautlos in die Luft und raste davon. Rex stand allein auf dem Parkplatz mit dem Baby im Arm.

»Hmmm«, sagte er. »Das hätte ich vielleicht ein wenig besser machen können. Na, dann wollen wir mal sehen, was wir hier haben.« Er schlug die Decke beiseite und spähte auf die beiden Köpfe des Babys. »Kuutschie-kuu.«

Zwei kleine Gesichter spähten zu ihm hinauf. Potthässliche kleine Dinger.

»Harpo hat in unsere Windel geschissen«, sagte Chico.

»Chico war das, nicht ich!«, sagte Harpo. »Ich will zu meiner Mama. Bring mich nach Hause.«

»Nein. Bring uns zu einem Fernsehsender. Ich möchte eine Ankündigung machen, die den Verlauf der menschlichen Geschichte ändern wird.«

»Ich will zu meiner Mama!«

»Halt die Klappe!«

»Bwaaaaaaaaaaaah!«

»Hmmm«, sagte Mr. Rex Mundi. »Hmmm und noch mal hmmm.«

»Danke, Kevin, und bis dann.« Laura legte den Hörer auf die Gabel zurück.

»Das gefällt mir nicht.« Jonathan ging im Schlafzimmer auf und ab. »Und du bist ganz sicher, dass du diesen Leuten vertrauen kannst?«

»Absolut sicher. Ich vertraue ihnen mein Leben an.«

»Das hast du gerade. Aber sind sie zuverlässig? Werden sie tun, was ich dir gesagt habe, das du ihnen sagen sollst, was sie tun sollen?« (Oder so.)

»Ob sie tun werden, was du mir gesagt hast, das ich ihnen sagen sollte, was sie tun sollen? Ich glaube kaum. Würdest du das tun?«

»Was willst du damit sagen?«

»Ich will damit sagen, dass nicht einmal ein Zehnjähriger auf den Mist reinfallen würde, den ich Kevin gerade erzählt habe.«

»*Was?*«

»Ich sage, du gehst diese Sache von der ganz falschen Seite an. Vielleicht kommen sie rechtzeitig und machen das Richtige, vielleicht aber auch nicht. Aber nachdem ich deine kleine Liste mit Anweisungen vorgelesen habe, weiß ich ganz genau, was du planst. Und wenn du mich machen lässt, dann weiß ich auch ganz genau, wie du alles kriegen kannst, was du willst. Einschließlich mich.«

Jonathans eingebaute Schaltkreise gingen ihre magischen Messpunkte durch.

Das Ergebnis zwischen seinen Ohren lautete: »Diesmal sagt sie tatsächlich die Wahrheit.«

Und das tat sie wirklich. Aber aus völlig falschen Gründen.

»Wo warst du nur gestern Nacht, Chef?«, erkundigte sich Barry vorwurfsvoll. »Ziemlich rücksichtslos von dir, mich in diesem Bleieimer liegen zu lassen.«

»Alles nur zu deinem eigenen Schutz, Barry.«

»Du warst in Simon Butchers Studio, stimmt's?«

»Ich war zufällig dort, ja.« Der andere Rex ging ein wenig auf und ab in dem hoch geheimen Raum. »Ich habe das ganze Gebäude absuchen lassen, aber nichts. Keine Spur von Elvis.«

»Du wirst ihn nicht finden, Chef.«

»Ich muss ihn aber finden! Finden und ...« Der andere Rex hielt seine Zunge im Zaum. »Wie kannst du überhaupt so sicher sein, dass ich ihn nicht finde?«

»Nur so ein Gefühl, Chef. Du weißt, dass du dich verändert hast, oder? Ich kann's nicht genau beschreiben, aber irgendwas ist anders.«

»Ich ...« Die Tür schwang auf, und Johnny Dee streckte seinen Kopf herein. »Wir haben sie gefunden, Eure Exzellenz!«

»Was soll eigentlich dieses ganze Gerede von wegen Exzellenz, Chef?«

»Nichts, weswegen du dir deinen kleinen grünen Kopf zerbrechen müsstest. Zurück mit dir in den Eimer einstweilen. Erhol dich weiter, ja?« Der andere Rex warf Barry zurück in das Bleibehältnis und schraubte den Deckel auf. »Wo stecken sie? Ist Bill bei ihnen?«

»Von Bill fehlt immer noch jede Spur, Chef. Es ist, als wäre er vom Angesicht der Erde verschwunden.«

»Ich werd ihm schon Beine machen, wenn ich wieder in meiner Zeit bin. Also, wo sind sie?«

»Sie parken in einer Seitengasse, die von der Graceland Shopping Mall abzweigt, Eure Exzellenz. Und es scheint, als hätten sie ein Kind bei sich.«

Ich wiege den Bambino auf meinem Knie. Kinder bringen den natürlichen Vater in mir hervor, und ich kriege jedes Mal einen krummen Mund, wenn ich so einen Dreikäsehoch sehe. Schätze, es liegt an ihren unschuldigen Gesichtchen. Sie sehen so voller Vertrauen zu dir auf und so. Wenn ich irgendwann meinen Fedora an den Nagel hänge und die zuverlässige Smithsonian an das Smith und Wesson Institute stifte, dann werde ich einen ganzen Sack voller kleiner Krabbelviecher haben.

Kinder. Ja, ich liebe Kinder. Sie bringen mich zum Würgen.

»Zwei richtig hässliche Bastarde hast du da angeschleppt«, sage ich zu Rex. »Und es riecht, als hätten sie die Windeln voll.«

»Du bist ein rechter Neuer Mensch[1], Laz.«

»Au, Shivas Schaf! Sieh dir das an, komm her!« Ich hebe den hüpfenden Hüpfer von meinem Knie. Auf meinem Trenchcoat ist ein dunkler feuchter Fleck so groß wie die Schweinebucht. »Nimm dieses dumme Viech zurück, aber schnell!«

»Ich verlange, dass ich auf der Stelle in das Büro eines verrufenen Publicitymanagers gebracht werde!«, keift Chico. »Ich habe eine Aufgabe zu erfüllen!«

»Ich will zu meiner Mama!«, greint Harpo.

»Wir müssen dieses Biest loswerden, Rex. Fahr uns zur Hintertür von einem Doc Barnardo oder was weiß ich.«

»Du kannst uns zur Vordertür einer Apotheke fahren«, sagt er. »Und mit dem Rest Geld, den du vom Verkauf meiner Uhr übrig hast, kaufen wir Windeln, Babynahrung, Salbe, Tücher ...«

»Das kann doch wohl nur ein Scherz sein«, antworte ich und schlüpfe unerwartet in meine John-McEnroe-Persona.

»Vertrau mir«, sagt Rex. »Ich weiß, was ich tue.« Er

[1] Ein mythischer Charakter, der in den 1990ern äußerst populär war.

macht schon wieder dandel-dandel mit dem stinkenden kleinen Balg.

»Ich fahre nirgendwo hin, bevor das nicht geklärt ist. Lazlo Woodbine arbeitet nicht mit Tieren oder mit kleinen Kindern.«

»Ich dachte, du hättest mal einen Hund namens Blue gehabt, einen Fisch namens Wanda, ein abgerichtetes Schwein, ein Pferd ohne ...«

»Nur in beiläufigen Erwähnungen, Kumpel. Nie während der Arbeit. Nichts, und ich wiederhole, absolut nichts bringt mich von hier weg, bevor du dich nicht einverstanden erklärst, diesen Zwerg loszuwerden.«

Das synchrone Feuer zweier General Electric M134 Miniguns Kaliber 7,62 Millimeter fetzt durch die Seitengasse. Direkt aus der Sonne schießt die lange Luft-Boden-Limousine zwischen den Gebäuden herunter, und ihre Geschosse zerreißen die Mülltonnen und machen Schrott aus der schmiedeeisernen Feuerleiter mit der einziehbaren unteren Sektion.

»Lasst uns von hier verschwinden!« sage ich und gebe Gas, während ich die Kupplung kommen lasse.

»Ich will aber immer noch zu meiner Mama!«, kreischt Harpo.

»Macht bloß keinen Mist!« Der Anti-Rex schüttelte die Fäuste. »Schießt sie ab! Los, dreht um und fliegt noch mal drüber weg! Und macht es richtig!«

»Sie versuchen zu fliehen!« Johnny Dee saß am Lenkrad. Ed Kelley saß hinter den Bordwaffen.

»Soll ich die Granaten abwerfen?«, fragte Ed.

»Noch nicht. Zuerst müssen wir mehr Spannung aufbauen. Bring uns runter für den Angriff, Johnny!«

»Mach ich.«

»Bring uns aus dieser Seitengasse!«, ruft Rex. »Fahr in die Hauptstraße! Wir können versuchen, uns unter die anderen Taxis zu mischen!«

»Ich arbeite nicht auf Hauptstraßen«, antworte ich. »Das weißt du ganz genau.«

Der lange schwarze fliegende Wagen kommt zu einer weiteren Salve über die *Seitengasse namens Tod*[1] zurück. Das Maschinengewehrfeuer schlägt in das Taxi ein und verfehlt die Betroffenen nur knapp.

»Du hast die Zukunft der menschlichen Rasse an Bord!«, kreischt Chico. »Fahr zu!«

»Mammi!«, kreischt Harpo. »Fahr zu!«

»Fahr«, kreischt Rex. »Fahr einfach nur!«

»Ich fahre ja!«, kreische ich. »Ich fahre ja.«

Das Taxi schießt durch die Seitengasse, rammt Mülltonnen und verstreut Flaschen. Grelle Funken sprühen von den Ziegelsteinwänden, und Reifen quietschen auf dem nassen Pflaster. Der große schwarze Sturzkampfwagen fliegt drohend über uns hinweg, und seine Maschinenkanonen verspritzen den Tod.

»Los, auf die Hauptstraße!«, kreischt Rex. »Oder besser noch, in die Luft!«

»Woodbine gibt noch lange nicht auf.« Ich schwenke nach rechts, was uns einen Gutteil unserer Steuer-

[1] Ein Lazlo-Woodbine-Thriller.

bordkarosserie kostet sowie zwei Radkappen. »Wir können sie abschütteln.«

»Wir können sie abschütteln? In der Seitengasse? Ihr Götter!« Rex macht sich ganz klein auf dem Rücksitz und schirmt Harpo/Chico ab, so gut es geht. »Wir sind sitzende Enten!«

»Sag niemals nie, Kumpel. Ich war schon in schlimmeren Schlamasseln als diesem hier. Damals, zweiundsechzig, hab ich mir mit Gilles ›de Rais‹ Gorden, dem Frauenmörder von Bloomsbury, eine wilde Verfolgungsjagd geliefert, die mich glatt meine Zwillingsschwester Wilma, eine Nacht in der Oper ...«

»... Clarence den schielenden Löwen und ein Wochenende in einem Aufzugsschacht zusammen mit einem sexuell ausgehungerten Gorillaweibchen gekostet hat, ja, ja, ich weiß.«

»Hab ich dir das schon erzählt? Na ja, ich hab jedenfalls gewonnen. Also halt dich ruhig an mich, Junge. Au Scheiße!«

Die Maschinenkanonen rattern schon wieder, und mit einem Mal sieht Rex in den freien Himmel.

»Wir haben soeben unser Dach verloren«, sagt er. »Drück aufs Gas, oder wir können die Hände heben.«

»Hab ein wenig Vertrauen in den Helden.« Ich steuere nach links und denke über die Fahrertür nach, die uns in dem Augenblick verlässt, als ich die Backbordwand der Gasse streife. »Allmählich wird es hier drin ein wenig zugig«, sage ich.

»Also schön, Eddie.« Der andere Rex rieb sich die Hände. »Ich denke, jetzt können wir die Granaten abwerfen. Wirf eine genau durch das Loch im Dach des Taxis, ja? »

»Kein Problem, Euer Exzellenz.« Ed Kelley öffnete eine Kiste mit gemein aussehenden Granaten. Er nahm die größte hervor und zog den Sicherungsstift. »Bring uns bitte hübsch tief herein, John.«

»Mit dem größten Vergnügen.« Die große schwarze Stretchlimousine ging tiefer.

Rex konnte sämtliche Einzelheiten des Unterbodens erkennen. Er sah all die Nieten und die öligen Stellen, die Schweißnähte und die Auspuffaufhängungen. Als die Dinge, für die man ein eigenartiges Interesse entwickelt, wenn man nach einem Autounfall auf der Straße unter einem Wagen zu liegen kommt und darauf wartet, dass endlich ein Krankenwagen eintrifft und denkt, dass man viel lieber anderswo wäre als da, wo man ist.

Ed Kelley war ein guter Schütze. Die Granate fiel direkt vor Rex auf den Wagenboden.

»O mein Gott!« Rex hob die Granate auf und wollte sie wegschleudern. Sein Blick fiel auf die kleine Digitalanzeige, auf der die Ziffern rückwärts liefen: 00:04, 00:03, 00:02, 00:01 . . .

Zwischen der 00:01 und der 00:00 musste Rex an eine ganze Menge Dinge gleichzeitig denken. Er hätte statt dessen auch sein ganzes Leben an sich vorüber ziehen lassen können. Er ließ es nicht. Man macht es einfach nicht. Ich hab mich mal an einer Schneidemaschine verletzt, bei einem Bilderrahmenmacher, bei dem ich gearbeitet habe. Das Blut spritzte aus meiner Armschlagader, und ich war sicher, dass ich sterben würde. Alles, was ich sehen konnte, soweit ich mich heute daran erinnere, war dieser Typ in einem blauen Overall, der draußen die Straße hinunter spazierte und aus einer Dose Coca Cola trank. Und ich weiß noch bis heute, was ich dachte, dass ich nämlich keine Cola mochte und jetzt wahrscheinlich niemals mögen lernen würde.

Rex dachte nicht an Coca Cola. Rex dachte, was, wenn dieser Wally Woodbirn wirklich der Held dieses Romans sein sollte ...?

00:00
O guter Goooootttt!

Die Explosion zerfetzte das Taxi vollends. Die schwarze Limousine schoss davon, während gezackte Metallsplitter durch die Luft segelten. Die Reifen platzten, und der Treibstofftank geriet in Brand. Die Wände der Seitengasse absorbierten den größten Teil der Druckwelle, und eine blutige, pilzförmige Wolke erhob sich über dem Ort der Vernichtung, der sich nun hinter der Tomorrowman Taverne erstreckte.

»Erwischt!« Der andere Rex klatschte freudig in die Hände. »Mission erfüllt. Los, fliegen wir nach Hause und trinken etwas darauf!«

15

53. Und so groß war die Liebe der Menschen zu Elvis, dass sie zahlreiche Gesetze machten. Alle sollten ihn ehren, indem sie waren wie er.
54. Und alle sollten sich anziehen wie er und in allen Gedanken denken wie er.
55. Und sie riefen laut in die Welt hinaus: »Es gibt keinen Gott außer Elvis, und es hat nie einen anderen gegeben!«

Das Sub-Urbane Buch der Toten

»So so so.« Der Barmann der Tomorrowman Taverne wischt die behandschuhten Hände an seiner Lederschürze ab. »Wenn das nicht *schon wieder* der Typ aus dem Fernsehen ist ... Ich hab Sie überhaupt nicht reinkommen sehen?«

Rex blinzelt ihn an. »Was zur Hölle ... ich meine ... wie ... ich ...«

Der Barmann mustert Rexens Bündel. »Was haben Sie da drin? Hoffentlich Geld, oder? Ich hab die Uhr von Ihrem Fahrer einkassiert. Es war eine verdammte Piaget-Kopie. Sie schulden mir immer noch Geld für die Bigfootnasen.«

»Was mache ich hier?! Das kann doch nur ... ich bin sicher ...«

»... tot?« Ich tippe an meinen Hut, denn ich bin auch hier.

»Ja. Tot. In die Luft geflogen.«

»In die Luft geflogen?« Der Barmann fixiert Rex mit einem seiner irren einäugigen Blicke. »Dann waren

Sie das in meiner Seitengasse, gerade eben? Wenn Sie auch nur eine von meinen Mülltonnen zerdeppert haben, sind Sie reif!«

Rex mustert mich ratlos. »Was ist passiert?«

»Frag mich.« Ich bin verdutzter als ein schwangerer Postulant im Fertighaus eines Eunuchen. »Wir waren dort, und jetzt sind wir hier.«

»Na, dann werft mal 'ne Runde, Jungs«, sagte Chico. »Ich nehm 'nen Pernod mit Limonade. Die Limo ist für Harpo.«

»Werft was?«

»Werft 'ne Runde, und ich verrate euch, wie ich's gemacht hab.«

»Wie *ihr* es gemacht habt?«

»Was haben Sie in diesem Bündel?« Der Barmann reckt den Hals über den Tresen. »Haben Sie da einen Zwerg drin oder was?«

»Eine Bauchrednerpuppe«, beeilt sich Rex zu antworten. »Für eine neue Show, die ich moderiere. Sie heißt *Rex Mundis Große Abendshow*. Eine qualitativ hochwertige Sendung. Mill ein Mier. Mill ein Mier.«

»Sie verschwenden Ihre Zeit«, sagt der Barmann.

»Zwei Flaschen Bud, einen Pernod und eine Limonade«, sage ich.

»Schicker Hut«, sagt der Barmann.

»Nehmen Sie ihn«, sage ich.

»Ich will zu meiner Mama«, sagt Harpo.

»Ziemlich schwache Vorstellung«, sagt der Barmann zu Rex, während er meinen Filz nimmt und ihn auf den eigenen Schädel drückt. »Wenn Sie Qualität suchen, dann sind Sie bei mir richtig, dann bin ich Ihr Mann. Ich mache alles. Lieder aus den Shows. *Oldies but Goodies*. Große literarische Gestalten der Vergangenheit und der Gegenwart. Wer ist das hier?« Der Barmann zieht den Hut quer über das Auge und schneidet eine merkwürdige Grimasse.

»Ich hab nicht den leisesten. Geben Sie uns jetzt bitte unsere Drinks.«

»Nicht, bevor Sie's nicht geraten haben.«

»Oh. Na schön: Iris Murdoch.«

»Sie haben's erfasst. Ich hab's doch gleich gesagt, ich bin gut.«

Der Barmann wendet sich ab, um die Drinks zu holen.

»Iris Murdoch?«, fragt Rex erstaunt.

»Sicher, was hast du denn gedacht?«

»Ich dachte, es ist Doris Lessing.«

»Doris Lessing?« Ich gestatte einem schwachen Lächeln, um meine Lippen zu spielen. »Freund, in meinem Geschäft kann die Kenntnis um den Unterschied zwischen Iris Murdoch und Doris Lessing alles sein. Du kaust auf den Eiern des Kurators oder sehnst dich nach den Fleischtöpfen Ägyptens, je nachdem. Wenn du verstehst, was ich meine. Und ich bin sicher, dass du mich verstehst.«

»Absolut.« Rex schneidet selbst eine merkwürdige Grimasse, aber ich komme nicht drauf, wer das sein soll. »Du kümmerst dich um die Drinks, und ich nehme Harpo/Chico mit in eine stille Ecke.«

»Klingt vernünftig.« Ich wechsle ein paar Imitationen mit dem Barmann. Fast erwischt er mich mit seinem C. S. Lewis, aber mit meinem Hermann Hesse hab ich ihn am Haken wie einen zappelnden Hering in der Weihnachtszeit. Er meint, es wäre Sir Arthur Conan Doyle. Muss wohl am Trenchcoat liegen.

Ich lasse ihn zurück, damit er Zeit findet, über meine Brillanz nachzudenken, und geselle mich zu Rex in der stillen Ecke, wo der Racker doch tatsächlich Hof hält.

»Ich bringe Grüße von einem fernen Stern«, sagt Chico Nixon. »Ich bin eingeweiht in die Weisheit und das Wissen des Großen Galaktischen Volks, und ich bin hierher zurückgekehrt, um alle Probleme dieser Welt zu lösen.«

»Das klingt höchst ermutigend«, sagt Rex, der den stinkenden kosmischen Sendboten zu säubern versucht und seine Windeln wechselt. Er hat sich mit einer Tischdecke und Papierclips bewaffnet und sieht aus, als meint er es ernst. »Ich fürchte, ich habe kein Talkum, und ihr seid an manchen Stellen ziemlich wund. Vor wie vielen Wochen habt ihr euch das letzte Mal umgezogen?«

»Zeit ist ein menschliches Konzept. Es besitzt keine universelle Bedeutung.«

»Meinetwegen, dann zieht euch wenigstens diese Decke über.«

»Erspar dir und mir die Mühe.« Ich weiß nicht, wie der kleine Scheißer es gemacht hat, aber im nächsten Augenblick sitzt er in einem hübschen blau-weißen Seemannsanzug da, duftet nach Babylotion und hat nicht einen feuchten Fleck am Hintern. Richtig süß sieht er aus, der Racker. Bis auf die beiden Köpfe natürlich.

»Wie habt ihr das gemacht?«, fragt Rex, was mir die Mühe erspart.

»Auf genau die gleiche Weise, wie ich uns aus der Seitengasse geschafft habe, als die Granate in die Luft gegangen ist.«

»Hat es vielleicht etwas mit der Transperambulation pseudo-kosmischer Antimaterie zu tun?«

»Nicht das Geringste. Das hier ist die Macht DES WORTES.«

Nun habe ich nie besonders viel mit der Macht des Wortes am Hut gehabt. Ich gehöre keiner oralen Sekte an.

»Und wie genau funktioniert das?«, erkundige ich mich folgerichtigerweise.

»Mit Hilfe von Kräften weit jenseits von allem, was ihr euch vorstellen könnt.«

Ich zwinkere ihm auf eine Weise zu, mit der man ganze Filme füllen könnte, und entgegne: »Ich habe eine ziemlich wilde Vorstellungskraft.«

»Oh, ich weiß nicht. Eine Wrestlerin auf dem Schreibtisch zu lieben, während ihre Zwillingsschwester Lebertran auf Ihrem Trenchcoat verteilt – das nenne ich nicht gerade wild. Merkwürdig vielleicht, ja, da magst du Recht haben, aber wild? Nein.«

»Woher weißt du, dass ich genau daran gedacht habe? Ich meine, *wenn* ich daran gedacht hätte, heißt das. Aber ich habe nicht daran gedacht.«

»Hat er wohl«, sagt Chico.

»Glaube ich unbesehen«, sagt Rex. »Möchtest du einen Strohhalm für deinen Pernod?«

»Nein, ich komme ganz gut zurecht, danke. Du würdest einen guten Vater abgeben, Rex. Du warst sehr beschützend dort hinten im Taxi. Ich weiß das zu schätzen.«

»Und ich weiß zu schätzen, dass du unser Leben gerettet hast. Ich danke dir dafür.«

»Jetzt hört aber mal auf.« Ich nehme einen Schluck aus meiner Flasche. »Das ist alles sehr rührend, und ich danke euch ebenfalls. Aber was hat das alles zu bedeuten? Was wollt ihr hier?«

»Ich will zu meiner Mama«, sagt Harpo. »Gib mir bitte meine Limonade.«

Rex reichte ihm die Limo. »Ich könnte deine Mama anrufen, wenn du möchtest. Ihr sagen, dass sie herkommen und euch einsammeln soll.«

»Das ist sehr entgegenkommend von dir.« Beide Köpfe nickten, doch Chico war der Einzige, der redete. »Die Nummer steht im Telephonbuch. Bitte informiert unsere Eltern, dass mein Bruder und ich bei bester Gesundheit und in einer speziellen Privatklinik in sichere Obhut genommen worden sind. Keine Besucher zugelassen. Wir haben eine wichtige Mission zu erfüllen, wir vier, und ich will nicht, dass die Eltern uns in den Weg kommen.«

»Wir *vier*?« Ich kriege mein Budweiser in den falschen Hals und erleide einen Hustenanfall. »Was soll dieses ›wir vier‹ mit einem Mal?«

»Macht das unter euch aus.« Rex stellt mir den zweiköpfigen Seemannsjungen auf den Schoß zurück und geht telephonieren.

»Ich kümmere mich um euch, Jungs«, sage ich und hebe meine Flasche.

»Ich glaube«, sagte Johnny Dee, während er sein Glas hob und nachdenkliche Schlucke nahm, »ich glaube, wir haben vielleicht ein wenig zu voreilig gehandelt.«

Johnny, Ed und der andere Rex waren zurück in dem hoch geheimen Raum. Barry war noch immer in seinen Bleieimer eingeschlossen. Der Eimer war noch immer in einem Schrank eingeschlossen.

»Dieser Gedanke ist mir rein beiläufig ebenfalls durch den Kopf gegangen«, stimmte Ed ihm zu. »Jetzt, da wir Rex und diesen Woodbum erledigt haben, scheinen wir auch unsere Chance zunichte gemacht zu haben, dass sie uns zum Presley-Schatz führen.«

Der andere Rex nahm einen Schluck Old Bedwetter und spuckte ihn in einer feurigen Stichflamme den beiden anderen entgegen.

»Ihr dämlichen Blödmänner! Seid ihr denn immer noch nicht dahinter gekommen, wo der Schatz sich befinden muss?«

Seine sich duckenden Lakaien hoben misstrauisch die Köpfe über den Tisch.

»Nein, Eure Exzellenz«, sagten sie unisono.

»Er ist im Butcher-Building.«

»Nein, Sir, da ist er nicht.« Johnny schüttelte den an der Oberseite ein wenig versengten Kopf. »Wir haben das Gebäude von oben bis unten abgesucht. Er ist nicht dort, Eure Exzellenz.«

»O doch, das ist er.«

»O nein, das ist er nicht.«

Der andere Rex nahm einen weiteren großen Schluck, doch diesmal schluckte er ihn herunter. »Strengt doch mal Eure Köpfe an! Barry hat Elvis in dieser Zeit hier verlassen. Wir kommen hierher. Rex ist hier, und Woodbine ist ebenfalls hier. Alle Wege führen zum Butcher-Building. Und das hier.« Er zog Lazlos Karte aus der Tasche und warf sie über den Tisch. »Der große Detektiv hat sie zurückgelassen, als er und Rex gestern Abend aus seinem Büro geflüchtet sind. Das X markiert die Stelle. Das hättet ihr wirklich selbst herausfinden können, oder?«

»Aber Eure Exzellenz, wir haben das gesamte Gebäude abgesucht!«

»Das gesamte Gebäude?«

»Ja, Eure Exzellenz.«

»Verrate mir, Ed, wenn du im Besitz der wertvollsten Sammlung von Kunstgegenständen in der Geschichte der Menschheit wärst, wo würdest du sie aufbewahren?«

»In einem verdammt großen … ah«, sagte Ed. »In einem verdammt großen Gewölbe.«

»Ich wusste doch, dass du es irgendwann herausfinden würdest.«

»Aber die Knöpfe im Aufzug gingen nur bis zum Erdgeschoss.« Ed drückte mit dem Finger imaginäre Knöpfe.

»Tatsächlich? Dir ist nicht rein zufällig ein anderer großer Knopf aufgefallen, mit der Aufschrift ZUM GEHEIMEN GEWOELBE MIT DEN GESTOHLENEN KUNSTSCHAETZEN?«

»Nein, Eure Exzellenz. Ich bin sicher, das hätte ich bemerkt.«

Der andere Rex erhob sich aus seinem Sessel, beugte sich über den Tisch zu Ed und biss ihm das rechte Ohr ab.

»Oooh und au und oweh!«, heulte Ed. »Geben Sie mir mein Ohr zurück!«

Der andere Rex spuckte das Ohr auf den Tisch. Ed griff hastig danach und bemühte sich vergebens, es wieder anzuheften.

»Ich will's in einfachen Worten erklären, damit auch ihr es versteht.« Der Oberschurke leckte sich über die Lippen. »In wenig mehr als vierundzwanzig Stunden verschwindet Presley City vom Angesicht der Erde.

Wir wissen, dass es geschieht, aber wir kennen den Grund nicht. Niemand scheint den Grund dafür zu kennen. Weißt du, warum, Johnny? Nimm die Hände von den Ohren, Johnny! Weißt du warum?«

Nein, Johnny wusste nicht warum.

»Barry schlummert in seinem Eimer. Er hat seine beeindruckenden Zeitreisekräfte verloren. Der Volvo ist Gott weiß wohin verschwunden. Weiß einer von euch wohin?«

Nein, keiner wusste wohin.

»Und wo stecken wir damit?«

»Bis zum Hals im Dreck?«, schlug Johnny vor. Die Flasche mit Old Bedwetter segelte haarscharf an seinem sich duckenden Kopf vorbei und krachte zersplitternd gegen eine Wand.

»Ich räume ja ein, dass wir vor gewissen Schwierigkeiten stehen, was meine Absicht anbelangt, Presley zu zerstören, jegliche Erinnerung an ihn auszulöschen, die Geschichte neu zu schreiben und Chaos und Bosheit zur Oberhand zu verhelfen. Aber noch ist nicht alles verloren, *denn ich habe einen Plan!*«

Ed hatte unterdessen sein Ohr wieder befestigt. Verkehrt herum. »Ein Plan?«, fragte er. »Das gefällt mir. Ich mag Pläne. Reden wir hier vielleicht von dämonischen Strategemen?«

»Genau denen.«

»Hinterlistigen Verschwörungen von beispiellos böser Natur?«

»Das sind sie.«

»Satanischen Konspirationen, die auf die Zerstörung von allem Guten, Reinen und Wahren ausgerichtet sind?«

»Selbigen.« Der Anti-Rex lächelte Ed Kelley wohlwollend zu, beugte sich vor, als wolle er ihn auf die Wange küssen, und biss ihm das andere Ohr ab. »Ich habe allmählich die Nase voll!«, sagte er.

Rex kehrt mit einem Tablett voller Drinks zurück, und ich hebe fragend die Augenbraue.

»Ich hab dem Barmann gerade seine eigene Show im Fernsehen gegeben«, erklärt Rex, während er die Drinks herumreicht. »Ich habe mit Mrs. Nixon gesprochen und ihr gesagt, dass es ihrer Brut ausgezeichnet geht. Sie bat mich, Harpo von ihr zu grüßen.«

»Hallo Mami!«, sagt Harpo.

»Was ist mit mir?« Der Kopf namens Chico setzt eine beleidigte Miene auf.

»Ich bin sicher, sie liebt dich genauso«, entgegnet Rex mit aufmunterndem, doch wenig überzeugendem Lächeln.

»Chico hat mir eine Menge interessanter Dinge berichtet.« Ich tätschle den Kopf des Balgs. »Sieht so aus, als sei er zum Sprecher des Interplanetarischen Parlaments hier auf der Erde bestimmt worden. Und er hat dich ausgewählt, ihm zu helfen, Rex. Das ist der Grund, aus dem er Frank und Don, den beiden Space Cowboys, gesagt hat, dass sie Asmodeus grillen sollen. Und er beherrscht jede Menge wirklich scharfer Tricks. Zeig Rex doch mal das Zauberkunststück mit den Bierdeckeln, Chico.«

»Bist du ganz sicher, dass Mami nicht nach mir gefragt hat?«

»Würde Lügen helfen?«

»Nein, ich würde es augenblicklich durchschauen.«

»Was ist das für ein Trick mit den Bierdeckeln?«

»Chico kann sie in Zwanzig-Dollar-Banknoten verwandeln.«

»Aber es gibt überhaupt keine Bierdeckel an unserem Tisch!«

»Nicht mehr.« Ich klopfe auf meine Taschen.

Rex setzt sich. Ich halte den süßen kleinen Racker auf meinem Schoß fest in den Armen. »Könntest du vielleicht auch Diamanten aus dem Dreck in meinen Taschen machen?«, frage ich onkelhaft.

»Laz, bevor du dir deine zuverlässige Smith und Wasauchimmer mit Platin überziehen lässt – meinst du nicht, wir sollten uns wieder dem Geschäft zuwenden, das eigentlich dein Geschäft ist? Wenn du verstehst, was ich meine, und ich bin sicher, dass du mich verstehst?«

»Meine Mami hat mich nicht lieb!«, heult Chico los.

»Sie ist aus der Stadt verschwunden«, sage ich und tätschele das Kind am Kinn. »Ich hab dich erst vor einer halben Stunde kennen gelernt, und ich liebe dich schon wie einen eigenen Sohn.«

»Das kommt, weil ich so hässlich bin, oder?«

»Hässlich? Kind, du bist wundervoll! Wie war das noch mit dem Taschendreck?«

»Meine Mami hasst mich!« Chico setzt ein Gesicht auf, wie es nur eine Mutter lieben kann. Aber offensichtlich nicht seine.

»Kleiner«, sage ich zu ihm, »du hast echtes Glück. Ich hatte nie eine Mutter.«

»Laz«, mischt sich Rex ein. »Jeder Mensch hat eine Mutter.«

»Nicht ich, Kumpel. Ich wurde von einem Schreiber detektivischer Fiktion gezeugt.«

»Darauf kann ich dir keine Antwort geben.«

»Ich werde mich selbst enthaupten«, stöhnt Chico. »Chirurgisch abtrennen.«

»Ich mach es für dich«, sagt Harpo. »Das macht mir überhaupt nichts.«

»Oh, haben wir etwa plötzlich so etwas wie einen Sinn für Humor entwickelt? Nimm das!«

Chico erwischt Harpo mit einem rechten Aufwärtshaken am Kinn. Harpo kontert mit einem linken Schwinger.

»Kinder!« Rex drängt sich heran, um die beiden widerstreitenden Arme des Kleinen zu trennen. »Was ist denn das für eine Art!«

»Chico hat damit angefangen!«

»Ja, sicher. Muttersöhnchen.«

»Das reicht jetzt. Chico, du solltest es wirklich besser wissen. Du bist doch angeblich der Sprecher des Interplanetaren Parlaments!«

»Ja«, sage ich. »Du hast wirklich wichtigere Dinge zu tun, als dich mit deinem Bruder zu streiten. Du solltest deine magischen Kräfte lieber zum Nutzen der Menschheit einsetzen.«

»Du hast ja Recht.« Chico nickte eifrig. »Ich habe eine Aufgabe zu erfüllen. Ich sag dir was: Ich spreche Das Wort und transferiere Harpo auf deine Schulter, in Ordnung?«

»Nein, nein! Augenblick mal!« Ich schiebe den zweiköpfigen Racker zu Rex auf den Schoß. »Mach das lieber bei deinem Kumpel hier. Er ist der gute Vater.«

»O nein, bin ich nicht!«

»O doch, bist du wohl!«

»Das reicht jetzt!« Rex schneidet eine wütende Grimasse. »Das reicht jetzt wirklich. Wir haben keine Zeit für all diesen Unsinn!«

»Unsinn?« Hätte ich meinen Hut noch, ich würde ihn vor dem Burschen ziehen. Man muss schon ein ganz besonderer Menschenschlag sein, um auf der Ladefläche eines zeitreisenden Volvos von einer alternativen Realität hereingeschneit zu kommen, mit einem zweiköpfigen Balg auf dem Schoß in der Presley-Bar zu sitzen und sich dann bei einem Privatschnüffler des fünfundzwanzigsten Jahrhunderts zu beschweren, dass man keine Zeit für Unsinn habe. Oder vielleicht auch nicht.

»Also schön«, sage ich. »Dann reden wir ab jetzt Klartext.«

»Harpo / Chico?«, fragt Rex.

»Meinetwegen.« Chico zuckt mit einer Schulter.

»Harpo?«

»Sorg nur dafür, dass Chico mir aus dem Rücken bleibt.«

»Das ist immer noch *unser* Rücken.«

»Meinetwegen aus unserem Rücken.«

»Gut. ’tschuldigung, Kumpel.«

»Gut.« Rex wippt das Balg. »Wie ich die Sache sehe, wollen wir alle hier irgendwas. Laz beispielsweise will den Presley-Schatz. Chico möchte sämtliche Probleme dieser Welt lösen. Harpo will zu seiner Mama. Und ich will ...«

»Rex«, werfe ich ein. »Wir haben nicht mehr genügend Zeit, um uns alles anzuhören, was du so willst.«

»Wahrscheinlich, ja. Aber ich bin sicher, wenn wir all unsere Ressourcen zusammenwerfen, sind wir in der Lage, genau das zu bekommen, was wir wollen.«

»Sehe ich auch so«, sage ich und sehe es auch so.

»Sprich weiter«, fahre ich mit mehr Ermunterung fort als ein brahmanischer Tempeltänzer beim erotischen Abendessen mit einem Braunhemd.

»Das werde ich. Also, ich gebe nicht vor, die Antwort zu kennen. Weil ich überhaupt nicht weiß, wie die Frage lautet. Aber ich weiß das: Crawford ist hier, der Teufel persönlich ist hier, verkleidet als ich. Ich bin hier, ihr seid hier. Alle sind hier, und irgendetwas gewaltig Großes wird passieren.«

»Äh, Rex?« Harpo hebt seine Hand.

»Ja, Harpo?«

»Rex, hattest du in deinen anderen Büchern eigentlich Erfolg? Entschuldige, wenn ich das frage, aber du scheinst ein wenig ...« Harpo schüttelt seine Hand in der Windelregion.

»Oh, danke sehr. Ich bin rein zufällig der Held, weißt du?«

»*Ich* bin der Held, Rex«, sage ich und klopfe mir ein oder zweimal auf den Trenchcoat.

»*Ich* bin der Held, ich meine, wir sind der Held.« Harpo/Chico klopften sich synchron auf die Brust.

In einem kleinen Bleieimer sagte eine kleine grüne Stimme: »Ich bin eigentlich der Held, Chef«, aber keiner der Anwesenden hörte sie.

»Also gut.« Rex wirft die Hände hoch, und fast wäre der kleine doppelköpfige Superbalg auf den Boden gesegelt. »Jeder ist der Held. Ist mir doch egal. Ich will nur lebendig aus dieser Geschichte rauskommen. Zurück zu meiner Frau und meinem Garten. Ich will meinen septischen Tank vergraben und glücklich leben bis ans Ende meiner Tage.«

»Dann wird dir mein Plan ganz sicher gefallen«, sagt Chico.

»Und das ist *mein* Plan«, sagte Laura zu Jonathan. »Was hältst du davon?«

Jonathan strich sich über das spitze Kinn. »Er gefällt mir«, sagte er. »Ich mag ihn, nein, ich liebe ihn. Solange deine revolutionären Kumpane ihren Teil tun, sehe ich nichts, das uns im Weg stünde.«

»Und das ist Lauras Plan«, sagte Kevin. »Was haltet ihr davon?«

»Ist das alles?«, fragte ein *Child of the Revolution*. »Kommt mir ein wenig zu kurz vor. Ein Plan, der schon nach dem ersten Satz endet?«

»Mein Kugelschreiber ist zu Ende gegangen!«, erklärte Kevin. »Ich wollte einen anderen holen, und als ich wieder zurück am Telephon war, fragte sie: ›Hast du alles?‹, und ich dachte, sie meint den neuen Kuli, deswegen hab ich ja gesagt, und sie hat aufgelegt.«

»Und so lautet *mein* Plan!«, kreischte der teuflische Anti-Rex. »Und ich gebe einen Dreck auf das, was ihr davon haltet!«

»Ich liebe ihn bis zum Tod und zurück!« Johnny Dee nickte begeistert. »Ein wahrhaft unheiliger Stinker von einem Plan! Wenn Rex und dieser Woodchip erst aus dem Weg sind und die Mächte der Dunkelheit auf das Land losgelassen sind, wie können wir dann noch verlieren? Was hältst du davon, Ed?«

Ed nahm die Finger aus den neu angewachsenen Ohren. »Pardon?«, fragte er.

»Und das ist mein Plan.« Chico grinst die anderen der Reihe nach an.

Ich sehe Rex an, und Rex sieht mich an.

»Ich mag ihn«, sage ich. »Ganz besonders den Showdown auf dem Dach. Was sagst du, Rex?«

»Ich mag den Teil, wo wir am Ende alle nach Hause gehen. Und du bist sicher, dass er funktioniert?«

»Vertrau mir.« Chico leert seinen Drink. »Was soll bei so einem Plan schon schief gehen?«

»Nun ...«, sagt Rex Mundi.

16

65. Und sie waren alle wie einer und beteten ein und denselben an. Und dieser Eine war der einzige und wahre Elvis, und Elvis war der King.
66. Und Elvis sagte: »Au Scheiße.«

Das Sub-Urbane Buch der Toten

Rex Mundi, Lazlo Woodbine und die zweiköpfige Brut eines populären Pärchens aus dem Showbusiness mieteten sich für die Nacht in einem Zimmer in der Tomorrowman Taverne ein.

Der Barmann war höchst liebenswürdig gewesen angesichts seiner bevorstehenden neuen Fernsehshow und allem. Laz hatte nicht nur die Zeche bezahlt, sondern mit Hilfe von Chicos magisch verwandelten Bierdeckeln auch noch ein hübsches Trinkgeld draufgelegt und trug nun endlich wieder seinen neuen Fedora.

Rex zog die Bettdecke in seine Richtung und schaltete das Nachtlicht aus.

»Weißt du eigentlich«, flüsterte er, als Harpo / Chico endlich schliefen, »dass das das erste Mal ist, dass ich mit einem zweiköpfigen Baby und einem Detektiv aus dem fünfundzwanzigsten Jahrhundert im Bett liege?«

Ich ziehe die Decke wieder zu mir. »Du hast nie gelebt, Junge. Ich erinnere mich an einen Fall, damals, achtundneunzig. Ich hab meinen Schlafsack mit einem männlichen Stripper aus Delaware geteilt, einem ausgebildeten Spürhund namens Daniel und drei Mitgliedern des US Senats. Diese Nacht hat mich ...«

»Zzzzzzzzzz«, machte Rex.

»... meine Unschuld gekostet«, sage ich.

Seine satanische Unerfreulichkeit der Anti-Rex, Herr der Fliegen, König des Schattenreichs, gefallener Engel, Vater der Lügen, Oberster Geist des Bösen und Verschließer von Barry in einem Eimer, ging in seinem hoch geheimen Raum ungeduldig auf und ab. Er hatte die Schuhe ausgezogen, und seine gespaltenen Hufe erzeugten Funken auf dem Betonboden. Immer wieder hielt er inne, schüttelte geballte Fäuste, spuckte Feuer und Schwefel und brüllte Dinge wie:

»Diesmal werde ich gewinnen!« oder

»Diesmal gehört alles mir!« und

»Heute die Erde, morgen das ganze Universum!«

Doch meistenteils rief er nur Dinge wie:

»Wie kommt es, dass ich, die Inkarnation des Teufels, die halbe Zeit des Buches hier unten in diesem beschissenen kleinen Zimmer verbringe?«

Johnny Dee hob den Schachtdeckel und spähte ohne rechte Begeisterung in die dahinter liegenden Tiefen. »Also los, dann mal runter mit dir«, sagte er und stieß Ed Kelley in die Rippen.

Ed beugte sich vor und schnüffelte misstrauisch. Seine Ohren mochten ein wenig taub sein, doch seine Nase funktionierte noch einwandfrei.

»Riecht ziemlich muffig da unten. Und du bist sicher, dass das eine gute Idee ist?«

»Eddie, mein alter Freund. Haben wir nicht die halbe Nacht damit verbracht, einem Plan von fast unvorstellbarer Niedertracht zu lauschen?«

»Na ja, *du* jedenfalls.«

»Ich habe dir alles darüber erzählt, nachdem Seine Exzellenz aufgehört hat, dich zu treten.«

»Das hast du, ja.«

»Und da Bill allem Anschein nach die Fliege gemacht hat, liegt es nicht an uns beiden, die wir die allerletzten der Ersten Hierarchie der Hölle sind, unserem bösen Meister bei seinem Plan zu helfen, das Böse und die Dunkelheit über diesen Planeten zu bringen?«

»Das tut es ganz sicherlich.«

»Dann also runter mit dir, und ich halte hier oben Wache.«

Ed schnüffelte ein weiteres Mal widerwillig. »Da ist nur eine Sache, die mich zum Nachdenken bringt.«

»Und die wäre?«

»Wie kommt es, wenn er die Inkarnation des Teufels ist, dass er das halbe Buch in diesem beschissenen kleinen Zimmer verbringt? Aaaaaaaaah!«

»Tut mir Leid, Ed, ich muss dich doch tatsächlich gestoßen haben. Alles in Ordnung mit dir da unten?«

Andere Dinge fielen ebenfalls in Presley Citys letzte Nacht.

Kevin und seine Revolutionäre führten mehrere tollkühne Überfälle auf Munitionsdepots der Regierung durch, auf Fahrzeugparks, High-Tech-Waffenfabriken und Süßigkeitenläden.

Der Barmann in der Tomorrowman Taverne

polierte seine Rollen und freute sich auf übermorgen, den Tag, an dem Rex ihm den ersten Auftritt in einer eigenen Show versprochen hatte. Er zählte seine nächtlichen Einnahmen, kehrte den Boden und regte sich dann furchtbar auf, als er entdeckte, dass jemand seine sämtlichen Bierdeckel gestohlen hatte.

Laura und Jonathan ergaben sich in bestimmte verbotene Liebesakte. Diese schlossen Klassiker ein wie Bogenstreichen, den Wolf anbrüllen, die Rapids-City-Rolle, französisches Flüstern, persönliches Teetrinken und *Groovin' on the Inner Plane.*

Für jeden einzelnen konnte man entweder ins Krankenhaus kommen oder exkommuniziert werden. Mit Ausnahme von letzterem, was nämlich ein Stück auf einer Robyn-Hitchcock-LP ist.

Polizeichef Sam Maggott hatte wieder mal einen »Harten«. Im Hauptquartier der Polizei schrillten ununterbrochen Alarme von Munitionsdepots, militärischen Fahrzeugparks, High-Tech-Waffenfabriken und Süßigkeitenläden. Sam schickte alle Leute raus, die er entbehren konnte, und ging mehrere Stunden lang auf und ab, während rings um ihn weitere Glocken schrillten.

Doch bald hielt er es nicht mehr aus und wollte endlich Fortschrittsberichte.

Die betrunkene Stimme von Officer Cecil informierte ihn, dass er und seine Kollegen einen Anruf nach dem anderen entgegen nahmen. Sobald sie fertig wären mit der Befragung des Barmannes der Tomorrowman Taverne bezüglich des Bierdeckeldiebstahls, würden sie sich mit dem nächsten Anrufer befassen.

»Sie sollten mal sehen, wie gut er den Ray Bradbury spielt!«, fügte Cecil hinzu.

In seinem Eimer im Schrank erwachte der kleine Zeitkohl Barry aus einem unruhigen Traum und stellte fest, dass er sich im falschen Kapitel befand.

»Und das war *mein* Plan«, sagte er.

Ich erwache unvermittelt mit der Hand an meinem besten Stück.

Rex und Harpo / Chico liegen aneinandergekuschelt im Land der Träume, also schaffe ich mich selbst zum Fenster rüber und sehe zu, wie die Sonne über Presley City aufgeht.

Jetzt rührt sich die Erde,
Bevor die Wasser fließen
Und sieht, wie unser Staub der aufgehenden
Sonne entgegenschwebt.

Ein Sonnenaufgang erweckt jedes Mal den Poeten in mir, selbst hier in dieser beschissenen Stadt. Ich schätze, wenn ich nicht Trenchcoat und Fedora aufgenommen hätte, um als größter Detektiv aller Zeiten durch die Seitengassen der Geschichte zu wandern, wäre ich wohl Poet geworden.

Oder Immobilienmakler.

Oder Bankkaufmann.

Wenn man es genau betrachtet, ist sowieso alles das

gleiche. Ein Job in einem Anzug. Bis auf den Poeten natürlich. Oder den Detektiv. Obwohl man natürlich auch als Detektiv einen Anzug tragen kann, wenn man unbedingt will. Nicht, dass ich je gewollt hätte. Ich schätze, in einem Anzug sieht man aus wie ein Immobilienmakler oder ein Bankkaufmann. Und was ich an Poeten nicht mag ist, dass sie nie vernünftige Hüte tragen. Mit Ausnahme von John Betjeman vielleicht, heißt das. Dieser Bursche hat mehr Hüte als Gary Glitter Comeback-Konzerte.

Also schätze ich, dass ich wahrscheinlich keine Wahl hatte in der Angelegenheit. Wenn das Schicksal dich für die Unsterblichkeit vorsieht, dann beißt du besser in den sauren Apfel und schnürst dir die Stiefel. Weil nämlich nur ein Logomachist ein Seil aus Sand webt, wenn die Heiligen herein marschiert kommen. Wenn Sie verstehen, was ich meine. Und das hoffe ich sehr.

Die Sonne hat ihren fetten Hut auf, also nehme ich ein Timeout von dem tiefen, bedeutungsvollen Kram und betrachte mein Spiegelbild im Glas.

»Laz«, sagt es zu mir, »du bist ein verdammt hübscher Lutscher.« Und in dieser Sache sind wir beide einer Meinung. »Aber du hast dich weder rasiert noch die Windeln gewechselt, noch warst du überhaupt in einem Badezimmer, seit dieses ganze Fiasko seinen Lauf genommen hat. Vielleicht wäre jetzt ein geeigneter Zeitpunkt dazu.«

Und vielleicht ist er das tatsächlich. Weil es jetzt nämlich genau noch zwölf Stunden sind bis zum Großen Knall. Und die Zeit zählt runter.

11:59

Hoch oben auf dem Dach des Butcher-Building war der Knabe Jonathan zugange. Er rannte hin und her und brüllte Zeter und Mordio. Über ihm bewegten sich gewaltige silberne Luftschiffe durch den morgendlichen Himmel; große schwarze Kisten baumelten unter ihnen. Diese wurden auf das Dach herabgelassen, wo Repomänner sie auf motorisierte Schlitten verluden und in den Aufzug bugsierten.

»Vorsichtig! Vorsichtig!«, befahl der Knabe. »Dieses Zeug ist ein Vermögen wert! Stoßt mir bloß nirgendwo damit an!«

Hoch oben auf einem anderen Dach, gar nicht so weit entfernt, stand eine große dramatische Gestalt, ganz in Schwarz gehüllt. Sie betrachtete die Luftschiffe durch eines von diesen wirklich erstaunlichen Ferngläsern, wie man sie nur in Filmen sieht. Diese Apparillos mit Infrarot und Nachtsicht und kleinen digitalen Displays, elektrischem Zoom und was weiß ich nicht alles. Genau die Apparate, die dem Schulabgänger hinter dem Ladentresen von Radio Shack oder Tandy zu beschreiben reinste Zeitverschwendung ist. Eines von diesen Dingern, das mir mein Freund von der Army schon seit drei Jahren zu besorgen verspricht.

»Genau, wie ich's vermutet habe«, sagte der Mann in Schwarz und setzte das Fernglas ab, und dahinter wurde niemand anderes als der Anti-Rex erkennbar.

»Große schwarze Kisten kommen an. Wenn ich nicht total auf dem Holzweg bin, dann dienen sie dazu, den Presley-Schatz zu verpacken.«

Er war natürlich vollkommen auf dem Holzweg.

Aber wenigstens war er jetzt nicht mehr in seinem beschissenen kleinen Zimmer und bekam zur Abwechslung mal ein paar Atemzüge frische Luft.

Hoch oben auf Old Bedwetter und Barbituraten lehnte sich Sam Maggott auf seinem Bürosessel zurück und lächelte mit leerem Blick auf den Officer mit den rotgeränderten Augen, der in diesem Augenblick durch seine Tür kam.

»Irgendwas zu berichten?«, fragte Sam.

»Nicht viel, Sir«, grinste Officer Cecil geistlos.

»Nicht viel, ich verstehe. Wäre es unhöflich von mir zu fragen, wo genau Sie und die anderen Beamten sich im Verlauf der letzten acht Stunden aufgehalten haben?«

»Nein, Sir. Wir sind Hinweisen nachgegangen und haben Spuren verfolgt.«

»Soso, Spuren verfolgt also. Sehr gut. Und darf ich fragen, was für Spuren das waren?«

»Nun ja, Sir, wir fanden heraus, dass die Bierdeckel möglicherweise von einem Konkurrenten des Barbesitzers gestohlen wurden. Also haben wir sämtliche umliegenden Bars und Tavernen systematisch überprüft.«

»Ich verstehe.« Sam warf sich mehrere bunte Kapseln in den Mund, die er mit einem weiteren Schluck Old Bedwetter nachspülte. »Und bezüglich der Einbrüche auf die Munitionsdepots, die militärischen Fahrzeugparks, die High-Tech-Waffenfabriken und Süßigkeitenläden? Haben Sie da irgendwelche Nachforschungen angestellt?«

»Nun …« Cecil blickte sich in Sam Maggotts Büro

um, als suchte er nach einer Eingebung. Sein Blick fiel auf die Alarmschalttafel. »Ich sehe, dass die Alarme alle aufgehört haben, Sir«, sagte er strahlend.

Sam erhob sich unsicher aus seinem Stuhl und richtete den fetten Finger auf den grinsenden Trottel. »Sie haben aufgehört zu schrillen, weil ich die verdammten Drähte aus der Wand gerissen habe, Sie nutzloser, betrunkener, nichtsnutziger ...«

Er kam nie dazu, diesen Satz zu beenden.

Seine Worte verloren sich im Lärm der Explosion, die die gesamte Vorderfront des Polizeigebäudes wegfegte.

In absoluter Hochstimmung kehre ich aus dem Badezimmer zurück. Glatt rasiert, gut riechend und mit einem besseren Gefühl im Bauch als ein Basketeer bei einem Hosenlatzwettbewerb. Das Zimmer liegt noch genauso, wie ich es verlassen habe. Nichts hat sich verändert, und ich benötige fast eine Minute oder so, bevor ich herausfinde, was nicht stimmt. Und was nicht stimmt ist, dass Rex mitsamt Harpo/Chico verschwunden sind.

»Freunde?« Ich sehe mich noch mal gründlich im Zimmer um. »Jungs?«

Das Bett ist gemacht, und ich bemerke einen großen handgeschriebenen Zettel auf dem Kissen. Ein Hinweis? Eine Spur? Ich gehe hin und sehe mir die Sache an.

Lieber Mr. Woodbonn (so fängt er an),
es hat in letzter Minute eine Änderung der Pläne ergeben, und Ihre Dienste sind nicht länger erforderlich.
Mit den allerbesten Grüßen,

Harpo/Chico Nixon

»Was?«, sage ich.

PS. Ich bringe dieses Thema wirklich nicht gerne zur Sprache, aber wenn Sie sich einmal umsehen, so denke ich, dass Sie ihre Vier-Schauplätze-Klausel gebrochen haben.

»Was? Was?«, sage ich.

P.P.S. Der Zauber mit den Bierdeckeln müsste irgendwann um diese Zeit vergehen. An Ihrer Stelle würde ich mich eilig in eine Seitengasse zurückziehen.

»Was? Was? Was?«, sage ich.

»Aufmachen da drin!« Es ist die Stimme des Barmanns, und sie klingt nicht gerade fröhlich. »Machen Sie auf der Stelle auf, Sie lausiger Betrüger, oder ich schlage diese Tür hier ein!«

Überhaupt nicht hoch über irgendwas hob Rex Mundi die Zwillinge Harpo/Chico auf der anderen Straßenseite gegenüber der Tomorrowman Taverne hoch, so dass sie an das öffentliche Telephon kamen.

»Das war ziemlich gemein gegenüber Laz.«

»Der Mann ist ein völliger Trottel.« Chico hob den Hörer von der Gabel.

»Aber er hat mir das Leben gerettet.«

»Andauernd retten dir irgendwelche Menschen das Leben. Ich habe dein Leben gerettet.«

»Aber Laz und ich waren Partner!«

»Na schön, jetzt sind *wir* eben Partner.«

»Ja, aber ...«

»Hör zu, Rex, ich bin sicher, dieser Woodworm ist ein sehr netter Kerl ...«

»Wood*bine*. Der Name ist Lazlo Woodbine. Manche nennen ihn Laz.«

»Na schön, meinetwegen Woodbine. Ein netter Bursche, meinetwegen. Aber wir haben eine Menge zu erledigen, und wir haben absolut keine Zeit für all die Trenchcoatwitze, die leeren Phrasen, die falschen Erinnerungen, die lahmen Gags über die zuverlässige Smith und Wiewardername, die ...«

»... die Arbeit im Präsens und der Ich-Perspektive«, warf Rex ein. »Das hängt mir auch zum Hals heraus, hängt mir das. Und er hat glaubt, er wäre die Hauptperson, der Held in diesem Roman!«

»Da hast du es. Also, was sagst du?«

»Der Mann ist völlig durchgeknallt«, sagte Rex.

»Na siehst du. Steck die Münze in den Automaten, Rex, und wir machen mit unserem neuen Plan weiter.«

»Neuer Plan? Ich erinnere mich nicht einmal, dass mich jemand über den alten informiert hätte.«

»Wirf die Münze ein, Rex.«

Rex warf die Münze ein. Chico redete in den Hörer.

»Hallo Operator. Könnten Sie mich bitte zu PROSAT71TL durchstellen? Danke sehr ... PROSAT71TL? Ist dort die Nachrichtenredaktion? Hallo? Nachrichtenredaktion? Ah, hallo, hier ist Chico Nixon ... das ist richtig, von den beiden berühmten Harpo/Chico. Ich stecke ein wenig in Schwierigkeiten, deswegen kann ich nicht lange reden. Ich werde von Simon Butcher gefangen gehalten, dem Gesellschaftsphotographen. Richtig. Er beabsichtigt, unaussprechliche medizinische Experimente an mir durchzuführen ... werde ich was? Weltexklusivrechte für PROSAT71TL? Selbstverständlich ... Ja. Ganz genau das hat mir vorgeschwebt. Ich muss jetzt auflegen, ich glaube, er kommt zurück. Schaffen Sie so schnell wie möglich Ihre Kameras her.« Chico legte den Hörer zurück.

»Da«, sagte er. »Das sollte die Kugel ins Rollen bringen. Wenn du mich jetzt wieder in deine Jacke stecken könntest? Ich schätze, wir sollten irgendwo frühstücken gehen.«

Sam Maggotts Kopf erhob sich aus den Trümmern seines Büros. »Wir werden angegriffen! Zu den Waffen! Den großen! Cecil, holen Sie die Sturmkanone aus der Waffenkammer! Das ist ein Krieg hier!«

»Jawohl, Sir.« Cecil klopfte seine Uniform ab und schlurfte davon.

»Achtung, Polizeihauptquartier!« Kevins verstärkte Stimme dröhnte aus dem Lautsprechersystem, das auf dem Dach des erst kürzlich requirierten Militärfahrzeugs angebracht war. Dieses Fahrzeug war vollgepfropft mit Munition aus Regierungsbeständen, Beuteln voller Süßigkeiten und Children of the Revolution.

»Hören Sie genau zu!« Kevin schob sich einen Riesenlutscher in den Mund und fuhr fort: »Mmmmmh-grmmmm-hmmmpf-mmmm.« Er spuckte den Lutscher aus. »Entschuldigung. Lassen Sie sämtliche Gefangenen frei, und kommen Sie mit erhobenen Händen nach draußen. Oder wir werden das Gebäude zerstören!«

Sam kroch zu einem Granatloch und spähte nach draußen.

»Ich schätze, das wird wieder ein verdammt ›Harter‹«, sagte er und kramte in seinen Taschen nach weiteren pharmazeutischen Präparaten. »Cecil!«

Ich könnte mein Ruder verlieren, mein Boot verbrennen, in einem Meer aus Fischen zur Schildkröte werden oder auch nur mit wehenden Fahnen untergehen, aber ich tue nichts dergleichen. Ein geringerer Detektiv als ich hätte vielleicht so reagiert ... bestimmt sogar. Oder vielleicht ein Handelsfahrer bei der presleyschen Seefahrt.

Aber nicht ich.

Mein Partner hat sich also mit der zweiköpfigen Banknotenrolle aus dem Staub gemacht, soviel steht fest.

Außerdem steht fest, dass ich hier mit einem Loch von der Größe eines Elefantennasentuchs in meinem Vertrag sitze, was meine vier Schauplätze angeht.

Sicher ist auch, dass ein Barmann mit einem Problem versucht, meine Tür aufzubrechen. Sicher! Aber wer bin ich überhaupt? Ich bin immer noch Woodbine, Lazlo Woodbine, den manche Laz nennen. Ich bin der Altmeister der Schnüffler. Der Trench unter den Coats. Der Mann mit dem nötigen Werkzeug und dem Know-how. Ach kommen Sie.

Ich nehme den Fedora vom Hutständer und drücke ihn in meine Stirn. Schiebe mein bestes Stück in mein Schulterhalfter, schlüpfe in meinen Trenchcoat und gürte ihn zu.

Dann spaziere ich an meinem Stuhl vorbei, meinem Schreibtisch und dem Kühltank und zu meiner Bürotür.

»Guten Morgen, Sir«, sage ich, indem ich die Klinke herunterdrücke. »Wie kann ich Ihnen behilflich sein?«

Der Barmann schießt an mir vorbei wie Salz in der Sonnenmilch.

»Ich hab eine ganze Kassenschublade voller Bierdeckel, du lausiger niederträchtiger verkommener gottverlassener ...« Er hält mitten in seiner Schimpfkanonade inne, wirft einen Blick in die Runde und fängt an irre zu stammeln. »Wie ... wie haben Sie das gemacht?«, stößt er hervor.

»Wie habe ich was gemacht?«, frage ich.

»Dieses Zimmer. Dieser Kühltank. Dieser Schreibtisch und dieser ... dieser«, er deutet auf meinen unaussprechlichen Teppich, der seit einigen Kapiteln jeglicher Erwähnung entgangen ist und für die restlichen die gleiche Behandlung erfahren wird.

»Und was haben Sie mit meinem freien Bett gemacht?«

»Mit Ihrem freien Bett?«, erkundige ich mich mit mehr Erhabenheit als ein säbelbeiniger Holzschuhtänzer bei einem Star-Trek-Konvent. »Ich hatte noch nie ein Bett in meinem Büro, Freund. Ich gehöre nicht zu dieser Sorte von Detektiven.«

»Ihr Büro? Was hat das alles zu bedeuten? Wo ist mein Bett?«

Ich schnüffele prüfend die Luft.

Schnief, schnief, und dann sage ich: »Entdecke ich da etwa einen Hauch von Brauereiprodukt in ihrem Lachbesteck?«

»Wie? Was?«

»Haben Sie getrunken? Sie scheinen mir ein wenig rot im Gesicht und pink im Auge. Vielleicht leiden Sie schon unter einem DT.«

»Ich ... äh ...«

»Was erzählen Sie da überhaupt? Betten in meinem Büro und Bierdeckel in der Kassenschublade? An Ihrer Stelle würde ich wirklich ein wenig langsam machen mit den harten Sachen. Oder trinken Sie wenigstens etwas Wasser dazu.«

»Nein, ich ... ich meine ... wie haben Sie das gemacht? Wie ... äh ...«

»Wenn Sie nur zum Plaudern gekommen sind, Freund, dann rufen Sie mich doch morgen wieder an, ja? Ich habe einen harten Tag vor mir.« Ich schiebe den ziemlich sprachlosen Barmann durch meine Bürotür nach draußen, auf der mein Name in großen Lettern ins Glas geätzt steht, und werfe selbige hinter ihm ins Schloss.

»Darauf brauche ich erst mal einen«, sage ich zu mir. »Was für ein Ding!« Ich wandere zu meinem Schreibtisch rüber. Parke meinen Hintern in meinem Sessel. Ziehe die Pulle Old Bedwetter aus meiner Schublade. Entkorke sie, nehme einen Kingsize-Schluck und starre hinauf zu meinem Deckenventilator.

»Wie zur Hölle noch mal hab ich das bloß wieder gemacht?«, frage ich ihn.

»Hast du nicht, Chef«, antwortet eine kleine grüne Stimme aus meiner Brusttasche. »Das war ich.«

11:15

Jonathan war angestrengt bei der Arbeit. Das Studio im obersten Stockwerk des Butcher-Building war inzwischen angefüllt mit elektronischen Apparaten. Bänke voller TV-Monitore, Mischpulte und technischem Schnickschnack höherer Ordnung. Der Knabe fummelte fröhlich mit einem vielzackigen Schraubenzieher, der im wirklichen Leben garantiert nicht funktioniert hätte. Er rief nach Laura, die sich in einem Lederteddy herumlümmelte, wie zumindest ich ihn im wirklichen Leben zu gerne sehen würde. »Mach mal diese Kiste dort auf, ja?«

Laura betrachtete ihre exquisiten Fingernägel. Kisten zu öffnen war wirklich nicht »ihr Ding«.

»Jonathan«, gurrte sie, »dieses Zeug hier. Hast du das alles erfunden?«

»Alles meine eigenen Arbeiten, ja.« Der Knabe justierte das Drehmoment dreier Schrauben auf der Oberseite eines Inter-Rositers von fortgeschrittenem Design.

»Also kannst nur du allein es richtig zusammensetzen?«

»Nur ich. Warum?«

»Nun ja, ich hab nur so gedacht. Es ist so schrecklich viel, und wir haben nur so wenig Zeit. Könntest du nicht eine deiner Kopien dazu bringen, dir zu helfen?«

»O nein, sie haben nicht genügend Funktionen. Das hier muss ich alleine machen.«

»Das dachte ich mir.«

Laura lächelte in sich hinein und beugte sich vor, um die Kiste zu öffnen.

Ein scharfer Beobachter, oder vielleicht auch jeder Mann über zwölf, hätte wahrscheinlich die kleine kompliziert aussehende Handwaffe bemerkt, die sich in ihr Dekolleté kuschelte. Doch Jonathan war ein wenig zu beschäftigt.

»Achtung, Polizeihauptquartier! Wir haben nicht den ganzen Tag Zeit! Entlasst eure Gefangenen auf der Stelle, und wir machen es euch leicht.«

Cecil kroch hinter Sam heran und schubste ihn mit seiner überdimensionierten Kanone an. »Alles geladen und fertig, Sir! Soll ich die Bastarde in die Luft jagen?«

»Nein, noch nicht. Wen haben wir in den Zellen?«

»Das übliche Komplement aus dem Zentralcasting. Einen Betrunkenen, der seine Befehle von einer höheren Stelle erhält. Einen Zuhälter, der sowieso wieder freikommt, sobald sein Anwalt da ist. Eine Gruppe von jugendlichen Bandenmitgliedern mit Stirnbändern und natürlich den Grafen von Monte Cristo. Immer die gleichen, Sie wissen schon, Sir.«

»Keine Terroristen?«

»Keine, Sir.«

»Dann holen Sie mir jetzt meine Flüstertüte, Officer.«

»Au weia, Sir. Sie werden doch wohl nicht versuchen, mit diesen Bastarden zu verhandeln? Ich möchte sie so gerne in die Luft jagen!«

»Holen Sie mir meine Flüstertüte!«

»Spielverderber.«

Ein Konvoi von fünf Lieferwagen setzte sich vom Parkplatz des Senders PROSAT71TL in Bewegung. Das führende Fahrzeug war ein mächtiges, schwankendes Ding.

Eine Art Luxusbüro auf Rädern. Darin saßen um eine prachtvoll aussehende Konferenztafel herum Mojo und Debbie Nixon, ihre Agenten, Manager und Anwälte sowie der Intendant von PROSAT71TL, seine rechte und linke Hand, Direktoren, Vertraute und Konkubinen. Es herrschte eine rege Unterhaltung, in deren Mittelpunkt richtiges Product Placement stand.

»Wie ich die Sache sehe«, sagte der Intendant von PROSAT71TL gerade und nuckelte an seiner dicken Zigarre, »wie ich die Sache sehe, geht es hier um wichtige Marketing-Strategien. Sagen Sie mir, Mojo, als Ihr Kind von den Aliens geschnappt wurde, hat es da irgendwelche Marken-Designer-Kleidung getragen?«

»Barry.« Ich nehme den kleinen Burschen aus der Tasche und setze ihn auf meinem Schreibtisch ab. »Du bist es!«

»Ich bin es, Chef. Barry ist zu deiner Rettung gekommen. Zurück aus der sonnenlosen Welt im Eimer. Erfrischt, belebt und bei neuen Kräften. Und ziemlich sauer, weil ich so lange aus der Handlung herausgelassen wurde. Mein Agent wird noch ein Wörtchen mit diesem Schreiber weit hergeholter Belletristik zu reden haben, das kann ich dir sagen.«

»Agent? Ich wusste gar nicht, dass du einen Agenten hast?« Ich wusste es wirklich nicht. Andererseits hat Barry mehr verborgene Seiten an sich als die *Sunday Football League*.

»Agent? Hab ich gesagt Agent? Ich meine natürlich meinen, äh ... Ageratum.«

»Deinen *was*?«

»Ageratum, Chef. Eine amerikanische tropische Zimmerpflanze. Ein persönlicher Freund von mir.«

»Wenn du es sagst.«

»Sage ich. Wie bist du ohne mich zurecht gekommen? Jede Wette, dass es ziemlich hart gewesen sein muss.«

»Kein Stück, Barry. Ich hab den Fall fast im Alleingang gelöst. Ein Sahneschnittchen.«

Ich mache eine Geste, die mehr Unbekümmertheit ausdrücken soll als ein Gefrierschrank voller Fellatricen. Wie ich die Sache sehe, weiß der kleine Bursche ganz genau, wie sehr ich ihn vermisst habe. Und er weiß, dass ich weiß, dass er es weiß. Genau wie er weiß, wie sehr ich ihn brauche, um diesen verdammten Fall zu lösen. Und er weiß auch, dass ich weiß, dass er es weiß. Aber er weiß auch, dass ich ein hartgesottenes, eiskaltes und emotionsloses Image zu verteidigen habe. Das alles weiß er, und er weiß, dass ich es weiß. Barry und ich haben eine schon fast mystische Beziehung, wenn es um diese Dinge geht. Und deswegen erwartet er auch kein Dankeschön von mir. Absolut nicht.

»Höre ich kein Dankeschön? Du undankbarer Lümmel!«
»Was war das, Barry?«
»Ach nichts, Chef.«

»In Ordnung.« Rex wischte sich mit einer Serviette den Mund. »Ihr veranstaltet also die Show. Und was machen wir als nächstes?«
»Also ich wäre für eine weitere Runde Toast«, sagte Chico.
»Und ich möchte noch etwas Milch«, sagte Harpo. »Am liebsten welche von meiner Mama.«
»Ah, alles schön und gut. Ich möchte endlich genau wissen, was hier eigentlich vorgeht! Einen Teil von alledem kann ich mir ja zusammenreimen, aber ihr kennt den Rest. Ich werde euch helfen, aber ich will alles wissen! Werdet ihr es mir erzählen?«
»Ich dachte schon, du würdest nie fragen.« Chico trank von seinem Kaffee. »Selbstverständlich erzähle ich dir alles. Komm, beug dich zu mir herüber, und ich flüstere es dir ins Ohr.«
»O nein!« Rex schüttelte den Kopf. »Diesmal will ich es laut und deutlich hören, und ich will vor allem, dass es auch gedruckt wird.«

»Zeig mir doch noch mal diese Karte.« Johnny Dee riss Ed Kelley die Karte aus der Hand. »Wir haben uns verlaufen, stimmt's?«
»Nein, haben wir nicht. Ich weiß ganz genau, wo wir sind.«
»Du verlogener Mistkerl!«

»Ich lüge nicht! Siehst du den Schachtdeckel da oben?«

»Ich sehe ihn.«

»Er ist direkt außerhalb vom Butcher-Building.«

Johnny Dee studierte die Karte des Kanalsystems von Presley City. »Du verlogener Mistkerl«, sagte er einmal mehr.

»Hier spricht Polizeichef Sam Maggott«, brüllte Sam in seine Flüstertüte. »Wer sind Sie?«

»Wir sind die *Children of the Revolution* aus der 42sten Straße!«

»Und was wollt ihr von uns?«

»Wir wollen, dass Sie sämtliche Gefangenen frei lassen!«

»Lassen Sie mich die Bastarde in die Luft jagen, Sir!«

»Halten Sie die Klappe, Cecil.«

»Wem sagen Sie hier, er soll die Klappe halten? Außerdem ist mein Name Kevin und nicht Cecil!«

»Ich habe Sie nicht gemeint. Möchten Sie vielleicht einen bestimmten Gefangenen befreit haben? Wir lassen sie nur ungern alle ziehen. Besonders nicht den Grafen von Monte Cristo.«

»Schicken Sie Laura Lynch raus!«

»Laura Lynch?« Sam schaltete seine Flüstertüte aus. »Cecil, haben wir eine Laura Lynch im Bunker?«

»Wir hatten eine.« Cecil setzte ein schiefes Grinsen auf und kicherte auf seine alberne Weise. »Sie und ich haben vor ein paar Tagen im Umkleideraum ›Tee mit dem Pfarrer getrunken‹.«

»Sie sind ein widerlicher Perverser! Für so etwas kann man Sie exkommunizieren, wissen Sie das eigentlich?« Sam schaltete die Flüstertüte wieder ein. »Hallo, *Children of the Revolution*! Laura Lynch hat das Gebäude bereits verlassen. Sie ist nicht mehr bei uns. Und jetzt legen Sie Ihre Waffen nieder, und kommen Sie mit erhobenen Händen heraus. Sie sind alle verhaftet!«

»Von wegen.« Kevin drückte den Knopf, und weitere Bereiche des Polizeihauptquartiers fielen in Schutt und Asche.

Sam schaltete sein Megaphon wieder aus. »Jagen Sie diese Bastarde in die Luft!«, befahl er Officer Cecil.

11:00

Die Luftschiffe waren davon geschwebt, und der morgendliche Himmel über dem Butcher-Building war wieder still und leer und wolkenlos, als eine langgestreckte schwarze Limousine auf dem Dach landete. Die Fahrertür glitt zischend auf, und der Anti-Rex stieg aus. Er konsultierte seine Armbanduhr. 10:59, und der Countdown lief.

»Dee und Kelley werden jetzt wohl in Position sein«, informierte er sich nicht ganz richtig. »Alles verläuft genau nach Plan«, schlussfolgerte er völlig daneben.

Die Schlacht wogte wild um das Polizeihauptquartier herum. Kevins requirierte militärische Fahrzeuge verfügten über eine beeindruckende Feuerkraft. Doch die tapfersten Söhne Presleys kamen nun selbst mit ihren Waffen aus der Deckung. Granaten explodierten in einer Menge anderer als den beabsichtigten Richtungen.

Bis jetzt gab es noch keine Verluste an Menschenleben. Und es gab nicht den geringsten Mangel an Machismo-Gehabe.

Irgendwo genau in der Mitte des Niemandslands wurde ein Schachtdeckel beiseite geschoben.

»Verdammt laut da oben!«, beschwerte sich Ed.

»Wahrscheinlich ein Gewitter oder so was.« Johnny schubste Ed von unten gegen den Hosenboden. »Los, geh raus, und wirf einen Blick in die Runde.«

»Ich will nicht nass werden. Ich mach's ganz kurz.« Ed machte es ganz kurz. Eine querschlagende Kugel riss ihm die Schädeldecke weg.

»Was uns zur Frage der Weltexklusivrechte bringt.« Der Intendant von PROSAT71TL nuckelte an seiner Zigarre. »Wir erwarten selbstverständlich, dass wir diese Rechte erhalten. Ich denke, die Vorschusszahlungen und die zukünftigen Tantiemen werden Sie beide vollstens zufrieden stellen. Eine Zigarre, Mojo?«

»Ich hab nichts dagegen.«

»Entschuldigung.« Der Fahrer schob ein kleines Paneel zur Seite und wandte sich an die versammelte Gesellschaft. »Tut mir Leid, wenn ich stören muss, aber rings um das Polizeihauptquartier scheint es irgendeine Art von Unruhe zu geben. Soll ich vielleicht anhalten und erst mal nachsehen, was los ist?«

»Nein.« Der Intendant des Senders sprach durch eine dichte Zigarrenwolke hindurch. »Wir sind mitten in wichtigen Verhandlungen. Fahren Sie um die Störung herum.«

»Wie Sie sagen, Sir.« Der Fahrer steuerte nach links und verließ die Kampfzone.

»Sieh dir nur meinen Kopf an!« Ed tanzte wütend auf und ab. »Gerade hab ich meine Ohren erst wieder dran, und dann passiert so was! Ich habe die Nase voll!«

»Dann geh hoch, und sag es ihnen«, drängte Johnny. »Ich geb dir Rückendeckung.«

»Du verlogener Bastard.«

»Ehrlich. Geh nur. Sag es ihnen.«

»Das werde ich auch verdammt noch mal!«

Ed kletterte aus dem Schacht. Eine umherhüpfende Granate ging los und trennte ihm den rechten Arm ab.

Voll Bitterkeit betrachtete Ed den blutigen Stumpf. »Ich treibt mich in den Wahnsinn!«, heulte er.

»Was sagst du da?«, heulte Rex. »Das ist alles *was*?«

»Ein Spiel.« Chico bedachte Rex mit jener Sorte von tröstendem Lächeln, mit der Rex ihn am Vorabend bedacht hatte. Es war genauso wenig tröstlich. »Ein Spiel. Genaugenommen *das Spiel.* Das einzige Spiel in der Stadt, und du machst mit. Du bist ein Teil davon.«

»Du meinst wirklich ein richtiges Spiel?«

»Genau. Wie in ›Leben ist ein großer Computer voll virtueller Realität‹, und das Spiel darin spielt mit echten Menschen.«

»Es sind die Phnaargs.« Rex schnitt eine säuerliche

Grimasse. »Sie stecken hinter alledem. Es muss so sein.«

»Nein, Rex. Viel mächtiger als die Phnaargs.«

»Noch mächtiger als die Phnaargs?« Rex kratzte sich am Kinn. Ein Ausdruck der Erleuchtung, von der Sorte, wie wir ihn im ganzen Buch bis jetzt noch nicht gesehen haben, erschien auf seinem Antlitz. »Die Götter! Es müssen die Götter sein!«

»Noch mächtiger.«

»*Noch* mächtiger? Was könnte denn noch mächtiger sein als Götter?«

»Ihre Buchhalter beispielsweise. Möchtest du vielleicht noch einen Kaffee?«

»Wer ist dieser Typ?« Sam Maggott spähte durch sein Granatloch nach draußen. »Wo kommt der so plötzlich her?«

»Aus der Kanalisation, Sir.« Cecil hob seine überdimensionierte Waffe. »Soll ich ihn in die Luft jagen, Sir?«

»Sieht ganz so aus, als hätte das schon jemand getan. Jagen Sie *die da* in die Luft!«

»Selbstverständlich, Sir.« Cecil schob eine weitere hochkalibrige, niedrigreichweitige Granate in seine Kanone und betätigte den Abzug. Das Geschoss pfiff an Ed Kelley vorbei und steckte seine Kleidung in Brand.

»Ich verliere so langsam die Geduld!«, wütete der Qualmende.

»Habt ihr das gesehen?« Kevin gestikulierte durch eine Schießscharte. »Sie haben einen unbewaffneten Zivilisten beschossen! Jagt die Mistkerle in die Luft!«

»Jetzt ist es aber bald genug!« Ed fuchtelte mit einem verkohlten Arm in der Luft. Schnellfeuer aus den automatischen Waffen des requirierten Militärfahrzeugs hüllte ihn ein.

»So!«, kreischte der durchlüftete Ed. »Das war der Tropfen, der das Fass zum Überlaufen bringt!«

Der Anti-Rex stieg über die Brustwehr auf dem Dach des Butcher-Building und arbeitete sich dann fliegender Weise nach unten vor. Es war kein erfreulicher Anblick, wirklich nicht. Aber er war schließlich auch kein besonders erfreuliches Individuum.

Ich stehe in der Seitengasse und werfe einen Blick durch mein 200x6000 Laserprismen-Polizeifernglas. »Da oben kriecht irgendein Typ an der Wand runter«, sage ich. »Willst du mal sehen, Barry?«

»Nein, Chef. Ich kann ihn auch so prima erkennen, danke. Sobald die Handlung zur nächsten Szene überblendet, rennen wir los, ja? Und dann werde ich versuchen, die Sache so zu richten, dass du deinen Showdown auf dem Dach bekommst.«

»Einverstanden.«

»Nicht, dass du es verdient hättest, du eingebildeter Lackaffe.«

»Was war das, Barry?«

»Ach nichts, Chef. *Jetzt*, Chef!«

»Aaaaaaaaaaaaaarrrrrrrrrrrrrrrrgggggggggghhhhhhh!«, machte Ed Kelley, der, wie man so schön sagt, gerade mächtige Verwandlungen durchmachte.

Der Erzdämon Balberith wird bereits in Joseph Glanvils *Saducismus Triumphus* erwähnt, ein Buch, das in menschliche Haut gebunden ist und zu einem bestimmten Zeitpunkt durch die Hände eines gewissen Jack Doveston gegangen ist. In diesem Buch schreibt der gute alte Joe:

> *»beym Eck ich sag dir dis Junge: Der Balberith eyn groser übler Geselle ist mit schwartzem Barthe und voller Läuse und grüner knirschender Zäne und flamen aus dem Hintern die die Tapete im Esszimmer abfallen lasen. Und wannst du nicht esen magst deine Blutwurst kommt er gleych in dr näcksten Minute schon durch den Schornsteyn herab und frist dich auf mit hauth un Har. Un ich geh zu fus die trepe rauf. Mutter, setz schon mal den Kessel auf.«*

Wahrscheinlich geht in der Übersetzung aus dem ursprünglich Lateinischen ein wenig vom Inhalt verloren.

Die Bestie, die sich nun aus Ed Kelleys zerfetzten menschlichen Überresten einen Weg ins Freie bahnte, sah absolut nicht zum Lachen aus. Sie war abscheulich, atavistisch, grässlich, groß, schwarz, brutal, grausam, kalt erbarmungslos und so weiter. Sozusagen.

Sie erhob sich zu ihrer gesamten Größe von gut acht Fuß, ein schimmernder Leib aus Energie, in dem das reine Böse pulsierte.

»Das gefällt mir überhaupt nicht«, krächzte Sam Maggott. »Jagen Sie's in die Luft, Cecil.«

»Mir geht allmählich die Munition ein wenig aus, Sir. Vielleicht sollten wir die Typen in den Militärfahrzeugen zuerst ranlassen, eh?«

»Was in BAH-RIHs Namen ist denn das?« Kevin starrte durch die Schießscharte seines Militärfahrzeugs.

»Frag mich nicht«, antwortete ein *Child of the Revolution*. »Du bist doch der mit der sprechenden Rolle; du musst es herausfinden.«

»Hä?« sagte Kevin. »Was soll das?«

»Wir wollen anständige Rollen«, meldete sich ein anderes *Child of the Revolution*. »Oder wir gehen alle nach Hause.«

»Jetzt ist wohl kaum die Zeit für Tarifverhandlungen! Los, Leute!«

Schweigen herrschte in dem requirierten Gefährt. Aber nicht überall.

»Hört zu, Leute, seid doch fair!« Kevin schaltete das Lautsprechersystem ein und brüllte: »Schicken Sie auf der Stelle Laura Lynch heraus!«

»Friss Scheiße!«, kreischte Balberith und hob lange schwarze Klauen gen Himmel.

»Äh ... bäh.« Kevin schwankte, doch nicht lange. »Sie ist offensichtlich nicht da«, sagte er zu seinen namenlosen Kameraden. »Ich denke, wir sollten es jetzt vielleicht beim Butcher-Building versuchen.« Er legte den Rückwärtsgang ein und gab Gas.

»Sieh sich das einer an!« Sam tanzte albern umher. »Sie ziehen sich zurück! Officer Cecil, holen Sie die Wagen heraus!«

»Wir verfolgen sie also, Sir? Das meinen Sie doch nicht ernst?«

»Die Wagen, Officer!«

»Jawohl, Sir.«

Balberith war aufgesprungen und rannte. Seine Reptilienfüße mit den drei gespreizten Klauen rissen große Brocken aus dem Asphalt und hinterließen rätselhafte Spuren, über die sich die Gelehrten in Zeiten die da kamen streiten würden. Sein langer, schwarzer, schuppiger Leib erhob sich in die Luft und fiel krachend auf das inzwischen schwankende militärische Fahrzeug.

»Lasst uns verschwinden!«, kreischte Kevin.

»Los, hinterher!«, kreischte Sam Maggott.

»Was soll all der Lärm, Ed?«, fragte Johnny Dee. »Ed? Hallo? Ed, wo steckst du?«

Er streckte den Kopf aus dem Schacht, und ein Polizeiauto fuhr drüber.

17

67. Und BAH-RIH sprach zu Elvis und sagte weise: »Ich schätze, wir haben ziemlichen Mist gebaut, Chef.«

Das Sub-Urbane Buch der Toten

Der Anti-Rex kroch an der Wand des Butcher-Building nach unten und durch ein offenes Fenster. Er klopfte seine schwarzen, schicken Klamotten ab, zog eine wirklich phantastische Handwaffe hervor, die offensichtlich aus dem Waffenschrank von *Robocop* stammte, und legte den Sicherungshebel um.

Ein Stockwerk höher blinkte ein Licht auf dem Implantat an Jonathans Handgelenk, doch er kümmerte sich nicht darum und bastelte weiter mit seinem unwahrscheinlichen Schraubenzieher. Informationen wurden gewechselt und an seinen Schädel weitergeleitet. Ohne von der Arbeit aufzublicken, klappte er die Kuppe seines linken Daumens um und sprach in ein winziges Mikrophon, das darunter versteckt gelegen hatte.

»Eindringling in Raum B, fünfundsechzigster Stock. Suchen und vernichten. Der Eindringling gehört zur Kategorie AAA. Gehen Sie vor wie besprochen. Außerdem haben wir einen weiteren Eindringling, der in der Lobby herumtanzt, Kategorie DDD. Es wäre vielleicht besser, wenn wir ihn auch aufhalten.«

Das gepanzerte Militärfahrzeug machte beträchtliche Fortschritte. Presley Citys morgendlicher Berufsverkehr stellte kaum ein Problem dar. Die stählernen Ketten drehten sich mit gleichmütiger Geschwindigkeit und plätteten wunderschöne Autos mit hohen Heckflossen, ebneten Laternenmasten und Ampeln ein und verstreuten Fußgänger in alle Winde.

Im Innern des Fahrzeugs war eine hitzige Diskussion entbrannt. Oben auf dem Dach hämmerte Balberith mit den Fäusten gegen den Stahl und heulte Obszönitäten, wie manche Dämonen das eben so tun. Voraus hielt der Konvoi von PROSAT71TL vor einer roten Ampel, und hinter ihnen folgten Presleys Tapferste dem gepanzerten Vehikel mit seinem Borddämon ohne größere Eile.

»Drücken Sie aufs Gas, Cecil!«, brüllte Sam Maggott.

Cecil verspürte keine besondere Lust dazu. »In dieser Stadt gibt es eine Geschwindigkeitsbegrenzung, Sir, und als Beamter des Gesetzes ist es meine Pflicht, mit gutem Beispiel voranzugehen.«

Sam kniff das trödelnde Vorbild ins Ohr. »Verdammter Feigling! Geben Sie endlich Gas!«

»Aber Sir, das ist ein gepanzertes Fahrzeug, das vor High-Tech-Waffen nur so starrt, und außerdem ist da noch dieses Ding auf dem Dach! Meiner wohl überlegten Meinung nach sollten wir einen sicheren Abstand einhalten und die weitere Entwicklung abwarten.«

»Geben Sie verdammt noch mal Gas, und schalten Sie das Blaulicht ein!«

»Das Blaulicht?« Officer Cecil bekreuzigte sich.

»Jetzt.« Der Intendant des Senders PROSAT71TL nuckelte an seiner Zigarre. »Kommen wir zu der Angelegenheit der Filmrechte. Ganz offensichtlich lässt sich der Stoff zu einem Spielfilm verarbeiten. Ich schlage einen Dreiteiler vor, zur besten Sendezeit; was halten Sie von, warten Sie ... Die *Harpo/Chico-Story*?« Er wartete nicht erst auf eine Antwort. »Sollen wir über die möglichen Darsteller der Hauptrollen reden?«

»Ich würde mich ziemlich gerne selbst mitspielen«, sagte Debbie und klimperte mit den Wimpern.

»Und ich mich«, sagte Mojo. »Ich habe nämlich in der David-Bowie-Akademie Schauspielunterricht genommen.«

Der Intendant nickte zustimmend. »Und wie steht's mit Harpo / Chico?«

»Vielleicht ein animiertes Modell?«, sagten Mojo und Debbie unisono.

»Ganz genau meine Meinung! Allerdings muss es überzeugend aussehen. Wir werden eines der besten Animatronic-Studios beauftragen.«

Der Fahrer schob erneut seine kleine Luke auf. »Tut mir Leid, wenn ich schon wieder störe, aber die Jungs im Cateringwagen am Ende unseres Konvois sind ziemlich aufgeregt. Sie sagen, hinter ihnen käme ein großer Panzer der Army mit einem Monster auf dem Dach.«

»Monster? Was denn für ein Monster?«

»Ich frag sie, Sir.« Der Fahrer sprach in sein Mikro. Ein Wortschwall antwortete. »Meine Güte, sie sagen, es ist ungefähr acht Fuß groß, schwarz wie Pech, schuppenbedeckt, und es atmet Feuer und Schwefel, während es auf den Panzer einhämmert.«

»Das klingt doch gar nicht schlecht.« Der Intendant stieß weitere Rauchwölkchen aus. »Das könnten wir mit in den Film herein nehmen. Sagen Sie den Jungs vom Catering, sie sollen ein paar Polaroidphotos schießen und sie zu uns durchfaxen. Und fragen Sie sie am besten auch gleich noch, ob sie wissen, wer für die Animatronic zuständig ist. Kann sein, dass wir hier eine ganz heiße Geschichte aufgetan haben.«

»Mach ich, Sir.«

»Ed?« Johnny umklammerte seinen verbeulten Schädel, kletterte aus dem Kanalisationsschacht und sah sich um. Das Polizeihauptquartier stand in munteren Flammen, genau wie zahlreiche andere Häuser rechts und links.

Die irdischen Überreste von Ed Kelley lagen freizügig in der Straße verteilt.

Johnny konsultierte die Karte. »Du hast sie auf dem Kopf gehalten. Seine Exzellenz wird das überhaupt nicht gefallen«, sagte er.

Seine Exzellenz durchquerte Raum B. Es war kein sonderlich interessanter Raum, und es ist zweifelhaft, ob er überhaupt eine Erwähnung in diesem Buch gefunden hätte, hätte nicht der Anti-Rex beschlossen, genau ihn zu betreten. Also, je weniger darüber gesagt wird, desto besser. Der Anti-Rex drückte sein Ohr an die Tür.

Klick klack klick klack klock, ertönten im dahinter

liegenden Korridor die Geräusche von Waffen, die schussbereit gemacht wurden.

»Hmmm«, machte der Anti-Rex und nahm das Ohr wieder von der Tür.

»Hmmm«, machte der echte Rex zu Harpo/Chico. »Und wie genau passe ich in all das?«

Chico futterte weiter Toast. »Du bist der Querschläger, Rex. Du solltest eigentlich überhaupt nicht hier sein.«

»Du predigst zu einem Bekehrten.« Rex blickte sich im Café um. Es war kein besonders interessantes Café, und es ist zweifelhaft, ob es überhaupt Erwähnung gefunden hätte ... haben Sie eigentlich auch manchmal so ein starkes Gefühl von *Déjà vu*?

»Hör zu, Rex, du bist der Einzige, der alles wieder in die rechten Bahnen bringen kann. Das ist der Grund, aus dem du hier bist.«

»Und was muss ich tun?«

»Das Spiel gewinnen. Schaff deine Initialen hinter den ultimativen Highscore.«

Rex schnitt eine der zweifelndsten Grimassen bisher.

»Aber ich weiß überhaupt nicht, wie man dieses Spiel gewinnt! Ich weiß nicht einmal, was für ein Spiel das ist! Könntet ihr nicht ein wenig genauer sein?«

»Ich kann dir soviel verraten, Rex. Das Spiel geht weiter und weiter, wieder und immer wieder, bis irgendjemand es gewonnen hat. Aber es kann gewonnen werden, glaub mir, und wenn du es ...«

»Und wenn ich es gewonnen habe, was dann? Los, erzähl es mir.«

»Ich soll den genialen Schluss verderben? Ganz bestimmt nicht!«

»Genialer Schluss?« Rexens zweifelndes Gesicht wurde zu einem sehr säuerlichen Gesicht. »Also gibt es wieder so ein dämliches Ende?«

»Genau.« Chico hatte seinen Toast aufgegessen. Harpo leerte seine letzte Milch. »Du wirst es schon alles auf die Reihe kriegen, Rex. Du wirst am Ende gewinnen. Ich werde bei dir sein. Fürchte dich nicht und so weiter und so fort. Und jetzt – warum unternehmen wir nicht einen kleinen Spaziergang zum Butcher-Building?«

»Warum nicht. Bedienung? Zahlen bitte«, rief Rex der Kellnerin zu, die abwartend in der Nähe gestanden und auf ihr Stichwort gewartet hatte. Sie war keine besonders interessante Kellnerin, und es ist zweifelhaft, ob sie überhaupt in diesem Buch Erwähnung gefunden hätte, hätte nicht Rex ...

Balberith riss ein ganzes Stück verstärkten Stahls aus dem Dach des militärischen Fahrzeugs und funkelte zornig durch das Loch ins Innere. Fünf gesichtslose Individuen starrten zu ihm hinauf.

»Verdammter Mist!« Kevin trat voll auf die Bremsen.

Die Männer im Cateringwagen von PROSAT71TL, die das Geschehen munter durch die Heckscheibe geknipst hatten, ließen mit einem Mal Kameras und Unterkiefer fallen. Sie sahen, wie das große gepanzerte Kettenfahrzeug ruckartig zum Halten kam und das große schwarze Monster vom Dach geschleudert wurde.

Es wurde nicht nur vom Dach geschleudert, es segelte direkt auf sie zu.

»Ooooooooooooh!«, riefen sie und duckten sich, wo es nur ging.

Balberith krachte durch die Hecktür des Cateringwagens, rollte über den makellos sauberen Linoleumboden und kam schließlich in der Obst- und Salatbar zum Liegen.

»Heh, Sie da! Eindringling!«, rief einer von Jonathans Repomännern durch das Schlüsselloch von Raum B, Etage fünfundsechzig. »Wir sind eine schwer bewaffnete Miliz mit geringem Intellekt und hoher Loyalität gegenüber der Company und hoher Arbeitsmoral. Wir werden in exakt einer Minute den Raum stürmen und Sie erschießen. Möglicherweise verspüren Sie den Wunsch, sich zu ergeben, oder vielleicht fliehen Sie auch lieber durch das Fenster. Offen gestanden, wir würden es vorziehen, wenn Sie uns einen Kampf liefern. Wir sind nämlich eine richtig sadistische Bande. Wirklich gemein sind wir.«

»Wirklich gemein?« Der Anti-Rex spannte den Hahn seiner Robocop Spezial. »Ihr wisst überhaupt nicht, was ›richtig gemein‹ bedeutet.«

»Alles erledigt.« Jonathan richtete sich auf und legte einen Schalter um. Reihen von elektronischem Firlefanz erwachten zum Leben. Lichter blinkten, und zahlreiche Bildschirme zeigten dreidimensionale Ansichten von Presley City, Innenansichten des Butcher-Building, Nahansichten von Jonathan, Graphiken, Tabellen, eigenartige Muster und Diagramme und ein altes Video von Marc Bolan.

»Singt er zufällig ›Pewter Suitor‹?«, erkundigte sich Laura.

»Nein. Das ist ›20th Century Boy‹. Nicht einmal ich besitze eine Aufnahme von ›Pewter Suitor‹.«

»Und bist du mit dem Aufbauen deiner Apparate fertig?«

»Alles fertig. Diese Anlage hier kann jeden Fernsehsender der Welt überlagen, sämtliche Konkurrenz stören und sämtliche Szenarios des finalen Showdowns parallel zueinander übertragen.«

Jonathan blickte auf das, was er geschaffen hatte, und befand es für ausgesprochen gut. »Nicht einmal mein Dad hätte so etwas gekonnt.«

»Dein Dad? Du hast noch nie über deine Familie gesprochen.«

»Wir standen uns nicht besonders nah.«

»Was macht dein Vater?«

»Nicht viel, schätze ich. Als ich ihn das letzte Mal sah, war er tot.«

»Oh, das tut mir Leid.« Natürlich tat es ihr nicht Leid, aber man muss in dieser Situation wohl irgendwas sagen, oder nicht?

»Mir nicht.« Jonathan grinste böse. »Dad hatte diesen Unfall. Er fiel in ein großes Schwungrad. Ziemlich hässliche Sache. Ziemlich endgültig.«

»Ein großes Schwungrad? Wo war denn das?«

»Nirgendwo, womit du dir den hübschen kleinen Kopf zerbrechen müsstest.«

»Meinen hübschen kleinen federleichten Verstand, der nur für eine Sache und für sonst überhaupt nichts taugt, meinst du den?«

»Was?«, fragte Jonathan.

»Nichts. Bist du wirklich ganz sicher, dass nur du allein in der Lage gewesen wärst, all das hier zu konstruieren?«

»Nur ich allein«, sagte Jonathan und streckte die Brust heraus.

»Ich bin ja so froh.« Laura zog die kleine komplizierte Handwaffe aus ihrem Dekolletee und richtete sie auf Jonathan. »Dann bist du jetzt tot, Arschloch.«

Balberith glänzte von Salatsoße und Früchten, als er sich wieder erhob.

»Raaaaaaaaagh!«, machte er, als er sich die Überreste von Pflaumen, Palmkohl und Pastinak von der Brust wischte.

»Aaaaaarrrrrgh!«, fuhr er fort, während er zwischen Piment, Pfirsich, Petersilie und Peperoni, Papaya, Paradiesapfel und Puffbohnen, Pflückererbsen und Perllauch hindurch vortrat.

»Grrrraaahmmmph!«, fügte er noch hinzu, als er einen Rosenkohl aus dem linken Ohr pflückte und zu einem Nichts zertrampelte.

Das Catering-Personal nahm die Gelegenheit wahr, um sich durch die Notausgänge zurückzuziehen. »Lauft um euer Leben!«, riefen sie und dergleichen Dinge mehr.

Balberith holte mit seinen mächtigen Armen aus, zerquetschte den Servierwagen und warf das Gewürzregal um.

Ein tollkühner Bursche mit einem Blick für die ganz große Chance (denn es gibt immer eine) machte Anstalten, eine achtlos weggeworfene Kamera aufzuheben und ein weiteres Polaroidphoto zu schießen.

»Bitte lächeln!«, sagte er.

Balberith riss die Überreste der Frucht- und Salatbar von den Beinen und schleuderte sie durch die Decke. Dann rückte er gegen den tollkühnen Burschen vor.

»Nur noch eins! Aua! Autsch!« Balberith packte ihn bei den gestärkten, sauberen Revers seiner Kellnerjacke und hob ihn in die Luft.

»Wie heißt du?«, grollte das Monster aus der Hölle und starrte den alles andere als glücklichen tollkühnen Burschen aus hässlichen gelben Augen an.

»N-nur ein p-paar Bilder für den I-intendanten«, stammelte die verlorene Seele und machte sich dabei in die Hosen.

»Bilder?« Eine lange gespaltene Zunge schoss aus dem schuppigen Maul und leckte über die Nasenspitze des stammelnden Hosennässers. Leck, schleck, schleck, machte sie.

»W-wir v-veranstalten ein C-casting für einen F-film ...«, stammelte der Stammler mit der nassen Hose.

»Film?« Die schwarze Zunge verschwand hastig außer Sicht.

»E-es w-wäre vielleicht eine R-rolle für S-sie dabei ...«

Balberith setzte den feuchten Stammler wieder auf dem Boden ab.

»Eine Hauptrolle?«, erkundigte er sich.

Kevin setzte den Cabrio-Panzer in Bewegung und bog in die Lonely Street ein. Entgegenkommende Fahrzeuge wichen schleudernd zur Seite aus, krachten in Erdgeschosswohnungen, ratterten über Bürgersteige, überschlugen sich oder gingen in Flammen auf.

»Wir haben dieses Ding abgehängt!« verkündete er. »Hat vielleicht irgendjemand einen Lutscher dabei?«

Ringsum herrschte tiefes Schweigen.

»Hey, kommt schon, Leute.«

»Nicht, bevor wir nicht korrekt beschrieben wurden und eine solide Charakterisierung erhalten haben«, sagte ein kleines, pummeliges Ding mit einem sommersprossigen Gesicht und einem Schopf feuerroten Haars. Ihr Name lautete Alison.

»Könnte ich bitte einen Lutscher haben, *Alison*?«, bat Kevin.

»Pummelig?«, kreischte Alison. »Ich bin nicht pummelig!«

»Ich rufe alle Wagen! Ich rufe alle Wagen!«, rief Sam Maggott in seinem besten Broderick Crawford (nicht mit Jonathan verwandt oder verschwägert) alle Wagen. »Ein schwer bewaffnetes und gepanzertes Militärfahrzeug ist auf der Lonely Street unterwegs. Errichten Sie Straßensperren bei King Creole und Roustabout. Halten Sie das Fahrzeug auf, und verhaften Sie die Leute!«

»Was sollen wir?« Die Stimmen betrunkener Polizisten erfüllten den Ether und erzählten etwas von dringenden Untersuchungen in der Angelegenheit der gestohlenen Bierdeckel.

»Wir kommen jetzt rein«, riefen Jonathans Repomänner. »Zeit zu sterben.«

»Für euch vielleicht, aber nicht für mich.« Der Teuflische hielt seine Stellung, hob seine Superkanone und jagte eine Salve Schnellfeuer durch die geschlossene Tür von Raum B, Etage fünfundsechzig, nach draußen in den Korridor.

Schreckensschreie aus dem Korridor drangen durch die Kugellöcher herein.

»Verdammt unsportlich!«, rief jemand.

»Angriff!«, rief jemand anderes. Und angreifen taten sie dann auch.

Die durchlöcherte Tür wurde aus den Angeln gerissen und segelte in den Raum. Ein mächtiger Schild für eine rachedurstige Armee.

Der Anti-Rex leerte seine Superpistole in ihn, doch ohne Ergebnis. Er war in der Unterzahl und unterlegen. Der Mob brach über ihn herein, warf sich auf ihn und rings um ihn. Er schleuderte die Tür zur Seite, unter die er unvermittelt zu liegen gekommen war, starrte voll Bitterkeit auf seine Feinde und fuhr sich mit einem schwarzen Ärmel über die blutende Nase.

»Dafür werdet ihr bezahlen!« spuckte er den Pistolenläufen entgegen, die einen Kreis aus Stahl über ihm bildeten. »Ihr habt ja keine Ahnung, mit wem ihr euch eingelassen habt.«

»O doch, die haben wir.« Der Kreis aus Stahl weitete sich, und ein Repomann trat vor. Er sah ziemlich eigenartig aus für einen Repomann. Weit entfernt von den gewöhnlichen Hünen mit den leeren Gesichtern und den breiten Schultern. Er war klein, weißhaarig und pummelig. Er trug das Gewand eines katholischen Priesters und besaß eine verblüffende Ähnlichkeit mit dem legendären Spencer Tracy.

Er trug eine Bibel und ein großes silbernes Kruzifix.

»Die großen Kanonen hoch!«, befahl er.

Die großen Kanonen gingen hoch.

»Wasserpistolen heraus!«

»Wasserpistolen, hä?«

Der Stinker am Boden sah mit einem Mal beunruhigt drein.

»Weihwasserkapseln laden!«

»Weihwasserkapseln was? O nein . . .!«

Die Repomänner luden ihre Weihwasserpistolen durch und richteten sie auf den Fleisch gewordenen Teufel.

»Fangt an mit dem dümmlichen Kindergesang!«

»Wir wiwissen wer du bibist«, stimmten sie ihren dümmlichen Kindergesang an. »Wir wiwissen wer du bibist!« Wirklich albern.

»Ich würde empfehlen, jetzt mit dem letzten Gebet zu beginnen«, sagte der Doppelgänger von Spencer Tracy und strahlte den Anti-Rex an. »Aber wer hört schon auf einen alten Mann, eh?«

»Barry, ich kann überhaupt nichts sehen!« Es ist schwärzer als die Unterhose eines Heizers während eines Stromausfalls durch Blitz-Bomber.

»Natürlich kannst du nichts sehen, Chef. Du hast die Augen zu.«

»Ah, sicher. Das wird es sein.« Ich begreife ziemlich schnell, wissen Sie? »Warum habe ich eigentlich meine Augen geschlossen?«

»Damit du nicht siehst, wohin du gehst.«

»Was erklärt, warum ich andauernd irgendwo anstoße, nehme ich an.«

»Du hast es erfasst, Chef.«

»Barry, entschuldige, wenn ich das frage, aber warum sollte ich nicht sehen wollen, wohin ich gehe?« Die Frage erscheint mir nur vernünftig.

Barry gibt ein aufreizendes seufzendes Geräusch von sich, doch ich reagiere nicht darauf.

»Weil, Chef, wenn du nicht siehst, wo du bist, kann es auch sonst niemand, weil du doch in der Ich-Perspektive erzählst. Ziemlich gerissen, wie? Erinnerst du dich noch an deinen Film, *Tote tragen Patent-Slingpumps*?«

»Ja, sicher. Das war der mit der subjektbezogenen Kameraperspektive, wo die Zuschauer den gesamten Film durch meine Augen gesehen haben. *Woodbine ist die Kamera*. Ein ziemlicher Misserfolg an der Kinokasse, ich erinnere mich noch.«

»Die Welt war noch nicht dafür bereit, Chef. Möchtest du jetzt die Augen weiter geschlossen halten, während ich uns zum Dach hinauf bringe, oder willst du sie öffnen und genau wie deine Millionen Fans eine hässliche Überraschung erleben, wenn du siehst, wo du bist?«

»Ich denke, ich lasse sie lieber zu. Aber die Sache gefällt mir nicht. Eine ganze Szene in völliger Dunkelheit sieht auf dem Bildschirm bestimmt nicht sonderlich attraktiv aus. Jeder Taube wird glauben, der Film ist zu Ende, und aus dem Kino gehen, bevor es zum finalen Showdown auf dem Dach kommt.«

»Daran lässt sich nichts ändern, Chef. Du musst dich schließlich an deine Vier-Schauplätze-Klausel halten, und ich habe nicht genügend Energie, um dich nach oben zu beamen. Und jetzt mach einen Schritt nach rechts bitte, da ist ein ...«

Klang.

»Aua!«

»... Pfeiler im Weg, Chef.«

Der nicht subjektbezogene Leser sah, wie Laz (in der dritten Person) gegen den Pfeiler rannte und blind durch die Lobby des Butcher-Building stolperte, während er sich den Schädel hielt. Der gleiche Leser sah auch die Polonaise aus Repomännern, die ihm folgten, während sie leise vor sich hin kicherten und sich gegenseitig in die Rippen stießen.

Und als Laz den Aufzug erreichte, beobachtete genau dieser Leser, wie die Repomänner in Feuerstellung gingen und geräuschvoll ihre Waffen entsicherten.

»Hast du das gehört, Barry?« Ich lege eine Hand an mein Ohr und bin mir der Gefahr mehr bewusst als ein Mülleimer voll gebrochener Versprechen.

»Äh, Chef. Könntest du mich vielleicht kurz über deine Schulter heben und ein wenig herumschwenken?«

»Aber sicher doch.« Ich tue es. »Und? Gibt's was zu sehen?«

»Nichts, wovon du gerne hören würdest, schätze ich, Chef.«

»Laura, nicht! Nein, tu es nicht!« Jonathan bedeckte sein Gesicht. »Du wirst *mich* doch nicht erschießen wollen!«

Laura lächelte und spannte den Hahn. »Aber sicher will ich, Jonathan. Ich will es wirklich.«

»Nein, willst du nicht. Denk an all das, was ich dir geben kann!«

»Hab ich. Wenn du aus dem Weg bist, kann ich es so oder so haben.«

»Laura, bitte hör mich an ...«

»Nein, Jonathan. Du bist der Feind. Du gehörst tot. Ich werde alles hier übernehmen. Den Presley-Schatz, den toten Messias, die Macht. Ich werde es richtig machen.«

»Du weißt ja gar nicht, was du da sagst! Du kannst nicht aufhalten, was passieren wird! Nur ich kann das. Diesmal weiß ich, was ich tun ...«

»Tut mir Leid.« Laura legte den Finger an den Abzug.

»Du machst einen schrecklichen Fehler ...«

Es gab einen lauten Knall und einen dumpfen Schlag. Jonathan starrte auf das hübsche kleine Loch in seiner Brust. »Du hast auf mich geschossen!«

»Das stimmt. Ich habe dich *er*schossen.«

»Aber ich bin *nicht tot*.«

Lauras neueste Armbanduhr war eine antike Patek Phillippe, eingerahmt von Smaragden, wirklich sehr exklusiv. Sie studierte den winzigen diamantbesetzten Sekundenzeiger. »Jede Wette, dass du nicht bis fünf zählen kannst.«

»Eins ... zwei ... drei ... vier ...« Jonathan lachte nervös.

Laura blickte ihn erwartungsvoll an.

»Fünf?«, fragte sie.

»Viereinhalb ...«

Jonathan kippte nach vorn auf das Gesicht. Funken stoben aus seinen Handgelenksimplantaten. Seine kleinen Füße zuckten und strampelten, dann lag er still.

»Sag ich doch.« Laura ging zu ihm hin und drehte ihn mit dem Fuß herum. Die kleinen Knopfaugen starrten sie vorwurfsvoll an, aber sie sahen nichts mehr.

»Niemand mag so ein klugscheißendes Kind.« Laura grinste, stellte den rechten Fuß auf das Gesicht des toten Knaben und trat mit ihrem Drei-Zoll-Absatz zu.

Es war ein Akt unnötiger, kostenloser Gewalt, der ein für allemal sicher stellte, dass Meryl Streep die weibliche Hauptrolle in der verfilmten Version dieses Buchs ablehnen würde, genau wie schon bei den beiden vorhergehenden.

Laura drehte den Absatz ein zweites Mal. »Ich hab sie sowieso nie gemocht«, schnarrte sie. »Ich würde viel lieber von Cher dargestellt werden.«

»Also los dann. Wenn ihr es tun müsst, dann tut es!« Der Anti-Rex funkelte die Auswahl von Wasserpistolen an, die auf ihn gerichtet waren. »Was ist denn los mit euch? Bringt es endlich zu Ende!«

Doch keiner der Revolverhelden erweckte den Eindruck, als hätte er Lust, irgendetwas zu tun.

»Was hat das zu bedeuten?« Der Teuflische erhob sich misstrauisch auf die Beine und vermied sorgfältig die reglosen Waffen.

Die Repomänner standen stocksteif. Wie Schaufensterpuppen, plötzlich allen Lebens beraubt. Der Anti-Rex versetzte dem am nächsten stehenden einen mächtigen Stoß. Der Repomann kippte zur Seite und krachte zu Boden, noch immer in seiner letzten Pose erstarrt.

»Vielleicht habe ich einen Schutzengel?«, sinnierte der Mistkerl.

Er hob seine Superkanone wieder auf, lud das Magazin nach und schoss dem Doppelgänger von Spencer Tracy den Kopf weg.

»Los, Barry«, sage ich. »Sag mir die Wahrheit.« Ich kann sie ertragen, und Barry weiß, dass ich weiß, dass er weiß, dass ich sie ertragen kann.

»Sieht nach einem falschen Alarm aus, Chef. Ich dachte tatsächlich, du würdest in der Tinte sitzen, aber jetzt sieht es aus, als hätte ich mich getäuscht. Vielleicht hast du ja einen Schutzengel. Wenn du jetzt die Hand ausstrecken würdest und *flüster, flüster, flüster* ...

»Den Aufzugsknopf drücken, sagst du?«

»Bei dir sind Hopfen und Malz total verloren.«

»Was war das, Barry?«

»Ach nichts, Chef.«

»Ich hab nie gesagt, du wärst pummelig, Alison!« beschwerte sich Kevin.

»Nun, irgendjemand hat es jedenfalls. Ich schlage vor, wir beschreiben uns alle selbst. Wer dafür ist, soll ›In Ordnung‹ sagen.«

»In Ordnung«, sagte alle, die dafür waren, einschließlich Kevin.

»Also das nenne ich Demokratie.« Alison lächelte. Sie war groß und jung und wunderschön, mit langem, goldenem Haar und braun gebrannter Haut und großen, leidenschaftlichen grauen Augen.

»Damit kann ich leben«, sagte Kevin, der aussah wie Tom Cruise in seinen besten Jahren. »In welcher Richtung fahren wir dort an der Ampel?«

»Links«, sagte Reg, der aussah wie Tom Cruise in seinen besten Jahren.

»Nein, ich bin sicher, wir müssen nach rechts«, sagte Jason, der ebenfalls eine verblüffende Ähnlichkeit mit Tom Cruise besaß.

»Also hört mal«, sagte Kevin.

»Er ist *was*? Und er will *was*?« Der Intendant von PROSAT71TL spuckte seine Zigarre aus.

Der Fahrer redete über die Schulter. »Die Typen im Cateringwagen, also, äh, der Typ ... die anderen sind offensichtlich weggelaufen. Der Typ sagt, es wäre keine Animatronic. Es wäre ein echtes Monster aus der Hölle. Und es will eine Rolle in dem Film oder ...« Der Fahrer zögerte.

»Oder was?« Der Intendant hob seine schwelende Zigarre auf und klopfte hektisch an seiner schwelenden Fliege.

»Oder er zerfetzt unsere Wagen und reißt uns alle in kleine bissgerechte Fleischstückchen, Sir.«

»Hat er einen Agenten?«

»Ich frage ihn gleich, Sir.«

»Blöder Trottel.« Johnny Dee, der Mann mit dem eingedrückten Schädel und dem Kartenlesertalent, wanderte auf der Suche nach einem Taxi zwischen den zahlreichen brennenden Gebäuden umher.

»Kann keine verdammte Karte lesen, lässt sich seinen menschlichen Körper über die ganze Straße zerstreuen und verschwindet dann ohne ein verdammtes Wort zu sagen. Man kann sich heutzutage wirklich auf niemanden mehr verlassen. Heh, Taxi!«

Das vorbeifahrende Taxi kam zum Halten. Und es tat dies auf sehr merkwürdige Weise. Es war buchstäblich verkohlt, besaß kein Dach und klapperte lautstark auf vier Felgen ohne Reifen. Auf den nackten und geschwärzten Federn von etwas, das einmal der Fahrersitz gewesen sein mochte, saßen die nackten und geschwärzten Überreste von etwas, das einmal das eine oder andere gewesen sein mochte. Es war nicht menschlich, und es war nicht hübsch. Es war allerdings ziemlich wütend, und in den vorangegangenen Kapiteln hatte es auf den Namen Bill gehört. (Vereinzelte Jubelrufe von den Anhängern des Erkundungsteams.)

»Taxi, Sir?« bellte der gegrillte Bill der Fahrer und hob die verkohlten Überreste von etwas, das einmal seine Kappe gewesen sein mochte. »Hüpf rein, Johnny, auf uns wartet Arbeit.«

Johnny Dee versuchte, die Hintertür zu öffnen. Sie löste sich in seinen Händen auf. Er kletterte in das Wrack und setzte sich, wo es ging.

»Gibt es vielleicht irgendetwas, das du mir gerne erzählen würdest, Bill?«, fragte er. »Du siehst ein wenig verfärbt aus.«

»Ich war seit Ewigkeiten nicht mehr in der Handlung«, sagte Rex Mundi. »Was mache ich eigentlich gerade?«

»Du schmuggelst gerade mich und meinen Bruder Harpo in das Butcher-Building«, antwortete Chico. »Versuch wenigstens aufzupassen.«

»Mensch!«, sagte Rex. »Seht euch diesen Verein an! Was machen diese Typen gerade nicht?«

»Sie schießen gerade auf niemanden, wie es aussieht. Los, gehen wir rüber und sehen uns die Geschichte an.«

»Sicher«, sagte Rex und trug den Doppelköpfigen durch die Lobby, um die Reihe erstarrter Repomänner zu inspizieren. »Was ist hier passiert? Warum stehen sie wie Schaufensterpuppen herum?«

»Wenn du mich fragst«, sagte Harpo, »handelt es sich um eine Art zeitgenössischer Skulptur. Große Unternehmen wie dieses hier mögen so ein Zeugs. Wahrscheinlich hat es irgendeinen hochtrabenden Namen und ein kleines Vermögen gekostet.«

»Nein, Harpo.« Chico schüttelte den Kopf. »Das ist es nicht. Überhaupt nicht.«

»Ja, sicher. Ich wusste gleich, dass du so etwas sagen würdest.«

»Weil du dich irrst, Harpo. Halt jetzt bitte freundlicherweise die Klappe.«

»Sag mir nicht, dass ich die Klappe halten soll. Halt selbst die Klappe.«

»Heh, kommt schon, ihr beiden.« Rex schüttelte sie ein wenig.

»Untersteh dich, meinen Bruder zu schütteln«, sagte Harpo.

»Oder meinen!«, sagte Chico.

»Ich hab zuerst ausgesehen wie Tom Cruise!«, beschwerte sich Kevin.

»Und?«, fragte Reg.

»Und?«, fragte Jason.

»Und wir können nicht alle wie Tom Cruise aussehen!«

»Ihr könntet Drillinge sein«, schlug Sharon vor. Sie war groß und braungebrannt und jung und wunderschön, mit einer Mähne aus goldenem Haar und großen, leidenschaftlichen grauen Augen. »Und im Übrigen geht es an der Ampel geradeaus zum Butcher-Building.«

»Geben Sie mehr Gas, und schalten Sie augenblicklich das Blaulicht wieder ein!«, verlangte Sam Maggott.

»Kein Agent, wie?«, sagte der Intendant von PROSAT71TL. »Ich schätze, mit diesem Burschen könnten wir ins Geschäft kommen. Fragen Sie ihn nach seinem Namen, und sagen Sie ihm, er hat seinen Vertrag.«

»Ich bin von einer Fliegenden Untertasse abgeknallt worden«, erklärte Bill. »Hat nicht gerade dazu beigetragen, dass ich mich beruhige.«

»Simon Butcher!« Der Anti-Rex fuchtelte mit seiner Kanone in der Luft. »Ich komme, und ich werde dich töten!«

»Meine Haare sind blonder als deine!«, sagte Alison zu Sharon.

»O nein, sind sie nicht!«

»O doch, sind sie wohl!«

Laura nahm hinter den Kontrollen Platz. »Ich schätze, ich komme schon dahinter, wie das alles funktioniert.« Sie rieb sich die Hände.

»Jede Wette, dass du keine Chance dazu bekommst.«

Die Stimme gehörte Jonathan Crawford.

Voller Entsetzen blickte Laura auf.

Jonathans Gesicht grinste ihr von den Bildschirmen entgegen.

Laura lächelte. »Ist wohl immer noch ein wenig von dir in der Maschine, was?« Sie drückte Knöpfe auf der Konsole, und die Gesichter von Jonathan verschwanden von den Schirmen. »Bald hab ich all deine kleinen Tricks durchschaut.«

»Das bezweifle ich sehr.« Es war schon wieder Jonathans Stimme.

Laura musterte die Bildschirme. »Sag das noch mal.« Ihre Hand schwebte über der Konsole.

»Ich habe gesagt: Das bezweifle ich sehr.« Ein Pistolengriff erwischte sie seitlich am Kopf. Laura fiel vom Stuhl und neben den toten Jungen am Boden.

»Wirklich nicht besonders nett von dir, mir so auf das Gesicht zu treten.«

Laura sah hoch.

Jonathan sah runter. »Ich hab dir doch gleich gesagt, du machst einen großen Fehler.«

Laura wischte sich das Blut aus den Augen. »Aber

das *warst* du! Du hast gesagt, nur du allein könntest diese Apparate zusammenbauen!«

»Ja, das habe ich, nicht wahr?« Jonathan trat mit dem Fuß nach Lauras Gesicht. Bevor er es berühren konnte, fand das Kapitel ein überstürztes Ende.

18

Rock'n'Roll heißt, die Tochter des Friedensrichters auf dem Rücksitz eines geklauten Chevy zu lieben, Bier zu trinken, dass du mit einem gefälschten Ausweis bei einem Drive-in gekauft hast, das irgendwo am Horizont steht oder sonst was. Das ist es, was Rock'n'Roll ist.

M. Nixon

Ich tanze nur, weil ich nicht aufhören kann zu zittern.

John Spencer

Jonathan zerrte Laura auf die Beine. Er hatte sie nicht wirklich ins Gesicht getreten – irgendwo muss man schließlich eine Grenze ziehen, auch wenn ich nie genau gewusst habe wo.

»Du hast dir das alles sehr gut ausgedacht«, sagte Jonathan zu ihr. »Ich wusste, dass ich dir nicht vertrauen kann, auch wenn meine Instrumente gesagt haben, du wärst in Ordnung. Ich muss sie noch einmal überprüfen. Aber du warst ein guter Gegenwert fürs Geld. Zwei unterschiedliche Spielszenarios für den Tod des jugendlichen Genies. Es wird einen wahren Sturm bei meinen Geschäftspartnern auslösen. Die große Frage lautet nun: Was soll ich mit dir machen? Ich würde nicht sonderlich glaubhaft rüberkommen, wenn ich dir ein drittes Mal vertraue. Das zweite Mal strapaziert meine Glaubwürdigkeit schon über Gebühr.«

»Du könntest mich zumindest entkommen lassen«,

schlug Laura in einem Anflug von Hoffnung vor. »Unabsichtlich natürlich. Ich könnte ... na ja, ich könnte beispielsweise entkommen, wenn du gerade nicht hinsiehst.«

»Könntest du. Aber es gefällt mir nicht. Besser, wenn wir das Szenario hier und jetzt zu einem Ende bringen.«

Laura blickte auf den Knaben hinab. Er war eindeutig verrückt.

»Nicht besonders einfallsreich«, hörte sie sich sagen. »Nicht für den großen Jonathan Crawford. Den Genius, der aus dem Leben auf der Erde ein Virtual-Reality-Computerspiel für die Götter gemacht hat. Das ist es doch, was du getan hast, oder nicht?«

Jonathan setzte eine selbstgefällige Miene auf. »Es ist rein zufällig ein wenig komplizierter als das. Aber du bist nah dran.«

»Also kannst du mich wohl kaum gleich auf der Stelle erledigen. Ich bin die weibliche Hauptfigur, und am Schluss muss der Held mich bekommen. Das ist eine Tradition oder eine alte Bulle oder was weiß ich.«

Jonathan strich sich über das spitze kleine Kinn. »Mir scheint es eher so, als hätte dich schon so gut wie jeder gehabt. Aber ich verstehe, was du sagen willst. Der Gewinner kriegt alles, und da ich beabsichtige, der Gewinner zu sein, wäre es eine Verschwendung, dich zu erschießen. Ich sag dir was, ich hab eine bessere Idee. Eine Idee, die stets sehr beliebt ist. Komm, hier entlang.« Jonathan deutete auf die Lifttür.

»Wir fahren nach oben, Barry, oder nicht?«

»Chef, drück auf *diesen* Knopf da! *Diesen*, ja, und beeil dich ein wenig.«

»Barry, du gibst die Karten zu früh aus der Hand.«

»Chef, wenn du weißt, was gut für dich ist, dann drückst du auf den verdammten Knopf!«

»Diesen hier?«

»Genau den, Chef.«

Laura und Jonathan standen vor der Lifttür des sechsundsechzigsten Stockwerks. »Drück auf den ›Aufzug rufen‹-Knopf, Laura.«

»Wohin fahren wir?«

»Was glaubst du?«

»Runter.« Lauras Stimme besaß einen schicksalsergebenen Unterton.

»Du hast es erfasst. Wo bleibt nur dieser verdammte Aufzug?«

Ping machte die kleine Glocke, wie manche das nun einmal tun.

Die Aufzugstüren öffneten sich.

Der Aufzug war leer.

»Barry, wo sind wir?«

»Im fünfundsechzigsten Stock, Chef. Und das im Handumdrehen.«

»Findest du es in Ordnung, wenn du sagst ›fünfundsechzigster Stock‹?«

»Siehst du etwa einen fünfundsechzigsten Stock, Chef?«

»Nicht mit geschlossenen Augen, Barry, nein.«

»Da siehst du.«

»Barry, das ist total bescheuert!«

»Geschieht dir ganz recht, Chef.«

»Was war das, Barry?«

»Ach nichts, Chef.«

»Du verlogener kleiner Bastard! Diesmal hab ich alles genau gehört!«

Der Aufzug passierte das Erdgeschoss und fuhr weiter hinunter ins Gewölbe.

»Hier unten«, flüsterte Laura.

Ping machte die leise Glocke. Die Aufzugstüren öffneten sich.

»Hinein mit dir.«

Laura zögerte. Jonathan schubste sie mit seiner normal großen Waffe. »Los, beweg dich!«

»Jonathan, ich glaube nicht ...«

»Halt bitte den Mund, und geh weiter. Du weißt schon, in welche Richtung.«

»Ich will nicht wieder da rein!«

»Aber du musst, meine Liebe. Du musst wirklich. Heldin gefangen in der Schatzhöhle, die Zeit tickt unerbittlich weiter bis zum Großen Knall – kann der Held sie noch rechtzeitig erreichen? Wenn das kein klassisches Szenario ist, dann weiß ich nicht, was es ist!«

Sie bewegten sich unter den gewaltigen Gemälden. Den Porträts von Presley, gekleidet in die königlichen Gewänder der jeweiligen antiken Zeiten. Die vergoldeten Ikonen, Büsten und Figurinen. Die Bilder des falschen Messias. Sie näherten sich der nackten Steinwand.

»Nein, Jonathan. Bitte nicht!«

Der böse Bube fummelte an seinem Handgelenk. Die Wand löste sich auf, und dahinter wurde die Kammer sichtbar mit dem Jukebox-Sarkophag.

»Rein mit dir!«

»Nein. Bitte!«

»Los, rein da!« Jonathan stieß sie vor. Und dann spürte sie es erneut. Diese entsetzliche Einsamkeit. Diese Furcht. All die Sorgen.

Jonathans Lachen hallte auf traditionelle Weise in Lauras Ohren, als sich die Wand hinter ihr wieder schloss.

»Wir haben den Aufzug verpasst«, sagte Rex. »Na ja, wir steigen ein, sobald er wieder heraufkommt.«

»Also schön«, sagte Kevin. »Also schön. Wir sind zu fünft. Drei von uns sehen aus wie Tom Cruise, und zwei wie Julia Roberts.«

»Ich sehe ihr viel ähnlicher als Sharon!«

»O nein, das tust du nicht!«

»Meine Damen, bitte! Wir sind doch angeblich Revolutionäre, die für eine heilige Sache kämpfen. Jünger von BAH-RIH dem Allwissenden. Wir müssen unsere Hohepriesterin Laura befreien und das System umstürzen. Wir *können* einfach nicht mehr so albern weitermachen wie bisher!«

»Ich weiß nicht, wie ihr das seht«, sagte Jason unvermittelt, »aber ich denke, Kevin sieht aus wie Danny de Vito.«

Officer Cecil schaltete das Blaulicht ein. »Jetzt zufrieden?«, fragte er störrisch.

»Überholen Sie diese Lieferwagen, Cecil«, befahl Sam.

»Mit dem allergrößten Vergnügen, Sir.« Cecil zog neben den Cateringwagen von PROSAT71TL. Im Innern war Balberith am Mobiltelephon.

»Und wollte schon immer in einer Kinderserie mitspielen, wie beispielsweise Sesamstraße«, sagte er, »aber natürlich habe ich hinterher Appetit auf ein paar von den kleinen Bastarden. Wenn das in Ordnung ginge?«

»Ich sehe kein Problem, mein Freund«, sagte der Intendant von PROSAT71TL. Er legte die Hand über die Hörmuschel. »Geben Sie verdammt noch mal Gas!«, sagte er zu Cecil dem Fahrer. »Hängen Sie diesen Irren ab!«

Der Anti-Rex stapfte durch den Korridor von Etage fünfundsechzig. Die Robocop-Kanone schwenkte nach rechts und links. Er umrundete eine Biegung und blieb nicht wenig überrascht stehen. In seine Richtung kam ein Mann mit Trenchcoat und Fedora. Ein Mann, der zweifellos in der Seitengasse hinter der Tomorrowman Taverne in Stücke gerissen worden sein musste.

Er tastete sich mit einer Hand an der Wand entlang; in der anderen hielt er einen kleinen grünen Rosenkohl. Einen sehr vertraut aussehenden Rosenkohl.

»Rex«, sagte Barry. »Hallo.«

Ping, machte die Aufzugsglocke im Erdgeschoss.

»Mist«, sagte Jonathan.

Die Türen glitten auf.

Jonathan blickte nach draußen.

Rex Mundi blickte nach drinnen.

»Oh!«, sagte Rex.

»O ja.« Jonathan zielte mit seiner Waffe auf Rex. »Was zur Hölle ist das für eine hässliche Missgeburt, die da aus deiner Jacke sieht?«

»Barry«, sagte der Anti-Rex. »Ich dachte, du wärst immer noch ...«

»Im Eimer, Chef? Nein, ich hatte die Nase voll davon.«

»Also hast du deine beeindruckenden Kräfte wiedergewonnen?« Ein grausames Lächeln spielte auf den Lippen des Mistkerls.

»Kann ich jetzt die Augen aufmachen, Barry? Es ist Rex, oder nicht?«

»Halt die Klappe, du dämlicher Trottel.«

»Das ist nicht sehr nett von dir, Chef. Was ist bloß in dich gefahren? Und woher hast du diese Kanone? Die ist doch aus Robocop, oder nicht?«

»Los, wirf Barry zu mir, Schleimball. Und lass bloß die Augen zu!«

»Ich wüsste rein zufällig nicht, dass ich durch die Gegend geworfen werden wollte. Was ist in dich gefahren, Rex? Du bist überhaupt nicht du selbst!«

»Ich denke, da hast du gar nicht so ganz Unrecht, Barry.«

»Du bist ein wenig zu früh, Rex.« Jonathan winkte mit seiner Waffe. »Ich habe dich frühestens in einer Stunde oder so erwartet. Aber da du nun schon einmal hier bist, kannst du genauso gut auch bleiben, wo ich dich im Auge behalten kann. Los, komm, und mach keinen Aufstand.«

Rex kam ohne Aufstand.

»Sechsundsechzigste Etage bitte. Wenn du den Knopf drücken würdest?«

Rex drückte den Knopf.

Die Türen glitten zu, und der Aufzug setzte sich in Bewegung.

»Was ist das für ein Freak?« Jonathan deutete mit der Waffe auf Harpo/Chico. »Willst du deinen eigenen Zirkus aufmachen?«

»Ich mag diesen großen Jungen nicht«, blubberte Harpo. »Verwandle ihn in ein Häschen, ja?«

»Noch nicht, Bruder.«

»Wie tut es das? Es ist doch noch viel zu jung zum Reden!«

»Was macht dein großes Spiel, Jonathan? Schon jemand dabei zu gewinnen?« Rex beugte sich väterlich zu dem Knaben hinüber.

»Zurück bitte.« Jonathan hob seine Waffe. »Und was genau weißt du überhaupt von meinem Spiel?«

»Gerade genug, um es zu gewinnen.«

»Oh, das hoffe ich doch, Rex. Das hoffe ich wirklich sehr.«

»Jetzt!«, brüllte der Anti-Rex und spannte den Hahn seiner dicken großen Pistole. »Wirf Barry her zu mir!«

»Was soll ich tun, Barry?«

»Ich denke, ich muss erst darüber nachdenken. Ich weiß, ich sollte nicht, aber ich schätze, ich werde einfach eine halbe Stunde vorwärts springen und sehen, was passiert ist. Wenn du verstehst, was ich meine, und ich bin sicher, dass du das tust.«

»Nein, Barry, warte! Nimm mich mit!«

»Halt ihn fest, oder du bist tot!«

»Ich versuch's ja!«

Doch es war bereits zu spät. Barry war verschwunden. Laz hatte eine leere Hand und der Anti-Rex eine geladene Pistole.

»Meine Güte«, sagte er. »O du meine Güte! Sieht so aus, als wärst du tot.«

»OK, OK!«, schrie Kevin. »Wir sind Freiheitskämpfer, und als solche haben wir selbstverständlich die Freiheit auszusehen, wie auch immer wir wollen! Können wir jetzt endlich gehen und Laura befreien?«

Die Tom Cruises und Julia Robertses (oder so; wie lautet eigentlich der Plural?) nickten mit den wunderschönen Köpfen. Einer der Zwillinge (Ich glaube, es war Alison) sagte: »«Hinter uns kommt ein Wagen von PROSAT71TL heran, und ein ganzer Hintern voll Polizeiautos. Können wir vielleicht etwas schneller fahren?«

»Schwenk den Waffenturm nach hinten, und knall ihnen einen Warnschuss vor den Bug, Tom, ja?«

Reg und Jason beeilten sich, Kevins Aufforderung nachzukommen.

Im Aufzug sagte Jonathan unvermittelt: »Oh, Mist! In all der Aufregung hab ich doch glatt vergessen, die Repomänner wieder zu aktivieren!«

Er fuchtelte hektisch an seinem Handgelenk herum. »Das ist alles nur die Schuld von dieser Laura!«

»Wie geht's Laura?«, erkundigte sich Rex und beugte sich einmal mehr kameradschaftlich zu Jonathan hinab.

Doch diesmal trat er dem Jungen in den Unterleib und riss ihm die Pistole aus der Hand.

»Nicht schlecht«, sagte Harpo.

»Möchtest du nicht die Augen öffnen, bevor ich dich erschieße?«, fragte der Anti-Rex.

»Ich würde es vorziehen, sie geschlossen zu lassen, danke. Barry kann jeden Augenblick zurück sein und mich befreien.«

»Mein lieber Mr. Woodbarf, nichts und niemand wird dich aus dieser Lage befreien.«

Der Teuflische steckte den Lauf seiner Pistole in Lazlos linkes Ohr.

»Irgendwelche letzten Worte?«

»Pardon?«

»Ich sagte: *Irgendwelche letzten Worte?*«

»Sie müssen nicht so schreien.«

»Nun?«

»BARRY, HILFE!«

»Netter Versuch.« *Spann* und *klick*, machte die Superkanone.

Rumpel, rumpel, brüll und *schrei*, ertönte plötzlich ein lautes Tohuwabohu im Korridor.

So viele große Repomänner und so viele Weihwasserkanonen auf einmal.

»O Scheiße!«, murmelte der Anti-Rex. »Dee und Kelley, wo steckt ihr beiden?«

»Wir haben die ganze Nacht geredet«, erzählte Johnny Dee dem schwarzen Bill. »Blabla, blabla, blabla. Alle möglichen Ränke und bösen Pläne und hinterlistigen Verschwörungen. Alles Mist, wenn du mich fragst. Ed und ich mussten natürlich immer schön einverstanden sein. Wir sollten uns einen Weg in das Untergeschoss des Butcher-Building schießen oder sprengen. Der Presley-Schatz ist dort versteckt, weißt du?«

»Oh, dort steckt er also. Ich habe Rex zum Butcher-Building gefahren, als ich in die Luft gesprengt wurde. Wir waren gerade hinter der Tomorrowman Taverne, als sie uns gefunden haben. Offen gestanden, ich bin ziemlich aufgebracht über die Entwicklung der ganzen Geschichte.«

»Du siehst auch ziemlich aufgebracht aus«, sagte Johnny.

»Wo steckt Laura?«, verlangte Rex zu wissen.

Jonathan umklammerte seinen Unterleib. »Wo du sie niemals findest«, murmelte er.

»Jonathan, ich weiß nicht, ob es dir aufgefallen ist, aber die Hälfte der Zeit in diesem Buch verbringen irgendwelche Leute damit, irgendwelchen anderen Leuten Kanonen vor die Nasen zu halten. Jetzt, in diesem Augenblick, halte ich meine Kanone vor deine

Nase, wie du sehen kannst. Sag mir sofort, wo Laura ist, oder ich zögere nicht, auf dich zu schießen!«

»Fünfundsechzigste Etage«, sagte Jonathan ohne jedes Zögern.

Rex drückte auf den Knopf. »Es wäre besser für dich, wenn du nicht lügst.«

Der jugendliche Halunke legte die Hand auf sein schwarzes Herz. »Als würde ich das wagen!«

»Unterschreiben Sie gleich hier.« Der Intendant von PROSAT71TL überreichte Mojo den Füllfederhalter.

»Der Wagen kurvt ziemlich heftig hin und her. Was ist da draußen los?«

»Nichts, worüber Sie sich Sorgen machen müssten. Halten Sie sich einfach am Tisch fest, und unterschreiben Sie.«

Granatenbeschuss riss das Dach des mobilen Vorstandszimmers weg.

»Scheiße«, sagte Mojo.

»Unterschreib«, sagte der Intendant.

»Na ja, ich bin nicht ganz sicher. Was meinst du dazu, Debbie?«

»Hallo«, brüllte Balberith in das Autotelephon. »Irgendjemand zu Hause?«

> Für diejenigen unter den Lesern, die gerne hin und wieder wissen, wie spät es ist: Es war inzwischen 09:50, und der Countdown lief weiter.

Laura schlang die Arme um ihren Leib. Es war unglaublich kalt in diesem Raum. Der Sarkophag ruhte vor ihr.

Im Sarkophag der Leichnam von Elvis. Die Ursache für die ganze Situation. Für alles, was sie hasste und verabscheute. Und noch etwas mehr.

Laura zitterte. Sie zitterte am ganzen Leib, nicht nur wegen der Kälte. Sie empfand ehrliche Furcht in diesem winzigen Raum. Hinter den Wänden war das Leben unwirklich.

Es war unwirklich gemacht worden. Doch hier drin herrschte irgendeine Art verrückter Realität. Die Realität des Todes vielleicht? Die Unausweichlichkeit des Alterns und des Zerfalls? Die ganze Sinnlosigkeit von allem?

Laura legte die bebenden Hände auf den Deckel des Sarkophags.

»Elvis«, sagte sie. »Was bist du?«

Ping, machte die kleine Glocke einmal mehr. Diesmal in Etage fünfundsechzig.

Die Türen glitten auf.

Es war ein höchst interessantes Tableau. Lazlo Woodbine mit den Händen über dem Gesicht. Der Anti-Rex mit erhobenen Händen. Und eine ganze Menge Repomänner.

Diejenigen von ihnen, die nicht mit überdimensionierten Wasserpistolen auf den Anti-Rex zielten, zielten mit überdimensionierten anderen Pistolen auf andere.

»Ich nehme meine Pistole jetzt wieder an mich, falls du nichts dagegen hast«, sagte Jonathan.

Rex gab sie ihm.

»Ich hab dich nie leiden können, Jonathan«, sagte er.

Jonathan lächelte, dann trat er Rex zwischen die Beine. »Ich dich auch nicht, Rex.«

»Fahr uns auf den Parkplatz!« Jason hantierte fröhlich im Waffenturm.

»Wie viele Polizeiautos kannst du erkennen?«, fragte Kevin.

Jason zählte, so gut es ging. »Ungefähr ein Dutzend«, sagte er. »Und ein paar Lieferwagen von SAT71TL. Wir sind alle im Fernsehen heute Nacht. Ich muss auf jeden Fall rechtzeitig nach Hause, damit ich es sehen kann.«

»Wie viel Munition haben wir noch?«

»Nicht viel. Aber wir haben noch jede Menge Süßigkeiten.«

»Und wir haben uns«, sagte Alison.

»Wie?«

»Kevin«, gurrte Alison, »Meinst du nicht, es wäre an der Zeit für eine Liebesszene? Irgendetwas Heißes, du weißt schon.«

»Was denn, du und ich? Im Leben nicht.«

»Nein, ich dachte eigentlich eher an Reg und mich. Oder hast du schon jemals eine heiße Liebesszene mit Danny de Vito gesehen?«

»Ich sehe nicht aus wie Danny de Vito. Hör auf zu kichern, Reg, sonst versetze ich dir einen Schlag auf den Mund.«

»So so so«, krähte Jonathan. »Die ganze Bande ist hier versammelt.«

»DU!« Der Anti-Rex riss die Hände vor. »Crawford! Du dreckiger stinkender . . .«

Mehrere Repomänner nutzten die Gelegenheit, ihn auf die Knie zu prügeln.

»Ich hab dir doch gleich gesagt, dass eine hässliche Überraschung auf dich wartet«, sagte Rex und grinste hämisch. Seine geschwollenen Genitalien waren fast den Ausdruck auf dem Gesicht seines Feindes wert.

»Und DU! Ich dachte, du und dieser Trottel mit den geschlossenen Augen wärt tot!«

»Hi, Rex«, sagte Lazlo, ohne die Augen auch nur für einen Sekundenbruchteil zu öffnen. »Schätze, wir sind ziemlich tief in die Kacke marschiert, wie?«

»Hi, Laz. Sagt hallo zu Lazlo, Harpo / Chico.«

»Der Mann ist ein Trottel«, sagte Chico.

»Na, na«, sagte Harpo. »Ich sag's Mama, wenn du so schmutzige Worte benutzt!«

»Was für eine hässliche kleine Missgeburt!«, sagte der Anti-Rex.

»Ich glaube nicht, dass im Aufzug Platz für uns alle ist.« Jonathan grinste gemein. »Wir nehmen also besser einen anderen Weg.« Er hantierte einmal mehr an seinem Handgelenk. Die Decke glitt auseinander, der fünfundsechzigste Stock glitt nach oben, und bald darauf waren sie alle im sechsundsechzigsten.

»Wir sind nicht zufällig auf dem Dach?«, erkundigte sich Lazlo.

Unten auf dem Parkplatz waren die Dinge verhältnismäßig ruhig. Das große militärische Vehikel war ruhig. Zwei Dutzend Polizeiautos waren ruhig. Vier der versammelten PROSAT71TL-Lieferwagen waren ruhig. Der fünfte war allerdings ein wenig geräuschvoll.

»Hallo?«, brüllte Balberith. »Entweder bekomme ich jetzt bald eine Antwort, oder ich verliere wirklich die Geduld!«

Jonathan warf einen Blick auf seine Uhr.

»Neun Stunden und zwanzig Minuten bis zum Großen Knall.«

»Rex«, flüsterte Lazlo zwischen den Fingern hindurch, »sind wir schon auf dem Dach?«

»Bist du zurück in der Ich-Perspektive?«

»Schätze nein. Also wo stecken wir?«

Jonathan antwortete. »Wir befinden uns im Herzen der gesamten Operation, Mr. Woodbrain.«

»Wood*bine,* Kerl! Ich heiße Lazlo Wood*bine,* und manche nennen mich ...«

»Ist mir wirklich scheißegal, wie manche Sie nennen.« Jonathan stolzierte vor seiner privaten Armee auf und ab. Die Repomänner hatten ihre Waffen auf Rex, Laz, Harpo/Chico und Rexens dreckiges Double gerichtet. Sie hatten wirklich jede Menge Auswahl.

»So«, sagte der Stolzierer. »Was wollen wir alle jetzt tun?«

»Mein Bruder könnte dich in ein Häschen verwandeln«, schlug Harpo vor.

»Rex, würdest du freundlicherweise dieses Balg ruhig stellen?«

»Was hat das alles zu bedeuten?« Der Anti-Rex deutete auf Jonathans unglaubliche elektronische Aufbauten.

»Das alles?« Der Blick des Knaben ging lächelnd über seine Schöpfung. »Das würdest du wohl zu gerne wissen, eh?«

»Bevor ich dir das Herz aus dem Leib reiße und es dir in den Hals stopfe, ja.«

»Was du nicht alles willst. Aber gut, warum eigentlich nicht? Ich kann diese Passage ja später immer noch herausstreichen.«[1]

»Wo ist Laura?«, fragte Rex. »Und wo ist eigentlich Elvis?«

»Immer schön eins nach dem anderen, ja? Was ihr dort seht ist größtenteils reines Sendeequipment. Obwohl von irgendwie spezieller Natur, wie ich gestehen muss. Mit gewissen Modifikationen, sozusagen. Aber das werdet ihr später alles herausfinden. Ich werde nämlich eine Botschaft an die gesamte Bevölkerung dieses hübschen Planeten ausstrahlen, weltweit, wenn ihr wisst, was ich meine.«

Harpo blickte Chico an. Chico blickte Harpo an.

»Immer wollen alle allen irgendwas erzählen«, sagte Chico.

»Was für eine Botschaft?«, fragte der Anti-Rex.

»Dass Elvis tot ist.«

[1] Wie ein gewisser Lektor saarländischer Herkunft die wohl überlegten und für das Verständnis des Lesers unentbehrlichen Wortneuschöpfungen, die der Übersetzer ursprünglich in das deutsche Werk eingefügt hatte. Hinterher jammern immer alle. In Wirklichkeit ist der Lektor an allem Schuld. Wollte ich nur mal so gesagt haben. Weil es schon so lange keine Fußnote mehr gegeben hat. Und überhaupt. (Anm. d. frustrierten Übersetzers, dem hiermit das Honorar gekürzt wurde.)

»*Tot?*«

Der Anti-Rex sprang vor. Wasserpistolen wurden hochgerissen und stoppten ihn. Gewehrkolben prügelten ihn einmal mehr zu Boden.

»Ich mag es, wenn sie das tun«, sagte Rex Mundi.

»Was soll das heißen, tot?« Der Anti-Rex erhob sich ein wenig mitgenommen.

»Ich dachte, du wärst froh, das zu hören?«

»Du hast ihn getötet? *Du?*«

»Nicht ich.« Jonathan schlug sich einmal mehr auf die rabenschwarze Brust. »Er hat sich selbst umgebracht.«

»Er hat was?«, ertönte die Frage im Chor, selbst einige der Repomänner fielen ein.

»Er hat am 16. August 1977 Selbstmord begangen. Nicht viele Menschen wissen es«, fuhr er fort und verfiel unerwartet in seine Michael-Caine-Persona.

»Du verlogener Kerl!« sagte der Anti-Rex.

»Aber er hat es wirklich getan! Darum geht es doch hauptsächlich. Er ist zu mir gekommen. Ins Haus des Lichts. Du kannst es in der heiligen Schrift nachlesen, im Sub-Urbanen Buch der Toten. Es erzählt all die Fehler, die er begangen hat, bevor er am Ende das Licht gesehen hat. Mein Licht. Ich habe die Selbstmordpille für ihn zusammengemischt. Niemand im Jahre 1977 hat Selbstmord vermutet.«

»Aber warum?«, fragte Rex. »Warum hätte er sich selbst umbringen sollen?«

»Diese Frage stellst du mir? Du hast doch seine kleine Bibel gelesen. Du hast den Presley-Schatz gesehen. Du weißt, wie sehr er alles vermasselt hat. Er hat die Geschichte verändert. Er hat versucht, alles richtig zu machen. Und es endete hiermit. Mit Presley

City. Mit einem Elvis, der als Gott angebetet wird. Er hatte gar keine andere Wahl.

Der einzige Weg, alles wieder gut zu machen, bestand darin, in der Zeit zurückzugehen und sich selbst umzubringen.«

»Ah«, sagte Rex nachdenklich. »Ich verstehe. Du meinst, indem er nach 1977 zurückgekehrt ist und Selbstmord begangen hat, kann das hier alles überhaupt nicht geschehen sein?«

»Ganz genau.« Jonathan grinste selbstgefällig.

»Hä?« Verblüfftes Kopfkratzen wurde unvermittelt der letzte Modeschrei.

»Bin nur ich das?«, fragte Laz, »oder hat sich da ein dicker Fehler in die Argumentation des kleinen Punks geschlichen?«

»Mach den großen Jungen endlich zu einem Häschen«, sagte Harpo.

»Ich denke, er hat sich gerade selbst dazu gemacht.«

»Haltet die Klappe! Ihr alle!« Jonathan wurde richtig wütend. »Elvis ist tot. Mehr müsst ihr gar nicht wissen. Und in etwas über neun Stunden seid ihr alle ebenfalls tot! Diese Stadt wird verschwunden sein, nichts mehr außer schwarzen Ruinen. Und wisst ihr auch warum?«

An einigen Stellen ging das verwirrte Köpfekratzen weiter, an anderen war Schulterzucken plötzlich die angesagte Mode. Alles reine Geschmacksfrage natürlich, was sonst.

»Interessant, findet ihr nicht auch? Wir alle wissen, dass es geschehen wird, aber keiner von uns weiß wie oder warum. Rex, bitte entschuldige, aber mir fällt auf, dass du dir weder den Kopf kratzt noch hilflos die Schultern zuckst. Tatsächlich, bitte korrigiere mich, falls ich mich irre, tatsächlich scheinst du zustimmend zu nicken, oder?«

»Genau das tue ich.«

»Und was könnte der Grund dafür sein?«

»Der Grund«, sagte Rex Mundi, »der Grund ist der, dass ich gerade alles herausgefunden habe.«

»Richtig«, sagte Kevin. »Hat jemand einen Plan?«

»Uh-uh-uh-uh-uh-uh-uh-uh-uh«, machten Reg und Alison schwül und schwitzend.

»Du erweist dich als echte Enttäuschung für mich, Reg.«

»Könnte mir nicht egaler sein.« Rex holte tief Luft. »Wann hat man schon mal die Chance, es Julia Roberts so richtig zu besorgen?«

Kevin biss sich auf die Unterlippe und schüttelte den Kopf.

»Jason, hast du vielleicht einen Plan?«

»«Uh-uh-uh-uh-uh-uh-uh-uh-uh«, machten Jason und Sharon voller Inbrunst.

»Mann, Leute, reißt euch doch ein wenig am Riemen! Wir sind so weit gekommen! Wir müssen einfach etwas unternehmen!«

»Aber das tun wir doch, *Danny*«, sagten Jason, Sharon, Reg und Alison. »Das tun wir doch.«

Balberith kaute auf dem tollkühnen Typ, der die große Chance gewittert hatte. »Tut mir Leid«, sagte er. »Ich hab die Geduld verloren. So ist das eben im Showbiz.«

Der Intendant von PROSAT71TL sagte: »Also schön. Die Schießereien haben aufgehört, und wir parken alle draußen vor dem Butcher-Building. Mojo, haben Sie endlich den Kontrakt unterzeichnet?«

»Der Stift ist leer.« Mojo schüttelte das Schreibgerät heftig und spritzte den Intendanten mit Tinte voll.

»Sorry.«

»Unterschreiben Sie einfach nur den Vertrag. Die Kameras stehen bereit zum Dreh.«

»Äh, wenn ich eine Zwischenfrage stellen dürfte«, Mojos Agent nahm seinem Klienten den Stift weg und schraubte die Kappe wieder auf. »Ich habe verschiedene Vorbehalte bezüglich mehrerer Vertragsklauseln.«

Der bespritzte Intendant verdrehte die Augen. »Oh, haben Sie? Tatsächlich?«

»Wenn Sie einen kurzen Blick auf die Klauseln 3-8, 17-19, 28-29, 56-58, 103-105, 130-134 ...«

Der Intendant steckte sich eine neue Zigarre an.

»Ich werd's ihm sagen.« Bill trommelte mit seinen verkohlten Fingerstümpfen auf dem Lenkrad.

»Wem sagen?«, fragte Johnny Dee und rutschte unbehaglich hin und her. »Was sagen?«

»Seiner Exzellenz. Ich werd's ihm sagen.«

»Was willst du ihm sagen?« Das zerstörte Taxi ratterte und ächzte. Funken stoben von den Stahlfelgen auf. Teile fielen ab und klapperten auf die Straße.

»Dass ich kündige.«

»Das kannst du nicht.«

»Ich kann. Ich hab eine Menge darüber nachgedacht. Ich bin wirklich sehr gerne Taxifahrer. Man kommt ziemlich herum dabei. Lernt interessante Leute kennen. Wenn du dein eigenes Taxi fährst, bist du dein eigener Herr, kannst selbst entscheiden, wann du arbeitest, deinen Urlaub selbst bestimmen. Es ist ein smarter Job.«

»Bill, du bist ein Dämon aus der Hölle! Und ein verbrannter obendrein!«

»Ich hatte diese Erleuchtung, weißt du? Möchtest du, dass ich dir mehr darüber erzähle?«

»Nicht wirklich.«

»Also, das war folgendermaßen ...«, fuhr Bill fort. »Ich war mit dem Wagen ...«

»Officer Cecil!«

»Ja, Sir?«

»Officer Cecil. Wir haben jetzt das, was man eine klassische ›Eindämmungssituation‹ nennt. Die Terroristen sind umzingelt. Wir haben die Fische im Netz.«

»Theoretisch, Sir.«

»Praktisch, Officer.«

»Glauben Sie, die Terroristen sehen das genauso, Sir?«

»Officer Cecil, ich möchte, dass Sie ihr Fahrzeug bewegungsunfähig machen.«

Officer Cecil grinste erheitert. »Ja, jede Wette, dass Sie das möchten.«

Sam ignorierte die Bemerkung.

»Steigen Sie aus. Schleichen Sie sich an das gegnerische Fahrzeug, und sprengen Sie mit Ihrer überdimensionierten Waffe die Ketten von diesem verdammten Panzer.«

Officer Cecil musterte seinen Vorgesetzten aufmerksam. Es war ein großes, schwitziges Gesicht. Das Gesicht eines Polizeichefs, der einen ›Harten‹ hatte. Es war unrasiert.

Aus dem Mund in diesem Gesicht kam schlechter Atem. Die Augen waren rot gerändert. Im rechten Nasenloch klebte ein Popel.

»Sie wollen also, dass ich zu diesem großen, waffenstarrenden Kampfpanzer schleiche und Leib und Leben riskiere, um diese beschissenen Ketten abzusprengen? Ist es das, was Sie sagen, Sir?«

»Ganz genau.«

»Also schön.« Officer Cecil salutierte vor seinem Vorgesetzten, stieg aus dem Polizeiauto aus und marschierte davon.

Aber nicht in die Richtung des Terroristenfahrzeugs. Vielmehr genau in die entgegen gesetzte Richtung.

»Officer Cecil, kehren Sie augenblicklich um, oder ich werde Sie disziplinarisch belangen!«

»Belangen Sie sich meinetwegen selbst.« Officer Cecil zeigte seinem Chef den inzwischen legendären Effenberg. »Ich gehe ein Bier trinken.«

»Spuck es aus, Rex!«, sagte Jonathan. »Erzähl uns, was du weißt.«

Rex grinste. »Nun, ich weiß zum Beispiel das. Presley City, all das hier ...«, er machte eine umfassende Handbewegung, »ist eine Art gigantisches Computerspiel. Und man muss nicht das Gehirn von Einstein besitzen, um sich auszurechnen, dass du dahinter steckst.«

»An Einstein hab ich eigentlich nie gedacht. Er war

ein Phnaarg, wusstest du das? Aber ist es das? Ist es das, was du zu wissen glaubst?«

»Jetzt weißt du nicht mehr weiter, wie?«

»Was soll das heißen?« Der Junge machte ein tapferes Gesicht. Es sah alles andere als tapfer aus. »Ich weiß nicht mehr weiter? Ich?«

»Das Spiel endet in wenig mehr als neun Stunden. Was passiert mit dir, wenn die Zeit abgelaufen ist?«

»Nun, ich ...«

»Du gehst zurück und fängst wieder ganz von vorne an. Ist es das? Ist es das, was du jedes Mal aufs Neue tust, wenn niemand gewinnt? Wie lange hast du bei jedem dieser Spiele?«

»Was soll dieser Blödsinn?« Der Anti-Rex ballte wütende Fäuste. »Von was für einem Spiel redet ihr da, verdammt?«

»Frag den jungen Genius.«

»Unsinn! Nichts als Unsinn!«

»Das denke ich nicht. Es kommt alles von hier. Von dir. Das Department für Menschliche Ressourcen, die Repomänner, die sämtliche Informationen überwachen und die Ordnung in einer Stadt aufrecht erhalten, die in Wirklichkeit gar keine Stadt ist. Du steckst hier fest, Crawford. Du kannst nicht hier weg, bis irgendjemand das Spiel gewonnen hat. Und du weißt nicht, wie du es selbst gewinnen kannst. Das ist der Grund, aus dem wir hier sind.«

»Unsinn.«

Auf Jonathans Gesicht bildeten sich hübsch glitzernde Schweißperlen.

»Nein, ist es nicht.« Lazlo Woodbine schlug die Augen auf.

»Nun, damit bist du draußen«, schnarrte Jonathan.

»Du hast nur die vier Schauplätze. Du hast soeben verloren.«

Rex wandte sich zu dem Mann im Trenchcoat um. »Was hat das alles zu bedeuten?«

»Ich hasse diese stinkende Stadt.« Lazlo starrte Jonathan Crawford voll Bitterkeit an. »Aber es ist mir nie bewusst geworden, bis zu diesem Augenblick. Es ist ein Spiel, daran besteht kein Zweifel. Es ist ein großes Spiel, und ich war schon früher hier und habe darin mitgespielt. Die *Tempus Fugit(ive)*. Mein Fall. Der einzige Fall, den ich je bekomme. Immer und immer und immer wieder. Ich erinnere mich jetzt. Ich habe das schon früher getan, und ich habe es immer wieder getan.«

»Und immer wieder vermasselst du es.« Jonathan schnaubte ein weiteres Mal. »Du hast sowieso noch nie etwas zustande gebracht. Du bist nur wegen der älteren Leser dabei. Aus Nostalgiegründen sozusagen.«

»Und ich?«, fragte Rex.

Jonathan zuckte die Schultern.

»Du solltest eigentlich der Held sein, oder bist du das nicht? Und wenn du es bist, dann solltest du besser bald etwas Heldenhaftes tun. Du hast noch neun Stunden, um das Spiel zu gewinnen. Weil, wenn du es nicht gewinnst ...«, die Augen des Jungen wurden schmal. »Wenn du es nicht gewinnst, wirst du wieder darin sein. Immer und immer wieder, genau wie ich. Und ich werde dafür sorgen, dass du es weißt. Bei diesem Detektiv lösche ich vorher immer die Erinnerung. Aber bei dir nicht. Jetzt, wo du dabei bist, wirst du dabei bleiben. Also gewinnst du es besser *jetzt gleich*, oder?«

»Pfui und pfeif!«, sagte Harpo. »Der große Junge ist ein mieser Drecksack.«

»Wie gewinne ich das Spiel?«

»Du musst das Gold finden, Rex.« Jonathan tanzte einen kleinen irren Tanz. »Du musst den Schatz finden und die Bombe neutralisieren. Dann hast du gewonnen.«

»Wo ist der Schatz?«

»Im Gewölbe unter diesem Gebäude«, seufzte der Anti-Rex. »*Held?* Das kann doch nur ein Witz sein.«

»Und wo ist die Bombe?« Rex wandte sich wieder dem kleinen Mistkerl zu.

Jonathan warf die Hände hoch. »Das weiß ich nicht! Wenn ich wüsste, wo sie ist – glaubst du, dann würde ich immer und immer wieder verlieren?«

Rex blickte sein verhasstes Double an. »Wo ist die Bombe?«

Sein anderes Selbst funkelte zurück. »Das ist nicht *meine* Bombe!«, sagte es. »Ich weiß es nicht!«

»Und was hast du als nächstes vor?«, fragte Rex den kleinen Unhold.

»Gar nichts. Du willst weiter leben, also finde die Bombe. Mach sie unscharf, finde den Schatz, und gewinn das Spiel.«

Rex lachte auf. »Aber das bedeutet auch, dass du gewinnst, oder nicht? Dann bist du frei. Und du verkaufst das Spiel an die ...« Er deutete nach oben. »Und du leitest es für sie. Genau so, wie du es gerade willst. Du denkst dir neue Szenarios aus, und du allein hast die völlige Kontrolle.«

»Klingt doch ganz vernünftig für mich, oder etwa nicht?«, sagte Jonathan und plusterte sich auf.

»Für mich nicht!« Der Anti-Rex ballte mächtig die

Fäuste. »Ich werde diesen Planeten beherrschen, und sonst niemand, du kleiner Scheißkerl!«

»Sei doch nicht albern.« Jonathan fuchtelte mit den Händen. »Du bist keine Gefahr für mich. Du bist nur im Spiel, weil es mir so gefällt. Als komische Einlage, weißt du? Aber genug geschwatzt! Die Zeit ist gegen uns. Und ihr müsst weitermachen mit euren aufregenden Abenteuern. Also sage ich einstweilen Tschautschau!«

Es gab ein knirschendes Geräusch wie von anlaufenden Zahnrädern, und eine stählerne Wand krachte herab. Sie trennte Rex, den Anti-Rex, Harpo/Chico und Lazlo wirkungsvoll von Jonathan und der kleinen Armee aus Repomännern in seinem Kontrollraum.

»Besser, ihr macht euch an die Arbeit«, waren Jonathans letzte Worte. »Noch neun Stunden. Jeder für sich und alle gegen jeden.«

19

Elvis ist überall, Mann!

M. Nixon

Der Anti-Rex schien irgendwie anzuschwellen. Unansehnliche Beulen bildeten sich auf seinem Gesicht. Seine Augen rollten. Auf seiner Stirn entstanden große Geschwüre und gingen wieder. Die Knöpfe platzten von seinem Hemd. Es war kein hübscher Anblick, doch es war alles so, wie man es schon häufiger gesehen hatte. Harpo/Chico beispielsweise waren nicht beeindruckt.

»Das ist doch alles Quatsch!«, brüllte der Schweller. »Alles! Ich war noch nie hier! Ich bin nicht in diesem doofen ›Spiel‹.«

»Ich hab dich beim letzten Mal gesehen, Arschloch.« Lazlo straffte seinen Gürtel. »Und davor auch. Ich erinnere mich so deutlich, wie ich eine Tunte in einem Mönchskloster erkenne.«

»Hab ich dich beim letzten Mal eigentlich umgebracht?«, fragte der Anti-Rex. »Weil ich es nämlich so sicher wie die Hölle diesmal tun werde!« Er sprang den Mann mit dem Trenchcoat an.

Und dann ...

»Au Scheiße!« Ein Teppich aus Bananenschalen materialisierte unter den Füßen des Anti-Rex und ließ ihn auf die Nase fallen.

»Das wurde aber auch allmählich Zeit«, sagte Harpo. »Guter Gag, Chico.«

»Ich schlage vor, wir machen uns in der Zwischenzeit aus dem Staub«, sagte Chico. »Am besten nehmen wir den Lift.«

»Du nimmst deinen, und ich nehme meinen.« Lazlo Woodbine rannte los.

»Hier ist PROSAT71TL live und in Farbe!«, verkündete ein Sprecher auf allen verfügbaren Kanälen, Frequenzen und was weiß ich nicht alles. »Wir befinden uns in der Oberstadt von Presley City, unmittelbar vor dem Butcher-Building, wo sich ein höchst dramatisches Geschehen abspielt. Das Gebäude ist umstellt von Polizeifahrzeugen, die aus allen Richtungen herbeigerast sind, weil bekannt wurde, dass Harpo/Chico, Kind der Liebe der bekannten Showgrößen Debbie und Mojo Nixon und erst kürzlich von Aliens gekidnappt, zwischenzeitlich in diesem Gebäude eingetroffen ist und von Simon ›Baby-Schlachter‹ Butcher, dem psychopathischen Irren und Starphotographen, als Geisel festgehalten wird.«

»Wie? Was?«, machte Sam Maggott, der die Übertragung auf dem Polizeifunk empfing.

»Wie? Was?«, machte Jonathan Crawford alias Simon ›Baby-Schlachter‹ Butcher, der die Übertragung auf allen möglichen komplizierten Apparillos empfing. »Wie war das?«

»Früher am heutigen Tag gelang es Harpo/Chico, uns aus ihrer unmenschlichen Gefangenschaft anzurufen. Sie berichteten, dass Butcher beabsichtigt, obszöne medizinische Experimente an dem Kind durchzuführen. Bisher ist es nicht zu Lösegeldforderungen gekommen, und wie es scheint, ist Butcher, der von einer engen Freundin als ›irrer Hemdchenheber und Fischfetischist, den man an seinen Eiern aufhängen sollte‹ beschrieben wurde, Vergnügen an seinen unerhörten barbarischen Akten gegen Kleinkinder findet. Wir melden uns nach einer kurzen Pause wieder.«

»*Osh Kosh by Golly*[1]. Babykleidung mit extra breitem Halsausschnitt. Wie sie auch von Harpo/Chico getragen wird, unseren amerikanischen Jungs. Sind sie nicht geradezu hinreißend?«

»Fick dich!« Crawford schaltete den Kanal ab. »Oder vielleicht auch nicht. Genaugenommen wahrscheinlich überhaupt nicht!« Er grinste sein selbstgefälliges Grinsen und tippte munter auf seiner Konsole vor sich hin. »Das ist geradezu perfekt!«, sagte er.

»Habt ihr das gehört?«, fragte Kevin.

Jason, Sharon, Reg und Alison rauchten Zigaretten und wirkten irgendwie matt.

»Was gehört?«, fragte eine der beiden Julia Robertses.

»Oben im Butcher-Building. Simon Butcher hat Harpo/Chico. Er ist ein Irrer. Ich wette, er hält auch Laura fest. Es muss so sein. Wir müssen sie retten!«

»Und wie sollen wir das anfangen?«, fragte einer der Tom Cruises. »Wir scheinen eingeschlossen zu sein.«

»Wir stürmen das Gebäude.« Kevin machte Anstalten, seine Worte in die Tat umzusetzen.

»Könnten wir nicht noch eine Weile warten?«,

[1] By Golly: Menschenskind. (Osh Kosh Begosh: Kinderkleidung.) Zum werten Verständnis. Danke sehr.

fragte Reg. »Ich würde gerne ›Tee mit dem Pfarrer‹ trinken. Was sagst du dazu, Alison?«

»Du verdorbenes Schwein!« Alison versetzte ihm eine Ohrfeige.

Reg rieb sich die Wange. »Sharon?«

»Ich bin zu allem bereit, Tom. Wie herum willst du mich?«

»Au Mann, kommt schon, Leute …!«

Der Lift fuhr nach unten.

»Das Gewölbe«, sagte Rex. »Wie kommen wir in das Gewölbe?«

»Wir fahren nach unten, Rex. Geradewegs nach unten.« Chico deutete auf die Reihe von Etagenknöpfen. »Halt mich dorthin, und ich benutze meinen Röntgenblick.«

»Röntgenblick, wie?« Rex schnitt eine Grimasse. »Das passt.«

»Ah ja.« Chico untersuchte das Paneel mit den Knöpfen. »Eigentlich ganz einfach. Numerische Sequenz. Dreistelliger Kode. Kardinalzahlen. Einfach und offensichtlich. 6 … 6 … 6!«

»O du meine Güte!« Rex schnitt eine weitere Grimasse. »Keine meiner Lieblingszahlen.«

»Musste wohl so sein, oder? Schließlich liegt der TV-Sender deines anderen Ich nur einen Block weiter die Straße hinunter.«

»Die Straße hinunter?«

»Sicher. Sie sind sozusagen Nachbarn. Crawford und der andere Rex. Nett, wie? Tipp die Zahlen ein, Rex. Wir fahren nach unten.«

Rex tippte die Sechs.

Und noch eine Sechs.

Der Lift erzitterte.

Chico grinste. »Sechsundsechzig. Crawfords Etage. Er hat Verteidigungseinrichtungen aktiviert, um zu verhindern, dass jetzt noch jemand zu ihm nach oben kommt. Am besten, du drückst die dritte Sechs, bevor der Lift noch in die Luft fliegt.«

Rex zögerte. »Aber vielleicht fliegen wir auch in die Luft, wenn ich den falschen Knopf drücke. Sechs sechs sechs ist viel zu einfach.«

Der Lift begann heftig von einer Seite zur anderen zu schwanken.

»Er stürzt gleich ab!«, heulte Harpo. »Wir werden alle sterben! Rette uns, Rex!«

Rexens Finger verharrte reglos vor der dritten Sechs. Ein Ruck ging durch den Lift. Funken stoben.

»Drück auf die Sechs!« Chico streckte die Hand nach dem Knopf aus. Rex hielt ihn zurück.

»Es ist falsch. Eine Falle! Ich weiß es!«

Die Lichter blinkten, gingen an und aus. Die Alarmsirene heulte, und das Horn machte Tuuuuuuuuut!

»Drück endlich die Sechs, wie mein Bruder gesagt hat!«

»Nein.« Rex drückte die Acht.

Das Schütteln endete.

Das Blinken hörte auf. Der Lift fuhr ganz normal nach unten.

»Aber wie ...? Ich hab wohl was übersehen.«

»Crawford ist nicht das böse Tier«, erklärte Rex. »Seine Zahl ist nicht die 666. Allerdings lebt er direkt nebenan, das habt ihr mir gerade erzählt. Also 668. Das ist der Kode. Der direkte Nachbar des bösen Tiers. Schlau gedacht von mir, eh?«

»Unglaublich schlau, ja. Nur, dass die Fernsehstation die Straße *hinunter* liegt. Womit die richtige Zahl 664 lauten müsste.«

»Hmmm«, machte Rex Mundi.

»Hier ist PROSAT71TL, und ich bin Dick Adamski. Ich komme live zu Ihnen. Hier bei mir sind Mojo und Debbie Nixon, die entnervten Eltern von Amerikas beliebtestem Zweiköpfigen. Der, falls Sie erst jetzt hinzuschalten, von Simon ›der Schwarze Schlächter‹ Butcher, Nekrophiler, Bestialist und Gesellschaftsphotograph, als Geisel gehalten wird. Mojo, wie fühlen Sie sich im Augenblick?«

»Im Augenblick fühle ich mich eigentlich ganz gut, danke sehr, Dick, nicht zuletzt deswegen, weil PROSAT71TL, der Sender, der sich um seine Zuschauer kümmert, entschieden hinter Debbie und mir steht. Außerdem sind Presleys Tapferste an der Sache dran.«

»Und haben Sie vielleicht eine Botschaft, die sie dem Schwarzen Schlächter persönlich übermitteln wollen?«

»Aber selbstverständlich habe ich die, Dick. Wenn du das hier siehst, du Sohn eines Suppositoriums, dann lass dir eines gesagt sein! Geiseln zu nehmen und widerliche medizinische Experimente an ihnen durchzuführen kann ein Durst erzeugendes Geschäft sein. Wenn ich du wäre, würde ich *Murdoch Brew* trinken – das Bier, das den Durst löscht. Jedes Mal. *Murdoch Brew* – das ist es, was auch ich in diesem Augenblick trinke. Prost, Dick.«

»Prost, Mojo.«

»Der Junge ist ein Naturtalent.« Der Intendant von PROSAT71TL lehnte sich in seinem Sessel zurück und grinste über das ganze Gesicht.

»... Klauseln 689-692, 707-717 ...«, fuhr Mojos Agent unbeirrt fort.

»Gottverdammt! Oweh und aua ...!« Der Anti-Rex rutschte auf einer weiteren Bananenschale aus. Er zog ein Funkgerät aus der Tasche. Drückte auf Knöpfe. Brüllte in das Mikrophon. »Dee, Kelley! Wo seid ihr?«

Johnny Dee warf sein quäkendes Funkgerät aus dem glaslosen Taxifenster. »Er kann wohl einfach nicht aufhören, wie?«

»Es kam wie ein Blitz über mich«, blubberte Bill ungerührt weiter. »Wie aus heiterem Himmel, wenn du verstehst. Mit dem Taxifahren, weißt du? Ich könnte so eine Art einsamer Rächer mit meinem eigenen Taxi sein. Du weißt, was ich meine. Die Kriminalität nimmt überhand, die Gesellschaft ist in Gefahr, Panik auf den Straßen. Der Polizeichef hat einen ›Harten‹ nach dem anderen. Alles droht auseinander zu reißen. Es gibt nur eins, das noch hilft: Nimm das Billphon zur Hand und wähle 0190-HOELLEN-TAXI!«

»Klingt nicht gut, Bill.«

»Du könntest bei mir mitmachen, Johnny. Erinnerst du dich noch an *Randall und Hopkirk verstorben*[1]? Ich könnte der Verstorbene sein. Selbst jetzt sehe ich noch besser aus als der Tote.«

Das Höllentaxi ratterte kreischend und quietschend

[1] Ein Lazlo-Siewissenschon.

durch die spätnachmittäglichen Straßen von Presley City.

»Wenn irgendwas riecht, und wenn es nicht gut riecht, wenn rufst du da? Ruf ... 0190-HOELLEN-TAXI!«

»Vorne an der Ampel geradeaus«, sagte Johnny.

Balberith schob sich den letzten Fuß des tollkühnen Burschen mit der Nase für die ganz große Chance in den Mund und schluckte. Dann streckte er den Kopf durch das Loch im Dach und blickte ein wenig in die Runde. Er erblickte jede Menge Kameras. Aber nicht eine davon zeigte auf ihn. Alle waren auf das Butcher-Building gerichtet.

»Da also spielt der Film.« Balberith tupfte seine schwarzen Lippen mit einer Serviette ab. »Dann wollen wir mal los.«

08:50

»Debbie.« Dick Adamski hielt ihr das Mikro hin. »Wären Sie so freundlich, uns ein oder zwei Worte zu sagen?«

»Würde ich liebend gerne, Dick.« Debbie reckte ein Paar Brüste hervor, das wirklich schon vorher geziemende Erwähnung verdient gehabt hätte. »Ich würde einfach gerne sagen ...«

Das Bild flackerte. Die Schirme daheim wurden brustlos. Und zeigten sie weltweit das Gesicht von Jonathan Crawford.

»Hallo, Arschlöcher.« Jonathan zwinkerte irre. »Ich

bin's, Simon ›Beelzebub‹ Butcher. Irrer Zerstörer und Herrscher dieses Reichs. Jawohl, Herrscher, genau das habe ich gesagt. Ich habe hier die Kontrolle. Ich kontrolliere alles. Das Departement für Menschliche Ressourcen, das euch kleine Maden arbeiten lässt. Die Repomänner, die euch überwachen und immer hübsch im Zaum halten. Die Regierung. Einfach alles. Ich bin es. Niemand hätte das gedacht, wie? Nun, jetzt wisst ihr es. Also versucht erst gar nicht umzuschalten, weil ich auf allen Kanälen bin. Und ich werde euch alles erzählen. Seid ihr bereit?«

Der Anti-Rex drückte die Hände gegen die Stahlwände.

Sie pulsierten und bebten, und Energieströme gingen in roten Blitzen von ihnen aus. Der Stahl begann zu schmelzen.

»Hattet ihr je das Gefühl, dass euer Leben nicht euch gehört? Dass irgendjemand euch manipuliert? Nun, ihr hattet Recht: Das war ich. Ihr alle seid nichts als Bauern in meinem Spiel. Dem ultimativen Spiel. Abfall, Müll, mehr seid ihr nicht. Und ich bin eurer überdrüssig geworden. Also ratet mal, was ich tun werde. Ich werde meinen kleinen roten Knopf drücken und euch alle auslöschen. Auf die gleiche Weise, wie ich Elvis ausgelöscht ...«

»Oh, oje und *was zur Hölle?*«, machte das zuschauende Publikum. »*Du warst das?*«

»Elvis ist tot, Arschlöcher. Na, was sagt ihr jetzt?«

Die Millionen Zuschauer wussten nicht so recht,

was sie sagen sollten. Oder denken, was das angeht. Also verlegten sie sich aufs Köpfeschütteln, während sie Bierdosen aufrissen und sich zurücklehnten, um die weiteren Enthüllungen abzuwarten.

Sie mussten nicht lange warten.

»Ihr kriegt alle mächtig was aufs Dach«, krähte Jonathan.

Er hob einen Finger und bereitete sich darauf vor, ihn auf den Knopf herabsausen zu lassen.

»Das würde ich an Ihrer Stelle nicht tun, Sir.«

Jonathans Finger schwebte in der Luft. Wie manche das eben tun. Er wandte sich um und betrachtete den Besucher mit der allzu vertrauten Stimme.

»O nein! Nicht du!« Jonathans Kinnlade krachte bis auf die Brust.

»Geh einfach zurück, mehr sage ich nicht.«

»Aber ... du ... wie ...?«

»Ich bin's, genau, Bursche.« Der junge Mann trug einen an den Schultern massiv ausgepolsterten Anzug aus Goldlamé und das Allerbeste, was es an Blue Suede Shoes nur denkbar gab. Er hatte eine gewaltige Tolle, Wangenknochen, die die Sinne der Götter schwindeln machten und echte Killerkoteletten. Und er schürzte die Lippen – ungefähr so.

»Los, weg da von der Konsole«, sagte Elvis Aaron Presley, denn – ganz ehrlich – wer hätte es sonst schon sein können?

»Aber du ... du bist tot ... Ich hab dich ...«

»Du hast mich umgebracht? Du? Mich! Elvis den Ewigen? Schief gewickelt, Mister. Und jetzt tritt von der Konsole weg, und fass bloß nichts mehr an.«

Es darf nicht unerwähnt bleiben, dass der King in seiner Hand nicht mehr und nicht weniger als eine zuverlässige Smith and Westerwald hielt.

»Und wo du schon dabei bist – streck sie hübsch langsam hoch.«

»Nein, nein, nein, nein, nein, nein, nein, nein!« Jonathan schüttelte den Kopf. Trotzdem hob er gehorsam die Hände. »Das ist alles ganz falsch! Das ist nicht das, was eigentlich geschehen sollte! Ich glaube fast, mir gehen die Leben aus! Geh weg! Geh weg, du verdirbst nur wieder alles!«

»Mh-hm.« Während er die Waffe entschieden auf Jonathan gerichtet hielt, wandte sich Elvis in die Kameras. »Menschen der Erde«, sagte er. »Ihr alle habt gehört, was euch dieser Knirps hier zu sagen hatte, und ihr alle wisst, wer ich bin. Deswegen schätze ich, was jetzt kommt, findet eure uneingeschränkte Zustimmung.«

Er spannte den Hahn seiner Smith und Waddewarden[1].

»Nein!«, kreischte Jonathan, und es muss wirklich gesagt werden, dass es diesmal der echte war. »Hör auf! Du weißt ja gar nicht, was du da tust!«

Elvis betätigte den Abzug, und ohne ein weiteres Wort zu verschwenden, schoss er Jonathan das Gehirn aus dem Schädel. Zur besten Sendezeit.

[1] Dem Übersetzer gehen die deutschen Kompagnons von Smith aus. Waddewarden ist ein Kaff in Ostfriesland, rechts von Wilhelmshaven, und nicht zu verwechseln mit dem idyllischen Wadgassen, das im Saarland liegt. (Anm. des Übersetzers)

»Guter Schuss«, sagte Kevin. »Meint ihr, BAH-RIH hat ihm gesagt, dass er es tun soll?«

»Gottverdammt!«, krächzte Sam Maggott. »Stürmt dieses Gebäude!«

»Oh, das ist großartig!« Die Stimme des Intendanten von PROSAT71TL drang durch eine Wolke aus blauem Qualm. »Wenn Elvis persönlich Harpo/Chico befreit, dann ist das mit Geld gar nicht zu bezahlen! Millionen! Milliarden! Schaffen Sie Dick da rein! Versuchen Sie ein Interview zu arrangieren!«

»... 789-807 ...«, sagte Mojos Agent.

»Irgendjemand soll diesen Penner aus dem Wagen werfen!«, brüllte der Qualmer.

»Ein Bier bitte.« Cecil schob seinen Hintern auf einen Barhocker.

»Kleinen Augenblick.« Der Barmann der Tomorrowman Taverne rückte den Fernseher über dem Tresen zurecht. »Ich sehe gerade diesen Bericht. Das Buch neigt sich allmählich dem Ende entgegen, und ich will unbedingt wissen, was noch alles passiert.«

Rex wanderte zwischen den Stücken des Presley-Schatzes umher. »Also gut.« Er schaukelte Harpo/Chico in den Armen. »So weit wären wir gekommen. Wo ist die Bombe?«

»Das weiß ich nicht so genau.« Chico kratzte sich an dem winzigen Kinn. »Man kann doch wohl nicht von mir erwarten, dass ich alles weiß, weißt du?«

»Was ist denn mit dieser Kosmischen Nachricht, die du mitgebracht hast?«, fragte Rex.

»Darüber würde ich im Augenblick lieber nicht reden, falls du nichts dagegen hast.«

Die Hände des Anti-Rex glühten über der Stahlwand. Geschmolzenes Metall floss davon. Das Loch weitete sich.

»Menschen dieser Welt.« Elvis rückte seine Tolle zurecht. »Ich bin zu euch zurückgekehrt. Obwohl ich in Wirklichkeit gar niemals nicht weg war. Ich war stets da, um euch zu helfen und euch zu führen. Andere Jungs, böse Jungs, haben böse Spiele mit euch gespielt. Aber damit ist es jetzt vorbei, weil ich hergekommen bin, um mich persönlich um diese Angelegenheit zu kümmern. Ich bin es. Ich bin hier. Ich bin heilig, und ich sehe verdammt gut aus. Elvis der Ewige. Also gut, hört her, Leute, da gibt es etwas, das ihr wissen solltet. Wir haben doch tatsächlich Terroristen mitten unter uns!«

»O Scheiße!«, sagte Kevin.

»Unsichtbare, unbekannte Terroristen. Und sie planen, unsere wunderbare Stadt zu vernichten. In weniger als acht Stunden wird eine Bombe explodieren, die euch alle tötet. Euch. *Mein Volk*. Also hört zu, und hört genau. Ihr müsst diese Bombe finden. Findet sie, und dann ruft mich herbei. Das ist es, was ihr für mich tun werdet, wenn ihr mich liebt. Sie ist irgendwo in der Stadt. Also noch mal, Leute. Findet die Bombe, und ruft mich herbei. Es ist eine Prüfung eurer Liebe. Tut es für mich.«

Die Schirme wurden schwarz. Elvis war verschwunden.

»Seht mich nicht so an!« Kevin zuckte die Schultern. »Es ist das erste Mal, dass ich was von irgendeiner Bombe höre!«

Presley City war unvermittelt eine sehr geschäftige Stadt.

Aus allen Ecken und Winkeln strömten Leute. Schachtdeckel in den Straßen wurden geöffnet, Bretterzäune eingerissen, Schaufensterscheiben eingeworfen. Alles suchte, und alles suchte gründlich, doch es war kein Suchen im Geiste kommunalen Einklangs, es war ein Suchen voller Panik und Hass und ein Begleichen alter Rechnungen. Menschenmassen strömten in die Straßen. Gebäude gingen in Flammen auf. Die ersten Leute starben.

Es lief alles ganz falsch.

»Es läuft alles ganz falsch.« Rex schüttelte den Kopf. »Wie konnte er das tun? Wie konnte er zulassen, dass es so weit kommt? Ich kannte den Burschen. Er war eine ehrliche Haut. Er hat sich wirklich gesorgt.«

»Er hat jedenfalls Mist gebaut.« Chico zuckte seine

eine Schulter. »Aber es war nicht wirklich seine Schuld. Er hat sein Bestes gegeben.«

»Und jetzt, nachdem wir den Schatz gefunden haben, was machen wir damit?«

»Wir verbrennen ihn«, schlug Harpo vor. »Wir verbrennen alles.«

»Was?«, fragte Chico.

»Wir zerstören ihn«, fuhr Harpo fort. »Wir müssen alles vernichten.«

»Was redest du da, Bruder?«

»Chico, die Weltraumleute haben dir einiges erzählt, aber sie haben auch mit mir geredet. Nicht, dass ich etwas ausplaudern würde, keine Sorge. Verbrenn den Schatz, Rex. Das ist es, was du tun musst.«

»Den Schatz verbrennen?« Rex zweifelte stark an diesem Vorschlag. »Das ist die Arbeit wahrer Meister. Der größten Genies der Menschheit! Man darf Kunst doch nicht verbrennen, das wäre ein Sakrileg.«

»Rex, diese Gemälde sind Blasphemie. Elvis ist nicht Gott. Du weißt das. Du musst alles verbrennen, jetzt. Nichts davon darf diesen Ort je wieder verlassen. Kein zukünftiger Archäologe darf ihn jemals ausgraben, nicht ein Fragment. Alles endet hier. Heute Nacht, für immer.«

»Mannomann«, sagte Chico.

»Dann ist das Spiel damit vorbei?« Rex meinte, die Frage stellen zu müssen.

»Das Spiel ist erst vorbei, wenn du die Bombe entschärft hast.«

»Hmmm«, murmelte Rex Mundi.

»Steck dieses Zeug an, Rex. Du weißt ganz genau, dass es das Richtige ist.«

»Also gut.« Rex schwankte noch immer. »Aber ich bin nicht besonders glücklich darüber.«

»Rex, ich bin eine Hälfte eines zweiköpfigen Babys. Wie viel Glück willst du eigentlich im Leben haben?«

Das Gesicht von Elvis war wieder auf den Schirmen. »Findet die Bombe. Findet sie für mich, mein Volk.«

Ein Loch war in der Stahlwand entstanden, und der Anti-Rex streckte den Kopf hindurch. Und was er hinter diesem Loch sah, ließ ihn ein sehr verschlagenes Grinsen grinsen.

Rex stand vor der »Anbetung der Schäfer« von Georges de la Tour (1593-1652). Elvis stand genau in der Mitte, nur notdürftig verkleidet mit einer Eisenbahnerkappe und einer Blockflöte. (Sehen Sie selbst nach, wenn Sie mal im Louvre sind; nicht ein Wort davon ist gelogen!)

»Du musst brennen«, sagte Rex zu der Leinwand. »Obwohl ich den Gedanken verdammt noch mal hasse, derjenige zu sein, der es tut.«

»Steck es an, Rex! Nun mach schon.«

»Also gut, Harpo.« Rex trug ein schlankes, computergesteuertes Cartier-Feuerzeug bei sich. Es schlug gleich beim ersten Mal Feuer, wie das alle eben nun einmal tun.

Rex hielt die Flamme an das unschätzbare Gemälde. Die antike Farbe warf Blasen, dann fasste das Feuer Fuß.

Laura Lynch drückte das Ohr gegen die Wand. Irgendjemand war dort draußen. Irgendjemand.

Rex trat von der brennenden Leinwand zurück und blickte sich im Gewölbe um. Die da Vincis, die Michelangelos, die van Goghs, die Caravaggios und Carsons erwiderten seine Blicke. Begriffsstutzig, wie es schien, voller Unglauben angesichts seines Aktes beispielloser Barbarei.

»Tut mir Leid, Jungs«, sagte Rex und wich in Richtung Lift zurück.

Laura hämmerte aus Leibeskräften gegen die Wand. »Hilfe!«, brüllte sie.

»So, es brennt.« Rex sah zu, wie sich die Flammen ausbreiteten. »Und wo ist jetzt die Bombe?«

»Rex, du bist das! Hilf mir!«

»Lass uns von hier verschwinden, Rex, und vor allen Dingen, versuch nachzudenken. Finde heraus, wo die Bombe ist.«

»Klingt vernünftig, Chico. Also nach oben.«

»Rex! Hilf mir!«

»Wer hat das gesagt?«

»Das war ich nicht. Komm schon, in den Lift, rasch!«

»Nein, warte. Ich hab etwas gehört.«

»Hilfe, Rex!«

»Rex, beeil dich, es wird allmählich ziemlich heiß hier unten.«

»Pssst, Chico!«

»Sag meinem Bruder nicht pssst!«

»Fang nicht damit an!«

»Hilfe!«

»Das ist Laura. Laura!«, brüllte Rex. »Wo bist du?«

»Ich bin hier, Rex! Hier!«

»Sie ist hier!«

»O Scheiße, Rex, vergiss sie! Sie ist nicht wichtig!«

»Halt die Klappe!«

»Sag meinem Bruder nicht, er soll die Klappe halten.«

»Laura, ich komme.« Rex stürzte vor und nahm Harpo/Chico mit.

»Nein, Rex, nein!«

Der Presley-Schatz verwandelte sich zusehends in ein flammendes Inferno.

»Wir werden verbrennen ... aua! Autsch! Mama! Chico, mach etwas!«

»Oh. In Ordnung.« Chico verzerrte das Gesicht und zog seine eine Schulter nach vorn. Die Flammen teilten sich vor Rex und brüllten harmlos nach den Seiten hin.

»Guter Trick!«, sagte Rex.

Ganz unvermittelt – weil es nichts zu gewinnen gibt, wenn die Szene noch länger hingezogen wird – standen sie vor der nackten Wand. Rex legte eine Hand dagegen. »Sie ist hier hinter, aber ich sehe keine Tür!«

»Lass mich mal!«, sagte Harpo. »Chico ist nicht gerade gut mit Zahlen.«

Chico ließ den Kopf hängen.

Harpo klopfte mit seinem Anteil Finger die nackte Wand ab.

Die Wand löste sich auf, und Laura Lynch fiel Rex in die Arme. Was sehr romantisch hätte sein können, wenn wir das Gefühl gehabt hätten, Laura auch nur eine Sekunde vertrauen zu können.

»Oh, Rex!« Laura küsste ihn leidenschaftlich. »Du hast mich gerettet!«

»Ich hatte ein wenig Hilfe von meinen Freunden.«[1]

Harpo/Chico lächelten Laura von unten herauf an. Laura lächelte nicht zurück.

»Meine Güte!«, sagte sie. »Was für ein hässliches kleines Ding!«

»Gut«, sagte Chico. »Das reicht!«

»Nein, wartet!« Rex starrte über Lauras Schulter. »Was ist das für ein Ding da drin?«

»Oh, das ist der Sarkophag von Elvis Presley. Er ist nämlich tot, weißt du?«

»Nun ja, eigentlich nicht.«

Rex starrte auf das Häschen hinunter.

»Los, verwandelt sie augenblicklich zurück!«, verlangte er.

Der Übertragungswagen von PROSAT71TL begann heftig zu schaukeln, und der Intendant bekam Schweißperlen auf die Stirn.

»Was ist denn da draußen los?, verlangte er zu wissen.

»Probleme, Sir.« Der Fahrer sprach durch seine kleine Luke. »Ein riesiger gewalttätiger Mob, Sir. Aber wir haben alles auf Band, Sir, keine Sorge. Sie drehen alle durch, seit Elvis im Fernsehen gewesen ist. Sie reißen die Stadt in Stücke!«

[1] Ringo Starr? Joe Cocker? Bob Dylon? Axel Merz?

»Los geht's! Los geht's!« Kevin ließ den Motor des mächtigen militärischen Vehikels aufheulen und legte den Gang ein. Es fuhr los, zerquetschte Polizeiautos, zerstreute Plünderer, kletterte die mächtigen Vorderstufen hinauf und brach durch die Türen in die Lobby des Butcher-Buildings. »Los, wir treten ihnen in den Arsch!«

»Früher hab ich anderen in den Arsch getreten.« Ex-Officer Cecil schwenkte sein Bierglas. »Aber wissen Sie, irgendwann hatte ich genug davon. Immer das gleiche stereotype Verhalten, immer der Schläger. Ich möchte endlich einmal bei einer Sache mitmachen, die etwas mehr Tiefe besitzt. Irgendetwas, bei dem ich meine menschliche, mitfühlende Seite zeigen kann. Ich sehe keine Zukunft für mich in diesen komischen Rollen.«

Der Barmann nickte verständnisvoll. »Ich weiß genau, was Sie meinen. Ich bin meinerseits viel zu gut für diesen Schwachsinn. Wenn dieses Buch zu Ende ist, werde ich für etwas Tiefgängiges, schwer Verständliches vorsprechen, irgendeine Rolle mit Buchpreispotenzial. Möchten Sie vielleicht meine alten Kritiken lesen?«

»Ja, das würde ich sogar sehr gerne. Könnte ich noch mal das gleiche haben?«

»Geht aufs Haus.« Der Barmann legte sein Album auf den Tresen. »Lesen Sie mal, was die Kritiker über meine Rolle in *Armageddon – Das Menü* geschrieben haben.«

Der Anti-Rex öffnete ein größeres Loch. Er konnte nun besser sehen, was dahinter vor sich ging. Elvis stand vor den Kameras, warf sich in Posen und hielt Ansprachen.

Der Anti-Rex fuhr mit seinem weiß glühenden Finger über die Stahlbarriere.

Sie teilte sich vor ihm.

»Sucht!«, rief Elvis. »Findet die Bombe! Tötet alles, was sich euch in den Weg stellt.« Und die Zuschauer machten genau das.

»Du bist ein richtig böser Junge, weißt du das?«, sagte der Anti-Rex. »Hattest du vielleicht eine Art Erleuchtung oder was?«

Elvis ignorierte ihn und fuhr fort mit seinen Reden.

»Es gibt Menschen hier unter uns, die dem Licht nicht folgen wollen. Dem Haus des Lichts. Meinem Haus. Tötet sie alle! Findet die Bombe, und ruft mich an. Ruft mich an!«

»Ich rufe dich doch, Arschloch!«

Elvis fuhr unbeirrt fort.

»Ah, Entschuldigung. Ich meinte natürlich nicht Arschloch, sondern *werter alter Freund*. Elvis, ich bin es, Rex! Ich bin gekommen, um dir zu helfen!« Der Teuflische näherte sich dem Mann in dem Anzug aus Goldlamé. »Hallo? Kannst du mich hören? Oder sehen, was das angeht?«

»Sucht!«, kreischte der Mann aus Gold. »Sucht!«

»Elvis, was ist los mit dir?« Der Anti-Rex starrte ihm tief in die Augen.

»Sucht!«

»Sucht? Ich bin es, Idiot! Wach auf!« Der Anti-Rex

schwang eine Faust und zielte auf Elvis'[1] Kopf. Die Faust ging ohne Widerstand durch Elvis'[2] Kopf hindurch wie durch leere Luft.

»Was zur Hölle …?«

Die Schirme wurden dunkel. Elvis verschwamm, verblasste, und dann war er verschwunden.

»Was zur …?«

»Du kannst deine Finger nicht bei dir behalten, wie?« Die Stimmte gehörte zu Jonathan Crawford (schon wieder der kleine Mistkerl!). Er erhob sich vom Boden und sammelte die Gummiprothese von Gehirn ein, die rings um seinen Kopf verstreut lag. »Weißt du eigentlich, welche Mühen ich auf mich genommen habe, um dieses Hologramm von Elvis so zu programmieren, dass es aussieht, als würde er mich erschießen? Die Sprachausgabe, der ganze Kram, und alles in der kurzen Zeit? Nein, natürlich weißt du das nicht. Weil du ja nie weißt, was eigentlich gerade los ist. Du bist wirklich ein totaler Trottel.

Also über diese Bemerkung muss man erst einmal nachdenken. Man muss schon ein selten gewaltiges Selbstbewusstsein besitzen, um sich vor Satan, dem gefürchteten Fürsten der Hölle aufzubauen und ihn einen totalen Trottel zu nennen. Ich glaube nicht, dass ich den Mumm dazu hätte.

»Ich schon.« Jonathan baute sich vor dem vor Wut zitternden Anti-Rex auf. »Trottel, Trottel, Trottel! Und Depp!«

[1] Oder heißt der Genitiv vielleicht Elvisens? Wie Rexens? Oder mit Konsonantenverdoppelung Elvissens? Was bei Rex zu Rexxens würde … Fragen über Fragen. Was sagt die neue deutsche Rechtschreibung?

[2] Den Kopf von Elvis (= die saarländische Lösung)

»Du ... du ... du ...«

Der Teuflische schien eindeutig um Worte verlegen. Eigentlich nicht überraschend, wo er doch so ein Trottel war.

»Los doch, spuck's aus. Sag, was du zu sagen hast.« Jonathan trat einen Schritt zurück. »Fang endlich an.«

»Du wirst einen so gemeinen, schmerzvollen Tod sterben, dass die Tode all der anderen vor dir wie ein Nichts erscheinen! Du wirst dich für den Rest der Ewigkeit in Qualen winden!«

»Nein, werde ich nicht.« Jonathan hantierte schon wieder an seinem Handgelenk, was der alte Beelzebub wirklich als schlechtes Omen hätte erkennen müssen (wenn er nicht so ein totaler Trottel gewesen wäre). »Du solltest ein wenig vorsichtiger mit deinen Worten sein, wenn du zu mir sprichst. Erinnerst du dich noch, was aus deiner letzten Inkarnation geworden ist? Sie steckt immer noch im Staubbeutel des Großen Himmlischen Staubsaugers, wenn ich mich nicht völlig irre. Weißt du überhaupt, warum du niemals gewinnst? Hast du dich das je gefragt? Wie kommt es, dass du, trotz all deiner natürlichen Vorteile, am Ende niemals siegst? Generation auf Generation vielversprechender Sünder, und wie viele davon enden damit, dich anzubeten? Vielleicht ein Dutzend jedes Jahrhundert, und die meisten davon total bescheuert. Arme Irre. Wahnsinnige. Und weißt du auch warum?«

Dem Dunklen standen die Haare zu Berge. Schwefel stob aus seiner Nase, seine schwarze Zunge stand achtzehn Zoll vor seinem wutverzerrten Gesicht. »Sag mir warum!«, kreischte er.

»Weil du ein Trottel bist«, krähte Crawford. »Der Teufel ist ein schwachsinniger Idiot. Ein Volltrottel. Böse vielleicht, ja. Die Personifizierung des Bösen meinetwegen. Aber genau das ist der Punkt. Du bist die Personifizierung des Bösen, aber das Böse ist die Manifestation der Dummheit. Das Böse ist hirnlos, herzlos und ohne Seele. Es ist negativ und unkreativ. Da hast du es. Ich bin froh, dass wir darüber reden konnten. Also verschwinde endlich, und versuch mal ein wenig nachzudenken.«

Der Anti-Rex explodierte. Er verwandelte sich in ein Gewirr zuckender, peitschender Tentakel. Ein wimmelndes Nest aus Maden. Ein Ding von so unbeschreiblicher Abscheulichkeit, das praktisch jeder Beschreibung spottete. Es warf sich auf Jonathan Crawford.

Und krachte auf eine Weise, die wahrscheinlich nur für es selbst als Überraschung kam, gegen eine unsichtbare Mauer.

»Daneben«, krähte Jonathan und tanzte ein Tänzchen. »Du musst dich schon mehr anstrengen.«

Das verwerfliche Objekt zuckte und schlug unkontrolliert um sich und fluchte und schimpfte lästerlich. Jonathan legte die Finger an die Lippen.

»Du machst dich nur selbst müde. Du kannst nicht durch. Eine kleine Erfindung von mir. Ziemlich inspiriert, wie ich gestehe. Basiert auf dem Weihwasserprinzip. Hat mich schon immer fasziniert, das Konzept von Weihwasser. Was könnte der Unterschied zwischen geweihtem und ungeweihtem Wasser sein? Hörst du überhaupt zu?«

Das Ding ka-reischte und scha-lug um sich.

»Na gut, meinetwegen. Wie du willst. Wie gesagt,

ich wollte wissen, was auf einer subatomaren Ebene mit dem Wasser geschieht, sobald es gesegnet wird. Was ihm seine Macht verleiht. Wie es gemacht wird, wie es funktioniert und so weiter und so fort. Also habe ich die Angelegenheit untersucht. Und weißt du, was ich herausgefunden habe? Ich habe herausgefunden, dass das Wasser mit Energie geladen wird. Mit magischer Energie. Die Segnung besteht aus positiven Worten der Macht. Diese löst einen chemischen Prozess auf subatomarer Ebene aus, der das Wasser für deinesgleichen giftig macht. Es sind wieder die guten alten Gegensätze, Polaritäten, verstehst du? Positive und negative Energien. Materie ist Energie. Das ganze Universum besteht aus Materie; es gibt kaum irgendwo einen wirklich leeren Raum. Was ich doch für ein interessantes Kerlchen bin, findest du nicht?«

Das widerliche, stinkende, vor Maden wimmelnde böse Ding warf sich einmal mehr gegen die unsichtbare Barriere und machte »Waaaaaaaarrrrrggggghhhhhh!«

»Elvis Aaron Presley. Kommen Sie mit erhobenen Händen heraus!« Sam Maggott (nicht verwandt oder verschwägert mit irgendeiner Made oder Tante Margot) stand auf dem schwankenden Dach seines belagerten Polizeiautos und lamentierte lahm in seine Flüstertüte. Rings um ihn herum schoben und drängten sich Menschenmassen und kämpften und mühten sich ab. Gewisse Officer, die von Mut geträumt hatten, erkühnten sich, am Heck des großen militärischen Fahrzeugs, das zwischenzeitlich in der Lobby des Butcher-Building geparkt hatte, Feuer zu legen. Andere taten ihr Bestes, in dem allgemeinen Chaos mit ihren Wagen Fersengeld zu geben. Das waren diejenigen, die Wind bekommen hatten von der monströsen schwarzen Kreatur, die sich eine sprichwörtliche blutige Schneise durch die aufrührerischen Menschenmassen bahnte, offensichtlich in der Absicht, sich zum führenden Wagen des PROSAT71TL-Fernsehkonvois durchzuschlagen.

»Ich will das niedliche kleine Häschen auch mal streicheln!« quäkte Harpo.

»Chico, du verwandelst Laura auf der Stelle zurück!«

Rex schüttelte die freie Faust.

»Wir machen jetzt besser, dass wir verschwinden«, entgegnete Chico ungerührt. »Ich kann die Flammen nicht für immer zurückhalten.«

»Chico, wir brauchen Lauras Hilfe.«

»Du herzloser Geselle! Du willst doch tatsächlich einem armen zweiköpfigen Baby sein niedliches süßes Kuscheltier nehmen!«

»*Chico!*«

»Na schön, in Ordnung. Ich besorg dir ein anderes Häschen, Süßer.«

»Ich will aber kein anderes. Ich will dieses!«

»Er will dieses, Rex.«

»Beeilung. Es wird immer heißer!« Rex trat in die Kammer, um den gierigen Flammen auszuweichen.

»Kein Problem.« Harpo streckte seine eine Hand aus, als Rex vortrat. »Ich schließe einfach die Wand. Ich will nicht, dass meinem Häschen etwas passiert.«

»Nein!«, schrie Rex. »Ich glaube nicht, dass das eine gute ...« Die Wand schloss sich und sperrte damit Rex, Harpo/Chico und einen putzigen langohrigen Feldbewohner in Elvis Presleys Grabkammer ein. »... Idee ist.«

»So«, sagte Jonathan. »Jetzt werde ich das Kraftfeld ausweiten.« Er fummelte an seinem Handgelenk. »Ich werde es formen und schließen. Mit dir im Innern selbstverständlich. Und dann, wenn es zu einem hübschen kleinen Zylinder geworden ist, ungefähr so ...«, ein oder zwei weitere Fummler am Handgelenk, »... programmiere ich den Zylinder, dass er sich zu einem dünnen Rohr von vielleicht einem Mikron Durchmesser verengt. Kannst du dir eigentlich vorstellen, wie du dann aussiehst, oder bist du auch dazu zu doof?«

Der Ex-Anti-Rex wand sich furchterfüllt in dem sich bereits zusammenziehenden Kraftfeldzylinder. Jonathan lächelte auf ihn herab.

»Ich hasse es zwar, dich noch weiter einzuschüchtern, nachdem du so schwer unter Druck stehst und alles«, kicherte Jonathan freudlos, »aber wenn du das hier hörst, machst du dir erst recht in die Hose. Hättest du dir nicht mit Gewalt Zutritt verschafft, wie du es getan hast, und hättest du nicht das Hologramm zerstört, dann würde dir jetzt all das hier gehören. Am Schluss von Presleys Rede, nachdem die Bombe gefunden worden wäre und ich sie erst entschärft hätte, hätte sich das Hologramm selbst zerstört. Es hätte vor aller Welt gestanden, dass es nicht Gott ist und seine Worte damit bewiesen, dass es vor laufenden Kameras Selbstmord begangen hätte. Und dann wärst du gekommen, als der letzte legitime lebende ›Gott‹ auf diesem Planeten, und hättest alles geerbt. Ich hätte mich an einen anderen Ort zurückgezogen. So hatte ich es jedenfalls geplant. Du hättest alles bekommen, wenn du nicht der Trottel gewesen wärst, der du leider bist. Jetzt bekommst du nichts. Ist das Leben nicht manchmal wirklich gemein?«

Das wütende Gewimmel im Innern des sich zusammenziehenden Zylinders verriet Jonathan, dass der Ex-Anti-Rex ihm darin recht gab, dass das Leben manchmal tatsächlich ziemlich gemein sein konnte.

»Nun ja, ich muss dich jetzt leider verlassen, Süßer. Ich habe wirklich die Nase voll davon, mich immer wieder erschießen oder in die Luft jagen zu lassen, deswegen beabsichtige ich, einen ausreichenden Abstand zwischen mich und Presley City zu bringen, bevor der Große Knall kommt. Mach's gut, Trottel.«

Unten in der Lobby des Butcher-Building lieferten sich Kevins oscargekrönte Fünf-Sterne-Revolutionäre ein wütendes Feuergefecht mit Jonathans Repomännern.

Die Schießerei wurde ein wenig verkompliziert durch die großen Mengen Rauch, die aus den Schlitzen der Aufzugtüren quollen.

Mitten zwischen alledem, aber keineswegs darüber, hämmerte Rex vergeblich gegen die Wände.

»Du könntest ruhig etwas unternehmen«, sagte er zu Chico. »Wir sitzen hier drin in der Falle!«

Harpo/Chico saßen auf dem Jukebox-Sarkophag. Harpo streichelte Laura Häschen. Laura Häschen sah alles andere als erfreut darüber aus.

»Es ist wirklich ziemlich heiß da draußen«, sagte Chico. »Wir sind viel sicherer, wenn wir die nächsten paar Stunden hier drin bleiben. Entspann dich.«

»Ich soll mich entspannen?« Rex warf die Arme in die Höhe. »Die Bombe tickt irgendwo still vor sich hin, und wir stecken hier drin mit *dem da* fest!« Er deutete auf den Sarkophag. »Wir sollten nicht hier sein, und *dieses Ding* sollte ganz sicher erst recht nicht hier sein!«

»Hey, du hast Recht!« Harpo hörte mit Streicheln auf. »Am besten, du verbrennst es gleich mit. Wo ist dein Feuerzeug?«

»Jetzt hör mal ...!« Rex ballte die Fäuste, aber weil es nichts gab, was er mit den geballten Fäusten hätte tun können, entballte er sie wieder. »Ich war damit einverstanden, unbezahlbare Kunstwerke zu zerstören, aber ich weigere mich entschieden, den Leichnam meines besten Freundes zu verbrennen! Ganz besonders in einer kleinen Kammer ohne Schornstein. Hey, rutsch mal zur Seite.« Rex hob Harpo/Chico von dem transparenten Paneel und starrte auf den verstorbenen Presley. »Er sieht nicht besonders gut aus, findet ihr nicht?«

Chicos Kopf spähte über Rexens Schulter. »Wie gut meinst du, dass jemand nach hundert Jahren in einem Sarg aussehen sollte?«

Rex kratzte sich nachdenklich am Kopf. »Nicht so gut wie das dort, sollte man meinen.«

»Wahrscheinlich ausgestopft«, sagte Harpo. »Häschen, hör auf zu kratzen, sonst gibt es einen Klaps von Papi.«

»Was hast du gesagt?«

»Ich hab gesagt, dass ich diesem bösen Häschen gleich eine klebe.«

»Nein, das davor.«

»Ich hab gesagt: ›Wahrscheinlich ausgestopft.‹ Wahrscheinlich mit Dollarnoten. Nimm das, du böses Häschen.« Harpo gab Laura Häschen eins hinter die Löffel.

Rex rieb an dem Paneel und beugte sich tiefer, um genauer in das reglose Gesicht des einstigen King zu sehen.

»Er sieht ein wenig ... eigenartig aus, weißt du? Wirklich merkwürdig; ich sollte eigentlich etwas fühlen. Er war der beste Freund, den ich jemals hatte. Aber ... nichts. Das ist wirklich seltsam.«

Und seltsam war es in der Tat, nach all dem vorhergehenden atmosphärischen Gehalt mit der Rettung Lauras und so weiter. Andererseits und angesichts der unablässigen Wechsel der Schwerpunkte, der Komplikationen, der Charaktere, die kommen und gehen, und der allgemeinen schludrigen Inkohärenz des gesamten Werks, was will man anderes erwarten, ehrlich? Und was ist überhaupt aus Barry geworden?

»Wir machen ihn auf«, sagte Rex mit entnervender Unvermitteltheit.

»O nein!« Chico klang sehr entschieden mit seinem: »O nein!«. Harpo pflichtete ihm mit heftigem Kopfschütteln bei, und Laura Häschen nutzte die sich bietende Gelegenheit, einen Fluchtversuch zu starten. Auch sie schüttelte den Kopf.

»Doch.« Rex nahm Harpo/Chico und setzte sie auf dem Boden ab. »Wir werden ihn öffnen. Ich hab da so einen Verdacht.«

»Meinetwegen kannst du einen Klumpfuß haben!« Chico fuchtelte aufgeregt mit seinem Arm. »Mach ihn nicht auf! Der Leichnam wird verwesen, sobald er an die Luft kommt! Es gibt schrecklich viele Bazillen! Wir werden uns irgendwas Schlimmes einfangen!«

»Stell dir nur den Gestank vor!«, fügte Harpo hinzu.

Rex blickte die beiden einigermaßen geduldig an. »Ihr wisst demnach alles über die Verwesung konservierter Leichen, eh? Möglicherweise besitzt ihr sogar irgendeinen Meistergrad im Einbalsamieren?«

»Du musst nicht gleich so sarkastisch werden«, sagte Chico.

»Wohin ist denn Mr. Langohr verschwunden?«, fragte Harpo.

»Es ist Mrs. Langohr«, entgegnete sein Bruder.

»Es ist immer noch mein Häschen, und ich bestimme, welches Geschlecht es hat.«

Rex seufzte und schüttelte den Kopf.

Laura versteckte sich in einer dunklen Ecke und schnupperte mit der liebreizenden kleinen Nase. Hätte sie reden können, so erscheint es zweifelhaft, ob genügend Adjektive existieren, um ihre Meinung zur neuesten Entwicklung der Dinge zum Ausdruck zu bringen.

»Ich mache den Sarg jetzt auf«, sagte Rex.

»Das wird ein schlimmes Ende nehmen!« Chico zog

einen Schmollmund und versuchte erfolglos, den Arm vor der Brust zu verschränken.

»Wo ist mein kleines Langohr hin?«, fragte Harpo.

»Was halten Sie davon?«, erkundigte sich der Barmann der Tomorrowman Taverne. »Ich habe diesem Rankin das Buch gerettet!«

Cecil hielt die strahlenden Kritiken des Barmanns ins Licht.

»Ich wittere Betrug!«, sagte er. »Ich verfüge über exakt die gleichen Zeitungsausschnitte in einem eigenen Album. Sie unterscheiden sich lediglich in einem einzigen, doch signifikanten Aspekt. Sie tragen meinen Namen und nicht Ihren.«

»Spitzbube!«, kreischte der Barmann und griff nach dem Prügel, den er schon seit Band Eins unter dem Tresen aufbewahrte.

»Halunke!« schrie Cecil und richtete sich zu seiner ganzen unwahrscheinlichen Größe auf.

Rex mühte sich mit dem Sargdeckel ab. Er gab all die zugehörigen angestrengten Laute von sich. Es gab Nahaufnahmen seiner sich abmühenden Finger, seiner schwitzenden Stirn, des Sargdeckels, der sich einen oder zwei Zoll anhob und dann zurückfiel, Harpo/Chicos gequälter Gesichter und Laura Häschens zuckender Nase.

Der Deckel bewegte sich erneut und krachte mit ohrenbetäubendem Donnern zu Boden.

»Haltet euch die Nasen zu!«, riet Harpo.

Chico hielt. Rex nicht.

»Elvis«, sagte Rex. »Weißt du, wie du in meinen Augen aussiehst?«

Elvis hatte zu der Angelegenheit nichts zu sagen.

Rex kniff den Toten in die Nase und zog daran. Die Haut löste sich unter seinen Fingern. Ein großer Fladen Latex und Killerkoteletten aus Nylon. Unter der Fassade befand sich eine hübsche Ansammlung glänzenden Metalls, blinkender Lichter und komplizierter Elektronik.

»Hab ich dich!«, sagte Rex Mundi.

»Ich kann überhaupt nichts sehen von hier unten!«, beschwerte sich Harpo/Chico und reckte die Hälse. »Aber ich nehme an, du meinst die Bombe.«

»Jepp.« Rex schlug die Jacke aus Goldlamé auseinander und legte weitere Wundersamkeiten frei, weiteres poliertes Metall und ein kompliziert aussehendes Tastenfeld.

»Meine Güte!« sagte Chico wenig überzeugend. »*Das* hätte ich nun wirklich nicht erwartet!«

»Hmmm.« Rexens Finger glitten über die Tasten. »Jetzt müssen wir nur noch die Kombination knacken und die Bombe entschärfen.«

»Das wäre die logische Vorgehensweise. Wie viel Zeit haben wir?«

Rex blickte auf seine Uhr. »Hab ich immer noch meine Uhr an?«, fragte er. »Ich dachte, ich hätte sie irgendwo unterwegs verloren?«

Chico zuckte die Schultern. »Frag mich. Nehmen wir an, dass es so ist.«

»Gute Idee.« Rex blickte auf seine Uhr. »Fast sieben. Also noch genügend Zeit. Brillant! Harpo, würdest du bitte dieses Tastenfeld untersuchen? Du bist der Zahlenspezialist.«

»Oh, danke sehr, Rex.« Harpo lächelte sein zuckersüßestes Lächeln. »Aber ich hätte trotzdem gerne mein Häschen zurück.«

»Mit dem größten Vergnügen.« Rex bückte sich und packte Laura im Genick, die an der Wand gescharrt hatte. »Soll ich Mr. Langohr so lange für dich festhalten, während du die Welt rettest?«

»Gute Idee.«

Rex hob Harpo/Chico in den offenen Sarkophag. »Mach dein Ding«, sagte er zu Harpo.

»In Ordnung.« Harpo knackte mit den Fingern. »Wir wollen lieber vorsichtig sein. Angenommen, es gibt eine Kombination – was wissen wir? Nun, für den Anfang die Buchstaben des Alphabets natürlich. Zu schade, dass es nicht nur Zahlen sind. Also gut, wenn du Elvis wärst, Rex – welchen Kode würdest einprogrammieren?«

Rex kratzte sich angestrengt am Kopf. »Mein Geburtsdatum, oder vielleicht mein Todesdatum. Das ist schließlich eine vertrackte Geschichte, vergiss das nicht.«

»Zu offensichtlich.« Harpo schüttelte den Kopf.

»Dann vielleicht Mama«, warf Chico ein. »Was meinst du, Muttersöhnchen?«

Harpo ignorierte seinen Bruder. »Könnte seine Telephonnummer sein, sein Autokennzeichen, seine Armeedienstnummer ...«

»Ich dachte, du könntest vielleicht einfach deinen Röntgenblick benutzen, anstatt zu raten«, zwinkerte Rex ermutigend.

»Ah.« Harpo kniff die Augen zusammen. »Nein, offensichtlich nicht.«

Er entkniff die Augen wieder.

»Dann sind wir wohl verloren«, sagte Rex. »Ich hatte im Grunde genommen nichts anderes erwartet.«

»Sag niemals nie.« Harpo lächelte fröhlich. »Lass mich mal mein Häschen streicheln.«

Rex hob das sich wehrende Häschen in den Sarkophag. »Natürlich könnten wir einfach willkürlich Tasten drücken und auf eine Macht vertrauen, die weit erhabener ist als wir. Eine göttliche Fügung, die unsere Errettung sicher stellt und die der Welt im Allgemeinen.«

»Oooh«, sagte Chico. »Wer für Rexens inspirierten Plan ist, hebe die Hand.«

Keine Hand ging hoch.

»Trottel«, sagte Harpo.

»Also hör mal ...«

»Rex, bitte benutz deinen Kopf!«, unterbrach Harpo ihn. »Bitte! Wenn wir nur willkürlich Tasten drücken, werden wir alle sterben! Diese Bombe wurde einzig und allein zu dem Grund hier deponiert, Presley City zu zerstören, deinen Doppelgänger und den widerlichen großen Jungen, der mit seiner Pistole auf uns gezielt hat! Ohne jeden Zweifel ist diese Bombe mit allen möglichen genialen wie gemeinen Fallen gesichert. Jede Wette, dass wir nur einen einzigen Versuch haben.«

»Hmmm«, machte Rex Mundi.

»Hmmm«, machte Rex Mundi einmal mehr.

»Warum hast du zweimal ›Hmmm‹ gemacht?«, fragte Chico.

»Sorry. Ich dachte, Rankin würde wieder einen Szenenwechsel einfügen.«

»Hat er aber nicht, hmmm?«

»Hmmm. Scheinbar nicht.«

»Dann machen wir jetzt besser weiter, oder?«

»Ja. Natürlich.« Rex rieb sich die Hände. »Harpo, unternimm etwas.«

»Ich? Du bist hier der Held. Du musst irgendwas unternehmen! Und versuch es spannend zu machen, ja?«

»Also gut, mach ich.« Rex baute sich vor der Tastatur auf. »Ich mache Folgendes.« Er griff nach vorn und tippte eine Reihe von Zahlen und Buchstaben ein.

»Was war es?«, fragte Harpo.

»Elvis' Geburtsdatum.«

»Oh, welche Inspiration! Bravo! Oooh ...! Autsch ...! Mist ... Was passiert da?«

»Oooh ...! Autsch ...! Mist ... Was passiert da?« Rex starrte auf die Tastatur. Rex starrte auf seine Armbanduhr. Die Zeiger rasten über das Zifferblatt.

Auf halbem Weg eine Treppe hinauf ließ Jonathan Crawford seinen Koffer fallen und umklammerte sein Handgelenk.

» Oooh ...! Autsch ...! Mist ... Irgendjemand hat die verdammte Bombe gefunden! Die Zeit rast voran! Ich hab keine Leben mehr. O Scheiße!«

»Hmmm«, machte Rex Mundi.

»Ich dachte, das hätten wir schon?«

»Das war ein ganz anderes ›Hmmm‹. Seht nur auf meine Uhr.« Er hielt sie vor die beiden Gesichter. »Ich scheine Mist gebaut zu haben, jedenfalls ein wenig.«

Er lächelte töricht. Die beiden kleinen Gesichter starrten von unten her zu ihm herauf.

»Sieben Stunden!«, rief Harpo.

»Sieben verdammte Stunden!«, rief Chico.

Rex gab ein dümmliches Lachen von sich. »Wohin fliegt nur heutzutage die ganze Zeit?«, sagte er.

»Sieben Stunden.« Harpo wiederholte die Worte wieder und immer wieder. »Er hat den falschen Kode eingetippt, und wir haben sieben Stunden verloren, einfach so!«

»Nun, du hast selbst gesagt, ich soll es spannend machen.«

»Sieben Stunden«, flüsterte Chico.

»Jetzt hört endlich auf damit! Jeder kann mal einen Fehler machen. Wie viel Zeit bleibt uns noch?«

Chico blickte auf Rexens Uhr. »Genau eine Minute«, sagte er mit bleierner Stimme.

»Hmmm«, machte Rex. »Ziemlich lang, eh?«

Zeit.

Was können Sie über die Zeit sagen, hm?

Sie ist ein großer Heiler, die Zeit. Und sie kann der beste Freund oder die gemeinste Feindin sein. Manche sagen, die Zeit sei der Vater der Wahrheit, die Zeit wartet auf niemanden, die Zeit verschlingt alle Dinge, sie bändigt die stärkste Kraft, bricht unsere Jugend und unterminiert uns alle.

Wie ich die Sache sehe, ist Zeit das kontinuierliche Verstreichen unserer Existenz, in der Ereignisse von einem Zustand des Möglichen in der Zukunft durch die Gegenwart hindurch zu einem Zustand des Endgültigen in der Vergangenheit mutieren. Aber das ist mir eine Nummer zu hoch. Ich schätze, ein Physiker würde uns erzählen, dass Zeit eine messbare Größe, eine definierte Dauer darstellt, die üblicherweise mit einem periodischen Prozess in Verbindung steht, beispielsweise der Rotation der Erde oder der Frequenz elektromagnetischer Strahlung, die von einem gewissen Atom ausgeht. Anschließend wird er Ihnen so sicher wie die Hölle erzählen, dass Zeit in der klassischen Mechanik etwas Absolutes darstellt in der Hinsicht, dass sie unabhängig vom Beobachter vergeht. Und dass sie andererseits, gemäß der Allgemeinen Relativitätstheorie, vom Standpunkt des Betrachters abhängt. Nach dieser Theorie gilt Zeit als die Vierte Koordinate, die, zusammen mit den drei Koordinaten des Raums, unbedingt erforderlich ist, um ein Ereignis zu spezifizieren. Und eine gute Zeit verfliegt immer.

Ja, es gibt eine ganze Menge über die Zeit zu sagen. Wenn man die Zeit dazu hat, heißt das. Was ich im Augenblick nicht habe.

Weil ich geschäftlich hier bin. Und in meinem Geschäft ist Zeit Geld.

Von meiner Position aus, allein auf dem Dach, dramatisch eingerahmt vom Vollmond, überblicke ich den größeren Teil einer *Stadt in Angst*[1]. Flammen züngeln hoch wie das Sternenbanner vor dem Grill eines Campingfetischisten.

Ein kühler Wind kommt von Osten her, und mit ihm dringen die Geräusche hastiger Schritte an mein Ohr.

Also schlage ich den Kragen meines Trenchcoats

[1] Ein Lazlo-Woodbine-Thriller (obwohl keiner von seinen besseren).

hoch, ziehe mir die Krempe meines schicken Fedora tiefer in die Stirn und verschwinde in den Schatten *nil desperandum, per vas nefandum,* wie der Franzmann sagt.

In Spuckweite von mir entfernt steht ein Lufttaxi mit längerem Abrieb von schwarzem Gummi als die Wäscheliste einer Bondage-Queen. Auf der glänzenden Kanzel wirft der Mond ein Zyklopenauge zu dem vorbeirasenden Himmel hinauf. Im polierten Chrom der mächtigen Stoßstangen spiegelt sich ganz verzerrt und unförmig das Bild einer kleinen rennenden Gestalt. Ziemlich dichte Atmosphäre, eh? Aber wir reden hier schließlich auch von einem ziemlich klassischen Schluss.

Der Junge reißt die Fahrertür auf und wirft sich selbst hinter das Steuer.

Ich zähle langsam bis drei.

Weil ich nämlich weiß, was als nächstes kommt.

»Scheiße, Scheiße, Scheiße, Scheiße, Scheiße, Scheiße, Scheiße, Scheiße, Scheiße!« Die Tür fliegt auf, und der Junge springt heraus.

»Du klingst ziemlich Scheiße, Junge«, sage ich. »Suchst du nach denen hier?« Ich halte ihm die Wagenschlüssel hin. Nur die eine Hand, verstehen Sie, bleich und hell taucht sie aus den Schatten auf. Ich klimpere ein wenig mit den Schlüsseln. Sie funkeln brillanter als Crawfords Konversation.

»Scheiße!« Der Junge ist mächtig am Schwitzen, was seinem Anzug nicht sonderlich gut bekommt. Sein gemeiner kleiner Mund zuckt, und seine kleinen Knopfaugen drohen aus den kleinen Höhlen zu quellen. Er befingert seinen Hemdenkragen und sieht mich ziemlich nervös an. »Gib mir die Schlüssel, du verdammter Bastard!«, sagt er ohne jede Spur von Benehmen.

Ich stecke die Schlüssel wieder in meine Tasche zurück und zeige ihm statt dessen den Lauf meiner zuverlässigen Smith and Wadgassen[1]. »Los, streck sie hoch«, sage ich zu ihm.

»Ich soll sie hochstrecken? Ich soll sie hochstrecken? Bist du jetzt vielleicht völlig durchgeknallt?« Er kommt auf mich zu wie Sankt Vitus mit Samstag-Nacht-Fieber. »Wirf mal einen Blick auf deine Uhr! Wie spät ist es? Irgendjemand hat an der Bombe herumgefummelt. Wir haben weniger als eine Minute! Es ist keine Zeit mehr! Die Zeit ist uns ausgegangen!«

»Zeit?«, sage ich. »Was kannst du über die Zeit sagen, hm?

Sie ist ein großer Heiler, die Zeit, schätze ich. Und sie kann dein bester Freund oder deine gemeinste Feindin sein. Manche sagen, die Zeit ...«

»Halt dein Maul!« Der Junge hat tatsächlich Schaum vor den Lippen. »Gib mir einfach nur die Schlüssel. Ich muss verschwinden, *jetzt*. Es ist keine Zeit mehr! Keine Leben mehr!«

»Junge«, sage ich mit mehr Redegewandtheit als der Hanswurst eines Quacksalbers auf Heimaturlaub, »Junge, du wirst dir die Zeit nehmen, mir zuzuhören. Ich bin Lazlo Woodbine ... du machst dir gerade die Hosen voll. Lazlo Woodbine, der größte Privatschnüffler, der je über diese finsteren Straßen gegangen ist, die ein Mann gehen muss. Ich weiß zwar nicht, was aus all diesem kostenlosen Sex und

[1] Bei Saarlouis. Im Saarland, falls ich das noch nicht erwähnt haben sollte. Was ich nicht glaube. (Anm. d. Übers.)

der Spur aus Leichen geworden ist, die traditionellerweise die makellose Prosa meiner früheren Publikationen durchziehen – vielleicht stammen sie noch aus den Neunzigern, als der Autor sich noch liebevoller um die Ausarbeitung seiner Charaktere bemüht hat, ich weiß es nicht. Aber es gibt zwei Dinge, die weiß ich ganz genau. Erstens, ich bin hier. Und zweitens, du bist hier. Das heißt erstens, wir sind am Schluss des Buches, und zweitens, jetzt kommt der finale Showdown auf dem Dach. Begreifst du, was ich dir zu sagen versuche?«

»Bist du bald fertig?« Johnnyboy tritt nervös auf der Stelle. Offen gestanden, ich hab schon bessere Beinarbeit bei einem zusammenklappbaren Strandkorb gesehen. »Bist du bald fertig mit deiner … deiner … du …!«

»Fertig? Jungchen, wir haben kaum angefangen! Ich schätze, ich werde dir jetzt deine Rechte vorlesen, falls du genügend Mumm dazu hast. Du könntest natürlich versuchen auszubüchsen – das geht in Ordnung, dann könnte ich dir ein paar Kugeln in die Beine schießen. Oder vielleicht möchtest du versuchen, mich zu überwältigen und mir die Waffe zu entreißen, in welchem Fall wir uns an der Dachkante wälzen könnten, bis es für dich an der Zeit ist, über den Rand zu fallen. Mir ist das gleich.«

»Hören Sie!« Crawford schiebt sich vorsichtig in meine Richtung, während er mich plötzlich siezt. »Ich kann Sie aus allem rausschaffen! Sie müssten nicht wieder hierher zurückkommen. Sie müssten nie wieder bei dieser Geschichte mitspielen. Ich werde alles so korrigieren, dass Dee und Kelley den Presley-Schatz beim nächsten Mal zweihundert Jahre vor

Ihrer Geburt stehlen! Sie könnten zurückkehren und wieder ein ganz gewöhnlicher Detektiv sein.«

Ich hebe eine tadelnde Augenbraue.

»Ein *was*?«

»Ein *großer* Detektiv, meine ich natürlich.«

Ich hebe den verächtlichen Bruder der ersteren Braue. »Ein *was*?«

»*Der* große Detektiv! Kommen Sie. Beeilen Sie sich! Was sagen Sie?«

»Ich sage: Jonathan Alberich Carver Doone Bluebeard Foghorn Lecter Claude Frollo Crawford, ich verhafte dich hiermit wegen Mordes an deinem lieben kleinen weißhaarigen alten Väterchen ...«

»Was?« Der Junge sieht mich an, als hätte er *Château Rothschild* bestellt und einen billigen Anteil an einem Ferienappartement in Benidorm bekommen. »Das können Sie doch nicht ...«

»Was kann ich nicht? Ich habe den Presley-Fall abgegeben, Jungchen. Ich hab keine Zukunft mehr für mich gesehen. Ich bin in mein Büro zurückgekehrt, und was finde ich auf meinem Schreibtisch?« Ich zeige ihm, was ich gefunden habe. Ein Blatt Papier. »Ein Steckbrief auf dich. Tot oder lebendig, was sonst. Hier drauf steht, dass du vor fünf Tagen besagten lieben kleinen weißhaarigen alten Vater in das Große Schwungrad gestoßen hast, das diesen Planeten durch das All treibt [Wie im übrigen groß und breit in *Armageddon – Das Menü* erklärt; die Geschichte ist viel zu kompliziert, um noch einmal von vorn damit anzufangen]. Jedenfalls, der Sohn des oben erwähnten lieben kleinen weißhaarigen alten Vaters hat irreparable Schäden an diesem Schwungrad verursacht, die dazu führen, dass alle die fünf letzten Tage vor dem Großen Knall in einer endlosen Schleife wieder und wieder und wieder durchleben müssen. Obwohl es einige technische Probleme zu geben scheint mit verlorenen Leben, die ich nicht begreife. Nichtsdestotrotz, du bist hier, ich bin hier, und das ist so ungefähr alles, was mich interessiert. Tanzen wir jetzt unseren Tango?«

»Das ist lächerlich! Wir haben höchstens noch ein paar Sekunden!«

»Sekunden? Sicher, sieh auf deine Uhr.«

Jonathan sieht auf seine Uhr. »Sie ist stehen geblieben«, sagt er und schüttelt sie heftig.

»Nein, ist sie nicht. Sie läuft nur ein wenig langsamer. In meiner Showdown-Szene auf dem Dach kriege ich immer eine Super-Zeitlupe. Steht in meinem Kontrakt. Also ist genügend Zeit für alle notwendigen Ausführungen, um lose Enden befriedigend zusammenzuführen. Ich halte das für ausgesprochen wichtig; du vielleicht nicht? Zwanzig Sekunden können durchaus reichen, um das Geständnis eines Verbrechers anzuhören, die eine oder andere Überraschung zu erleben und einen Kampf, dass der Leser vor Aufregung an den Nägeln zu kauen beginnt. Und natürlich den unvermeidlichen Sturz vom Dach ins Verhängnis zu verfolgen. Was natürlich dein Sturz sein wird, Jungchen.«

Crawford beißt sich auf die Lippe. »Geben Sie mir bitte meine Wagenschlüssel«, sagt er.

»Sicher, Jungchen.« Ich werfe ihm die Schlüssel zu. »Beweg dich einen Zoll, und ich schieße dich mausetot.«

»Schon gut, schon gut. Sie wollen also ein Geständnis, richtig?«

Ich nicke mit meinem Kopf. Ich tue es nur das eine Mal, und ich mache es richtig subtil. Nichts Aufregendes.

Ich übertreibe niemals, und ich mache erst recht keine große Sache aus einem einfachen Kopfnicken. Ich schätze, eine leichte Inklination des Schädels von, sagen wir mal, fünf, maximal sechs Grad reicht mehr als aus, um Zustimmung zum Ausdruck zu geben. Mehr als das, und man sieht aus wie ein ewiger Jasager oder ein Nickpudel im Fond eines Cortina. Also halte ich es knapp und auf den Punkt. So ist eben meine Art.

»War das ein Ja oder ein Nein?«, fragt Jonathan doch glatt.

»Ein Ja.«

»In Ordnung.« Das Jungchen streicht sich über das kleine spitze Kinn. Jede Wette, dass er sich nichts sehnlicher wünscht, als so ein breites, massives Kinn zu haben wie ich, mit vorstehenden Wangenknochen und allem. »In Ordnung, wenn Sie ein Geständnis hören wollen, dann sollen Sie eins hören. Aber bitte, stecken Sie doch vorher die Waffe weg. Ich habe allmählich wirklich genug davon, immer wieder erschossen zu werden.«

»Meinetwegen«, sage ich. »Was kann es schon schaden.« Ich schätze, warum nicht, was kann es schon schaden? Also stecke ich mein Ding wieder ein. »Schieß los, Jungchen«, sage ich.

»Ja. Mach ich, wenn du nicht die Flossen hochhebst!« Ich weiß nicht, woher er so unvermittelt die Kanone hat und warum er mich plötzlich wieder duzt; schätzungsweise werde ich es nie herausfinden. Aber da ist sie nun einmal und zielt im Mondlicht auf mich wie eine einäugige Hure bei einer Verabredung mit einem Unbekannten. Ich strecke die Flossen hoch, wie man das eben so macht.

»Du hast mich offensichtlich ausgetrickst, Jungchen«, erkläre ich.

»Ja, das habe ich ganz sicher.« Crawford weicht zu seinem Lufttaxi zurück. »Und ich hab meinen alten Herrn erledigt. Ich musste es tun. Die Wirtschaftsprüfer waren da. Die Bücher waren nicht ausgeglichen.«

»Die Bücher? Von welchen Büchern redest du da, Jungchen?«

»Den Geschäftsbüchern. Den Planetaren Geschäftsbüchern. Der Planet Erde ist ein Unternehmen. Das war er schon immer, und das wird er immer sein. Er muss einen Profit abwerfen, oder die Geschäftsführer, die *wirklich großen* Geschäftsführer ...«, er deutet nach oben, »... stoßen die Erde als unrentabel ab oder verschrotten sie. Zeit ist Geld, weißt du?«

»Das hab ich vor dir gesagt, Jungchen«, sage ich. »Ich glaube, ›Zeit und Gezeiten warten auf niemanden‹ hab ich noch nicht benutzt, falls du lieber diesen Ausdruck nehmen möchtest.«

»Halt die Klappe! Ich meine, Zeit *ist* Geld. Buchstäblich. Zeit *kostet* Geld. Das Universum ist ein riesiges Unternehmen, das der Vereinigung der Himmlischen Geschäftemacher gehört. Bewohnte Planeten haben für ihren Orbit zu zahlen. Für ihre Zeit im Raum. Die einheimischen Götter sorgen normalerweise dafür, dass alles nach Plan verläuft. Aber wegen der Inkompetenz meines Vaters und weil Elvis den Status quo versaut hat, steckt dieser Planet tief in den roten Zahlen und läuft Gefahr, enteignet zu werden. Glücklicherweise war ich zur Stelle und habe einen genialen Sanierungsplan entwickelt, der das verhindern soll.« Jetzt steht er neben seinem Taxi und sieht aus, als würde er jeden Augenblick davonfliegen.

»Dieser geniale Sanierungsplan«, versuche ich Zeit zu gewinnen. Man weiß nie, irgendwas könnte noch passieren. »Dieser Sanierungsplan, beinhaltet der vielleicht, die ganze Welt in eine virtuelle Realität zu verwandeln, in ein Computerspiel für die Götter?«

»Na ja, vielleicht nicht die ganze Welt. Nur den Teil, in dem ich festgesteckt habe. Das verdammte stinkende Presley City.«

»Und diese Geschäftsleute, sie sind darauf eingegangen?«

»Sicher. Sie spielen das Spiel, in diesem Augenblick. Spürst du sie nicht?« Er steigt in sein Taxi ein. Seine Kanone zeigt noch immer auf mich, und die Zeit tickt leise dahin.

»Nur eine Frage noch, Jungchen. Wegen der ›verlorenen Leben‹. Das kapiere ich irgendwie nicht.«

»Ist doch ganz einfach.« Jetzt sitzt er im Wagen. »Ich mag vielleicht in einer fünf Tage dauernden Zeitschleife feststecken, aber unsterblich bin ich deswegen nicht. Wie bei jedem Spiel hat man nur so und so viele Leben. Ich habe meine alle aufgebraucht, bis auf eines, und das macht die Sache verdammt aufregend. Verstehst du nun, dass ich hier weg muss, bevor der Große Knall kommt? Und zwar jetzt. Ich sehe dich *letzte Woche* wieder. Wenn du verstehst, was ich meine, und es ist mir absolut scheißegal, ob du mich verstehst.«

»Halt, stehen bleiben, Arschloch!« Also das habe ich nicht gesagt, so etwas ist auch nicht mein Stil. Diese Stimme hat außerdem mehr Dezibel als ein tanzender

Hund bei einer Session von Blue Cheer. Ich drehe mich um, und Crawford dreht sich um, und dabei dreht er den Zündschlüssel seines Wagens um.

»Das ist immer noch *mein* Spiel, *mein* Planet und *mein* Geschäft!« Der Besitzer der Megatonnenstimme erhebt sich aus einer Art geschmolzenem Loch im Dach des Butcher-Building, und er sieht wirklich ziemlich sauer aus.

Er kommt ziemlich dünn daher. Ungefähr einen Mikron im Durchmesser, schätze ich. Und dann schwillt er in alle Richtungen an. Tentakel hier, Tentakel da, gottverdammte Tentakel, wohin ich auch sehe. Ich ziehe meine zuverlässige Smith and Wellingen[1] und baue mich auf eine Weise auf, wie nur ich es kann.

»Hoch mit den ... den Dingern«, sage ich. »Du bist verhaftet.«

Aus den wimmelnden Tentakeln kommt ein Gesicht, das aussieht, als hätte es einmal meinem Kumpel Rex gehört. Es schwebt vor mir in der Luft, geifernd und sabbernd und ganz allgemein unangenehm anzusehen. Es öffnet den Mund und äußert Folgendes: »Hast du überhaupt Kugeln in deiner Kanone, Soldat?«

»Selbstverständlich hab ich Kugeln in meiner Kanone. Hast du vielleicht Wasser erwartet?« Ich muss selbst über meinen Witz lachen. Aber wie es aussieht, kommt er bei diesem Typen nicht besonders an.

»Dann komme ich wieder auf dich zurück, sobald ich mich um diesen Haufen Schei ...« Crawford hat

[1] Bei Saarlouis. Im Saarland, falls ich das noch nicht erwähnt haben sollte. Was ich glaube. (Anm. d. Übers.)

den Gang eingelegt. Die Reifen drehen durch und lassen noch mehr schwarzes Gummi auf dem Beton zurück. Bevor irgendjemand sagen kann: »Was für ein hübscher Bursche dieser Lazlo Woodbine doch ist!«, sieht der ganze Wagen aus wie die Hauptmahlzeit im Tintenfischbecken.

»Ich herrsche über diesen Planeten.«

Die mächtige Stimme kommt aus dem gewaltigen Gesicht, und ich weiß nicht, was Sie von schwefligem Mundgeruch halten, aber *mir* wird immer kotzübel dabei.

»Hey, Typ!« Ich schätze, ich werfe jetzt besser meine zwei Pennys ein, sonst komme ich am Ende nicht mehr dazu. »Du bist der Teufel, eh? Hab ich Recht oder hab ich Recht?«

»Ich bin der Gott dieser Welt!«, brüllt der Tentakelige mit dem Rexgesicht und verstreut seine Halitose in alle vier Himmelsrichtungen.

»Und du sagst, du wärst verantwortlich für all diesen, wie soll ich es nennen ... diesen Mist?«

Brumm, brumm und brüll, macht das Auto. Die Räder radieren mehr Gummi auf den Boden als eine nichtgummierte Entität bei einem ganz anderen Ereignis, aber der Wagen bewegt sich nicht einen Zoll von der Stelle.

»Lass sofort mein Auto los!«, heult das Jungchen auf dem Fahrersitz. »Lass mich gehen!«

»Nun, Bursche«, sage ich, »sieht ganz danach aus, als müsste ich dich erschießen.«

»*Mich* erschießen?« Jetzt kommt er doch tatsächlich mit seinen mächtigen satanischen Hohohos.

»Ich fürchte ja. Dieses Dach ist nicht groß genug für uns drei. Ich muss mich um das verrückte Jungchen kümmern, also erschieße ich dich besser jetzt. Nichts Persönliches, wenn du verstehst, was ich meine, und ich bin sicher, dass du mich verstehst.«

»Oh, das tue ich. Das tue ich.«

»Also gut dann.«

Ich hebe mein Ding, aber das ist auch so ungefähr alles, was ich schaffe. Ganz plötzlich bin ich von massiven Tentakeln gefesselt und fühle mich ziemlich dämlich, das kann ich Ihnen sagen.

»Dieser kleine Haufen Hundescheiße hier ...«, gewisse Tentakel schütteln das Auto, »... arbeitet für *mich*. Obwohl er es nicht weiß. Bevor Elvis in der Zeit zurückgegangen ist und alles vermasselt hat, liefen die Dinge eigentlich prima für mich und meinen Geschmack. Der große G hat oben regiert und ich hier unten. Er hatte seinen Spaß, ich hatte meinen. Aber es gibt wohl immer irgendeinen größenwahnsinnigen Spinner, der meint, er könnte den Jackpot knacken. Nun, diesmal hat er sich jedenfalls geschnitten. Nicht in dieser Zeit und nicht zu irgendeiner anderen. Du wirst hier sterben, Crawford. Gleich jetzt und an Ort und Stelle.«

»Das ist alles?«, frage ich ungerührt.

»Was alles?«

»Ist das alles, was du zu sagen hast? Ich frage mich nämlich gerade, ob du nicht noch ein paar Erklärungen oder Geständnisse oder was weiß ich mehr abzulegen hast, oder ob wir uns jetzt direkt in den aufregenden Höhepunkt stürzen sollen.«

Die Bestie aus dem bodenlosen Loch kratzt sich mit einem dieser wurmähnlichen Dinger die Birne. »So aus dem Stegreif fällt mir nichts mehr ein«, poltert sie. »All die losen Enden werden wahrscheinlich erst auf der letzten Seite wirklich zusammengeknüpft. Auf gewisse Weise jedenfalls. Was ist mit dir, Johnnyboy?«

Crawford schüttelte den Kopf. »Ich hab meinen Teil gesagt, bevor du aufgetaucht bist. Jetzt bleibt mir eigentlich nur noch das Schreien und das Schießen.«

»Nichts da.« Der geschwollene Schädel wendet sich wieder zu mir. »Du hast es gehört. Alles ist gesagt. Jetzt werde ich Crawford das Leben aus dem Leib wringen.«

»Meinetwegen. Aber könntest du vielleicht deinen schraubstockartigen Griff ein wenig lockern?«, gebe ich ihm einen gut gemeinten Tipp. »Ich hab nämlich einen Bruch, weißt du?«

»'tschuldige.« Eine stattliche Anzahl von Tentakeln löst sich von mir und packt statt dessen das Auto Crawford um so fester.

Ich hebe mein Ding und jage zwei Schuss von hinten in den großen bösen Schädel.

»Hohohoho ... oooh, verdammt und zugenäht! Mr. Hässlich schwing seine widerliche Visage zu mir herum.

»Das hat dir gar nicht gefallen, wie?« Ich verpasse ihm noch eins mitten zwischen die Babyblauen. »Nimm das auch noch.«

»Aaaaaaaaarrrrgh!« Der Schrei bringt das ganze Dach zum Erzittern, und ich bin unvermittelt tentakelfrei. »Willst du noch eine?«, frage ich.

»Du hast auf mich geschossen! Was zur Hölle hast du in der verdammten Kanone?«

»Kugeln, Freundchen. Silberkugeln, um genauer zu sein. Ich gehe nie ohne aus dem Haus. Gesegnet vom gegenwärtigen Papst, diese Burschen. Hättest du vielleicht Lust auf noch eine?«

»Nein, bestimmt nicht!«

»Ich erinnere mich noch, damals, siebenundfünfzig. Ich war Carmel Shane auf den Fersen, dem Vampir von Vermont. Ich hatte gewöhnliche Munition geladen. Dieser Fehler hat mich neunzig Prozent meiner Körperfunktionen gekostet, den größten Teil meines kastanienbraunen Brusthaars, ein walisisches Bergrettungsteam namens Philip, zwölf tanzende Lords, vier Monate im Bognor Regis (die Sommersaison mit Russ Abbot) und soviel Salat, wie man essen kann, zum Inklusivpreis von £ 4.99. Anschließend konnte ich ein Jahr lang keinen Theodoliten ansehen, ohne nachts vom Geruch von gekochtem Kohl zu träumen. Hey, hörst du mir überhaupt zu, Bursche?«

Aber es scheint, dass er nicht mehr zuhört. Er hat sich ganz um Crawfords Wagen gewickelt. Die Reifen des Wagens kreischen und radieren, und das ganze Gedöns[1] kommt in meine Richtung, und zwar verdammt quicklebendig in der Beschleunigungsabteilung.

»Jetzt kriegst du deins, Woodbine!«, kreischt das Jungchen.

»Und du deins!«, kreischt der Phantom-Anhalter, und seine Tentakel zucken und peitschen.

Der Wagen kommt auf mich zu, und meine schicken Pradas geben Fersengeld, mit mir darin. Die Scheinwerfer des Wagens erfassen mich und werfen meinen flüchtigen, doch eleganten Schatten auf ein Fleckchen Beton des Dachs, das ungefähr soviel Hoffnung für mich enthält wie für Bobby McGee. Ich

[1] Courtesy of R. Schumacher, Übersetzer und Rheinländer (in umgekehrter Reihenfolge).

renne selbstverständlich weiter, aber es sieht so aus, als hätte ich nur noch sehr wenig Raum, um dieser Beschäftigung nachzugehen. Und es sieht so aus, als hätte ich nicht mehr besonders viele Möglichkeiten.

Überhaupt war ich nie ein Mann der Möglichkeiten, verstehen Sie mich nicht falsch. Ich bin mehr der Typ, der seiner Intuition und seinen Impulsen folgt. Ich stehe nicht auf zeremoniellem Kram. Ich gehe voll rein, und ich gebe alles.

Es ist der einzige Weg, den ich kenne.

Das Auto ist dicht auf meinen Fersen. Ich habe keine Wahl mehr.

Ich springe voll über die Dachkante, ohne einen Augenblick des Zögerns.

»Zeit?«, fragte Rex über die Tastatur der großen bösen Bombe gebeugt. »Wie viel Zeit bleibt uns noch?«

»Vierzig Sekunden«, antwortete Chico. »Nein, halt, es sind nur noch neununddreißig, nein, achtunddreißig, nein, siebenund...«

»Ich verstehe. Also nicht mehr viel.«

»Nicht mehr viel, nein.«

»Meinst du, wenn ich Elvis' Geburtstag rückwärts eintippe, dass wir dann vielleicht unsere sieben Stunden zurückbekommen?«

»Möchtest du vielleicht deine letzten einunddreißig Sekunden mit großen langen Löffeln und einem fluffigen Spiegel[1] verbringen?«

Rex betrachtete Laura. »Na ja«, sagte er. »Jetzt, wo du es erwähnst ...«

[1] Jägerlatein.

»Hallo, hier ist Dick Adamski live aus der Kampfzone in der Lobby des Butcher-Building. Ich bin hinter dem Empfangsschalter in Deckung gegangen, wo ich ein Interview mit zwei wundervollen Zwillingen führe, die mir berichten, dass sie die *Children of the Revolution* repräsentieren. Ist das korrekt, Sharon?«

»Das ist es, jawohl, Dick!« Sharon klimperte mit den Wimpern. Alison zog den Sicherungsstift aus einer Betäubungsgasgranate und warf sie in hohem Bogen durch die Lobby.

»Nun, Sharon, Sie kennen die Frage, die jeder unserer Zuschauer beantwortet haben möchte: Sind Sie tatsächlich im Besitz einer Kopie von ›Pewter Suitor‹?«

Kevin kam über den Schalter gesprungen und landete mitten unter ihnen.

»Sämtliche Aufzüge sind außer Betrieb«, berichtete er. »Das Feuer breitet sich aus. Das ganze Gebäude wird einstürzen. Wir müssen uns aufteilen.«

»Einen Augenblick noch, Kevin.« Dick hob sein Mikro. »Meine Damen und Herren, in diesem Augenblick gesellt sich kein Geringerer als Danny de Vito zu uns ...«

Kevin zog seine Pistole aus dem Halfter und erschoss Dick Adamski.

»Mojo!« Der Intendant von PROSAT71TL machte ein ernstes Gesicht und schaltete den Fernsehbildschirm aus. »Sie haben Dick erwischt. Diese lausigen, verrotteten Söhne von ...« Seine Miene hellte sich auf. »Das ist Ihre große Chance, Mojo! Sie müssen in dieses

Gebäude und zu Elvis vorstoßen. Was sagen Sie dazu, mein Junge?«

»*Ich* sage, wer ist hier der Chef?« Balberith riss die Seitenwand aus dem Lieferwagen und kletterte an Bord.

»Er ist der Chef!«

Debbie, Mojo, der Fahrer, die Jasager, Vertragsspezialisten, Höflinge und Agenten deuteten alle zugleich auf den Mann hinter der dicken blauen Qualmwolke.

Crawfords monsterbeladener Wagen schießt über mich hinweg. Er saust knapp über meinem eingezogenen Kopf vorbei. Ich klammere mich mit den Fingernägeln an die Dachrinne und bete inbrünstig darum, dass mein guter Fedora nicht davongeweht wird.

Der Wagen schießt wie ein fetter glänzender Käfer vorwärts in den nächtlichen Himmel über Presley City, und ich zähle atemlos bis drei. Weil ich, glauben Sie's oder glauben Sie's nicht, genau weiß, was als Nächstes kommen wird.

Ich höre das Geräusch hastig gewechselter Gänge, herausgezogener Stopfen, versagender Maschinen und dann einen fast unmerklich kurzen Augenblick der vollkommenen Stille.

Und dann.

»Scheiße, Scheiße, Scheiße, Scheiße, Scheiße, Scheiße!«, dringt Jonathan Crawfords Stimme glasklar und nicht wenig tränenvoll durch die Lautlosigkeit.

Der Wagen schwebt für einen Augenblick reglos in

der Luft, wie manche das so tun, und dann beginnt er seinen langen *Fall ins Vergessen*[1].

Ich wuchte meinen schmerzenden Leib auf das Dach zurück.

Es kostet mich eiserne Nerven, Eingeweide aus Stahl, einen ehernen Willen, eine granitene Konstitution, Muskeln wie Drahtseile und eine wirklich tiefgehende Abneigung gegen einen Sturz aus dem sechsundsechzigsten Stockwerk in den sicheren Tod. Ich bin auf diesem Dach zurück, bevor auch nur irgendjemand sagen kann: »Woodbine triumphiert erneut – *Crime Fiction*, das Monatsmagazin.«

Ich rücke meine Krawatte zurecht, schiebe meinen Hut in den Nacken, schüttele den einen oder anderen Knitter aus meinem Trenchcoat und krame in meiner Tasche nach einer Plastiktüte mit diversem kompliziertem mechanischem Krempel.

Das vertikale Antriebssystem des Luftwagens. Ich habe mir die Freiheit genommen, es aus Crawfords Auto auszubauen, als ich die Zündschlüssel abgezogen habe.

Ziemlich clever von mir, eh?

Ich meine, hätte ich das Ding nicht in die Plastiktüte gepackt, wie leicht hätte ich mir den Futterstoff der Tasche mit Motorenöl verschmutzen können? Und dieses Mistzeug kriegt man wirklich nur schwer wieder raus. Wenn überhaupt, was auch nicht immer klappt.

Manchmal muss man das Taschenfutter auch ersetzen, und das bedeutet, dass der Trenchcoat für mindestens eine ganze Woche beim Schneider ist.

[1] Ein Inspektor-Hovis-Krimi.

Aber diesmal nicht, und nicht mit Laz.

Diesmal habe ich gewonnen. Ich habe das aufregende Ende auf dem Dach geschaukelt. Ich habe nicht einen, nein, ich habe gleich zwei Superschurken erledigt und mir meinen Trenchcoat dabei nur unwesentlich und die Taschen überhaupt nicht schmutzig gemacht.

Wirklich verdammt clever von mir, wenn Sie mich fragen.

Ich werfe einen Blick auf meine Uhr.

All das, und ich habe immer noch fünfzehn Sekunden übrig.

Fünfzehn Sekunden, um den Presley-Schatz aufzuspüren, vor dem Großen Knall in Deckung zu gehen und auf Barry zu warten. Fünfzehn Sekunden ... nein, vierzehn, nein, dreizehn ... o Scheiße ...

»Hast du Laz gesehen, Chef? Ich wollte mich eigentlich hier mit ihm treffen.«

»Barry! Unternimm etwas!«

»An was hast du dabei gedacht, Chef?«

»Die Bombe, Barry. *Die Bombe!*« Rex deutete verzweifelt auf selbige. »Mach dieses Ding unscharf!«

»Und ein wenig dalli, wenn ich bitten darf!«, fügte Chico hinzu.

»Ich will zu meiner Mama!«, heulte Harpo.

»Was für ein hässliches kleines Mistding«, stellte Barry fest.

»Nein!« Rex fuchtelte mit den Armen. »Sag *so etwas* nicht! Zu spät ...«

Barry das Häschen blickte überrascht zu Rex auf.

»Netter Trick, Chico.«

Rex ließ sich auf den Hintern sinken und vergrub das Gesicht in den Händen. »Damit wäre unsere letzte Hoffnung dahin.«

Die Explosion war verheerend. Eine pilzförmige Wolke voller Flammen und ganz, ganz schlechter Neuigkeiten erhob sich über Presley City.

»Meine Herren, das war laut!« Harpo schüttelte benommen den Kopf. »Ich frage mich, was das war?«

»Crawfords Luftwagen ist in den Parkplatz eingeschlagen, würde ich sagen.« Chico zwinkerte. »Ziemlich schmutzige Sache. Ziemlich endgültig.«

Rex lächelte vom Boden her zu ihnen auf. »Oh, sehr gut, das freut mich ohne Ende. Ich werde meine letzten paar Sekunden mit ausgiebiger Schadenfreude verbringen, falls ihr keine Einwände habt.«

»Du könntest wenigstens noch ein paar Tasten ausprobieren«, wandte Chico ein. »*It's now or never*[1].«

»Äh, Chef? Eigentlich muss es heißen: ›*It's now or ever*[2]‹«, sagte Barry das Häschen. »Ich hab's selbst für Elvis einprogrammiert. Ziemlich clever, haben wir gedacht.«

IT'S NOW OR EVER

Rexens Finger flogen über die Tasten. Doch die Sekunden tickten dahin.

[1] Jetzt oder nie, Elvis.

[2] Jetzt oder immer, Barry.

3
2
1
0

Ich stehe auf dem Dach. Groß, hoch aufgerichtet und äußerst detailliert.

Ich habe meine Rolle gespielt. Habe meinen Teil beigetragen. Ich bin in Ruhm gebadet aus der ganzen Sache hervorgegangen. Mit hoch erhobenem Haupt. Wenn jetzt für mich der Zeitpunkt gekommen ist, meinem Schöpfer gegenüber zu treten, nun, dann soll es so sein.

Ich kann dem großen Burschen mitten in die Augen sehen und sagen: »Mister, mein Name ist Woodbine, Lazlo Woodbine, aber Sie können Laz zu mir sagen.«

E

Sam Maggott torkelte durch den großen schwelenden Krater, der noch kurze Zeit zuvor der Parkplatz des Butcher-Building gewesen war. Sein Gesicht war geschwärzt, und seine Kleidung hing in Fetzen. Ansonsten war Sam unverletzt. Die Sirenen machten *Tatütata*.

Sam hatte die Mutter aller harten Tage.

»Officer Cecil!«, brüllte er.

R

Officer Cecil saß in der Tomorrowman Taverne. Ein Pint zur Rechten, einen bewusstlosen Barmann zu seinen Füßen und eine Schreibmaschine auf dem Schoß. Er tippte:

> Was im Übrigen ein vollkommen hoffnungsloses, nachlässig konstruiertes, richtungsloses, hingeschriebenes, uninspiriertes, nachgeahmtes und über allem humorloses Werk darstellt, das auf billigen Witzen, groben Obszönitäten, sexueller Perversion und hirnloser Gewalt aufbaut, wird für mich durch die rührende und tief empfundene Darstellung des Officer Cecil herausgerissen. Bleibt zu hoffen, dass irgendein Verleger von Rang und Namen die Gelegenheit beim Schopf ergreift und einen talentierten Schreiber verpflichtet, diesen wundervollen, charismatischen jungen Star zu entwickeln ...

0

»Uh-uh-uh-uh-uh-uh-uh-uh-uh«, machte Barry der Riesenrammler.[1]

»Ja, ja, ja, ja!«, machte Laura das Häschen. »Gib es mir, mein großer Junge! O ja, o ja ...

0

0,1

0,2

[1] Jägerlatein

0,3

0,4

Der Bursche in der fetalen Haltung schlug die Augen auf.

»Es hat aufgehört.«

»Es hat aufgehört!«

»ES HAT AUFGEHOERT! Wir haben es geschafft, Barry! Wir haben die Bombe entschärft! Wir haben die Bombe entschärft, Barry! Barry? Barry, du kleiner nichtsnutziger Dreckspatz! Hör augenblicklich damit auf!«

0,4

Die Türme von Presley City erstrahlten in einem inneren Licht.

Im Innern der gigantischen Jukeboxtürme begannen sich Platten von der Größe von Wiltshire-Kornkreisen zu drehen, und gewaltige nadeltragende Tonarme senkten sich auf sie herab.

Die Musik setzte ein. Und Elvis sagte: »Es werde Rock'n'Roll.«

Und es ward Rock'n'Roll.

20

Hare BAH-RIH!
Hare BAH-RIH!
BAH-RIH, BAH-RIH,
Hare hare ...

Die überlebenden Mitglieder der Besetzung hatten sich in der Tomorrowman Taverne versammelt und schwenkten billigen Champagner.

Auf dem Tresen standen zwei große Tempelkerzen und brannten hell. Zwischen diesen lag ein komfortables Samtkissen. Und auf diesem Samtkissen lümmelte sich Barry der Wunderkohl.

Laura Lynch stand zu seiner Rechten und trug einen hoch zufriedenen Ausdruck im Gesicht. Kevin, Jason, Alison und Sharon knieten vor Barry und hielten die Köpfe gesenkt.

Barry erklärte Rex die Zusammenhänge.

»Verstehst du, Elvis wollte eigentlich nie in diese ganze Geschichte verwickelt werden. Er war nie ein fiktionaler Charakter; er war der King des Rock'n'Roll. Und als er herausfand, dass er in einem dritten Buch auftreten sollte, hatte er seine Eingebung. Er beschloss, direkt bis zu *Genesis*[1] zurückzukehren und alles zu ändern. Zu verhindern, dass der Antichrist je geboren wurde[2]. Und fast hätte es funktioniert. Das Dumme war, Elvis wusste, dass Mutter

[1] Musik-Gruppe
[2] Doch nicht. Dann eben die Schöpfung.

Demdike am Ende von *Armageddon – Das Menü* entkommen konnte, also musste es irgendwo einen Antichristen geben, der durch das Netz geschlüpft war. Also machte sich Elvis auf, ihn zu zerstören, indem er ihn in diese Zeit lockte und dort in die Luft jagte. Verstehst du, als Elvis und ich hier ankamen und entdeckten, das der junge Crawford in der Zeitschleife festsaß, dachten wir, es sei die ideale Falle. Der Antichrist steckte in Crawfords Spiel und kam nicht weiter, ganz gleich, wie sehr er sich bemühte. Elvis machte die Bombe scharf, ich brachte ihn ins zwanzigste Jahrhundert zurück, und er starb seinen unnatürlichen Tod. Er hat niemals Selbstmord begangen. Oder vielleicht doch. Wir werden es nie mit Sicherheit wissen.

Aber jetzt ist alles vorbei. Crawford ist tot. Der Teufel ist besiegt. Der Presley-Schatz ist vernichtet. Elvis ist nur noch Geschichte. Und wenn du erst wieder in deinem eigenen Kontinuum bist, leben wir glücklich und zufrieden bis ans Ende unserer Tage.«

»Hmmm.« Rex kratzte sich am Kopf. »Du musst verzeihen, aber ich denke nicht, dass damit alle Fragen geklärt sind. Warum genau hat der Antichrist oder Anti-Elvis oder was auch immer meine Gestalt angenommen?«

»Ganz einfach, Chef, um mich zu täuschen. Er wollte, dass ich ihn von hier wegbringe, vor dem Großen Knall. Wie sonst hätte er entkommen sollen?«

»Er hätte den Volvo nehmen können. Er hat Dee und Kelley schließlich auch aus der Zukunft hergebracht.«

»Du meinst den Volvo, der ›Wir danken Ihnen für

Ihre Reise im Dienst der Ultimativen Wahrheit und wünschen Ihnen ein schönes Morgen‹ gesagt hat?«

»Das warst du! Du hast den Volvo durch die Zeit fahren lassen!«

»Natürlich war ich das, Chef. Autos können nicht durch die Zeit fahren. Wer hätte je von einer derart absurden Idee gehört?«

»Also gut. Aber was ist mit der Statue? Wenn das hier ein abgetrenntes Kontinuum ist, verursacht durch Elvis, der den Verlauf der Geschichte geändert hat, wie kann dann eine Statue von ihm, gehauen von dem berühmten Michelangelo, in meinem Garten vergraben liegen?«

»Ah«, sagte Barry. »Ah. Ich fürchte, die haben Elvis und ich dort vergraben.«

»Du?«

»Na ja, Chef, bleib fair. Wir hatten keine großartige Wahl. Hätten wir die Statue nicht dort vergraben, und hätte ich nicht Dee und Kelley hingeführt, und wärst du nicht in den Laderaum des Volvo gesprungen ... du wärst überhaupt nicht in der Handlung aufgetaucht. Abgesehen davon vielleicht, dass du einen septischen Tank für Christeen gegraben hast.«

Rex war sprachlos. Als er seine Stimme wiederfand, sagte sie: »Ihr habt mich aufs Kreuz gelegt!«

»Na, na, Chef. Du hast die Welt gerettet, das heißt, einen Teil von ihr.«

»Und was ist mit dieser Welt? Was ist mit Laura und Laz und all den anderen?«

»Wir machen weiter«, sagte Chico. »Ich werde der Welt meine kosmischen Wahrheiten verkünden, erfunden oder nicht. Wir werden ein neues Morgen errichten.«

»Und wir gehen wieder zu Mama«, sagte Harpo. »Tun wir doch, oder nicht, Chico?«

Chico setzte eine besorgte Miene auf. Er war eigentlich ziemlich sicher, dass Debbie und Mojo auf dem Parkplatz in die Luft geflogen waren. Es sei denn natürlich, sie waren durch irgendeinen glücklichen Zufall entkommen, bevor Crawfords Auto in den Übertragungswagen von PROSAT71TL eingeschlagen war. »Nun ...«, sagte Chico.

Die Tür flog auf, und herein kamen Debbie und Mojo.

»Mein Baby!«, rief Debbie.

Chico warf Barry einen unauffälligen Blick zu. »Guter Trick«, sagte er.

»Kein Problem, Chico. Ich konnte doch wohl kaum zulassen, dass die Geschichte für euch kein Happy End findet, oder?«

»Das war es also?«, fragte Rex.

»So ziemlich, ja. Möchtest du, dass ich dich zu Hause absetze?«

»Sehr gerne, ja. Dürfte ich nur vorher noch Laura Lebwohl sagen? Unter vier Augen?«

»Sicher, Chef, kein Problem.«

Rex schloss Laura in die Arme. »Ich nehme an, jetzt heißt es Lebwohl«, sagte er mit leiser, romantischer Stimme.

»Ich nehme an, ja.« Laura entwand sich seinem Griff. »Du musst nicht gleich so intim werden.«

»Laura, bitte. Du hast mir ... wie soll ich es sagen ... du hast mir sehr viel bedeutet.«

»Habe ich das?« Laura richtete ihre Frisur.

»Nun ja, eigentlich ... eigentlich nicht, nein. Aber du warst klasse im Bett.«

»Du nicht.«

»Hmmm.« Rex machte eine tapfere Miene. »Und was wirst du nun tun?«

Lauras Blick war eisig. »BAH-RIH ist über mich gekommen. Er hat seinen heiligen Samen in meinen Schoß gelegt. Ich werde die Mutter der Neuen Menschheit sein. Die Braut von BAH-RIH.«

»Ah.« Rex spürte, dass nun definitiv die Zeit für seinen Abgang gekommen war.

Er gesellte sich zu Barry hinter der Theke. »Richtig«, sagte er. »Sinnlos, noch weiter abzuwarten.«

»Möchtest du dich denn nicht von Laz verabschieden, Chef?«

»Nein.« Rex schüttelte den Kopf. »Der Mann ist ein Trottel. Stell dir vor, er meint doch tatsächlich, er wäre der Held dieses Buches.«

»Ja, Chef, stell dir vor.«

»Macht's gut, Jungs!«, rief Rex Harpo / Chico zu, die von ihrer Mama ganz fest gedrückt wurden.

»Auf Wiedersehen, Rex. Alles Gute!«

»Auf Wiedersehen, alle.« Rex winkte der versammelten Menge zu.

Grmpf, grummel, brumm, machte die versammelte Menge und hatte Rex bereits vergessen.

Ich kehre aus dem Sumpf zurück. Alles ist fein herausgeputzt und ziemlich vergnügt. Sauber und vergnügt. Das ist auch schon was. Ziemlich viel sogar.

»Heh, Jungs!« Ich winke Harpo / Chico. »Wo steckt Rex?«

»Er musste gehen«, ruft Chico über die rechte Schulter seiner Mama.

»Er sagt, wir sollen dich grüßen«, sagt Harpo über die linke. »Wir sollen dir seinen Dank ausrichten, und er ist für immer in deiner Schuld.«

»Na, das ist doch was. Und ich dachte schon, der Bursche wäre ein völliger Trottel.«

Ich weiß natürlich, dass der Kleine lügt. Er versucht nur, mir ein hübsches Ende zu bereiten. Aber das ist in Ordnung. In meinem Geschäft erwartet man nicht viel Dankbarkeit. Du tust deine Arbeit, weil jemand sie tun muss. Es ist ein schmutziges Spiel, aber irgendjemand muss es schließlich spielen. Ich trete an den Tresen.

»Old Bedwetter«, sage ich. »Mach einen Doppelten daraus, und on the Rocks bitte.«

»Wir haben geschlossen.« Der Barmann grinst mich so breit und hämisch an, dass man ein ganzes Schaf in seinem Mund verstecken kann. »Verpiss dich, Woodbarn.«

Ich ziehe meine zuverlässige Smith und Wiehabichsienochnichtgenannt und zeige ihm das Ende mit dem Loch darin. »Bring die Flasche«, sage ich mit mehr Endgültigkeit als eine Tänzerin in einem Sicherungskasten.

»Und Barmann?«

»Ja, Sir?«

»Mein Name ist Wood*bine*. Lazlo Woodbine. Manche nennen mich Laz.«

Rex und Barry flogen durch die Zeit.

»Dürfte ich dich um einen kleinen Gefallen bitten, Barry?«

»Frag nur, Chef.«

»Könnten wir zurückgehen und Elvis Auf Wiedersehen sagen?«

»Chef, das können wir nicht. Er würde gar nicht wissen, wer wir sind. Er ist in seine Welt zurückgekehrt. Wir existieren überhaupt nicht für ihn. Wir haben nie existiert. Werden nie existieren.«

»Ach, komm schon, Barry. Du schuldest mir diesen letzten Gefallen. Was kann es schon schaden?«

»Er wird dich nicht erkennen, Chef. Es ist eine schlechte Idee. Verdammt schlecht.«

Es war der letzte Auftritt des King. Er war sein gesamtes Repertoire durchgegangen, hatte der Menge gegeben, was sie hören wollte, seinen Text vergessen und war unter donnerndem Applaus von der Bühne gestolpert. Die Fans wussten nicht, dass es das Ende war.

Aber er wusste es.

In der Sechs-Sterne-Umkleidesuite hob Elvis eine fette Hand und entließ die Scharen von Anhängern, Sicherheitsleuten, hoffnungsvollen Nymphchen und Gute-Zeiten-Charlies.

Er wollte allein sein.

Die schalldichte Tür schloss sich, und in der Suite kehrte Stille ein.

Elvis starrte auf sein verschwitztes Spiegelbild in dem großen Schminkspiegel. Seine Gedanken gehörten ihm allein.

Dann ertönte hinter dem zehn Fuß langen Regal voll diamantenbesetzter Overalls ein plötzliches Rascheln.

Ein Gesicht lugte hervor. »Elvis«, sagte es.

Der dicke Mann wandte sich um. »Wer zur Hölle bist du? Wie bist du an den Sicherheitsjungs vorbei gekommen?«

»Elvis, ich bin's! Rex. Ich wollte nur eben … danke sagen.«

»Er kennt dich nicht, Chef.«

»Wer hat das gesagt? Wer ist sonst noch da?«

»Nur Barry.«

»Ich kenne keinen Barry. Hör zu, Freund, wenn du ein Fan bist, schön, hallo, nett, dich kennen zu lernen, hau ab. Wenn du ein Irrer bist oder so, dann pass auf! Ich kann Karate.«

»Ich bin es, Elvis … Rex.« Rex winkte dümmlich. »Und Barry, sieh nur!«

Er hielt dem King den kleinen grünen Rosenkohl hin.

»Scheiße! Eine Granate! Ich rufe um Hilfe, Buddy.«

»Ich hab's dir gleich gesagt, Chef. Er kennt uns nicht. Lass uns verschwinden.«

»Ja, ihr verschwindet besser«, sagte Elvis.

»OK. Lebwohl, Elvis. Und noch mal danke. Für alles.«

»Ja, Lebwohl, Chef. Viel Glück.«

Die Overalls raschelten erneut. Die Erscheinung verblasste und war verschwunden. Elvis war einmal mehr allein.

Er schüttelte den Kopf, wischte sich den Schweiß von der fetten Stirn und wandte sich einmal mehr dem Schminkspiegel zu.

Eine Träne schlich sich in sein linkes Auge und rann an seiner aufgequollenen Wange herab. »Leb wohl, mein grüner Freund«, flüsterte er.

»Nach Hause«, sagte Rex. »Bring mich nach Hause.«

»Nach Hause, Chef, jawohl.« Es gab ein Krachen, einen Knall und einen Schlag, und Rex war wieder genau da, wo alles angefangen hatte. In seinem grässlichen Appartement in der nordwestlichen Ecke von Odeon Towers. Exakt am Anfang von *Armageddon – Das Musical*.

Rex saß in seinem selbstgebauten Lehnsessel und betrachtete den flackernden Fernsehschirm. Ein winziges Dingsbums, verborgen in der Rückenlehne des Sessels, sandte leise Weckrufe in den zerebralen Kortex unseres Helden. Mit einem Schreck fuhr Rex hoch. Und erfasste mit einem Blick seine Umgebung.

»O nein! Nein! Nein! **Nein!**«, schrie er. »Das ist doch kein Happy End! Barry! Barry, wo steckst du? Barry, Hilfe!«

»Nur ein kleiner Scherz, Chef. Nur ein kleiner Scherz von mir.«

Rex war wieder in seinem hübschen Garten. Die Sonne schien, Bienen summten. Fido schnarchte. Rex legte den Spaten beiseite und wischte sich die Stirn. Die letzten Handgriffe für den septischen Tank waren getan. Rex warf den Spaten über die Hecke. »Gute Arbeit«, sagte er zu sich. »Fertig.«

Christeen rief vom Badezimmerfenster her nach ihm. »Es funktioniert!«, rief sie. »Sie spült und alles!

Komm nach drinnen, und nimm eine Dusche, und ich werde mich ausgiebig bei dir bedanken.«

»Hmmm.« Rex blickte sich misstrauisch um. Wenn es ein unerwartetes Ende geben würde, dann war jetzt der richtige Augenblick.

Die Bienen summten weiter, und die Sonne schien immer noch. Rex kratzte sich am Kopf. »Mensch«, sagte er. »Es gibt tatsächlich ein Happy End!«

Und so war es auch.

Epilog

Das Höllentaxi fuhr scheppernd durch die endlosen Weiten von Zeit und Raum.

»Auf ins Abenteuer«, sagte der Gegrillte Bill der Taxifahrer und schwenkte die verkohlte Mütze.

»Und wo genau soll das sein?«, erkundigte sich Johnny Dee.

»In der Vergangenheit, Chef.« Barry hüpfte auf dem zersetzten Armaturenbrett auf und ab. »Und genau dort wollen wir hin. Ich hab eine dringende Verabredung in Presley City. Ich bin der Stammvater einer neuen Menschheit. Halb Mensch, halb Rosenkohl. Ich hab da nämlich so eine Abmachung mit dem Großen Geschäftsführer.

Aber zuerst wollen wir nach 1959. Ich möchte Buddy Holly überzeugen, den Bus zu nehmen anstatt das Flugzeug ...«

»Wenn das nicht ein Tag war ...«, sang der Gegrillte Bill der Taxifahrer.

»Ausblenden und dann den Abspann, Chef.«

Darsteller

Rex Mundi	HARRISON FORD
Christeen	MADONNA
Ed Kelley	BRUCE WILLIS
Johnny Dee	JACK NICHOLSON
Zeitungsjunge	ROGER MOORE
Lazlo Woodbine	RUTGER HAUER
Dame	KIM BASINGER
Fangio	ORSON WELLES
Tomorrowman Barmann	KENNETH BRANAGH
Garth	SYLVESTER STALLONE
Laura Lynch	CHER
Bill der Taxifahrer	ROBERT DE NIRO
Cecil	KEVIN COSTNER
Sam Maggott	ROBBIE COLTRANE
Murphy	EDDIE MURPHY
Hotelbursche	WOODY ALLEN
Rezeptionist	MICKEY ROURKE
Jonathan Crawford	MICHAEL J. FOX
Thaddeus Meek	SEAN CONNERY
Kevin	ARNOLD SCHWARZEN-EGGER
Reg/Jason	TOM CRUISE
Alison/Sharon	JULIA ROBERTS
Mojo	STEFAN »STEVEN« BAUER-MALONE (ERSTMALIG)
Debbie	WHOOPIE GOLDBERG
Intendant PROSAT71TL	MIKE MCSHANE
Fahrer	RONDO HATTON
Harpo/Chico	BROS

Frauen-Double für die gefährlichen Szenen	APRIL DILLINGER
Garderobe am Set	SIR HARRY CORDWELL
Produktionseinkäufer	MIKE PETTY
Waffen	LORD JIM CAMPBELL
Fahrzeuge	SKODA
Continuity	JENNY PARROTT
Trottel vom Dienst	A. MERZ

SPECIAL VISUAL EFFECTS BY KULI

Produzent	JOHN VINCENT OMALLY
Drehbuch und Regie	JIM POOLEY
Vertrieb	MICHAEL JÄGER

ELVIS PRESLEY IST EIN FIKTIVER CHARAKTER UND NICHT MIT IRGENDEINEM ANDEREN ELVIS PRESLEY ZU VERWECHSELN, LEBENDIG ODER VERSTORBEN.

BARRY DER ZEITKOHL™ MIT FREUNDLICHER GENEHMIGUNG VON TYP UNTEN IM PUB WORLD MARKETING INC©.

EINE FLASH IN THE PAN
PRODUKTION

›Mr. Rankin hebt noch mehr ab ... ein Talent, das höchst willkommen ist in diesen trocknen Zeiten.‹

The Times

Die spannenden Abenteuer
eines interstellaren Detektivs

Machen Sie die Bekanntschaft mit Miro Hetzel, dem galaktischen Spürhund. Er vereinigt viele Charaktere in sich: den Gentleman, den Hüter von Recht und Ordnung, aber auch den cleveren Trickbetrüger, und seine Wege führen ihn zu den unwahrscheinlichsten Zivilisationen der Galaxis ...

›Jack Vance ist ein Meister der Sprache ... er kann aufregend schreiben, satirisch, witzig, düster, zärtlich, ernsthaft und nachdenklich – und das alles in ein und derselben Geschichte.‹ *Poul Anderson*

3–404–23237–2

BASTEI
LÜBBE